Salcia Landmann

Als sie noch lachten

Salcia Landmann

Als sie noch lachten

Das war der jüdische Witz

Mit einem Glossar

Herbig

Schutzumschlagmotiv
Der böse Minister Haman diktiert das Holocausturteil gegen die persischen Juden, dem er dann aber selbst anheimfällt. Diese einmalige rechtzeitige Errettung in ihrer Geschichte zelebrieren die Juden bis heute in ihrem Purim-Fest jeweils Ende Februar mit Fasnachtsbräuchen, Trinkgelagen und wechselseitiger Sendung süßer Gaben.

Das Buch Esther: Illustration von Sigismund Mohr für eine bibliophile Ausgabe 1918

Bücher von Salcia Landmann zum Thema Jüdischer Witz

Der jüdische Witz, Soziologie und Sammlung. Erste Ausgabe Walter Verlag, Olten 1960; vollständig neu bearbeitete und wesentlich ergänzte Ausgabe, 13. Auflage 1988

Jüdische Witze. dtv München 1963 (Tb 139)

Jüdische Anekdoten und Sprichwörter. dtv München 1965 (Tb 317)

Nachlese jüdischer Witze. dtv München 1972 (Tb 1281)

Neues von Salcia Landmann, Jüdischer Witz. Herbig, München/Berlin 1972

Die klassischen Witze der Juden. Ullstein, Frankfurt M./Berlin 1989 und 1997 (Großdruck 40057, Tb 24051)

Verlag und Autorin danken dem Walter Verlag, Zürich, für die Genehmigung des Abdrucks diverser Textpassagen aus seinem Verlagswerk Salcia Landmann, *Der jüdische Witz*

1. Auflage 1997
2. Auflage 2000 – Sonderproduktion

Schutzumschlaggestaltung: Wolfgang Heinzel
Satz: Uhl + Massopust, Aalen
Gesetzt aus der 10/12 Punkt Walbaum Lino
Druck und Binden: Wiener Verlag, Himberg
Printed in Austria
ISBN 3-7766-1975-9

Von mir sind mehrere Bücher über den Jüdischen Witz erschienen. Mit Ausnahme der ersten Ausgabe bei Walter (Olten, 1960) waren sie zunehmend stärker angereichert durch Textspenden teils von Holocaust-Überlebenden, teils von deren einstigen christlichen Freunden, darunter Offizieren aus der k.u.k. Donaumonarchie und sogar Theologen.
Sie alle hatten begriffen, daß dies die letzte Gelegenheit war, dieser einzigartigen, todgeweihten Witzfolklore wenigstens in gedruckter Form zum Überleben zu verhelfen. Es mag ihnen aber nicht leichtgefallen sein, knapp fünfzehn Jahre nach dem Judenholocaust viele Stunden, wenn nicht Tage der Niederschrift solcher Witze und Anekdoten zu opfern. Ihre 445 Namen sind am Ende der neuesten, umfassendsten Ausgabe des *Jüdischen Witzes* beim Walter Verlag aufgelistet, jeweils mit der Angabe, wo der Spender früher lebte, und wohin es ihn verschlagen hat.
Durch ihre Mitwirkung ist die Sammlung, aus der in dem vorliegenden Buch zahlreiche Textpassagen übernommen wurden, auf ein Vielfaches angewachsen. Ihnen allen möchte ich heute, reichlich spät und aus Anlaß dieses, meines neuesten und letzten Buches zu diesem Thema, meinen aufrichtigen Dank aussprechen.

S. L.

Zu diesem Buch

Salcia Landmann ist in demselben Ostgalizien geboren wie der inzwischen im ganzen deutschen Sprachraum berühmt gewordene jüdische Schriftsteller Joseph Roth, der in seinen Erzählungen, ganz ohne sentimentale Verfremdung, ein zugleich realistisches und von tiefer Liebe geprägtes Bild der untergegangenen k. u. k. Donaumonarchie malt, zu der auch Galizien gehörte. Auch Sigmund Freud stammt von dort: Obwohl der jüdischen Geistestradition entfremdet, weist sein tiefes und zugleich nüchternes Wissen um die unbewußten Abgründe der Seele auf dieselben urjüdischen Wurzeln seiner Erkenntnisse. Dorther stammt auch Martin Buber, der dem deutschsprachigen Leser den Zutritt zur chassidischen Welt mit ihren zauberhaften Legenden und ihren Wunderrabbis erschloß, die soviel Ähnlichkeit mit jener des Neuen Testamentes birgt. Und dorther kommt auch Billy Wilder, dessen Filme zum Besten gehören, was Hollywood hervorgebracht hat. Seine Mutter und seine nächsten Verwandten starben in Hitlers Vernichtungslagern.

Dasselbe Schicksal traf auch Salcia Landmanns Großfamilie, und daß sie selber entkam, verdankt sie nur abenteuerlichen Umständen. Ein Zufall, der letztlich kein Zufall war, führte sie dazu, nach jahrelanger ausschließlicher Beschäftigung mit der deutschen Kultursphäre und Philosophie, 1960, also ziemlich kurz nach dem Judenholocaust Hitlers, der nur noch Weinen und auf keinen Fall mehr Lachen im Zusammenhang mit Juden zu erlauben schien, den jüdischen Witz gleichsam wieder zu »legitimieren«, indem sie seinen tragischen Background, seine geistigen und soziologischen Voraussetzungen, seine einzigartige Variationsbreite und kulturelle Höhe und seine zentrale Funktion als Lebenshilfe für den ungläubig gewordenen Juden der Neuzeit aufzeigte, der ohne diesen Volkswitz sein schweres Schicksal im Exil kaum ausgehalten hätte.

Diese Aufgabe erfüllten die bisherigen Ausgaben ihres *Jüdischen Witzes*. Das wurde denn auch begriffen und führte dazu, daß eine große Anzahl von Überlebenden dieser untergegangenen europäischen, einzigartigen jüdischen Welt sich jetzt, in alle fünf Erdteile versprengt, mit Beiträgen zu der neuen Sammlung zu Wort meldeten, die noch in keinem der zahlreichen bisherigen Bücher zu dem Thema enthalten sind, die seit Ende des 19. Jahrhunderts in verschiedenen Sprachen erschienen waren. Diese »Witzspenden« gingen in die nachfolgenden Ausgaben dieses berühmtesten Buches von Salcia Landmann ein. Die umfassendste Ausgabe des Walter Verlages (die 13., vollständig neu bearbeitete und wesentlich ergänzte Auflage von 1988) enthält außerdem die Liste der Spender – es waren Hunderte. Mit den Spendernamen zusammen wurden auf diese Weise auch weit über tausend besonders gute jüdische Witze und Anekdoten buchstäblich in allerletzter Stunde vor dem definitiven Vergessenwerden gerettet, denn keiner der Spender war jung, kaum einer von ihnen ist noch am Leben, und mittlerweile hat sich die Spenderliste fast restlos in eine Gedenkliste, eine Art Nekrolog, für einstige profunde Kenner dieses genialen Volkswitzes verwandelt.

Die erste Ausgabe erschien 1960. Es folgten zahlreiche vollständige Ausgaben beim Walter Verlag und kleinere Sammlungen, alle angereichert mit neuen Witzgaben, bei Herbig und anderen Verlagen. Die Gaben der Spender füllen eine ganze Kiste auf dem Dachboden der Autorin.

Doch dann versiegte die Flut, von der auch die anderssprachigen Ausgaben des Buches – darunter sogar eine japanische – mit profitiert hatten. In den USA kamen noch einige neuere Sammlungen spezifisch amerikanisch-jüdischer Witze heraus – sie kreisten meist nur um die Sprechstunde des (natürlich immer jüdischen) Psychoanalytikers und um die »jidische Mame«. Dann hörte auch dies auf.

Die Verbindung der Autorin zur jüdischen Witzmaterie jedoch blieb so intensiv und ungebrochen wie am ersten Tag. Daß nichts – oder doch nichts Brauchbares und Nennenswertes – mehr nachkam, veranlaßte sie, den Gründen nachzugehen.

Und dieselbe profunde Kenntnis der jüdischen Welt seit ihren Uranfängen bis auf den heutigen Tag, die sie in die Lage versetzt hatte, die Eigenart und Bedeutung des jüdischen Witzes samt seinem tragischen Background klar zu erfassen, ließ sie jetzt auch genauso deutlich erkennen, daß und warum dieser einzige wirklich geniale und geistig bedeutsame Volkswitz aller Zeiten und Völker, der zu Beginn der Neuzeit aus völlig einmaligen Voraussetzungen heraus entstand, jetzt, trotz der genuinen Witzbegabung der Juden – die natürlich immer gleichfalls eine Rolle bei der Entstehung und hohen Qualität des jüdischen Witzes gespielt hatte – seinem definitiven Ende entgegengeht.

Aus diesem auch für die Autorin selber völlig neuen Wissen heraus entstand – wie sie selber betont – ihr »allerletztes Buch über den jüdischen Volkswitz«: Eine Auswahl aus neuen, noch nie publizierten und von einigen hundert der mehr als dreitausend Witze aus den vorliegenden Sammlungen, mit ausführlicher Darlegung der Gründe des baldigen Todes der jüdischen Witzfolklore. Hierzu mußten auch die einzigartigen Gründe und Voraussetzungen ihrer Entstehung, ihres ebenfalls einzigartigen Niveaus und ihres verblüffenden Variationsreichtums dem Außenstehenden sichtbar gemacht werden.

Für den Leser, dem der jüdische Witz bisher fremd war – und der vermutlich einer jüngeren Generation angehören wird –, ergibt sich daraus der Rat, die »Annäherung« an diese faszinierende Materie mit dem vorliegenden Buch der Autorin, das die zwingenden Gründe für das Ausbleiben neuer Schöpfungen darlegt, zu beginnen. Er wird dadurch dem jüdischen Witz ein Verstehen entgegenbringen, das ihn mit hoher Wahrscheinlichkeit zu dessen Fan und Adepten verwandelt wie zahllose – auch Nichtjuden – zu der Zeit, da es noch ein intaktes europäisches Judentum und intakte Beziehungen zwischen diesem und der nichtjüdischen Umwelt gab. Gut möglich und sogar sehr wahrscheinlich, daß er dann Lust bekommen wird, außer den paar hundert Witzen dieses Nekrologs auch die Tausende weiteren, keineswegs schwächeren Witze der verschiedenen vorliegenden Sammlungen kennenzulernen und nunmehr mit einem ganz neuen, vertieften Verständnis zu genießen.

Einleitung

Daß ich knapp zwanzig Jahre nach dem Judenholocaust Hitlers, zu einem Zeitpunkt also, da einem im Zusammenhang mit den Juden noch jedes Lachen verging, einen Dauerbestseller *Der jüdische Witz. Soziologie und Sammlung* vorlegen würde, war von mir weder geplant noch vorgesehen. Ich hatte mein Studium der Jurisprudenz zugunsten von Philosophie, damals einem brotlosen Fach, aufgegeben, mich aber gleichzeitig an besten Kunstakademien dank meiner künstlerischen Begabung in Modegrafik ausgebildet und verdiente damit bereits als Studentin teilweise meinen Lebensunterhalt. An Bücherschreiben dachte ich überhaupt nicht.

Dabei wäre es auch geblieben – ohne einen Zufall, der letztlich kein Zufall war: Im Seminar des Leibnizspezialisten Herman Schmalenbach behandelten wir die Kantschen Aporien, das unauflösbare Problem, daß man sich Raum und Zeit mit dem besten Willen weder endlich noch unendlich vorstellen kann. Kant löst die Frage bekanntlich elegant, aber irritierend und unbefriedigend mit der Erklärung, man brauche sich darüber den Kopf nicht zu zerbrechen, denn Raum und Zeit seien ohnehin nur menschliche Anschauungsformen und hätten mit dem »Sein an sich« rein gar nichts zu tun.

Ich weiß nicht, wie andere auf diese originelle »Kunde« reagieren. Ich meinerseits fühlte mich zum Narren gehalten und wandte ein, Kants »Problemlösung« erinnere mich bedenklich an den alten Judenwitz von dem Commis voyageur, der, wie Sindbad der Seefahrer, von seinen aufregenden Reiseabenteuern berichtet. »Einmal«, erzählt er, »war ich in einer vierspännigen Kutsche mitten im Winter unterwegs. In einem Schneesturm verlor der Kutscher den Weg, wir blieben im dichten Wald stecken, hungrige Wölfe umheulten uns, der Kutscher opferte ihnen ein Pferd nach dem andern, ich spürte bereits den stinkenden Atem einer Bestie im Genick – aber was tut Gott? Die ganze Geschichte ist nicht wahr gewesen...«

Schmalenbach, Christ und Westfale, jedoch verheiratet mit einer Warschauer Jüdin und sonst an jüdischer Materie und speziell auch an jüdischen Witzen durchaus interessiert, fand keinen Geschmack an meinem Diskussionsbeitrag und wandte mir mit einem »Äh!« verärgert den Rücken.

Für mich aber wurde die Episode zu einem Damaskuserlebnis. Mit einem Schlag wurde mir klar, daß es weltweit keinen zweiten Witz gab – und auch nicht geben konnte –, mit dem sich philosophische Probleme so klar, erschöpfend, profund und dabei stenogrammatisch ausleuchten ließen. Zu ganz wenigen Worten komprimiert, sagte der Witz aus, was der philosophische Fachmann in dicken Wälzern nicht halb so überzeugend, und zudem schwer verständlich und ermüdend, darlegt. Ich beendete zwar mein Studium noch mit einem dicken Buch über *Ontologie und Phänomenologie. Husserl, Scheler, Heidegger* (erschienen unter meinem Mädchennamen Passweg) – es ist, dies nur nebenbei, bis heute die einzige klare kritische Analyse von Heideggers »Existentialismus«; sie blieb aber unbekannt, weil das Buch genau bei Ausbruch des Zweiten Weltkriegs in Straßburg erschien und daher nirgends besprochen wurde.

Ich meinerseits jedoch las oder schrieb seither nie wieder auch nur eine einzige philosophische Zeile, sondern begann, nach jüdischen Witzen zu fahnden. Denn es war mir klargeworden, daß eine Witzfolklore, die sogar eine Antwort auf die Kantschen Aporien wußte, auch zahllose andere geistige, politische, soziale und sonstige Fragen anvisieren und ähnlich genial, kurz und treffend beantworten würde. Unter diesem Gesichtspunkt durchforschte ich alle auftreibbaren Publikationen zu diesem Thema in Jiddisch, Deutsch, Englisch und Hebräisch. Und ich fand meine Vermutung bestätigt. Zugleich wurde mir klar, daß und weshalb es einen Volkswitz mit ähnlichen Qualitäten und Dimensionen außer bei den Juden nirgends geben konnte.

Sigmund Freuds Psychoanalyse wird zwar weltweit massiv überschätzt; er vermochte sein Lebtag keinen einzigen Patienten mit ihrer Hilfe zu heilen. Was es aber mit dem Witz im allgemeinen und mit dem Judenwitz im speziellen auf sich hat, das erkannte er mit genialer Hellsicht und hielt es in dem kurzen Satz fest: »Der Witz ist die letzte Waffe des Wehrlosen.«

Weil selber Jude, begriff er auch rasch, daß der Witz folglich bei den ewig gejagten, gequälten, gemordeten Exiljuden besonders üppig wuchern mußte. Entsprechend hat er in seinen Büchern immer nur jüdische – und nie andere – Witze zitiert und ausgedeutet.

Bei aller Genialität übersah er aber – oder wies jedenfalls nie darauf hin –, daß Wehrlosigkeit allein noch keine Witze gebiert. Wer stumpf leidet wie der unterdrückte ruthenische und russische Bauer der Zarenzeit, reißt keine Witze, erkennt auch mangels einer wachen, kritischen Intelligenz nicht die wahren Gründe seines Elends, sondern verspürt nur das zwingende Bedürfnis, seinen Haß und seine Wut am nächstbesten Ersatzopfer auszuleben. Nicht zufällig gab es daher im zaristischen Rußland am laufenden Band Judenpogrome, manchmal auch von der Regierung selber zur Ablenkung des Volkszorns von den wahren Ursachen des Elends planmäßig veranstaltet. Also Judenmassaker statt Witz.

Diese haben – und hatten – dem Witz gegenüber immer

und überall den Vorteil, daß sie zur psychischen Erleichterung hinzu auch konkreten, materiellen Nutzen bringen: Auch der ärmste Jude hat ein bißchen bewegliche Habe! Das Rezept ist also nicht grundlos seit Jahrtausenden beliebt: Außer dem Spaß am Mord bietet es noch den Nutzen am Raub, an der Beute, an den durch den Holocaust frei gewordenen jüdischen Positionen.
Für den Exiljuden liegen die Dinge anders. Ihm, der selber jeweils das Opfer ist, bleibt die Möglichkeit zu einem solchen Gewinn aus dem Judenholocaust versperrt. Ihm bleiben nur Methoden offen, die, anders als Pogrommorde, keinen konkreten Nutzen bringen, sondern einzig auf verbalem Weg die Kraft zum Aushalten vermitteln.
Das war schon vor Jahrtausenden so. Utopische Träume bieten sich hierfür an. Bereits vor über dreitausend Jahren träumte ein jüdischer Prediger im babylonischen Exil, einer der Verfasser des Bibelbuches, das unter dem Sammelnamen *Jesaja* firmiert, von einer erlösten, total gerechten, leidlosen »Neuen Erde«, die er in unsterblichen poetischen Bildern heraufbeschwor. Auch heute noch greifen sie, bei aller Realitätsferne, ans Herz. Er begnügte sich nicht damit, so, wie manche seiner Leidensgefährten, an den Wassern Babels zu sitzen und zu weinen, wie es uns der Bibeltext mitteilt, sondern er versprach ein Paradies auf Erden, in welchem sich sogar die Löwen zum Vegetarismus bekehren würden.
So herzergreifend und poetisch sich die Visionen des zweiten der drei Autoren des Jesajabuches anhören – die Bibelfachleute nennen ihn den »Deuterojesaja« –: Allein schon dieses eine Detail müßte jeden nüchternen Realisten über den reinen Märchencharakter der erlösten »Neuen Erde« aufklären und vor solchen wirklichkeitsfernen Träumen warnen. Doch ausweglose Not gebiert immer und überall Illusionen. Bekannt ist, daß Schwindsüchtige im Endstadium an die baldige Genesung glauben.

Jedoch einzig den Juden mit ihrer seit Jahrtausenden ungebrochenen, poetischen Wortgewalt blieb es vorbehalten, bereits in ihrem frühesten Dokument, der Bibel, mit ihren aus der Verzweiflung geborenen, phantastischen Erlösungsträumen die halbe Welt mitzuinfizieren.
Jesus selber lebte und predigte bereits aus dem Glauben sogar an eine unmittelbar bevorstehende Welterlösung heraus. Doch obgleich er in seiner Sterbestunde mit seinem Aufschrei »Mein Gott, warum hast Du mich verlassen!?« plötzliche Zweifel artikulierte, hielten sich seine Jünger nur an seinen Erlösungsglauben und vererbten ihn in seinem Namen an Milliarden Nichtjuden.
Und siehe da: Inmitten einer nüchternen, an der modernen Wissenschaft orientierten Neuzeit gelingt es einem getauften, nach seiner eigenen Meinung total unreligiösen galizischen Juden namens Karl Marx, auch ganz ohne die mitreißende Wortgewalt eines Deuterojesaja oder Jesus, obendrein eingehüllt in einen unerträglichen und unlesbaren Politjargon, die altjüdischen Erlösungsphantasien neu zu beleben und mit ihnen Milliarden Menschen aller Rassen und Religionsgruppen so zu infizieren, daß sie blind werden für die untauglichen Grundlagen seiner Erlösungslehre, nämlich die »Vergesellschaftung von Kapital und Boden«, die zwangsläufig jeden Leistungswillen abtötet und folglich nichts bringen kann als Elend, Horror und Terror.
Daß auch ungläubig gewordene Juden auf Marx' offenkundig nur für weltabgewandte Mönche oder für israelische Kibbuznikim im allerersten Begeisterungstaumel allenfalls taugliche Erlösungsformel hereinfielen und nicht merkten, daß sie damit nur »das Opium des Volkes«, wie Marx die Religion nannte, gegen das Opium der Intellektuellen genannt Kommunismus auswechselten, kann man zur Not verstehen. Menschen in auswegloser Lage verfallen – wie bereits erwähnt – leicht in leere Hoffnungsphan-

tasien. Daß aber ganze Völker sich zum Marxismus bekannten und sich sogar jetzt, nach seinem fürchterlichen Versagen allenthalben noch zu ihm bekennen, ist unbegreiflich, aber nicht unser Thema. Also zurück zu den Juden.

Wer sich mit jüdischer Passionsgeschichte befaßt, stellt sich natürlich schon bald die Frage: Wie kommt es, daß den Juden seit fast zweitausend Jahren die Rolle des Haß- und Schlachtopfers aufgezwungen wird? Daß unterschiedliche Gruppen sich gegenseitig hassen und verfolgen, gibt es natürlich überall auf der Welt. Aber ein solch permanenter und tödlicher Haß ist doch ungewöhnlich. Außerdem hassen sich die meisten Gruppen gewöhnlich unter Vorwänden und Stichworten, die einen Kern oder wenigstens eine Spur von Wahrheit bergen. Schotten sind wirklich geizig, national entflammte Polen anmaßend und überheblich.

Im Zusammenhang mit den Juden jedoch fällt es auf, daß man sie seit jeher mit den abenteuerlichsten, unsinnigsten und obendrein noch widersprüchlichen Verleumdungen und Anwürfen verfolgt und mordet, und daß auch hochintelligente Menschen, sobald es um Juden geht, jede Logik und Kritik einbüßen und den erbärmlichsten Blödsinn glauben.

Das geht – was nur sehr wenige wissen – auf die Entstehungszeit des Christentums zurück: Beide, Juden wie Christen, betrieben anfangs intensive Heidenmission, bei der die Juden zunächst erfolgreicher waren und sich dadurch den Haß und Neid der christlichen Missionare zuzogen. Dazu kam noch das unbewußte christliche Unbehagen über einen »Gott der Liebe«, der, wiewohl allmächtig, die Menschen trotzdem nur durch das stellvertretende Ritualopfer eines total Unschuldigen erlösen kann. Was lag da näher, als vorübergehend zu vergessen, daß Gott selber gleichsam als »Schreibtischtäter« hinter Jesu Kreuzestod

stand, und die Schuld einzig den »bösen Juden« anzulasten?
Das hätten die Evangelisten an sich auch gekonnt, ohne den brutalen und korrupten Pilatus in einen psalmenzitierenden (»Ich wasche meine Hände in Unschuld«) Jesussympathisanten umzulügen, der angeblich nur unter jüdischem Zwang Jesus zum Kreuzestod verurteilt – und ohne den Juden die Selbstverfluchung zu unterstellen, wonach sie gekräht haben sollen: »Sein Blut komme über uns und unsere Kinder.« Pilatus, an sich ein Scheusal, handelte gegen Jesus korrekt. Schuld an Jesu Verurteilung war der Sanhedrin, gleichsam der jüdische Vatikan, der Jesus dem Statthalter als angeblichen Maquisarden und Rebellen überstellt hatte, was er mit Sicherheit nicht war. Er hatte aber die Priesterschaft bis aufs Blut gereizt durch seine »Tempelreinigung«, also dadurch, daß er im Tempelvorhof die Tische und Bänke der Geldwechsler umwarf, welche hier die den Juden durch das mosaische Gebot untersagten Münzen mit Abbild von Menschen darauf in bildloses Silbergeld einwechselten. Durch diese Aktion kritisierte Jesus indirekt und symbolisch, aber deutlich und spektakulär, den damals ungeheuren Tempelreichtum – er tat also dasselbe, wie 1500 Jahre später auch Luther mit seinen Thesen gegen den vatikanischen Ablaßhandel.
Aber ein Tadel am Sanhedrin hätte der Christenmission nichts gebracht: Keine Religion wird durch das Fehlverhalten ihrer Nomenklatura diskreditiert.
Also deuteten die Evangelisten den einzigen Jünger Jesu, der zufällig »Juda«, also Jude, hieß, in einen Verräter am Herrn um, obwohl es da nichts zu verraten gab, denn Jesus hatte seine Aktion im Tempelhof vor den Augen Tausender von Pilgern vorgenommen. Und sie verwandelten das ganze Volk von Jerusalem, das laut dem Neuen Testament am Tag zuvor Jesus mit Palmzweigen entgegengeeilt war – was übrigens auch nicht stimmen kann, weil Juden nur im

Herbst, beim Laubhüttenfest, mit Zweigen wedeln, und auch das nur innerhalb der Synagoge –, in einen mordbereiten Mob.

Es war und ist die erfolgreichste und tödlichste Kollektivverleumdung der Weltgeschichte. Sie ist der Urgrund des Judenhasses, der bis Auschwitz führt. Zwar wissen die meisten Christen längst nicht mehr, daß sie die Juden als »Gottesmörder« (an Christus) hassen und verfolgen. Aber aus dem Unterbewußtsein heraus gebiert diese Urverleumdung immer neue, beliebig phantastische und abstruse judenfeindliche Lügen, die auch von sonst Hochintelligenten vorbehaltlos geglaubt werden. Gegen Judenhaß und Judenhatz ist folglich auf christlichem Boden kein Kraut gewachsen. Das wird – angebliche Reue und Buße wegen Hitlers Judenholocaust hin oder her – auch in alle Zukunft ungebrochen weitergehen, wenn auch künftig immer wieder unter neuen Stich- und Schlagworten.

Solange die Juden konditionslos gläubig waren, retteten sie sich wenigstens psychisch in utopische Träume von einer kommenden »Neuen Erde«, für die man mit solchen Leiden bezahlen müsse, weshalb der fromme Jude den Begriff der »Chewlej-Maschiach« kennt, der Messiasqualen, die der Welterlösung vorangehen müssen.

Und sie übernahmen im vorchristlichen zweiten Jahrhundert, in den bitteren Jahren der syrischen Besatzung, als zusätzliches Palliativ gegen ihre Verzweiflung von den kanaanitischen Heiden auch noch den Jenseitsglauben mit postumer Belohnung und Bestrafung. Als ursprünglichen Wüstenbeduinen waren ihnen solche Vorstellungen zunächst fremd. Es waren die Ansässigen, die Bauern, die das Wiedererwachen der Natur alljährlich ergreifend miterlebten und das Prinzip auch auf den menschlichen Leib projizierten. Die sadduzäische Fraktion, die Tempelpriesterschaft, verneinte bis zuletzt solche »unjüdischen« Ideen. Es waren die mit dem Volk und der Volksnot weit intimer verbundenen Pharisäer, die sich zu dieser neuen Doktrin vorbehaltlos bekannten. Seither ist der Jenseitsglaube integraler Bestandteil des Judentums. Jesus ist ihm bereits voll verhaftet.

Aber eine noch weit fundamentalere Bedeutung gewannen Messias- und Jenseitsglaube in den zweitausend Jahren nach der Vertreibung aller Juden aus ihrer Urheimat. Jüdische Exilgeschichte auf christlichem Boden ist beinahe identisch mit jüdischer Martyrologie. Ohne Messias- und Jenseitsglauben hätten die Juden ihrem Jahwe, der ihnen zwar für Wohlverhalten Lohn und Hilfe verspricht, sie jedoch immer wieder erbarmungslos im Stich läßt, über kurz oder lang die Treue aufgesagt und den Rücken gekehrt.

Doch die Bereitschaft zur Treue allein genügte im Exil nicht. Das Urdokument, das sie mit Jahwe verband, die Bibel, war bereits um 600 v. Chr. kodifiziert worden. Die Lebensformen wandelten sich, erforderten Antworten auf Fragen, die sich zur Bibelzeit noch nicht gestellt hatten. In ihrem Talmud, einem mehrbändigen Kompendium, das zwischen 500 vor bis 500 nach Chr. entstand, ergänzten und kommentierten sie das alte Bibelgesetz, ohne es essentiell aufzugeben. Dem Talmud schloß sich fugenlos das nachfolgende rabbinische Schrifttum an, welches diese Funktion und Tradition bis heute weiterführt.

Die Juden waren sich seit jeher klar darüber, daß sie in der »Zerstreuung« nur dank diesem nachbiblischen Schrifttum weiterexistieren würden. Und also sorgten sie für seinen sicheren Fortbestand, indem sie planmäßig eine entsprechende Führungsschicht heranzüchteten dadurch, daß sie allen Knaben von klein auf eine entsprechende Schulung boten, und daß ferner die Schriftgelehrten sich immer wieder untereinander verschwägerten und für die Einheirat begabter Talmudstudenten in die Führungsschicht sorgten, während die Katholiken ebenso planmäßig die begabtesten Köpfe durch ihr Priesterzölibat von der Fortpflanzung ausschlossen. Die durchschnittlich hohe intellektuelle Begabung der Juden, die ihnen auch Nazis nicht abstreiten, beruht also nicht auf einem Zufall. Die traditionsgebundenen Juden sind weltweit die einzige Gemeinschaft, die fast aus lauter scholastischen Fachgelehrten besteht.

Damit sind wir beim zweiten Punkt angelangt, der dem berühmten Judenwitz zu seiner einzigartigen Niveauhöhe, Brillanz, Mannigfaltigkeit und Tiefe verhalf: Er profitiert vom scholastischen Gehirnschliff der jüdischen Talmudisten:

Seit der neuzeitlichen Aufklärung büßten immer zahlreichere Juden ihren Messias- und Jenseitsglauben ein. Doch wehrlos, immer wieder gejagt, diskriminiert und verfolgt blieben sie nach wie vor. Daß restlose Treue und Identifikation mit dem jeweiligen »Vaterland« nichts half, bewies ihnen – lange vor Hitler – unter anderm der berüchtigte Dreyfusprozeß in Paris um die Jahrhundertwende, bei dem der begeisterte jüdische Patriot Hauptmann Alfred Dreyfus unter dem Applaus und Sukkurs praktisch der ganzen Nation – geistige Elite und Kirche mit eingeschlossen – als angeblicher Landesverräter auf die Teufelsinseln verbannt wurde.

Eine Zeitlang bot der Austritt aus der jüdischen Glaubensgemeinschaft einen Ausweg – bis Hitler mit seiner als Rassenideologie getarnten Selektion, die aber in Wirklichkeit einzig aufgrund der Familienpapiere der Vorfahren vollzogen wurde, auch die Zuflucht in die Taufe versperrte.

Das einzige, was man den Juden, solange man sie nicht einfach totschlug, nicht nehmen konnte, war ihre Talmudschulung, die zweite Voraussetzung für den genialen jüdischen Witz. Und mit diesem Instrument durchleuchteten sie jetzt kritisch und höhnisch sämtliche Lebenserscheinungen. Sie kehrten ihn aber, seit dem prophetischen Bibelschrifttum auch zu harter Selbstkritik erzogen, ebenso erbarmungslos gegen alle typischen Fehler und Mängel des eigenen Volkes sowie der eigenen Religion und Tradition.

So kam es zu der vielleicht perversen, aber originellen Tatsache, daß dieselbe Waffe, die sie sich geschaffen hatten, um mit ihrer Hilfe die Leiden des Exils psychisch auszuhalten, ihnen auch zum Mittel für die witzige Selbstkritik wurde.

Aber zugleich schufen sie aus dieser Fähigkeit heraus auch zahllose harmlose Witze ohne solche fulminante Sprengkraft, ganz einfach zur Zerstreuung, Ablenkung, Erheiterung. Und auch diese harmlosen Judenwitze bergen, dank ihrem Talmudschliff, eine Eleganz und Präzision, die man in der Witzfolklore anderer Völker vergeblich suchen wird.

Wir halten also fest: Der jüdische Volkswitz, diese letzte Hilfe und Waffe des ungläubig gewordenen Exiljuden, ist ein rein neuzeitliches Phänomen. Es gab ihn vorher nicht. Die Bibel enthält wohl in ihren ersten Teilen unterhaltsame Beduinengeschichten – aber keine Witze. Und die späteren Juden, die sich in Messias- und Jenseitsträume retteten, waren erst recht witzlos. Das gilt übrigens bis auf den heutigen Tag: Über die wundergläubigen Chassidim gibt es jede Menge Witze, in denen sie von ihren Kritikern und Gegnern teils heiter, teils zornig verhöhnt werden – von ihnen selbst stammt kein einziger dieser Witze.

Wie sehr der Judenwitz aber mit der totalen Wehrlosigkeit steht und fällt, kann man am nunmehr wehrhaften Staat Israel erkennen: Die gebürtigen Israelis sind ziemlich witzlos. Sie brauchen den Witz nicht mehr zum Überleben, und also haben sie ihn eingebüßt – bis auf bedeutungslose gegenseitige Verspottung zwischen den verschiedenen Einwandergruppen. Solche Witze unterscheiden sich in

Niveau und Qualität kaum von dem, was sich Bayern und Preußen gegenseitig an den Kopf werfen oder was sie beide gemeinsam – zu Unrecht – den Ostfriesen unterstellen.
Ein einziges Mal brach der alte Judenwitz in seiner einstigen Schärfe, Bitterkeit und Tiefe in Israel wieder herauf. Das war nach dem Sechstagekrieg 1967, in dem alle arabischen Armeen, jene der Golfstaaten mit eingeschlossen, unprovoziert über das zahlenmäßig weit unterlegene Israel herfielen, so daß sogar Delegierte israelfeindlicher Araberstaaten in den UNO-Korridoren tränenerstickt jenen Israels im voraus kondolierten.
Als aber die Israelis trotzdem siegten, wich das Mitleid weltweit der nackten Wut. Die Bewunderung für diese wenigen Überlebenden des Judenholocausts, die sich mit geradezu legendärer Kühnheit und Todesbereitschaft gegen die riesige Übermacht ihrer Feinde erfolgreich zur Wehr setzten, erlosch zwar nicht restlos. Der große Erfolg speziell in Deutschland des aus Ungarn stammenden israelischen Satirikers Ephraim Kishon, der selber nur ganz knapp der Deportation und Vernichtung entronnen war, beruhte außer auf der eindeutigen Qualität seiner Bücher zweifellos auch auf seiner Zugehörigkeit zu diesem winzigen heroischen Volk.
Aber gleichzeitig setzte eine rabiate Gegentendenz ein, es wurde sogar behauptet, die Israelis seien die »Aggressoren« gewesen. Und obgleich das ein genauso totaler Blödsinn war wie seinerzeit die Beschuldigungen gegen die Juden wegen angeblicher Ritualmorde und Hostienschändungen, wurde es zum Entsetzen der Israelis auf der Stelle überall auf der Welt geglaubt.
Da wurde ihnen mit einem Schlag klar, daß Dr. Theodor Herzl irrte, als er seinerzeit den eigenen Judenstaat als eine Art Theriak, ein Wunderheilmittel, gegen die ewigen Judenverfolgungen empfahl, nachdem er als Presseberichterstatter in Paris die Verurteilung des unschuldigen patrio-

tischen jüdischen Hauptmanns Alfred Dreyfus als angeblichen Landesverräter, unter Applaus und freudiger Zustimmung der ganzen Nation, einschließlich Intelligenzija und Kirche, live miterlebt hatte. Zuvor hatte er, dem Judentum total entfremdet, außer totaler Assimilation und Akkulturation sogar die Taufe für sinnvoll gehalten. Nachdem er nun einsehen mußte, daß das alles nichts nützen würde, schlug er den Juden, von seiner deutschnationalen Studentenverbindung her national geprägt, gleichfalls eine nationale Lösung, einen eigenen Staat vor. Es war die Geburtsstunde des Staates Israel.

Richtig war, daß man die Juden in ihrem eigenen Staat nicht so, wie vierzig Jahre später in Europa, einzeln herausklauben und zur Liquidation abkommandieren konnte. Aber Herzl übersah oder sah nicht voraus, daß man den alten Judenhaß auch ohne weiteres auf den ganzen Judenstaat übertragen konnte.

Das begriffen die Israelis jetzt, in unserer Zeit, mit einem Schlag. Und seither wissen sie es alle, denn es wird immer deutlicher. Skandierten die Nazis: »Juden hinaus aus Europa nach Jerusalem!«, dann plärren jetzt immer zahlreichere Antizionisten: »Juden hinaus aus Jerusalem, das sie den Arabern gestohlen haben!« Und weit und breit nimmt sich keiner die Mühe, in alten Konversationslexika und in den Briefen des berühmten »Araberlawrence« nachzulesen, daß in Palästina vor der zionistischen Besiedlung, aufgrund jahrhundertelanger Mißhandlung des Landes durch die Araber, einschließlich Jordanien nur 600 000 Menschen, großteils malariakranke Fellachen lebten, und daß Palästina damals der »verkommenste und menschenärmste Teil Vorderasiens« war.

Praktisch niemand weiß heute, daß es dann ein »Geniestreich« der antisemitischen englischen Mandatsregierung in den Nazijahren war, Schiffe mit jüdischen Flüchtlingen mit der lustigen Ausrede, im Lande habe »keine Katze mehr Platz«, in Hitlers Machtbereich zurückzutreiben und gleichzeitig Hunderttausende von Arabern aus allen Richtungen ungehindert in das dank jüdischer Pionierarbeit wieder bewohnbare Land hereinzulassen. Es weiß auch praktisch niemand, daß die Engländer vor ihrem Abzug, rein zum Jux und aus proarabischer Sympathie, mit ihren ausgezeichneten Kolonialtruppen Ostjerusalem für die Araber eroberten und dann ihr gesamtes Waffenarsenal an die Araber verschenkten. All diesen Tatsachen und Zusammenhängen zu Trotz betrachtet man heute weltweit die Rückeroberung Ostjerusalems durch die Israelis in einem ihrer reinen Verteidigungskriege als eine »unstatthafte Aggression«, und ohne jeden Zweifel wird sich gegebenenfalls auch eine massive UNO-Mehrheit zu dieser Auffassung bekennen.

Inzwischen macht eine weitere Falschmeldung über Israel die Runde. Tatsache ist, daß Dr. Herzl nach seiner Palästinareise verkündete, die Juden, ein »Volk ohne Land«, sollten dieses »Land (praktisch) ohne Volk« besiedeln. Irgendein Antizionist hat nun die reine Phantasielüge aufgebracht, Herzl habe in Wirklichkeit ein von Arabern dicht besiedeltes und blühendes Land vorgefunden und seinen Irrtum bitter bereut. Seither vergeht kaum eine Woche, in der diese Phantasielüge nicht auch von jüdischen Publizisten nachgeplappert wird, die für ihre »Israelkritik« zugleich auch Bundesverdienstprämien und andere Preise einkassieren.

Wenn man will, ist auch das ein jüdischer Witz, wenn auch zur Abwechslung ein miserabler. Er belegt das bekannte psychische Syndrom des Selbsthasses bei Gruppen und Individuen, die zu lange unterdrückt wurden. Das interessanteste jüdische Beispiel aus der frühen Neuzeit ist der spanische Großinquisitor Torquemada, ein jüdischer Konvertit, und aus der jüngsten Zeit der hochbegabte Philosoph Otto Weininger, der aber, im Gegensatz zu den heuti-

gen Israelverleumdern, aus seinem Judenhaß kein Geschäft machte, sondern sich blutjung erschoß.
Uns interessiert hier aber nicht das Phänomen des jüdischen Selbsthasses, sondern der wachsende Israelhaß, der sich, genau wie die Phantasieverleumdungen des Mittelalters, mit dem zunehmenden weltweiten Sukkurs für den jungen Judenstaat tödlich auswirken kann. Uns interessiert, wie sich diese Tatsache auf den Judenwitz in Israel auswirken könnte. Besteht eine Chance, daß er, dadurch stimuliert, wieder zu seiner alten Pracht und Tiefe heranreift?
Nein. Denn erstens bleibt den Israelis nach wie vor die Möglichkeit, sich nicht wehrlos abschlachten zu lassen, sondern in der Schlacht zu sterben. Und zweitens fehlt im Lande seit seiner Entstehung gerade jene Schicht, die den hochwertigen Judenwitz im Exil erzeugt hat: talmudgebildete Skeptiker und Agnostiker. In Israel befassen sich, außer professionellen Fachgelehrten, nur die Charedim, die Superorthodoxen, mit dem Talmud; Fundamentalisten und generell tief Gläubige sind aber überall auf der Welt total witzlos, da bilden auch die Juden keine Ausnahme.
Wo also kann es in Zukunft noch Judenwitze mit der alten Pracht und Niveauhöhe geben?
In Europa hat Hitler zusammen mit den Juden auch den alten Judenwitz ermordet. Talmudgebildete Skeptiker dürften bei den Überlebenden so rar sein wie sommersprossige Neger.
Bleibt also noch Amerika. Auch dort gibt es diese Art talmudgebildeter Skeptiker schon lange nicht mehr. Die Verhältnisse liegen drüben ähnlich wie in Israel. Anders als in Israel gibt es drüben natürlich Antisemitismus, aber trotzdem keine Unterdrückung, und erst sie evoziert den Judenwitz. Ganz erstorben ist er drüben zwar nicht, er ist aber motivarm geworden. Im wesentlichen kreist er nur

noch um die Psychoanalyse, die drüben zu einer regelrechten »Ersatzreligion« angeschwollen ist, und außerdem um die berühmte »jidische Mame«, die drüben zwar ihre einstige wichtige Funktion für die ostjüdische Familie längst eingebüßt hat, sich aber damit nicht abfinden will und dadurch für die Söhne zum Albdruck wird. Diese eingeengte Thematik raubt aber dem Judenwitz drüben seine hohe Bedeutung...

Wir müssen uns also damit abfinden, daß es die Konditionen, mit denen der großartige Judenwitz Europas stand und fiel, nirgends mehr gibt und auch in Zukunft nirgends mehr geben wird. Er ist heute lediglich ein Relikt aus der Vergangenheit, genau wie das deutsche Märchen. Wir können ihn nur noch sammeln, genießen und den Außenstehenden erklären.

Und nachdem wir um seinen tragischen Background wissen, können und dürfen wir auch mit den Juden zusammen über ihn lachen...

Zum Abschluß möge nicht ein jüdischer Witz, sondern eine alte jüdische Parabel illustrieren, was es mit dem »jüdischen Lachen« auf sich hat. Die Handlung spielt im Zarenreich, bei einem Judenpogrom – sie könnte genausogut in Auschwitz abrollen:

Das Bübchen, das im Cheder bereits die Bibel gelesen hat: »Tate, es steht doch geschrieben, Gott werde uns helfen und unsere Feinde bestrafen. Warum also geht es uns dann so schrecklich schlecht und unsern Mördern so gut?«

Der Vater: »Weißt du, das ist nur im Diesseits so. Im Jenseits wird es dafür uns *gutgehen und unsern Mördern schlecht...«*

Lange Pause. Dann, mit bitterem Unterton: »Das heißt, gelacht *hätt ich, wenn es auch im Jenseits genauso wäre!«*

Deutlicher und eindeutiger könnte man auch in der umfangreichsten Abhandlung nicht darlegen, was es mit dem jüdischen Witz und dem jüdischen Lachen auf sich hat.

* * *

Nun noch ein Wort zu Witz und Tragik in jüdischen Familiennamen.

Nicht nur durch ihre Geschichte und Witzfolklore unterscheiden sich die Juden von allen andern Völkern und Religionsgemeinschaften: Auch ihre Familiennamen bergen teilweise sowohl den tragischen Background der spezifisch jüdischen Exilsituation, wie auch jüdischen Witz.

Im Gelobten Land kannten die Juden noch keine Nachnamen, man fügte dem »Vornamen« nur hinzu: »Sohn des . . .«.

Als Nachnamen ringsum üblich wurden, legten sich natürlich auch die Juden welche zu. Nach Möglichkeit verwiesen sie hierbei auf ihre religiöse Tradition: Zur Zeit, da es den Tempel in Jerusalem noch gab, war die ganze Nation von ihrer Funktion beim Tempelkult her in drei Gruppen aufgeteilt: die Kohanim (Sing. Kohen) = Priester, die Leviten (Sing. Levi) = Hilfspersonal beim Tempelkult, und das restliche Volk hieß einfach »Israel«. Da alle drei Bezeichnungen bei den Juden erblich und bis heute üblich sind, obwohl es den Tempel und Opferkult längst nicht mehr gibt, wurden sie im Exil oft zu Familiennamen und je nach sprachlichem Umfeld unterschiedlich geschrieben: Die Kohanim wurden zu Kohen, Kohn, Cohn, Cohen; in Rußland, wo man in der Sprache kein H kennt und es gern durch G ersetzt (so bei Heinrich = Genrich), hießen und heißen sie auch mitunter Kagan oder Kogan, manchmal auch Kaganowitsch etc. Waren sie Rabbiner, so nannten sie sich hebr. Rabin; Rabbinersöhne wurden in Rußland zu Rabinowitch.

Als ihnen in Europa, vor allem auf deutschem Sprachboden, plötzlich verboten wurde, hebräische Elemente in ihre Namen einzubauen, gehorchten sie nur scheinbar und wichen auf deutschklingende, ähnliche Wortbildungen oder, noch besser und raffinierter, auf absolut deutsche Begriffe aus, die in Wirklichkeit ein hebräisches Anagramm oder Akronym waren. Ein Kohn wurde jetzt ein Korn, Kern, in Ungarn Kertesz; ein Levi nannte sich nunmehr Löwi oder Löw, was zugleich den Vorteil bot, der deutschen und auch deutsch-jüdischen Sitte entsprechend scheinbar ein Tiername zu sein – Männer nannten sich gern auch Bär oder Wolf, Frauen benannte man Ricke, Täubchen, Vögele etc. Und aus »Israel« machten die Juden jetzt sogar einen Isidor – also einen altägyptischen Isisanbeter! Und hatten sie sich bis dahin »Lamdan« (hebr. Gelehrter) genannt, so hießen sie jetzt »Landmann«, auch wenn sie mit Landwirtschaft nichts zu tun hatten, auch nichts zu tun haben durften laut vatikanischem Verbot für Juden!

Der Herr Blau, der zusammen mit einem Herrn Grün im alten jüdischen Witz aus der k. u. k. Monarchie genauso regelmäßig auftaucht wie im Kölner Witz Tünnes neben Scheel, hat mit der lieblichen Himmelsfarbe nichts zu tun, sondern ist in Wirklichkeit ein Rabbinersohn, der sich respektvoll »Ben le'adoni awi« (Sohn meines Herrn Vaters) nennt, wobei man wissen muß, daß die hebräische Schrift dasselbe Zeichen Waw für U und für W benützt. Und Herr Bad oder Badt ist nicht der Sohn eines Bademeisters, sondern ein »Ben David«. Herr Brill ist kein Optiker, sondern ein »Ben Rabbi Jehuda Laib«, also eine aparte Mixtur aus Hebräisch und Deutsch, denn Laib ist deutschjüdisch = Löwe.

Und heißt ein Jude Rubin oder Rubinstein, so stammt er bestimmt nicht von Juwelieren, sondern von einem Vorfahr namens Re'uwen, in deutschen Texten meist »Ruben«.

Ausgesprochen witzig ist, daß sich der Kohen zedek, der gerechte Priester, in einen Katz verwandelt – sämtliche

Juden mit diesem Namen stammen garantiert von Kohanim!

War der »Namenskandidat« ein guter Bibelkenner, dann bastelte er sich einen deutschen Begriff aus einer ganzen Bibelstelle zusammen: Ein Jude namens Wallach ist kein Pferdehändler, sondern sein Name ist das Kürzel für das Bibelgebot »Du sollst Deinen Nächsten lieben wie Dich selbst«, das sogar manche christlichen Theologen irrtümlich für eine Innovation Jesu halten, das Jesus aber in Wirklichkeit aus dem 3. Buch Mosis 19,18 zitiert: »We'ahawta le're'echa kamocha!«, wobei man wissen muß, daß der hebr. Buchstabe Kaw auch als CH gesprochen werden kann.

Noch »gebildeter« ist die Herkunft des häufigen jüdischen Familiennamens Bloch. Auch er ist ein Bibelzitat (Ps. 19,18), bei dem aber der leichteren Aussprache wegen die beiden Satzhälften umgestellt wurden – Waw konnte dabei auch als O oder U gesprochen werden: »Neki chapaim u'war lewaw.« Nach Luther: »Wer reine Hände hat und ein lauteres Herz.«

Eine Sonderklasse für sich bilden die Nachkommen von Opfern der schrecklichen Judenmassaker der Kreuzfahrerzeit. Ihnen, deren Leichen oft genug nicht rituell beerdigt, sondern nur roh »entsorgt« worden waren, setzten die entkommenen Söhne ein Grabmal in ihrem Familiennamen. Ein Jude namens Saks oder Sachs stammt nicht unbedingt aus Sachsen, sondern ist sehr viel wahrscheinlicher ein »sera kodesch Stendal oder Speyer«: Samen (Nachkomme) eines Märtyrers aus Stendal oder Speyer. Ein Back, Beck oder Backes entstammt auf keinen Fall der Bäckergilde – die Juden hatten zu den Handwerksgilden keinen Zutritt, durften nur Geldwechsler und Hausierer sein –, sondern gleichfalls Nachkomme von Pogromopfern: Ben Kedoschim, mit einem Schluß-SS dazu: von Stendal oder Speyer...

Mit andern Worten: Mit dem Verbot »hebräischer Namen« konnten schriftgelehrte Juden genial zurechtkommen. Damit war es aber mit einem Schlag aus, als namentlich in der Donaumonarchie eine antisemitische, sich »witzig« dünkende Bürokratie sich in die Namengebung der Juden aktiv einzumischen begann. War ein Jude reich, dann konnte er sich natürlich einen »schönen Namen« durch Bestechung kaufen. Die (inzwischen durch Hitler gründlich ausgerottete) Familie meiner Mutter hieß Gottesmann – es waren bemittelte Rabbiner. Andere zogen Namen wie Goldblum oder Silberstein vor. War einer bettelarm, dann lachten sich die Herren Namengeber kaputt, während sie ihm etwa den Namen Gesäßgezwitscher, Stinkfuß oder Treppengeländer anhängten...
Hierauf bezieht sich auch ein jüdischer Witz:

Jankew kommt von der Namensbehörde ganz geknickt nach Hause.
»Wie heißen wir jetzt?« fragt sein Weib neugierig.
»Schweißloch«, berichtet der Ehemann.
»Gewalt geschrien!« jammert sein Weib. »Konntest du dir nichts Besseres aussuchen!«
Der Ehemann: »Was heißt aussuchen?! Schon das *W* allein hat mich zusätzliche hundert Gulden gekostet.«

Zu der originellen Tatsache, daß weibliche Vornamen und Berufe oft ein Element jüdischer Familiennamen (wie Salkind, Rifkind, Zipkes, Taubes, Serkin, Buber und Bubis) bilden, cf. S. 33f. Jedenfalls dürfte es kaum ein zweites Volk auf der Welt geben, bei dem sogar die Familiennamen so eng mit der Tragik seiner Existenz und zugleich mit seiner Witzfolklore verbunden sind.

Dr. phil. Salcia Landmann
Winkelriedstr. 1, CH-9000 St. Gallen

Das war der jüdische Witz

Wenigstens im Witz wollten die Juden gern auch einmal über ihre Feinde triumphieren. Sie erfanden entsprechende Parabeln; in der nachfolgenden verhöhnen sie, ein Volk, bei dem Bildungswissen einen hohen Stellenwert genießt, zugleich einen ignoranten Glaubensbruder in einer Form, die nur versteht, wer Hebräisch kann: Die zwei Wörter »ejneni jodea« bedeuten auf deutsch »Ich weiß nicht«.

Zaristisches Rußland. Der Fürst hat einen neuen Popen angestellt, der zugleich ein perfekter Kenner des jüdischen Schrifttums ist. Er arrangiert einen öffentlichen Disput zwischen seinen Dorfjuden und dem Popen; wer zuerst eine Antwort nicht weiß, soll auf der Stelle geköpft werden.

Die Juden sind verzweifelt. Die meisten von ihnen können nur die Gebettexte rezitieren, und auch der bescheidene Dorfrabbiner ist nicht eine solche Kapazität, daß er einem hochgebildeten Theologen gewachsen wäre.

Da meldet sich ein primitiver Schnorrer, ein totaler Ignorant in puncto judaistem Wissen, freiwillig für den Disput.

Die Juden sind entsetzt, aber zugleich erleichtert.

Der Schnorrer bittet, als erster fragen zu dürfen, was ihm der Pope leutselig gewährt.

»Was heißt: Ejneni jodea?« fragt er.

Der Pope, lachend: »Ich weiß nicht« – und prompt wird er geköpft.

Die Juden umringen voller Bewunderung den Schnorrer und fragen: »Wie bist du auf diese brillante Idee gekommen?«

»Ganz einfach«, entgegnet er stolz, »vor Jahren habe ich einmal unsern Rabbi gefragt, was das heißt, und er hat geantwortet ›Ich weiß nicht‹, und da habe ich mir gesagt: Was nicht einmal unser hochverehrter Rabbi weiß, das wird der Pope erst recht nicht wissen!«

*

Zu ihrem Gott haben die Juden ein völlig anderes Verhältnis als die Christen. Die Frommen unter ihnen sind zwar gegebenenfalls sogar bereit, für ihn zu sterben, aber sie fühlen sich ihm so familial und intim verbunden, daß sie ihm in ihren schönen Volksliedern und in ihren Witzen auch bittere Vorwürfe darüber machen, warum er sie in schwerster Not im Stich läßt, und sich auch regelrecht mit ihm herumzanken.

Der bettelarme Dorfrabbiner gibt einem besonders arroganten Schnorrer seine letzten Kopeken. Schreit sein Weib: »Wie kannst du einem solchen Lumpen unser letztes Geld geben, während unsere Kinder vor Hunger weinen?«
Darauf der Rabbi: »Nun, soll ich wählerischer sein als Gott? Schau dir doch an, wem *ER* das Geld gibt!«

*

Nirgends wird die totale Kluft zwischen jüdischen gottergebenen Mystikern und dem Zorn der kritischen Aufklärer deutlicher als in den Anekdoten und Witzen, die chassidische Demut und Gottergebenheit verhöhnen, eine Haltung, die der Christ irrtümlich für original christlich hält.

Der Sohn des armen Dorfrabbiners aufgeregt zu seinem Vater: »Tate, soeben bin ich dem Jankel begegnet, der von dir eine Rente aus der Armenkasse bekommt – er hat auf dem Markt für den Schabbes die teuersten Weine und Fische eingekauft, während bei uns im Hause sogar das trockene Brot fehlt!«
Darauf der Rabbi: »In diesem Fall muß ich sein Wochengeld erhöhen. Ich wußte nicht, daß er so anspruchsvoll ist.«

*

Solche, für die eigene Familie tödliche Superphilanthropie und Weltfremdheit gab es natürlich nicht nur bei ordinierten armen Dorfrabbinern, sondern auch und vor allem bei jenen zahlreichen Ehemännern, die zuvor nur den Talmud studiert hatten, auch nach der Heirat nichts anderes taten und es den Ehefrauen überließen, die ganze Familie zu ernähren. In den ersten Jahrhunderten nach Abschluß der Bibelredaktion hatten sich – ähnlich wie bei allen andern Völkern bis heute – nur jene mit theologischem und juristischem Schrifttum befaßt oder gar an dessen Erweiterung selber mitgearbeitet, die darin ihren spätern Beruf sahen: Im Gelobten Land waren das die präsumtiven Talmudprofessoren und im Exil die Rabbinen. In dieser Funktion erfüllten sie für die jüdische Gemeinschaft namentlich im Exil eine lebenswichtige Aufgabe. Von den zahllosen jungen Talmudgelehrten konnten aber in der Neuzeit nur die wenigsten entsprechende Lebensstellungen finden. Manche wechselten in profane Berufe über, und es gelang ihnen manchmal, gerade dank ihrem beim Talmudstudium erworbenen Gehirnschliff, raschester Aufstieg.

Andere jedoch brüteten weiterhin über ihren Talmudfolianten und entwickelten dabei manchmal eine kaum vorstellbare Weltfremdheit.

Nur nebenbei sei hier erwähnt, daß dies eine gleichsam vorweggenommene Frauenemanzipation zur Folge hatte: Die armen Frauen warteten nicht müßig den Hungertod ihrer Kinder ab, sondern suchten sich ihrerseits einen Broterwerb. Das schlug sich dann später auch in den jüdischen Familiennamen nieder. Denn der Christ kannte den Laden nur unter dem Vornamen der Frau. So entstanden Namen wie Serkin (= Ehemann oder Sohn von Sarchen, diminutiv von Sara), *Taubes* (von Taube; die Juden brachten aus Deutschland die nichtjüdische Gewohnheit mit, ihre Kinder nach verschiedenen Tieren zu benennen), *Zipkes* (von Zippora),

Rifkind (von Riwka = Rebekka). *Andere Nachnamen gehen auf den Beruf der Mutter oder Ehefrau zurück: Bubis und Buber kommt von Bube, jiddisch Hebamme, hergeleitet von slawisch Baba = Großmutter, alte Frau.*

Eine Frau, die mit ihrem Laden die Familie ernährt, während ihr Mann seinem Talmudstudium nachgeht, bittet ihn, sie im Laden für eine Stunde abzulösen, weil sie das Sabbatmahl vorbereiten muß. Als sie zurückkommt, sieht sie: Es stehen im Laden zwei Kosaken, die ungeniert die Regale ausräumen, und der Mann schaut schweigend zu. Sie vertreibt die Kosaken und schimpft mit ihrem Mann: »Du Batlan *(Nichtstuer)*, warum hast du nicht geschrien?« »Wozu?« fragt der Mann verwundert. »Wenn Rabbiner plötzlich stehlen würden – dann hätte man Grund zur Aufregung. Aber daß Kosaken stehlen, das ist doch ganz normal!«

*

Im Mittelalter war den Juden auf christlichem Siedlungsboden meistenorts Landerwerb verboten. So übten nur wenige von ihnen einen Beruf aus, der Körperkraft erforderte. Und Sport – wie die alten Griechen – trieben sie natürlich erst recht nicht. Daher standen sie Situationen, die Kraftanstrengung erforderten, oft recht hilflos gegenüber.

Ein Baumstamm liegt quer über der Straße. Juden nähern sich dem Hindernis im Fuhrwerk und diskutieren ergebnislos, was man tun könnte. Da kommt auf einem zweiten Fuhrwerk ein kräftiger Bauer, steigt ab, packt den Baumstamm und schiebt ihn beiseite.
Jankel zu Schlojme, verächtlich: »Kunststück, mit Gewalt!«

»Warum gibt es eigentlich weniger Pferde als Ochsen, obwohl man doch die Ochsen schlachtet?«

»Das ist doch klar: weil man die Pferde stiehlt!«
»Aha! ... aber wieso gibt es dann dort, wo man die gestohlenen Pferde hinbringt, nicht mehr Pferde als Ochsen?«
»Auch das ist klar; dort stiehlt man die Pferde ja auch!«

*

Islam und Judentum driften in vieler Hinsicht weit auseinander. Beiden gemeinsam jedoch ist der hohe Stellenwert, den sie der Wohltätigkeit, dem Almosen beimessen. Im traditionellen Judentum führt das dazu, daß der Schnorrer mit der Unverschämtheit eines Gläubigers auftritt.

Zwei Schnorrer haben den ganzen Tag über die Häuser der Reichen abgeklappert und sinken jetzt im Hekdesch, im Armenasyl, erschöpft auf ihre Betten.
Plötzlich springt Awrom wieder auf und erklärt: »Ich habe ganz vergessen, beim reichen Rosenblum vorbeizuschauen; der gibt mir immer zwei Gulden!«
»Wir sind beide todmüde«, gibt sein Kamerad zu bedenken, »schenk ihm schon die zwei Gulden!«
Darauf Awrom, empört: »Warum soll ich ihm etwas schenken? Schenkt er *mir* etwas!?«

Hierzu eine hübsche Variante:
Der Schnorrer Jossel trifft den reichen Halpern, der ihm sonst immer zehn Rubel schenkt, tief besorgt über seinen Geschäftsbüchern brütend an.
»Heute kann ich dir nichts geben«, bedauert Halpern, »ich stecke tief in Schulden und bin ruiniert!«
Jossel, tief entrüstet: »Auf *meine* Kosten wollen Sie fallieren!?«

Der Schnorrer Chaim kommt in ein Haus, in dem er sonst immer großzügig beschenkt wurde. Diesmal sagt die Hausfrau bedauernd: »Ich kann Ihnen leider kein Geld geben, es geht uns selber schlecht. Aber ich habe da noch

eine tadellose Hose von meinem Mann. Schauen Sie, sie ist noch fast neu!«
Chaim inspiziert die Hose und bestätigt: »Sie haben recht. Bitte, kaufen Sie mir die Hose ab! Schauen Sie: Sie ist noch fast neu!«

*

Den Armen Gutes zu tun ist eine Mizwa, das heißt ein religiöses Gebot.
Eine jüdische Gemeinde ist so wohlhabend geworden, daß eines Tages niemand mehr da ist, dem man Gutes tun könnte. Man verschreibt sich daher einen Schnorrer aus Kasrilewka. Dieser wird mit der Zeit so anmaßend, daß man ihn zur Bescheidenheit mahnt.
Da sagt er drohend: »Ich fahre sofort nach Kasrilewka zurück! Dann könnt ihr zusehen, an wem ihr eure Mizwes erfüllen könnt.«

Hausherr: »Meine Kasse ist im Augenblick leer. Kommt morgen noch einmal!«
Schnorrer: »Nein. Ich habe durch Kreditgewähren schon zu viel Verluste gehabt!«

Ein Schnorrer kommt zu Goldstein: »Helfen Sie einem armen Juden! Mein Haus mit allem darin ist mir verbrannt!«
Sagt Goldstein: »Habt Ihr nicht eine Bestätigung von Eurem Rabbi, daß dem so ist?«
»Gehabt, gehabt«, jammert der Jude, »ist leider mit verbrannt.«

Ein Schnorrer hat von einem Bankier etwas Geld bekommen.
Als der Bankier mittags sein feudales Restaurant betritt, sieht er den Schnorrer dort Lachs mit Mayonnaise essen. Er sagt zornig: »Das geht zu weit! Erst schnorren Sie mich

an – und dann sitzen Sie hier und essen Lachs mit Mayonnaise?!«
Der Schnorrer, empört: »Ja, was wollen Sie von mir? Hab ich kein Geld, dann *kann* ich keinen Lachs mit Mayonnaise essen; habe ich Geld, dann *darf* ich keinen Lachs mit Mayonnaise essen – wann also *soll* ich Lachs mit Mayonnaise essen?«

»Bitte helfen Sie mir! Ich war bei einer Wanderkapelle, nun hat sie sich aufgelöst, und ich sitze ohne einen Heller hier in der fremden Stadt. Ich bin ein notorischer Pechvogel.«
Hausherr, mißtrauisch: »Welches Instrument spielen Sie?«
Der Schnorrer denkt lange nach und erklärt dann: »Oboe.«
Der Hausherr öffnet den Schrank und nimmt eine Oboe heraus: »Spielen Sie mir etwas vor!«
Der Schnorrer: »Da sehen Sie nun selber, daß ich Ihnen die Wahrheit gesagt habe und daß ich wirklich ein Pechvogel bin: müssen Sie ausgerechnet eine Oboe besitzen!«

Schnorrer: »Sie haben mir versprochen, mir jeden Monat ein paar Gulden für die Mitgift meiner Tochter zu geben.«
Der Hausherr: »Ihre Tochter ist doch kürzlich gestorben!«
Schnorrer: »Nu – sind Sie ihr Erbe oder ich?«

Schnorrer zum reichen Verwandten: »Meine arme ledige Tochter bekommt schon graue Haare. Helfen Sie mir! Geben Sie mir ein paar hundert Gulden für ihre Mitgift!«
»Nein, so reich bin ich nicht. Aber ich gebe Ihnen jeden Monat zehn Gulden. Ich will Ihnen das zukommen lassen, solange ich lebe.«

Der Schnorrer: »Ach, bei Ihrem Glück sterben Sie schon morgen!«

»Bitte geben Sie mir eine Unterstützung. Ich habe einen Bronchialkatarrh und möchte nach Ostende fahren.«
»Müssen Sie als Schnorrer ausgerechnet einen der luxuriösesten Badeorte der Welt aufsuchen?«
»Für meine Gesundheit ist mir nichts zu teuer.«

»Gebt mir doch wenigstens einen Groschen!«
»Einem gesunden Kerl wie dir gebe ich kein Almosen.«
»Soll ich mir Eurer paar Kupfermünzen wegen Arme und Beine brechen und ein Krüppel werden?«

Bankier zum bankrotten Händler, der ihn anschnorrt: »Ich mußte gestern meinen christlichen Buchhalter entlassen. Ich gebe Ihnen seine Stelle, und Sie bekommen im Monat zweihundert Francs mehr.«
»Wissen Sie was – ich verschaffe Ihnen einen neuen christlichen Buchhalter zum alten Preis. Und mir zahlen Sie jeden Monat die Differenz.«

Ein Schnorrer aus Podolien kommt zum erstenmal nach Berlin. Am Bahnhof sieht er eine Türe, durch die dauernd eilige Herren hinein- und herausstürzen. Er versucht, die Aufschrift zu entziffern. Das Wort ist ihm unbekannt...
Ein eleganter, dicker Jude kommt zur Türe heraus. Der Schnorrer denkt: da drin muß ein reges Geschäft sein. Vielleicht hat der Herr gerade gut verdient und ist gut aufgelegt? Und er schnorrt ihn an.
Der Herr gibt ihm eine Mark.
Der Schnorrer, enttäuscht: »Eine Mark geben Sie mir? Wo ich doch mit Ihrem Herrn Vater auf du und du gestanden bin!«
»Wie!? Sie haben meinen Vater gekannt?«

»Aber natürlich! Wer hätte den alten Klosett nicht gekannt!«

Sauerteig kommt zum reichen Silberfeld: »Möchtet Ihr mir nicht leihen zwanzig Gulden für zwei Tage? Ich kann machen damit ein gutes Geschäft.«
»Und wieviel wirste verdienen bei deinem guten Geschäft?«
»Zehn Gulden.«
»Weißte was, Sauerteig? Ich wer dir schenken zehn Gulden, dann haben wir beide bei dem Geschäft verdient zehn Gulden.«

Schnorrer: »In Anbetracht Ihres Wohlstands und meiner Misere bitte ich Sie, jede Anwandlung von Geiz zu unterdrücken und ...«
Hausherr: »So redet man nicht mit mir, wenn man Geld von mir haben will!«
Schnorrer: »Wollen Sie mich schnorren lehren?«

Der Schnorrer hat vom Hausherrn keinen Pfennig erhalten. Beim Abschied wünscht er feierlich: »Möge es Euch ergehen wie den Erzvätern Abraham, Isaak und Jakob!«
Hausherr: »Wieso segnet Ihr mich?«
Schnorrer: »Wieso segnen? Ich habe gewünscht, daß Ihr herumirrt wie Abraham, blind werdet wie Isaak und hinkt wie Jakob.«

Vereinzelt sind die Schnorreranekdoten nicht komisch, sondern herzzerreißend. So die nachfolgende:
Ein angesehener Familienvater, den man für reich hielt, hatte in Wirklichkeit sein ganzes Geld verloren. Der Rabbi und der Rosch-hakahal, der Gemeindepräsident, unternahmen es daher persönlich, bei allen reichen Gemeindemitgliedern Spenden für den Unglücklichen zu

sammeln, ohne seinen Namen zu nennen. Sie kamen auch zu einem Fabrikanten.

»Ich biete euch fünfzig Rubel, wenn ihr mir verratet, um wen es sich handelt«, sagte der Fabrikant.

Die beiden blieben hart.

»Ich biete hundert... zweihundert... fünfhundert Rubel!«

Mit fünfhundert Rubel wäre dem Unglücklichen geholfen gewesen, dennoch schwiegen der Rabbi und der Roschhakahal.

Da sagte der Fabrikant: »Offen gestanden – ich habe gar keine fünfhundert Rubel. Ich wollte nur eure Verschwiegenheit prüfen. Nun ich sie kenne, bitte ich euch: schnorrt für mich mit!«

*

Die ungewöhnlich hohe positive Bewertung der Wohltätigkeit, die den Bettler und Sozialschmarotzer in einen unverschämten Gläubiger verwandelt, ist, wir sagten es schon, sowohl für das nachbiblische Judentum, wie auch für den Islam charakteristisch. Jesus steht ganz in dieser Tradition, die sich vor allem in der talmudischen Agada, den Sagen und Legenden, niederschlägt: Sie wimmelt von Gestalten, welche die Selbsterhaltung zugunsten der Wohltätigkeit mißachten; der jüdische Witz rechnet mit dieser Haltung – wie wir schon sahen – zornig und höhnisch ab. Sie entspricht aber nicht der Hauptausrichtung des Talmud, der Halacha, welche ausdrücklich verbietet, sich mit Wohltaten wichtig zu machen, solange die eigene Familie darbt.

Diese halachischen Direktiven und Normen sind nicht nur zur Erhellung und Deutung der jüdischen Witzfolklore bedeutsam, sondern von zeitlosem positiven Wert auch für Nichtjuden, neuerdings insbesondere für Volk und Regierung Deutschlands, wo man, an sich mit Recht, bedrückt über das, was man in den Nazijahren vor allem den Juden angetan hat, aus einer total perversen, historisch einmaligen Flagel-

lantenstimmung heraus das Phänomen der Pseudoasylanten geschaffen hat, die den jetzt schon hoffnungslos überschuldeten Staat über 40 Milliarden DM pro Jahr kosten, und die seit Menschengedenken die einzige Sozialgruppe sind, die ihre Privilegien dem Rest der Bevölkerung gegenüber, im Gegensatz etwa zur einstigen Feudalschicht, ohne irgendeinen Nutzen oder eine positive Leistung für die Gemeinschaft empfängt. Zu einer Kurskorrektur könnte da einzig ein solides Studium der talmudischen Halacha durch die politische und moralische Nomenklatura Deutschlands führen.
Aus einem witzigen Ausspruch des berühmten, jiddisch schreibenden Humoristen Scholem Alejchem erfahren wir umgekehrt aber auch, wie eine Gemeinschaft aussieht, für welche die biblischen und nachbiblischen jüdischen Direktiven zugunsten der sozial Schwachen und Wehrlosen überhaupt keine Geltung haben:

Schalom Alejchem hat die »Freiheit« in den USA folgendermaßen definiert:
»Wenn einer nichts hat – steht es ihm frei, zu verhungern.
Wenn einer keine Stellung hat – steht es ihm frei, mit dem Kopf gegen die Wand zu hauen.
Wenn einer ein Bein bricht – steht es ihm frei, auf Krücken zu gehen.
Wenn einer nichts zu essen hat – steht es ihm frei, zu betteln.
Und wenn einer tot ist – steht es ihm frei, sich begraben zu lassen.«

*

Wir erwähnten im Vorwort die feste jüdische Sitte, die Talmudstudenten, die präsumtive geistige Führungselite, tatkräftig zu unterstützen. Es gab daher auch den Brauch, mittellosen Kandidaten an je einem Tag pro Woche Freitisch im eigenen Hause zu gewähren. Man nannte das »Teg (Tage) *essen«. In kleinen, armen Gemeinden konnte das darauf hinauslaufen, daß so ein armer Kerl auch einmal einen ganzen Tag fasten mußte. Kein Wunder, daß die ausgehungerten Burschen, wenn sie sich einmal satt essen durften, massiv und hemmungslos zugriffen.*

Der Rabbi hat zum festlichen Sabbatmahl einen armen Talmudstudenten eingeladen. Die Frau reicht ihm höflich als erstem die Platte. Der Bocher *(Jüngling)* reißt dem Huhn ungeniert beide Schenkel aus.
»Schenkel eß ich auch sehr gern!« sagt der Rabbi wehmütig.
Darauf der Bocher: »Aber so wie ich – keiner!«

Bei einem andern Festmahl liegen auf dem Tisch auch herrlich duftende Challes *(Weißbrot für den Sabbat)*.
Die Rabbinerin reicht dem Bocher das Brot – er greift über ihre Schulter hinweg nach der Challe.
Als er das zum drittenmal tut, mahnt die Rabbinerin freundlich: »Nehmen Sie doch auch einmal Brot!«
»Danke«, lehnt der Bocher ab, »ich bevorzuge Challe!«
»Aber die ist viel teurer«, gibt die Rabbinerin zu verstehen.
»Ja«, bestätigt der Bocher, »aber sie ist auch viel mehr wert!«

Ein armer Jeschiwebocher *(Talmudstudent)* ist zum Sabbatmahl bei einem reichen Bürger eingeladen. Der ausgehungerte Jüngling schenkt sich ein über das andere Mal von dem guten Schnaps ein und tunkt das Gläschen jeweils mit einem Stück Eierzopf im Nu aus.
Dem Hausherrn tut das Herz weh beim Anblick seines hinschwindenden Schnapses. Den Gast direkt tadeln – das geht nicht gut. Da fällt ihm eine passende Bemerkung ein: »Ihr seid doch ein gelehrter Student. Vielleicht könnt Ihr mir erklären, wozu Moses das Rote Meer zu spalten

brauchte? Es hätte doch einfach jeder Jude ein Stück Eierzopf hineintauchen können – das Meer wäre im Nu trocken gewesen!«
Der Bocher: »Nein, das ging nicht! Es war ja damals Pessach *(jüdische Ostern, während der kein gesäuertes Brot genossen werden darf. Man feiert sie zur Erinnerung an den Auszug aus Ägypten)*, und da durfte man keinen Eierzopf essen!«

Der Bocher ist bei einer Familie zum Mittagessen eingeladen. Es gibt Topfenknödel. Der junge Mann verschlingt unvorstellbare Mengen.
Schließlich kann der Hausherr nicht mehr an sich halten und fragt: »Sagen Sie, Bocher, haben Sie immer einen solch gesegneten Appetit?«
Darauf der Bocher, mit vollem Mund: »Was wäre erst, wenn ich sie gern essen täte?«

Beim Rabbiner wird ein Jeschiwebocher zum Mittagessen eingeladen. Gerade an diesem Tag hat die Rabbinerin eine herrliche Gansleber gebraten. Man kennt den Bocher und seinen Appetit. Wie verhindert man, daß er den Großteil der Leber wegißt?
Der Rabbi weiß Rat: »Du stopfst soviel Suppe, Bohnen, Kartoffeln in ihn hinein, bis er gar nichts mehr mag. Erst dann bringst du die Gansleber herein!«
Gesagt, getan. Als der Bocher so vollgegessen ist, daß er vor den angebotenen Platten zurückschaudert, gibt der Rabbi seiner Frau einen Wink. Sie bringt die Leber herein, und, ihrer Sache sicher, bietet sie dem Bocher zuerst die Platte an. Aber siehe – er schneidet sich eine Riesenportion herunter!
Der Rabbi ist baff: »Bocher, du hast doch gesagt, daß du keinen Bissen mehr hinunterbringst! Und jetzt schlingst du wie ein Wolf?!«

»Rebbeleben«, erklärt der Bocher, »wenn am hohen Feiertag der Tempel so voll ist, daß keine Nadel mehr zu Boden fallen kann – da kommen Sie daher, und auf einmal tut sich auf eine Gasse ... So geht es mir mit der Leber.«

*

Kein Wunder – wenn auch alles andere als vorbildlich –, daß in manchen Familien als Gegenmittel gegen die hemmungslose Gefräßigkeit der ausgehungerten Talmudstudenten der Brauch aufkam, diesen einfach etwas Billigeres als der Familie vorzusetzen.
Zur nachfolgenden Geschichte muß man ferner wissen, daß es im Judentum strenge Speisevorschriften gibt, wie übrigens auch in den meisten andern Religionen, das Christentum ausgenommen, wo nur die Römisch-Katholischen ein Fleischverbot für Freitag und die Griechisch-Orthodoxen das Verbot aller animalischen Substanzen in den Wochen vor Ostern kennen. Der Bodejk, der Kontrolleur für Kaschrut, die Koschergesetzgebung, muß feststellen, ob beim Schächten und bei der nachfolgenden Behandlung des Fleisches durch den Schächter keine Verstöße gegen die vielen Detailvorschriften vorkommen. In Zweifelsfällen entscheidet der Rabbi, weshalb auch er sich in der Anatomie von Schlachtvieh auskennen muß.

Der Talmudstudent, der im Hause des Rabbi jahrelang Teg essen durfte, meldet sich beim Rabbi zur Abschlußprüfung, um die Ssmicha, die Approbation für das Rabbinatsamt, zu erwerben. Um neben dem Buchwissen des Kandidaten auch seine anatomischen Kenntnisse von Schlachtvieh zu überprüfen, nimmt ihn der Rabbi mit ins Schlachthaus, deutet auf einen halbierten Ochsen und befiehlt: »Zeig mir das Rippenstück, aus welchem man Koteletts herausschneidet.«
Ohne zu zögern, deutet der Bocher auf die hautigen Fußknöchel des Ochsen unmittelbar über den Hufen.

»Du Chammer, du Esel!« ruft der Rabbi aus. »Das sind doch die Fußknöchel!«
Der Bocher, achselzuckend: »Das ist genau das, was ich bei Ihnen immer bekomme, wenn es zum Essen Koteletts gibt!«

Bei einer anderen Familie ist der Hausherr ein »aufgeklärter« Mann. Er provoziert den armen Bocher, der bei ihm Freitisch genießt, indem er über Bibelstellen spottet, die den modernen naturwissenschaftlichen Erkenntnissen widersprechen.
»In der Bibel steht auch dummes Zeug«, sagt er zum Bocher, der traurig am unteren Tischende den billigen Fraß in sich hineinwürgt, den man ihm vorgesetzt hat. »Wie konnte Gott die Sonne bei Gibeon auf Wunsch von Josua zum Stillstand bringen, da sich doch nicht die Sonne um die Erde dreht, sondern die Erde um die Sonne?«
»Nischt Emess! Das ist nicht wahr!« widerspricht der Bocher. »Wenn sich die Erde drehen würde, dann müßte sich auch der Tisch drehen, und dann kämen die guten Sachen, die Ihr weiter oben am Tisch eßt, auch einmal vor mich zu stehen!«

Andere Familien vereinfachten das Problem der kostspieligen Gefräßigkeit des Bochers, indem sie, sooft er mitaß, nur etwas auftischten, das nicht besser war als Gefängniskost. Für die folgende Anekdote muß man ferner wissen, daß der fromme Jude weder ein Getränk noch eine Speise anrührt, ohne vorher den entsprechenden Segensspruch, die Broche, rezitiert zu haben.
Als der arme Dovidl das Haus seines reichen Gastgebers betritt, kommt ihm bereits im Korridor, zum wiederholten Mal, der Geruch von gequollenen Erbsen entgegen. Mißmutig setzt er sich an den Tisch und beginnt, widerwillig den Brei zu löffeln.

»Bocher!« tadelt der Hausherr. »Ihr wollt ein Rabbi werden und fangt an zu essen ohne vorherige Broche?«
»Reb Katzenstein«, klärt ihn der junge Talmudfachmann auf, »es steht geschrieben, man muß sprechen die Broche über alles, was wächst auf einem Baum oder was wächst heraus aus der Erde. Es steht nirgends geschrieben, daß man muß sprechen eine Broche über das, was einem wächst zum Hals heraus!«

Nachfolgend die kulinarisch total unsinnigen Freßhalluzinationen eines halbverhungerten Bochers, der den ganzen Tag fasten mußte – der arme Kerl konnte nicht ahnen, daß er damit prophetisch das hanebüchene gastronomische Allotria vorwegnahm, das in den Wohlstandsjahren in den USA und in Deutschland aufkam.
Schlaflos vor Hunger, wälzt sich der arme Bocher im Hekdesch, auf der harten Bank hin und her, die ihm als Bett dient, und murmelt verträumt: »Schokolade – ist gut, Knobl – ist auch gut... Wie gut muß erst Schokolade mit Knobl sein!«

*

Es war im Osten Sitte, daß die ansässigen jüdischen Bürger durchreisende arme Leute, denen sie am Freitagabend (der Sabbat und die meisten Festtage beginnen bei den Juden am Vorabend) beim Gebet in der Schul, dem Bethaus, begegneten, zu der festlichen Mahlzeit einluden.

Ein Jude lädt einen Schnorrer ein. Als sie zusammen die Synagoge verlassen, heftet sich ein schweigender Jüngling an ihre Fersen, betritt mit ihnen zusammen das Haus, setzt sich an die Festtafel und ißt. Der Hausherr schweigt verwundert. Nach dem Essen fragt er den Gast, ob er den Jüngling vielleicht kenne?
Der Schnorrer: »Aber natürlich! Das ist mein Schwiegersohn. Er ist bei mir auf Köst.« *(Köst ist die vertraglich*

zugesicherte Zeit des Unterhalts des jungverheirateten Paars durch den Vater der Braut.)

Der Schnorrer kommt von seiner Tour nach Hause und erzählt seiner Frau: »Es war großartig! Alle haben sich um mich gestritten! Wo immer ich vor Sabbat eingetroffen bin, hat in der Schul nach dem Gottesdienst ein Hausherr zum anderen gesagt: Er soll zu dir gehen! Und der hat wieder gesagt: Nein, er soll zu dir gehen! Und dann sind noch viele andere hinzugekommen, und jeder hat geschrien, ich soll zum anderen gehen. Sie haben gar nicht aufgehört, sich um mich zu streiten.«

Ein Schnorrer, der zum reichen Leibowitz in Posen kommt, sieht so abgehärmt und verhungert aus, daß dieser ihn ungewöhnlich großzügig beschenkt.
»Haißt e Großmut!« ruft der Schnorrer tief gerührt aus. »Ich wer Sie empfehlen meiner ganzen Mischpoche *(Sippe)* und an alle Schnorrer von mein Mokum *(Ort)*!«

Ein fremder Jude läßt sich in einem guten Hotel eine üppige Mahlzeit servieren und sagt danach zum Wirt: »Bezahlen kann ich nicht. Ich muß erst das Geld in der Stadt zusammenschnorren.«
Der Wirt wird zornig: »Sie werden auf diese Weise niemals genug Geld zusammenkriegen, um eine Rechnung in meinem Haus zu bezahlen, Sie unverschämter Kerl!«
»Sie zweifeln an meinen Fähigkeiten?« fragt der Schnorrer beleidigt, »also bitte, wenn Sie sich besser darauf verstehen als ich, dann gehen *Sie*, und schnorren Sie selber.«

*

Der hohe Stellenwert der Wohltätigkeit bei den Juden und Moslims ändert nichts an der weltweit geltenden Grundtatsache, daß mit wachsendem Wohlstand die Neigung, alles zu teilen und zu verteilen, rapide sinkt.

Der armselige Schnorrer hat auch vom Rabbi ein Almosen erbeten. Nachher fragt er: »Rebbe, wie kommt das: Wenn ich einen armen Teufel anbettle, teilt er mit mir sein letztes Stück Brot und sogar den Strohsack, auf dem er schläft. Komme ich zu einem Millionär, dann läßt er mir durch seine Dienerschaft einen Rubel reichen und wirft mich sogar spätabends ohne Mitleid hinaus!«

»Das kann ich dir leicht erklären«, versichert der weise Rabbi, führt den Schnorrer ans Fenster und fragt: »Was siehst du?«

»Ich sehe Bäume, Pferde, spielende Kinder«, zählt der Schnorrer auf.

Der Rabbi führt ihn vor einen kleinen Spiegel und fragt abermals: »Was siehst du jetzt?«

»Was soll ich schon sehen?« fragt der Schnorrer zurück. »Natürlich mein Gesicht.«

»Begreifst du jetzt?« fragt der Rabbi. »Fenster und Spiegel sind beide aus Glas. Kaum unterlegst du das Glas mit ein wenig Silber – schon siehst du nur noch dich selbst!«

* * *

Der Rabbi weiß auch, daß Gelegenheit Diebe macht und fast automatisch Korruption erzeugt, wenn man keine Strafe befürchten muß.

Für die nachfolgende Geschichte muß man ferner wissen, daß die Leitfiguren der chassidischen Bewegung nicht grundlos »Wunderrabbis« genannt werden: Sie vollbrachten – wie alle Gurus überall auf der Welt – tatsächlich Wunder dank der Tatsache, daß ihre Adepten an sie glaubten. Ein berühmter und kluger chassidischer Wunderrabbi sagte einmal: »Bei soviel Glauben und Zutrauen würde sogar ein Stück Holz Wunder erzeugen!«

Die Folge hiervon war, daß bei den berühmtesten Wunderrabbis großer Andrang von Wundergläubigen herrschte, so daß lange nicht alle auf eine persönliche Audienz hoffen durften. Und das wieder hatte den Mißstand zur Folge, daß der Gabbai, der Hausverwalter des Rabbi, die Selektion der Begünstigten nach der Höhe des Bestechungsgeldes traf, das er von den Bittstellern bekam.

Ein Chassid beklagt sich bitter bei seinem Wunderrabbi darüber, daß man zu ihm nicht vorgelassen werde, wenn man nicht seinem Sekretär ein üppiges Trinkgeld zustecke.
»Ich weiß es«, gesteht der Rabbi traurig, »aber ich kann nichts dagegen tun.«
»Ihr könnt doch das Gesindel fortjagen und durch anständige Menschen ersetzen!« meint der Chassid.
»Was fällt dir ein!« protestiert der Rabbi. »Soll ich zulassen, daß anständige Menschen zu Gesindel werden!?«

*

Die weltbedeutende Leistung des Judentums besteht nicht, wie die meisten meinen, darin, daß sie den unterhaltsamen Götterzirkus der Antike durch den (angeblich) allmächtigen, gerechten und barmherzigen Eingott abgelöst haben, sondern in den Zehn Geboten, dieser zeitlosen, stenogrammatisch kurzen und trotzdem erschöpfenden Zusammenfassung der Menschenrechte, und außerdem in der Abschaffung des Menschenopfers gleich bei ihrem Auftreten auf der Weltbühne: Abraham schlachtet anstelle seines Kindes einen Schafbock, und von da an gelten den Juden Menschenopfer als »heidnischer Greuel«, während die an sich hochzivilisierten Völker ringsum noch Jahrhunderte länger an diesem schrecklichen Brauch festhalten.
Die Kraft, ihr fast permanentes Horrorschicksal im Exil auszuhalten, verdanken die Juden aber nicht dieser eigenen Urleistung, sondern dem ursprünglich heidnischen Jenseits- und Auferstehungsglauben, ferner ihren messianischen Hoffnungsträumen von einer »neuen Erde« und ihrem Wunder- und Aberglauben.

Das hindert den nüchternen, realistischen jüdischen Witz natürlich nicht, all diese irrationalen Glaubenselemente geistvoll und boshaft zu verhöhnen. Über die volkstümliche, mystische Bewegung des Chassidismus mit seinen Wunderrabbis gibt es zahllose gelungene Witze – von den frommen Chassidim selber stammt nicht ein einziger von ihnen.
Daß im religiösen Denken und Glauben, insbesondere im Wunderglauben, jede Logik und Realitätsbezogenheit erlischt, gilt überall auf der Welt. Daran ändert auch die Talmudbildung der traditionell erzogenen Männer nichts. Hierfür drei Beispiele:

Ein Chassid erzählt: »Mein Rabbi fiel ins tiefe Wasser. Schwimmen kann er nicht. Aber zum Glück hatte er zwei Heringe in der Tasche. Die nahm er heraus, sie wurden lebendig, er hielt sich an ihnen fest, und sie zogen ihn ans Ufer!«
Ein Zuhörer: »Das glaube ich nicht.«
Chassid: »Aber ihr seht doch selber: der Rabbi lebt noch!«

Für die nachfolgende Anekdote muß man wissen, daß Juden nach mosaischem Gesetz kein Schweinefleisch essen dürfen.
Ein Chassid erzählt: »Die meisten Wundertaten der Rabbis kennt man nur vom Hörensagen. Ich aber kann euch eine Geschichte erzählen, die ich selber miterlebt habe: Eines Tages sah unser Rabbi im Haustor gegenüber einen Juden Schweinespeck kauen. Er hob zornig den Arm und rief: ›Das Haus soll über dem Sünder zusammenbrechen!‹ Dann aber besann er sich und rief: ›Halt! Um der Gerechten willen, die vielleicht auch in dem Hause wohnen, möge das Haus stehen bleiben!‹ – Und was sagt ihr dazu: Das Haus blieb stehen!«

Natürlich vollbringt der Zaddik, der chassidische Rabbi, nicht nur Wunder – er ist auch Hellseher.

Der Chassid erzählt: »Wir saßen bei unserem Rabbi. Plötzlich breitete er die Arme aus und rief mit abwesender Stimme: ›Ich sehe etwas! Ich sehe, es brennt in Berditschew!‹«
Die Zuhörer: »Und hat es wirklich in Berditschew gebrannt?«
Chassid: »Es hat an jenem Tage, wie sich später herausstellte, überhaupt nirgends gebrannt – aber was sagt ihr zu diesem Guck?« *(Guck im Sinne von visionärem Blick.)*

Und natürlich verspottet der antichassidische Witz auch die konditionslose Ergebenheit der chassidischen Jünger zu ihrem Meister.
Der Wunderrabbi sitzt da, den Blick ins Weite gerichtet.
Die Bachurim *(Jünger)* fragen sich: »Was ist los?«
Einer flüstert den andern zu: »Scht, der Rebbe klärt!« *(Er meditiert, denkt nach.)*
Man fragt den Rebbe respektvoll, was er klärt.
Darauf der Rebbe feierlich: »Ich habe soeben geklärt: As *(jiddisch als, wenn)* men möcht nehmen alle Bäum, was sennen *(sind)* in der Welt, und machen daraus einen einzigen Baum; und as men möcht nehmen alle Wasser, was sennen auf der Welt, und machen aus ihnen ein einziges Wasser, und as men möcht nehmen alle Äxte, was sennen auf der Welt, und machen aus ihnen eine eintige Axt; und as men möcht schlagen den Baum, was ist gemacht aus alle Bäum, mit der Axt, was ist gemacht aus alle Äxt, so daß er fallt erein in das Wasser, was ist gemacht aus alle Wasser – oj, gibt das a Platsch!«

Große Trockenheit. Die Leute sind schon ganz verzweifelt. Sie kommen zum Rabbi gelaufen, er soll um Regen beten. Der Rabbi betet – und in der Tat, es beginnt zu regnen ... Aber nun hört der Regen nicht mehr auf. Die Leute verzweifeln wieder. Der Rabbi soll um Trockenheit beten!

Der Rabbi betet – umsonst!
Der Diener des Rabbi erklärt den Enttäuschten: »Der Rabbi ist noch sehr jung. Regen machen – das kann er schon. Aber Regen stoppen – das hat er noch nicht gelernt.«

Variante:
Nach drei Wochen kommt ein Telegramm vom Wunderrabbi an die Bittsteller: Wos is stop drahtet ob weiter regnen soll.

Die Technik der logischen Konklusion erlernt jeder talmudgebildete Jude schon als Kind. Wird er zum wundergläubigen Chassiden, dann verwandelt sich dieselbe Prozedur in seinem Kopf und Mund in ein reines Allotria.
Chassid: »Wie kannst du es wagen, über einen Rabbi zu lachen, mit dem Gott jeden Freitagabend selber spricht?«
Mitnaged *(Gegner des Chassidismus)*: »Woher weißt du das?«
»Er hat es mir selber erzählt.«
»Vielleicht hat er gelogen?«
»Was fällt dir ein! Wird Gott mit einem Lügner sprechen?«

Chassid: »Unser Rebbe fastet von Sabbat zu Sabbat.«
»Lüge! Ich habe ihn selber an einem Wochentag essen sehen.«
»Das tut er nur aus Bescheidenheit, damit niemand merkt, daß er fastet.«

Vereinzelt gesteht der jüdische Witz dem Wunderrabbi auch ein sehr deutliches Wissen darüber zu, daß seine Wunderwirkung einzig auf dem Glauben an ihn beruht.
Beim Wunderrabbi klagt eine Jüdin über ihre dauernde Migräne. Dabei schüttet sie ihm ihr Herz aus. Sie redet und redet und redet – plötzlich stockt sie und ruft aus: »Rabbi!

Ihr seid ein wahrer Wundertäter! Meine Migräne ist verschwunden!«
»Nein, Jüdin«, stöhnt der Rabbi, »sie ist nicht verschwunden: *Ich* habe sie jetzt!«

Daneben gibt es einfach lustige Parodien auf den Wunderglauben:
In Frankreich wird ein neues Überschallflugzeug gebaut. Aber beim Erreichen der Höchstgeschwindigkeit reißen immer wieder an derselben Stelle die Tragflächen. Keine Verstärkung der Stelle und keine Verbesserung des Materials hilft dagegen.
Schließlich wendet man sich an einen Wunderrabbi aus Galizien, der unter den Emigranten in Paris lebt. Er rät: »Man muß die bewußte Stelle perforieren lassen!«
Unter großen Bedenken befolgen die Ingenieure den Rat – aber tatsächlich, die perforierten Tragflächen überwinden mühelos die Schallmauer! Die Ingenieure kommen zum Rabbi gelaufen: »Wie sind Sie nur auf diese Idee gekommen?«
Darauf der Rabbi: »Nu – sehr einfach: Haben Sie je schon erlebt, daß das Toilettenpapier dort reißt, wo es perforiert ist?«

Es gab zahlreiche Wunderrabbis. Trafen sich ihre Jünger, dann versuchten sie sich gegenseitig zu überzeugen, daß ihr Rebbe nicht seinesgleichen hatte.
Die Bachurim überbieten sich gegenseitig mit Erzählungen von den Wundertaten ihres Rebbe.
»Eines Freitagnachmittags«, erzählt der eine, »hatte ich zu Hause nichts zu essen. Ich versuchte, für den Sabbat wenigstens einen Fisch zu fangen – umsonst! Da ging ich verzweifelt zum Rebbe, und er versprach mir Erfolg. Ich kehrte zum Fluß zurück – und was soll ich euch sagen? Ich fischte einen Fisch, zehn Fische, hundert Fische ...«

»Das ist noch gar nichts«, meint ein Zuhörer. »Einmal wollte ich mekadesch sein die Lewone *(den Segen über den Neumond sprechen)*, es war aber wolkig und keine Lewone zu sehen. Dank der Intervention des Rebben jedoch kam eine Lewone, zehn Lewones, hundert Lewones...«
»Du bist meschugge! Es gibt doch nicht mehr als eine Lewone!«
»Wenn du werst nachlassen von deine Fische, wer ich nachlassen von meine Lewones.«

Manche antichassidischen Geschichten bergen Zorn und Hohn und sogar indirekte Warnung vor chassidischer »Scharlatanerie«:
Ein Wunderrabbi ist nach New York ausgewandert. Als der koreanische Krieg ausbricht, kommt eine verzweifelte Jüdin zum Rebben gelaufen: »Rebbe, helft! Man nimmt meinen einzigen Sohn nach Korea!«
»Weine nicht, er fährt noch nicht!« beruhigt der Rebbe.
Die Jüdin geht nach Hause. Aber da findet sie einen Brief ihres Jungen vor: »In zwei Wochen schiffen wir uns nach Korea ein.« Wieder läuft sie weinend zum Rebben.
»Weine nicht«, sagt der Rebbe, »er fährt noch nicht!«
Die Jüdin geht wieder beruhigt nach Hause. Dort findet sie ein Telegramm vor mit dem Namen des Schiffes und dem genauen Datum. Wieder rennt sie zum Rebben.
»Sei ruhig, er fährt noch nicht!« versichert der Rebbe. Und er verspricht, an dem betreffenden Tage mit ihr zum Hafen zu gehen.
Da liegt schon das Schiff, die Soldaten kommen anmarschiert – der Sohn ist unter ihnen. Die Soldaten marschieren über den Landungssteg zum Schiff.
Die Jüdin fällt in Ohnmacht. Der Rebbe weckt sie mit Mühe auf und tröstet: »Regt Euch nicht auf, er fährt noch nicht!«

Nun wird die Landungsbrücke hochgezogen, das Horn bläst, und das Schiff sticht in See.
»*Jetzt* fährt er!« sagt der Rebbe.

*

Nun eine traurige Anekdote, welche die zeitlose und an sich nicht nur auf Juden zutreffende Einsicht ausspricht, daß die Suche nach einem Ausweg oft nur in einen neuen Irrweg einmündet. Für Juden in extremer Notlage trifft dies allerdings besonders oft und mit tödlichen Folgen zu.

Ein Jude wandert auf der Landstraße. Ein Bauernwagen kommt ihm entgegen. Der Jude fragt den Bauern: »Wie weit ist es von hier bis zum Dorf Szatymari?«
»Eine halbe Stunde.«
»Darf ich mitfahren?«
»Bitte.«
Sie fahren eine halbe Stunde. Der Jude wird unruhig: »Wie weit ist es denn jetzt noch bis Szatymari?«
»Eine gute Stunde oder so.«
»Was?! Voriges Mal sagten Sie, eine halbe Stunde, und eine halbe Stunde fahren wir doch bereits!«
»Wir fahren in die entgegengesetzte Richtung.«

* * *

Den Jenseits- und Auferstehungsglauben übernahmen die Juden von den Bauernvölkern Vorderasiens. Bei diesen ihrerseits hatte aber zur Zeit Jesu auch der Glaube an eine Wanderung der toten Seelen durch Tierkörper hindurch von Mittel- und Ostasien her Einlaß gefunden, und obwohl er denkbar schlecht in das jüdische Glaubenskonzept hineinpaßt, übernahmen zumindest mystisch inspirierte Juden auch diesen. Der Christ kennt die Vorstellung aus dem Neuen Testament von den Säuen, die sich in den See Genezareth stürzen, nachdem unreine Seelen in sie hineingefahren sind. Natürlich macht sich der jüdische Witz über alles Derartige lustig.

Zwei arme Juden haben einem schlafenden Bauern das Pferd ausgespannt und im Wald versteckt. Aber der Bauer wird ja aufwachen, mit den andern Bauern zusammen die Gegend absuchen, die Diebe finden, fürchterlich verprügeln und ihnen das Pferd wieder abnehmen. Sagt der Joine zum Schmul: »Ich weiß einen Ausweg!« – und stellt sich vor den Wagen und legt sich das Zaumzeug des Pferdes um. Sein Kamerad soll inzwischen mit dem Pferd zum nächsten Pferdemarkt reiten...

Als der Bauer aufwacht, wundert er sich, anstelle des Pferdes einen Juden im Kaftan zu sehen. Der Jude beginnt sofort zu weinen und erklärt: »Bei uns Juden ist es so, daß Gott uns zur Strafe für die Sünden in Tiere verwandelt. Ich habe gesündigt und wurde zum Pferd; ich habe bereut, jetzt bin ich wieder ein Mensch. Aber ach, du hast mich gekauft, ich werde jetzt auch als Mensch deinen Wagen ziehen müssen!«

Der Bauer weint vor Mitleid. »Was fällt dir ein«, sagt er, »hat Gott dir verziehen, so will auch ich dir verzeihen und dich laufenlassen. Da hast du einen Gulden, geh nach Hause.«

Nun aber braucht der Bauer ein neues Pferd, also geht auch er zum Pferdemarkt – was sieht er? Sein Pferdchen steht da! Er tritt an das Pferdchen heran, stupst es und flüstert ihm schelmisch zu: »Ha, du Racker! Hast wieder gesündigt?«

Ein Kutscher schlägt erbarmungslos auf sein kümmerliches Pferdchen ein. Ein anderer Jude kann das nicht mit ansehen, und auf den Gedanken der Seelenwanderung anspielend, sagt er zum Kutscher: »Weißt du nicht, daß in diesem Pferd die Seele eines büßenden Juden stecken kann?«

»Na und!« meint der Kutscher ungerührt, »wenn der Jude übernommen hat, zu sein ein Pferd, dann soll er ziehen!«

* * *

Ohne ihren Talmud und das nachfolgende rabbinische Schrifttum, welche die alten Bibelgebote den veränderten Umständen der jeweiligen Umwelt und Gegenwart anpaßten, hätten die Juden im Exil ihre Eigentradition bald aufgegeben, und es gäbe sie schon lange nicht mehr. Das wußten sie selber sehr genau, und auch ihre Feinde, namentlich die Inquisition, wußte es, weshalb sie immer wieder nicht nur lebendige Juden, sondern auch ganze Wagenladungen des Gesetzesbuches verbrannte, allerdings nicht mit der offenen Erklärung, auf diese Weise die Kollektivtaufe der Juden beschleunigen zu wollen, sondern mit phantastischen Lügen und Verleumdungen über den angeblichen Inhalt des Talmud.
Diese lebenswichtige Rolle des Talmud für die Juden namentlich im Exil ändert nichts daran, daß es in diesem Werk, neben vielem Hochbedeutsamem, auch eine Menge Nebensächliches und Überflüssiges gibt, über das sich die Herren Rabbinen mit abenteuerlicher Spitzfindigkeit auslassen. Das läßt ihnen der jüdische Witz natürlich nicht straflos durchgehen.

Ein bescheidener, einfacher Jude will wissen: »Rebbe, was ist eigentlich Talmud?«
»Ich will es dir an einem Beispiel erklären, an einer talmudischen Kasche *(Frage, Problem)*: Zwei fallen durch einen Kamin. Einer verschmiert sich mit Ruß, der andere bleibt sauber ... welcher wird sich waschen?«
»Der Schmutzige natürlich!«
»Falsch! Der Schmutzige sieht den Reinen – also denkt er, er ist auch sauber. Der Reine aber sieht den Beschmierten und denkt, er ist auch beschmiert; also wird *er* sich waschen. – Ich will dir stellen eine zweite Kasche: Die beiden fallen noch einmal durch den Schlot – wer wird sich waschen?«

»Na, jetzt weiß ich doch schon: der Saubere.«
»Falsch. Der Saubere hat beim Waschen gemerkt, daß er sauber war; der Schmutzige dagegen hat begriffen, weshalb der Saubere sich gewaschen hat – und also wäscht sich jetzt der Richtige. – Ich stelle dir die dritte Kasche: Die beiden fallen ein drittesmal durch den Schlot. Wer wird sich waschen?«
»Von jetzt an natürlich immer der Schmutzige.«
»Wieder falsch! Hast du je erlebt, daß zwei Männer durch den gleichen Schlot fallen – und einer ist sauber und der andere schmutzig?! Siehst du: das ist Talmud.«

*

Die Talmuddebatte lehrt aber in jedem Fall präzis und scharfsinnig zu konkludieren. Die Anekdoten hierüber verspotten das talmudische Denken nicht, sondern präsentieren nur lustige Beispiele.

Drei Juden, A, B und C, haben Kohlen geschaufelt. Als sie fertig sind, blicken sie sich gegenseitig an, lachen und trennen sich...
C hat sich kaum von den beiden andern getrennt, da fängt er an zu klären: »A und B waren beide im Gesicht mit Kohle beschmiert. Wer weiß – am Ende bin ich auch schmutzig? Ich hätte die beiden fragen sollen! Aber vielleicht kann ich es auch so klären: A hat über B gelacht, und B hat über A gelacht. Daß sich demnach weder A noch B gewundert haben, warum auch ich lachte, ist klar: Jeder von ihnen dachte, ich lache über den andern... Aber warum hat sich A nicht gewundert, daß B lachte, und warum hat sich B nicht gewundert, daß A lachte, da doch keiner von beiden von den eigenen Flecken im Gesicht wußte? Es ist klar, dafür gibt es nur eine Erklärung: Auch *ich* muß Flecken im Gesicht haben!«

»Hack mir diesen Klotz in drei Teile!« befiehlt Jankel seinem jüdischen Diener und fährt davon.
Der Diener beginnt zu brüten: meinte der Herr drei Klepp *(Schläge)* und vier Teile, oder meinte er zwei Klepp und drei Teile? Da alles Nachdenken nicht weiterhilft, geht der Diener zum Rebbe.
Der Rebbe klärt und entscheidet: »Er meinte drei Klepp und vier Teile. Sonst hätte er ausdrücklich gesagt: zwei. Natürlich kann man einwenden, daß er dann gemeint hätte, einen Klopp und zwei Teile. Dann hätte er aber doch besser gesagt: einen. Dann wäre klar gewesen, daß er einen Klopp und zwei Teile meint. Weniger kann ja gar nicht sein. Also ist es klar, daß er nur meinen konnte: drei Klepp und vier Teile.«

Ein Jeschiwebocher grübelt in nächtlicher Einsamkeit im Bet-Hamidrasch *(Lernhaus)* über seinem Folianten. Da hört er ein fremdartiges Geräusch. Er fängt an zu klären: »Was kann das nur sein? Wenn ein Kater – husch! Wenn böse Geister – ›Schma Jisrael‹! *(Höre Israel: die Anfangsworte eines Gebetes, die von frommen Juden in Notsituationen spontan ausgestoßen werden.)* Wenn Diebe – Gewaalt geschrien!!«

Ehemann, seufzend: »Du heißt Guttchen, weil du ein Böschen bist. Du könntest auch Schönchen heißen, weil du ein Mieschen bist. Du heißt aber Guttchen und nicht Schönchen, weil du noch beeser bist, als du mies bist. Und nun geh zum Spiegel und sieh, wie mies du bist. Dann wirst du wissen, wie bees du bist.«

*

Der talmudische Gehirnschliff kann aber mit Hilfe von Denktricks auch bewußt Fehlschlüsse anvisieren, die der weniger scholastisch Geschulte nicht auf Anhieb zu entlarven und aufzudröseln vermag – es sind dieselben Tricks und

Finten, mit denen auch die berühmten altgriechischen Sophisten operieren.

Ein Jude wird mit der Frau eines andern in flagranti erwischt und vor den Rabbiner zitiert. Die Tat kann er zwar nicht bestreiten – aber er bestreitet jede Schuld.
»Du Lump, du Lümmel!« schreit der Rabbiner.
»Rabbi«, bittet der Ehebrecher, »es steht geschrieben, daß man keinen verurteilen darf, ohne ihn anzuhören.«
Der Rabbiner sieht das ein.
Der Sünder beginnt: »Rabbi – darf ich mit *meiner* Frau ein Verhältnis haben?«
»Was für Schtuß *(Unsinn)*! Das ist doch selbstverständlich!«
»Rabbi, darf der Mann von der Frau, mit der man mich erwischt hat, mit *seiner* Frau ein Verhältnis haben?«
»Aber das ist doch klar!«
»Darf jener mit *meiner* Frau ein Verhältnis haben?«
»Pfui, was fällt dir ein?«
»Nun, Rabbi: wenn ich sogar ein Verhältnis mit einer Frau haben darf, mit der jener *kein* Verhältnis haben darf – um wieviel mehr darf ich dann ein Verhältnis mit einer Frau haben, mit der sogar *er* ein Verhältnis haben darf!«

Variante mit einem Taschendieb vor Gericht:
»Nun sehen Sie ja selber, Herr Richter: wenn ich *meine* Hand sogar dort hineinstecken darf, wo der Kläger *seine* Hand nicht hineinstecken darf – um wieviel mehr darf ich meine Hand dort hineinstecken, wo sogar *er* seine Hand hineinstecken darf!«

*

Die Orestie, *eine der wenigen erhalten gebliebenen Tragödien des großen altgriechischen Dichters Aischylos, kreist um den jungen Orestes, der seine Mutter tötet zur Strafe dafür, daß sie seinen Vater Agamemnon ermordet hat, und der nun deshalb seinerseits von den Erinnyen, den mutterrechtlichen Rachegöttinnen, gejagt wird, bis der vaterrechtlich orientierte neue Gott Apoll ihn in Schutz nimmt. Es ist dies die Wende vom matriarchalischen zum patriarchalischen Familienrecht. Wissen muß man für die nachfolgende Geschichte ferner, daß Agamemnon seine Tochter, die eigentlich als Opfer geschlachtet werden sollte, mit einer Falschmeldung zum Kommen nach Aulis veranlaßt hatte. Sie wird aber von der betreffenden Gottheit gerettet. Die Geschichte illustriert, ohne zu karikieren, wie es sich anhört, wenn ein talmudgeschulter Jude sich einem solchen außerjüdischen Stoff zuwendet. (Jiddisch »morden« heißt: hargenen, von hebr. harog.)*

Ein Jude brütet über der *Orestie*: »Warum wollen die Erinnyen den Orest hargenen... Nun ja: Orest hat geharget seine Mutter Klytaimnestra – also hat er unrecht, also haben die Erinnyen recht, wenn sie ihn wollen hargenen...

Die Mutter hat doch aber geharget den Vater, den Agamemnon. Also hatte Orest recht, die Mutter zu hargenen, also haben die Erinnyen unrecht, wenn sie ihn hargenen wollen...

Der Vater hat aber geharget die Tochter, die Iphigenie. Also hat die Mutter recht, den Vater zu hargenen, also hat Orest unrecht, die Mutter zu hargenen, also haben die Erinnyen recht, Orest hargenen zu wollen...

Nun aber stellt sich doch heraus, daß der Vater in Wirklichkeit die Iphigenie gar nicht geharget hat. Also hat die Mutter unrecht, den Vater zu hargenen, also hat Orest recht, die Mutter zu hargenen, und also dürfen die Erinnyen den Orest doch nicht hargenen!«

*

Der Talmud wurde zunächst nur mündlich überliefert und erst nach der Zerstörung Jerusalems durch die Römer, als man befürchten mußte, daß nach der Massenaustreibung und den Massenhinrichtungen der Juden die Tradition abbrechen könnte, auch schriftlich fixiert. Vorher hatte sich, als Präventivmittel gegen die Gefahr, daß manches in Vergessenheit geraten könnte, die Gewohnheit herausgebildet, bei jedem Thema, das im Disput auftauchte, alle zugehörigen Talmudstellen ganz kurz, in Stichworten mitzuzitieren. Dieser stenogrammatische Stil sprang bei talmudisch geschulten Juden auch auf außertalmudische Materie über. Eine Illustration:

In einem podolischen Nest bleibt ein Reisender mit seinem Automobil stecken. Alle Mühe, den Wagen selber zu reparieren, ist vergeblich. Man ruft den jüdischen Dorfklempner. Dieser öffnet die Motorhaube, blickt hinein, versetzt dem Motor mit seinem Hämmerchen einen einzigen Schlag – und der Wagen läuft wieder! »Macht 20 Zloty«, erklärt der Klempner.

Der Reisende: »So teuer?! Wie rechnen Sie das?«

Der Klempner schreibt auf:

Gegeben a Klopp	1 Zloty
Gewußt wo	19 Zloty
Zusammen	20 Zloty

*

In Deutschland gehen seit Jahren Hunderttausende von Arbeitsplätzen ans Ausland verloren, weil die Arbeitnehmer nicht begreifen wollen, daß eine defizitär arbeitende Wirtschaft nicht funktionieren, sondern nur bankrottieren kann. Diese marxistische Verblödung gibt es bei Juden nur in ihrem Witz.

Sozialproblem gelöst.

»Ruben, das Verkehrte ist, daß nur Menschen Kredit bekommen, die ihn im Grunde nicht brauchen. Wer dagegen kein Geld hat, der bekommt auch keins geliehen. Es sollte umgekehrt sein.«

»Dann würden die Reichen bald selber zu Schnorrern!«
»Was schadet das? Sie bekämen ja dann sofort Kredit!«

*

Die talmudischen und nachfolgenden rabbinischen Gesetze waren natürlich für die Praxis gedacht. Aber die Herren Schriftgelehrten neigten manchmal dazu, ein Problem nur theoretisch durchzukonkludieren, anstatt die Realität ins Auge zu fassen. Ein gefundenes Fressen für Verspottung im Witz.

*

Zweimal die Brille:
1. »Wo ist nur meine Brille? Auf dem Tisch liegt sie nicht, auf der Kredenz, auf dem Buch, auf dem Bett liegt sie nicht ... Woher weiß ich eigentlich, daß sie nirgends liegt? Weil ich es sehe. Wieso sehe ich es? Ohne Brille kann ich doch gar nicht sehen! Also muß ich sie auf der Nase haben – richtig, da ist sie!«

2. »Wo kann nur meine Brille sein? Auf der Nase ist sie nicht, auf dem Tisch ist sie nicht ... Vielleicht hat sie einer gestohlen? – Unsinn, wer eine Brille braucht, hat schon eine, wer keine hat, braucht auch keine ... Vielleicht hat sie aber einer gestohlen, um sie zu verkaufen ... Unsinn, wem soll er sie verkaufen? Wer eine braucht, hat schon eine, wer keine braucht, kauft auch keine ... Aber es könnte sie einer genommen haben, der zwar eine Brille hat, sich aber einbildet, daß er sie nicht mehr hat ... Wie kann so ein Irrtum entstehen? Nun – es kann zum Beispiel einer die Brille auf die Stirn geschoben und sie dort vergessen haben ...
Aber wenn das einem andern passieren kann – kann es dann nicht auch mir passieren? – Richtig, da ist sie!«

In einem rein jüdischen Städtchen – sonst hätte man dafür schon einen Goj gehabt! – tutet der Nachtwächter Schlojme Mitternacht. Dann zieht er sich in einen dunklen

Winkel zurück, lehnt seinen Spieß in die Ecke, löscht die Lampe, stellt sie neben sich und döst mit geschlossenen Augen vor sich hin.

Als er einmal blinzelt, sieht er einen Lichtschein. Er schließt wieder die Augen und klärt:

»Sollte es gewesen sein meine Lampe?

Nein, ich habe sie gelöscht.

Sollte es gewesen sein die Laterne auf dem Markt?

Nein, sie wird gelöscht um elf.

Sollte es gewesen sein der Mond?

Nein, es ist Neumond.

Sollte es gewesen sein ein Stern? (berührt den Boden mit der Hand:) Nein, es regnet . . .

Feuer!!!«

Eine sehr hübsche Verspottung des armen Dorfrabbiners, für den die paar Gulden, die er für seinen Lebensunterhalt benötigt, so schwer zu erlangen sind, daß er sogar ein wirkliches Wunder für wahrscheinlicher hält.

Der Rabbi erzählt: »Eines Tages fand ein armer Holzhakker einen Säugling im Walde. Wie sollte er ihn ernähren? Er betete zu Gott, und da geschah ein Wunder: dem Holzhacker wuchsen Brüste, und er konnte das Kind säugen.«

»Rabbi«, wendet ein Jünger ein, »die Geschichte gefällt mir nicht. Wozu so eine ausgefallene Sache wie Frauenbrüste bei einem Mann? Gott ist allmächtig. Er konnte einen Beutel Gold neben das Kind legen, dann hätte der Holzhacker einfach eine Amme gedingt.«

Der Rabbi: »Falsch! Warum soll Gott ausgeben bar Geld, wenn er kann auskommen mit einem Wunder?«

*

Im Talmud gibt es nur sehr wenige und ungenaue Satzzeichen. Man liest ihn daher mit Vorliebe halblaut, wobei man die sinngebende Satzmelodie stark hervorhebt. Dieses melodiöse Sprechen hat sich auf das Jiddisch übertragen.

Ein Jude hat einen andern Lügner und Aufschneider genannt, wird vom Beleidigten verklagt und vom Richter zur öffentlichen Entschuldigung verurteilt.
»Ich habe gesagt, er sei ein Lügner und Aufschneider«, bekennt der Verurteilte und fährt in fragendem Sington fort: »Er ist kein Lügner?! – Er ist kein Aufschneider?!«
»Das ist keine Entschuldigung!« schreit der Beleidigte.
»Es ist der vorgeschriebene Text«, beteuert der Verurteilte, »ich habe ihn genau nachgesprochen. Die Melodie war mir nicht vorgeschrieben. Ich bin kein Chasan *(Synagogensänger)*.«

Variante:
Die Szene spielt vor einem Rabbinatsgericht, und der Verklagte ist von Beruf Chasan. Auf den Einwand des Rabbi, das sei keine Entschuldigung, entgegnet er: »Der Din *(Rechtsprechen)* ist Ihre Sache, Rabbi. Aber der Nigun *(Melodie)* ist meine Sache. Ich bin Chasan.«

*

Auch die scharfsinnigste Reflexion und Konklusion führt zu reinem Unsinn, wenn sie autonom, ohne Bezug zur realen Situation, vollzogen wird.

Beim Eingang der Staatsbank von Petersburg steht ein Wachsoldat.
Wolf wundert sich: »Ist das nicht leichtsinnig: den ganzen Staatsschatz einem einzigen Soldaten anzuvertrauen?«
»Ach«, meint Hersch, »das genügt bestimmt. Es kann ja keiner an den Schatz heran.«
»Ja – wozu steht dann der Soldat überhaupt hier?«
»Nun, das ist klar: Man hat ihm befohlen, hier zu stehen, denn solange er hier steht, kann er nicht woanders stehlen.«

*

Nicht jede jüdische Anekdote birgt tiefe Weisheit, bittere Kritik oder schwarzen Humor. Das gilt vor allem für eine besondere Sorte übermütiger Bibelwitze aus Mitteleuropa und den USA.

Wer war der erste Leutnant?
Josef. Er trug einen bunten Rock und dünkte sich mehr als seine Brüder.

Wer war der erste Conférencier?
Josef. Er sagte an: »Jetzt kommt eine lange Dürre.«

Gott zum König Ahab: »Wenn du nicht ablässest von deinen Sünden, dann schicke ich dir eine große Dürre.«
Ahab: »Schade. Eine kleine Dicke wäre mir lieber.«

Moderner Midrasch (kommentierende Bibellegende).
Gott zu Noah: »Noah, du hast zwei männliche Nilpferde hergebracht. Schaff eins weg und bring statt dessen ein weibliches!«
Noah: »Ich bin zu müde.«
»Tu es trotzdem!«
»Nein.«
»Noah – wie lange kannst du Wassertreten?«

Variante:
Noahs Nachbar: »Was hast du da Merkwürdiges hingebaut?«
»Eine Arche.«
»Wann räumst du sie wieder von der Autostraße weg? Ich muß zur Arbeit fahren!«
»Das darf ich dir nicht sagen.«
»Wenigstens eine kleine Andeutung?«
»Gut. Wie lange kannst du Wassertreten?«

Der Prophet Moses stotterte bekanntlich. Das hatte für das Volk Israel üble Folgen bis auf den heutigen Tag. Als Gott ihn nämlich fragte, welches Land er haben möchte, wollte er antworten: »Kalifornien.« Er begann: »Ka-Ka-Ka . . .« Der liebe Gott, verwundert: »Kanaan? Dieses jämmerliche kahle kleine Gebiet? Aber wenn du unbedingt willst, Moses, kannst du es natürlich haben!«

*

Dieselbe Art eines leichtkalibrigen Bibelwitzes, aber ergänzt durch das Eingeständnis, daß die Zehn Gebote eine schwere Last sind:

»Ein Glück«, meint Joël, »daß Moses eine schwere Zunge hatte: Er hätte sonst noch viel mehr Gebote erfunden!«

Pfingsten, Schawuot, gilt den Juden als der Zeitpunkt, an dem sie am Berg Sinai die Zehn Gebote empfingen. An diesem Tage wird nach einem alten Brauch kein Fleisch genossen.

»Verstehst du, weshalb man an Schawuot kein Fleisch ißt?«

»Sicher! Seinerzeit sind alle Rindviecher an Schawuot zum Berg Sinai gerannt, um die Tora in Empfang zu nehmen. Inzwischen hatte das restliche Volk Israel ebendeshalb kein Fleisch, und seit damals hat sich der Brauch erhalten.«

*

Zahllos sind die humorvollen Geschichten, in denen der Dummkopf, der Ungebildete und der intellektuell Unbegabte verspottet werden. Sie hören sich grausam an, sind aber verständlich im Hinblick auf die eminente Bedeutung von Talmudscharfsinn und Talmudwissen für den Fortbestand der Juden im Exil. Jedenfalls sind sie sinnvoller als der im freien Westen seit ein paar Jahrzehnten aufgekommene Brauch, akademische Titel und Positionen wegen »sozialer

Gerechtigkeit« nicht mehr nach Begabung und Leistung, sondern nach Sozial- und Rassenproporz zuzuteilen und damit das Niveau des abendländischen Bildungswesen beträchtlich abzusenken.

Ein Dorfjude hat für seinen kleinen Sohn einen Melamed *(Hebräischlehrer der kleinen Knaben)* engagiert.
Einmal stellt er mit Grauen fest, daß der Lehrer dem Jungen das Totengebet einstudiert. Entsetzt ruft er aus: »Was tut Ihr da? Ich lebe doch und bin gesund!«
»Macht Euch keine Sorge«, beruhigt der Melamed, »bis Euer Sohn das Gebet kann, könnt Ihr hundert Jahre alt werden.«

Der Melamed soll dem Sohn des Dorfjuden einige elementare Kenntnisse beibringen, aber der Junge hat einen harten Kopf. Indes ist es unerläßlich, daß der Junge wenigstens den Sabbatsegen auf hebräisch erlernt.
Der Lehrer verfällt auf eine dem Dorfmilieu angemessene Methode: »Schau, Dovidl, du wirst dir die fünf Worte am besten merken, wenn du dir vorstellst, daß es Namen von Nachbarn sind: Jom – das ist der Bauer Matwej dort drüben. Haschischi – das ist Iwan. Wajechulu – das ist Maxim. Haschamaim – das ist Piotr. Weha'arez – das ist der Kaplan.«
Dovidl findet die Methode großartig. Am andern Morgen schießt er flüssig los: »Jom wajechulu ...«
Der Melamed: »Schafskopf, du hast ›haschischi‹ ausgelassen!«
»Nein, Rebbe«, erklärt Dovidl, »Haschischi ist gestern krepiert.«
(Deutsche Bedeutung des Segens: Der sechste Tag – und Himmel und Erden waren vollendet.)

*

Landerwerb und damit Landwirtschaft, also der Beruf, der am meisten Körpertraining erfordert, war den Juden im Exil vielenorts bis ins 19. Jahrhundert herein untersagt. Und Sport kannten sie überhaupt nicht. Das hatte häufig erschlaffte Muskeln und damit Bruchschäden zur Folge.

Der Melamed liest mit Moischele in der Bibel. Moischele hat vergessen, was das hebräische Wort »Ischa« *(Weib)* bedeutet. Der Melamed will nachhelfen: »Ischa – ein W ...«
»Eine Wanze.«
»Unsinn. Ischa – ein W ...«
»Eine Wurst.«
»Blödsinn! Es ist etwas, das *ich* habe und das dein *Vater* hat – und überhaupt, *jeder* erwachsene Jude hat es.«
Moischele erleuchtet: »Ein Bruch.«

* * *

Ahnungslose Christen glauben, die hohe Bedeutung, die das Christentum dem Verzeihen und Vergeben beimißt, sei bei ihnen dem Alten Testament und dem jüdischen späteren Schrifttum gegenüber etwas Neues. Das ist ein Irrtum. Jesus war von Kopf bis Fuß Jude. Die Juden haben sogar einen eigenen Fasttag im Kalender, den Jom Kippur, an welchem sie reumütig aller eigenen Sünden und Verfehlungen gedenken, und jeden, den sie vielleicht auch nur aus Versehen und ohne Absicht gekränkt haben könnten, um Verzeihung bitten und auch ihm pauschal vergeben.
Nur nebenbei: Vergebung kennt das Judentum, genau wie der Katholizismus, nur für Bagatell- und Ritualvergehen. Wirkliche Sünden, also Unrecht und Verbrechen, die man an einem Mitmenschen begangen hat, erfordern bei den Juden, genau wie die Absolution in der Beichte, Reue, Buße und Wiedergutmachung.

Kalman erblickt am Jom Kippur seinen Konkurrenten und Feind im Betsaal. Weich und versöhnlich gestimmt durch die Sühnegebete, geht er auf den Mann zu, streckt ihm die Hand hin und sagt: »Ich wünsche dir alles, was du mir wünschest!«
»Fängst du schon wieder an!« erwidert jener bitter.

*

Naive Menschen sehen in Gebeten und vor allem in der Fürbitte eine Methode, die genauso wirksam ist wie ein Medikament oder ein Zaubermittel. Das gibt es in allen Religionen. Aber nur bei den Juden gibt es einen Witz, der die Gleichsetzung beider Methoden lustig verspottet. – Tehillim = Psalmen, die in Notlagen gesprochen werden.

An bestimmten jüdischen Feiertagen wird beim Gottesdienst ein Widderhorn geblasen, der sogenannte Schofar. Es ist gar nicht so leicht, dem Schofar Töne zu entlocken. Vor den Feiertagen wird daher fleißig geübt.
Die Juden blasen nach Leibeskräften – der Schofar bleibt stumm. Was nun?
»Man muß Tehillim beten«, meint ein Jude.
»Nein, man muß Essig in den Schofar hineingießen«, meint ein weiterer Jude.
Der Rabbi: »Nehmt zur Sicherheit Tehillim *mit* Essig.«

Besonders naive Seelen glauben an die Zauberkraft des Gebettextes auch ohne Zusatz von Essig oder andere natürliche Substanzen.
Eine Frau kommt verzweifelt zum Rabbi gelaufen. Ihr Kind hat unstillbare Diarrhöe.
»Sag Tehillim!« empfiehlt der Rabbiner.
Die Jüdin befolgt den Rat, und das Kind wird gesund. Aber nach einigen Tagen ist sie wieder beim Rabbi. Diesmal leidet das Kind an den genau entgegengesetzten Symptomen.

»Sag Tehillim«, meint der Rabbi wieder.
»Aber Rabbi«, ruft die Jüdin entsetzt, »Tehillim stopft doch!«

Ist die Situation besonders schwer, dann sagt man Tehillim nicht nur selbst, sondern durch eine ganze Zehnergemeinde.
Jossels Frau liegt seit vollen zwei Tagen in Wehen. Verzweifelt eilt Jossel zur Synagoge und bietet gegen ein gutes Trinkgeld zehn Juden zum Psalmenbeten auf.
Als er heimkommt, ist die Frau mit einem gesunden Knaben niedergekommen. Der Jude ist ganz glücklich.
»Maseltow *(Viel Glück)*!« gratuliert die Hebamme. »Die Psalmen haben geholfen!«
Es vergeht keine halbe Stunde – da kommt die Frau mit einem zweiten Jungen nieder.
Die Hebamme, entzückt: »Die Psalmen wirken Wunder!«
Nach einer weiteren halben Stunde ist ein dritter Junge da...
Jossel rennt zur Synagoge so schnell er kann und schreit, ganz außer Atem: »Sofort aufhören mit Psalmenbeten!«

*

Es gibt eine ganze Kategorie jüdischer Witze, die offenkundig eine sexuelle, wenn nicht gar obszöne Pointe anzupeilen scheinen – dann aber, völlig unerwartet, und gleichsam als eine Zusatzpointe, »anständig« enden.

Die jüdische Gebetsordnung verlangt, daß an gewöhnlichen Wochentagen die Männer – und nur die Männer! – beim Morgengebet die sogenannten Tefillin (Gebetsriemen) anlegen.
Ein zwitterhaft veranlagter Jude unterzog sich einer Operation und verließ das Spital als Frau. Nach etlichen Wochen wollte der Arzt wissen, ob der Operierte noch manchmal Bedürfnisse empfinde wie ein Mann.

Der ehemalige Zwitter gesteht: »Ja, vor allem morgens beim Erwachen. Da habe ich immer noch das Gefühl und das Bedürfnis, ich sollte Tefillin legen.«

*

Für den Kaufmann müssen Angebot und Ware einander genau entsprechen. Das gilt auch, wenn ein »Geschäft« mit Gott persönlich ausgehandelt wird.

Zwei Juden sitzen im Rettungsboot. Weit und breit kein Schiff, kein Land.

»Lieber Gott«, betet der eine, »wenn wir heil davonkommen, opfere ich die Hälfte meines Vermögens für gute Zwecke!«

Sie rudern weiter. Es wird Nacht. Immer noch keine Hilfe.

»Herr«, betet der Jude wieder, »wenn Du uns rettest, opfere ich zwei Drittel meines Vermögens!«

Am andern Morgen ist die Lage genauso trostlos.

»Herr«, verspricht der fromme Jude, »wenn wir durch Deine Hilfe aus dem Schlemassel herauskommen...«

»Halt!« schreit der zweite, »hör auf mit de Angebote! Land in Sicht!«

*

Die talmudische Gewohnheit, an jede Situation mit logischen Deduktionen und Konklusionen heranzugehen, erlischt nicht einmal in der (in diesem Fall nur vermeintlichen) Konfrontation mit dem Tode.

An Purim, der jüdischen Fasnacht, pflegt man Schnaps zu trinken.

Ein Jude hat so ausgiebig gefeiert, daß er steif vor Besoffenheit auf der Straße umfällt. Nachts findet ihn die Polizeistreife, und da er kein Lebenszeichen von sich gibt, wird er in die Leichenhalle gebracht.

Nach ein paar Stunden wacht er auf, sieht, wo er ist, und

meditiert: »Leb ich – warum bin ich dann hier? Bin ich tot – warum mach ich dann Pipi?«

*

Christen – auch Theologen, und sogar einige kirchenkritische darunter – haben im allgemeinen keine Ahnung vom alten jüdischen Schrifttum und kennen oft nicht einmal das Alte Testament. So gehen sie davon aus, erst Jesus habe gelehrt, daß eine Notlage jedes Ritualgesetz annulliert und daß der Sabbat für den Menschen dasei und nicht umgekehrt. In Wirklichkeit betonen sowohl das mosaische als auch das talmudische Gesetz das Grundgebot der Nächstenliebe und die Priorität der Menschenrechte jedem Ritualgesetz gegenüber auf Schritt und Tritt. Auch der jüdische Witz tut es, mitunter in einer Form, die ihn beinahe in eine Legende umwandelt.

Wenn ein Stück Vieh sich beim Schächten als nicht koscher erweist, kann dem Schächter empfindlicher Schaden daraus erwachsen.

Ein sehr armer Schächter war sich nicht klar darüber, ob das von ihm geschächtete Rind koscher war. Bekümmert konsultiert er den Rabbi, und dieser entscheidet, ohne zu zögern: »Es ist koscher.«

Ein Kollege des Rabbi, der zufällig mit dabei ist, wendet ein: »Du weißt genau, daß RMA *(Akronym für Rabbi Moses Isserles, 1520–72)* anders entschieden hat.«

Darauf der Rabbi: »Ich weiß, aber ich will vor dem himmlischen Gericht lieber den RMA als Gegner haben als einen armen Schächter.«

Eine scherzhafte Variante:

»Ich will lieber den RMA als Gegner haben als einen beleidigten Ochsen.«

Ein zweites Beispiel:
Zum Rabbi kommt ein armer Jude mit einem geschlachteten Huhn: »Rabbi, ist das Huhn koscher? Es hat keine Galle!«
Der Rabbi untersucht die Eingeweide – tatsächlich, die Galle fehlt. Der Rabbi betastet die Stelle, wo die Galle sitzen sollte, und leckt an seinem Finger, um festzustellen, ob wenigstens der Geschmack der Galle merkbar ist. Er spürt aber nichts.
»Probiert selber«, fordert er den Juden auf, »ist es bitter?«
Der Jude seufzt schwer: »Und ob es bitter ist, Rabbi! Mein Sohn ist krank, der Arzt befiehlt Hühnerbrühe, ich habe mein Kopfkissen verkauft, um das Huhn zu kaufen – und nun darf er es nicht essen. Sagt selber: Ist es nicht bitter?«
Darauf der Rabbi, sehr still: »Wenn es bitter ist, ist es koscher!«

* * *

Andere Geschichten karikieren zornig den sinnlosen Formalismus und Fundamentalismus der Charedim (der Superfrommen).
Für das Nachfolgende muß man wissen, daß orthodoxe Juden »milchige« und »fleischige« Gerichte nicht mischen und nicht einmal mit demselben Geschirr und Besteck oder unmittelbar nacheinander essen dürfen, ein Verbot, das auf eine möglicherweise falsch übersetzte Bibelstelle zurückgeht, wonach man »das Böcklein nicht kochen soll in der Milch seiner Mutter«. Vermutlich versteht der sprachgeniale Martin Luther die Stelle richtig, wenn er meint, sie sei eines der zahlreichen Tierschutzgesetze des Alten Testamentes und verbiete, das Böcklein zu schlachten, solange es an der Mutter saugt.
Die Talmudlehrer, sonst sehr klug, haben aber aus diesem kurzen Bibelsatz Normen hergeleitet, die den orthodoxen Haushalt zwingen, das gesamte Küchengerät vierfach zu führen: Milchig und fleischig getrennt für das ganze Jahr

über, und dann noch einmal beide Varianten für die österlichen Pessachtage, an denen man kein Besteck oder Geschirr anrühren darf, das je mit gesäuertem Brot in Berührung kam. Reiche Frankfurter fromme Juden besaßen manchmal auf dem Hinterhof eine »Pessachküche«, die das ganze restliche Jahr über verschlossen und unbenützt blieb.

Die rituellen Speisegebote der Juden sind sehr streng. Im Osten entschied in Zweifelsfällen der Rabbi. – Trefe = gegen Koschergesetze verstoßend und also verboten.

Zum Rabbi kommt eine bekümmerte Jüdin. Ihr Bub hat seine Mütze in das Fleischgericht für Sabbat fallen lassen. Ist die Speise noch koscher?

Der Rabbi meint, das hänge davon ab, was an der Mütze alles geklebt haben könnte.

Die Frau denkt nach: »Dreck wird dran gewesen sein.«

»Dreck – koscher«, entscheidet der Rabbi.

»Vielleicht Ungeziefer.«

»Das kann man herausfinden und wegtun. Koscher.«

»Nun – einen Parech *(Kopfkrätze)* hat das arme Kind, da kann schon etwas davon an der Mütze geklebt haben.«

»Parech – koscher.«

»Das Kind ißt manchmal Butterbrot. Es kann mit dem verschmierten Finger die Mütze angefaßt haben.«

»Butter!« ruft der Rabbi entsetzt. »Trefe!«

*

Naiver Glauben löscht überall auf der Welt nüchternes, logisches, realistisches Denken aus. Aber nur bei den Juden finden sich treffsichere Witze, die das anprangern: Der fromme Rabbi setzt Ritualgebote mit Naturgesetzen gleich: – Unmittelbar nach einem »fleischigen« Gericht darf man ein »milchiges« nicht verzehren.

Das naturgesetzliche Ritualverbot.

Die Rabbinerin klagt über ihren kleinen Sohn: er hat von

der Bratgans heimlich einen Schlegel ausgerissen und aufgegessen.
Der Rabbiner aber meint: »Am Ende tust du ihm Unrecht? Wir werden gleich heraushaben, ob er es wirklich getan hat.«
Er reicht dem Jungen ein Glas Milch und befiehlt: »Trink!«
Dieser trinkt die Milch aus.
»Siehst du«, triumphiert der Rabbi, »er ist unschuldig! Hätte er den Gansschlegel gegessen, so hätte er jetzt die Milch nicht trinken können!«

Der Rabbi geht am Sabbat am Geschäft eines Juden vorbei – es ist offen! *(Am Sabbat ist Handel treiben verboten.)*
Darauf der Rabbi: »So ein Rindvieh! Wozu hält er das Geschäft offen? Er *kann* ja heute ohnehin nichts verkaufen!«

*

Berühmte chassidische Wunderrabbis lebten in Palästen und in einem Luxus wie sonst nur der polnische Adel. Rabbiner armer, kleiner Gemeinden dagegen hatten manchmal kaum zu beißen.

In einer armen Gemeinde kommt ein Dieb zum Rabbi und bittet um seinen Segen.
Der Rabbi, erregt: »Du Lump, soll ich dir am Ende Erfolg in deinem ›Beruf‹ wünschen?«
»Rabbi, ich zahle für Euren Segen fünfzig Rubel!«
Einen solchen Betrag ausschlagen – das ist bitter.
Der Rabbi klärt, dann hebt er segnend die Hände: »Wenn Gott es jemandem beschieden hat, bestohlen zu werden, dann nur durch dich!«

Variante:
Berufsdieb zum Rabbi: »Rebbe, gebt mir Euren Segen! Meine Geschäfte gehen so schlecht, daß meine Kinder nichts zu essen haben!«
Der Rabbi segnet den Dieb und fügt hinzu: »Möge mein Segen nicht schon im Korridor wirksam werden, wo meine guten Anzüge und mein Mantel hängen!«

*

Manchen chassidischen Rabbis sagte man weniger Wundertaten nach als vielmehr einen durchdringenden juristischen Verstand. So etwa dem berühmten Rabbi Friedmann in Sadagóra, bei dem sich auch polnische Magnaten ebensogern Rat holten wie gläubige Juden.

Kohn beklagt sich beim Rabbi: »Rebbeleben, ich hab ein Geschäft, ich plag mich, ich müh mich – das Geschäft geht nicht. Ich bin nicht dumm, ich erfind immer was Neues – es hilft nichts. Und gegenüber der Grün, der ist nicht fleißiger und nicht gescheiter – und sein Geschäft geht!«
Der Rebbe klärt lange und sagt: »Weißt du, Kohn, das hat einen ganz natürlichen Grund. Grün kümmert sich nur um sein eigenes Geschäft. Dafür reichen ihm Ssechel und Koach *(Verstand und Kraft)*, und darum geht es ihm gut. Du aber kümmerst dich um zwei Geschäfte, um deines und um seines. Und dafür hast du weder Ssechel noch Koach genug.«

* * *

Nirgendwo auf der Welt gibt es einen Volkswitz, der die Sexszene ausspart. Meist ist er aber nur pornographisch und schweinisch. Die unanständigen Witze der Juden dagegen sind intelligent und wirklich lustig. – Die nachfolgende Geschichte unterstellt dem weisen Rabbi Ratschläge, die mit Sicherheit kein wirklicher Rabbi erteilen würde. Aber der Rabbi unterscheidet sich vom Rest der Gemeinschaft eben nicht, wie der katholische Priester, durch eine Weihe, die ihn zur geheiligten Person erhebt. Er hat dem im einstigen Osteuropa meist hohen Prozentsatz gleichfalls religiös gebildeter Gemeindemitglieder höchstens noch etwas umfassendere Schrifttumskenntnisse voraus. Man begeht also kein Sakrileg, wenn man ihn verspottet.

»Rabbi, zwei Sorgen führen mich zu Euch. Ich bin Rendar beim Grafen Potocki – und nun will er meinen Pachtvertrag nicht erneuern. Er läßt mich immer hinauswerfen ... Und meine Frau, die arme, ist kinderlos, obwohl sie täglich um einen Sohn betet ...«
»Ihr stellt es eben verkehrt an. Das nächste Mal bleib zu Hause, um zu beten, und schicke dein Weib zum Grafen.«
Drei Monate später ist der glückliche Rendar wieder beim Rabbi und meldet: »Rabbi, Euer Rat ist unfehlbar! Der Graf hat meinen Vertrag sofort erneuet, und mein Gebet um ein Kind ist erhört worden: mein Weib ist schwanger!«

*

Nun ein Witz, den Christen erfahrungsgemäß für »antifeministisch« halten – er verhöhnt aber nicht die reizlose Ehefrau, sondern einzig den Rabbi, der, statt ihr zu helfen, sie mit den Augen eines Schürzenjägers taxiert.

Der Rebbe sitzt und klärt. Da kommt eine Jüdin hereingestürzt und schreit: »Gewalt, Rebbe, mein Mann will sich von mir scheiden lassen!«
Der Rebbe sucht in einem Folianten, im zweiten Folianten, im dritten Folianten – endlich hat er, was er gesucht hat: die Brille.
Er setzt sie auf, schaut die Jüdin an und erklärt: »Recht hat er.«

*

Ein besonders hübscher rabbinischer Rat zur Empfängnisverhütung.

Zum Rabbi kommt ein armer kinderreicher Jude mit der Frage: »Gibt es ein religiös erlaubtes und vollkommen sicheres Mittel gegen Empfängnis?«
Der Rabbi: »Es gibt. Limonade trinken.«
Der arme Jude: »Vorher oder nachher?«
Der Rabbi: »Anstatt.«

*

Juden betrachten sich zwar als »Jahwes auserwähltes Volk«, aber trotzdem – oder am Ende gerade deswegen? – üben sie von allem Anfang an härteste Selbstkritik, die sie auch auf ihre jeweilige Führungsschicht ausdehnen. Schon Moses schilt sein Volk als »k'schej-oref«, wofür Luther eigens das bisher im Deutschen nicht existierende Wort »hartnäckig« erfindet, und die Bibelpropheten greifen auch die jüdischen Könige genauso rücksichtslos an.
Nachfolgend zwei Varianten, deren eine die ganze Gemeinde und die andere auch deren rabbinisches Oberhaupt aufs Korn nimmt.

Am Sabbat dürfen fromme Juden kein Geld bei sich tragen.
Am Erew Schabbes *(Vorabend zum Sabbat)* kommt ein reisender Jude zum Rabbi eines kleinen polnischen Ortes und bittet, ihm über Schabbes sein Geld aufzuheben. Der Rabbi will das Geld nur in Gegenwart von zwei Ehrenbürgern übernehmen.
Am Sonntag will der Jude sein Geld zurückhaben. Da behauptet der Rabbi, nie welches erhalten zu haben! Der Jude, konsterniert, läßt die beiden Zeugen herkommen. Als die beiden hören, daß der Rabbi von dem Geld nichts zu wissen behauptet, beteuern sie, sie hätten den fremden Juden überhaupt nie gesehen ...

Der Jude ist ganz verzweifelt. Als aber die beiden Zeugen weggegangen sind, holt der Rabbi das Geld hervor, übergibt es dem Juden und erklärt: »Ich wollte Ihnen nur zeigen, in was für einer Kehille *(Gemeinde)* ich Rabbi bin.«

Variante:
Ein reicher Jude kommt am Freitagabend mit einem ärmlichen durchreisenden Kaufmann im Bethaus ins Gespräch, lädt ihn über Sabbat zu sich ein, und da sich beide gut verstehen, hält er ihn volle acht Tage bei sich als Gast zurück. Schließlich beharrt der Kaufmann auf der Abreise – da präsentiert ihm sein Gastgeber eine Rechnung von zwanzig Rubel! Der arme Kaufmann ist außer sich: das ist weit mehr, als er in einem Hotel hätte zahlen müssen! Und er blieb ja nur, weil er so zudringlich eingeladen wurde!
Sie gehen beide zum Rabbi. Der Rabbi überlegt: Was geht ihn der Durchreisende an? Dagegen der andere, der ist Gemeindemitglied und reich. Warum soll er ihn verärgern? Also verurteilt er den Fremden zur Zahlung...
Der Fremde zahlt und verläßt den Raum, das Herz voll von Bitterkeit. Da kommt ihm sein Gastfreund nachgelaufen und gibt ihm das Geld zurück. »Ich wollte«, erklärt er dem Erstaunten, »Euch nur zeigen, was für eine Sorte von Rabbiner wir in unserer Gemeinde haben.«

*

Eine der vielen jüdischen Anekdoten, die, ohne viel Tiefgang, lustig aufzeigt, was dabei herausschaut, wenn die symbolische und konkrete Bedeutung einer Aussage miteinander verwechselt werden.

Itzig betet. Da kommt Kohn an ihn heran und flüstert ihm ins Ohr: »Herr Itzig! Pessach steht vor der Tür. Haben Sie sich schon eingedeckt mit Mazzes *(Osterbrot)*?«
»Geben Sie mir Ruhe! Sie sehen, ich bete!«
»Herr Itzig, ich hätte für Sie Mazzes bester Qualität!«

»Ruhe sollen Sie mir geben!«
»Aber Herr Itzig, solche Mazzes bekommen Sie kein zweites Mal zu diesem Preis!«
Itzig, außer sich vor Wut: »Ich sch ... auf Ihre Mazzes!«
Zufällig hört das der Schammes und stürzt zum Rebbe: »Rebbe, stellen Sie sich vor, der Itzig sch ... auf Mazzes!«
Der Rebbe, verwundert: »Komisch, mich stopfen sie!«

* * *

Manche Juden, vor allem Mitteleuropas, empfinden die alte Redensart »Krach wie in einer Judenschul« als antisemitische Beleidigung und rennen deswegen sogar zum Kadi. Aber mit Judenhaß hat dieser Ausspruch rein gar nichts zu tun. In einer Kirche ist es mäuschenstill. Anders in einer orthodoxen Synagoge, »Schul« genannt, weil vor allem in Osteuropa auch das kleinste Bethaus zugleich eine Bibliothek mit altem jüdischem Schrifttum enthielt, wo sich die zu hohem Prozentsatz schriftgelehrten Männer nach dem Gebet oder abends zum gemeinsamen Studium von Talmud und Midrasch zusammenfanden, den sie laut lasen, was schon deshalb sinnvoll war, weil diese alten Texte ohne Satzzeichen geschrieben sind, so daß nur mit der Satzmelodie zum Ausdruck gebracht werden kann, ob der Text als nüchterne Konstatierung, als Ausruf der Empörung oder als Frage gemeint ist. Außerdem diskutierten sie anschließend die Texte, was abermals, besonders wenn sie dabei in Erregung gerieten, »Krach« verursachte.

Zudem fühlen sich Juden ihrem Jahwe in ganz anderem Ausmaß verbunden als die Christen ihrem Gott und sogar Christus. Jahwe hat ihnen im Alten Testament mehrfach für Wohlverhalten Hilfe und Rettung zugesagt. De facto tat er das – falls es ihn wirklich gibt – nur ein einziges Mal, vor über 3000 Jahren, als er ihnen durch seinen treuen Knecht Moses zum Exodus aus Ägypten verhalf, und auch das erst, nachdem er sie vorher volle 400 Jahre hatte schmachten lassen. In

Notlagen stellen daher fromme Juden ihren Jahwe – bei aller Ergebenheit und Treue – immer wieder zur Rede, sie taten dies in gemeinsamen Zusammenkünften sogar noch in Hitlers Vernichtungslagern.
Und da sie sich im Bethaus daheim fühlten, empfanden sie es auch nicht als Sakrileg, in Gebetpausen Geschäftliches und Persönliches miteinander laut zu besprechen.
Der »Krach in der Judenschul« ist also weder eine antisemitische Verleumdung noch ein Zeichen ostjüdischer Disziplinlosigkeit, sondern Ausdruck der intimen familialen Verbindung der Juden mit ihrem Jahwe. – Im Witz sieht das so aus:

Itzig zu Schlesinger, seinem Prokuristen: »Ich gehe jetzt in die Synagoge und will dort unter keinen Umständen gestört werden!«
Kaum ist Itzig draußen, kommt ein Anruf aus der Börse: Skoda-Aktien sind auf vierhundertzehn gestiegen. Schlesinger wird unruhig.
Eine Viertelstunde später: Skoda-Aktien stehen auf vierhundertdreißig! Schlesinger hält es kaum noch aus.
Beim dritten Anruf: Skoda-Aktien vierhundertfünfzig, stürzt er zur Synagoge, Itzig zu verständigen.
Darauf Itzig in tadelndem Ton: »Schlesinger, Sie haben drei schwere Fehler gemacht. Erstens haben Sie *mich* gestört in meiner Andacht. Zweitens haben Sie meine Glaubensbrüder gestört in ihrer Andacht. Und drittens notieren Skoda-Aktien *hier* bereits vierhundertfünfundachtzig.«

*

Da ein hoher Prozentsatz der ostjüdischen Judengemeinden aus schriftgelehrten Männern bestand, nahmen sie Beschlüsse des Gemeindevorstands nur selten widerspruchslos hin. Es gab dauernd Streit und Krach.
Der nachfolgende Witz verhöhnt außerdem die Vorstellung, man könne schriftliche Bitten und Wünsche ins Jenseits einreichen, ein Brauch, den die Juden aus dem Exil nach Israel

mitgebracht haben: Sie stopfen Zettel mit Bittgesuchen zwischen die Mauersteine der Klagemauer in Jerusalem!

Wenn ein Jude stirbt, ist es in naiven Kreisen Sitte, daß man ihm schriftliche Bittaufträge ins Grab mitgibt, die er im Jenseits zu überbringen hat.
Während einer großen Dürre stirbt der Schammes. Man gibt ihm Regengebete mit ins Grab.
Da betet der Stadtverrückte: »Herr der Welt, beeil dich, dem Schammes unsere Bitte zu erfüllen, sonst schicken wir dir ohne Erbarmen den ganzen Gemeindevorstand auf den Hals!«

Variante:
Als weinende Jüdinnen einem aufgebahrten Kinde solche Aufträge übergeben, wirft ihnen ein energischer Jude vor: »Wie könnt ihr euch nur auf ein kleines Kind verlassen! Wichtige Aufträge erledigt man am besten selber!«

*

In manchen Judengemeinden bestand der an sich hübsche Brauch, daß man einen Toten nicht beerdigen durfte, ehe irgend jemand etwas Gutes über ihn gesagt hatte. Mit ihren talmudgeschulten Köpfen dachten sich die Juden in problematischen Fällen immer einen lustigen Ausweg aus.

An einem solchen Ort stirbt ein übler Denunziant. Niemand weiß ihm etwas Gutes nachzusagen, und so liegt seine Leiche schon den dritten Tag da. Da meint ein Bürger: »Ich weiß etwas Gutes von ihm: er hat Söhne hinterlassen – gemessen an denen war er das reinste Gold!«

Varianten:
1. Ein Jude tritt an den Sarg des Toten heran und sagt gerührt: »Mohnnüdelach *(Mohnnüdelchen)* hat er so gern gegessen!«

2. Der Verstorbene hat nie eine Synagoge betreten. Daran erinnert sich jetzt ein Bürger, und er formuliert: »Etwas Gutes weiß ich doch von ihm. Er hat in seinem ganzen Leben nie den Gottesdienst durch Geschwätz gestört.« *(Weil er nämlich nie dabei war.)*

3. Ein jüdischer Bösewicht ist verurteilt und gehenkt worden. Niemand weiß von ihm etwas Gutes. Da gehen zwei Juden zum Galgen, und einer sagt zum zweiten: »Schön hängt er!«

Ein reicher, roher Kerl ist gestorben. Zeit seines Lebens hat er alle religiösen Gebote mißachtet. Aber siehe da – in der Trauerrede lobt ihn der Rabbiner, er habe am Sabbat nie geraucht oder geschrieben *(beides am Sabbat verboten)*.

»Rebbe«, sagt ein Trauergast vorwurfsvoll, »wie könnt Ihr euch nur dem Honorar zuliebe so erniedrigen und lügen!«

»Ich habe die reine Wahrheit gesprochen«, versichert der Rabbiner, »der Mann war Analphabet und Nichtraucher.«

*

In Nekrologen zugunsten des Toten zu lügen, daß sich die Balken biegen, ist überall auf der Welt üblich. Aber einzig der von jüdischer Selbstkritik durchtränkte Judenwitz geißelt den Brauch.

Levaje: Beerdigung.

Der Rabbi spricht bewegt am offenen Grab: »Wir nehmen jetzt Abschied von Lew Kerschenbaum ...«

In diesem Augenblick treffen zwei Freunde von Kerschenbaum bei der Trauergemeinde ein und hören die Fortsetzung: »... einem ehrlichen Geschäftsmann, einem treuen Ehemann, einem guten Vater ...«

Flüstert der eine dem andern zu: »Laß uns hejlachen *(weggehen)*, mer sennen auf der falschen Levaje!«

*

Die Juden dürften auch die einzigen sein, die in einem Witz den Versuch anprangern, sich die Möglichkeit zur Teilnahme am Gemeindegottesdienst zu ergaunern.

Da die jüdischen Kultusgemeinden in der Diaspora keine staatlichen Zuschüsse erhalten, verkaufen manche von ihnen vor den hohen Feiertagen Eintrittskarten für die Synagoge.
Der Gottesdienst hat bereits begonnen – da kommt ein Jude hastig herbeigestürzt und will hinein. Der Schammes hält ihn fest: »Halt! Wo ist Eure Eintrittskarte?«
Der Jude: »Lassen Sie mich in Ruh! Ich muß nur meinem Schwager, der da drin betet, rasch etwas Geschäftliches mitteilen!«
Der Schammes, mit schlauem Zwinkern: »Du Ganew *(Dieb, Gauner)*, du willst dawenen *(beten)*!«

*

Der fromme Jude muß mehrmals am Tag nach genau vorgeschriebenem Text zu einer genau festgelegten Zeit beten. Der Witz bezweifelt den moralischen Wert und die entsprechende Auswirkung solch übergenauer ritueller Vorschriften.

Juden dürfen ihre hebräischen Gebete nicht durch profanes Gespräch unterbrechen. In Notfällen verständigen sie sich durch stumme Zeichen. Nur zwecks Erfüllung eines anderen religiösen Gebotes ist Unterbrechung erlaubt.
Spätabends kommt ein Jude ins Hotel. Es ist nur noch ein einziges Bett frei in einem Zimmer, das bereits ein anderer Jude bewohnt. Der Neuankömmling geht in das Zimmer. Dort steht ein Jude mitten im Gebet.
»Darf ich das zweite Bett haben?« fragt der Eintretende.
Der andere nickt und betet weiter.
Der zweite fragt: »Macht es etwas, wenn ich erst spätnachts heimkomme?«
Der Betende macht mit dem Kopf ein Zeichen: Nein!

Der neue Gast fragt weiter: »Haben Sie etwas dagegen, wenn ich mir ein Mädel mitbringe?«
Der Betende macht mit den Fingern ein Zeichen: Zwei!

*

Erst recht verspottet der Witz natürlich ein nur selektives Einhalten der Ritualgesetze, je nachdem, ob es einem in den Kram paßt, oder auch deren Mißachtung bei gleichzeitigen Vorsichtsmaßnahmen, daß niemand etwas davon merken und sehen kann. Hierzu zwei Beispiele.

Am Sabbat darf man kein Feuer anzünden und folglich auch nicht rauchen.
An einem trüben Sabbatnachmittag kommt Fleckseif rauchend zu Zitron und sieht ihn an der Petrollampe hantieren.
Fleckseif, empört: »Am Schabbes?! Könnt Ihr nicht durch Euer Mädchen die Lampe anzünden lassen?«
Zitron: »Ihr habt eine Zigarette im Mund – und wagt es, mir wegen der Lampe Vorwürfe zu machen!«
Fleckseif: »Was für ein blöder Vergleich! Die Lampe könnt Ihr doch ohne weiteres durch das Mädchen anzünden lassen – dagegen möchte ich gern wissen, wie Euer Mädchen für mich meine Zigarette rauchen soll.«

Am Sabbat ist Rauchen verboten. Tischa-Beaw ist ein Fasttag, an welchem aber Rauchen erlaubt ist. Am Jom Kippur, dem strengsten Fasttag, ist auch das Rauchen verboten.
»Simche, weißt du den Unterschied zwischen dem Schabbes, dem Tischa-Beaw und dem Jom Kippur?«
»Nein.«
»Ganz einfach: am Schabbes ißt man in der Stub und raucht im Klosett, am Tischa-Beaw raucht man in der Stub und ißt im Klosett, und am Jom Kippur ißt *und* raucht man im Klosett.«

* * *

Christen gehen meist davon aus, das Demuts- und Dulderethos sei eine jesuanische Innovation; die Juden dagegen seien seit jeher anmaßend und hochnäsig. Auch hochintelligente Christen wie General Charles de Gaulle glauben fest daran: 1967, bei Ausbruch des Sechstagekriegs im Nahen Osten, bei welchem die Araber, den Israelis zahlenmäßig hundertfach überlegen, zum Vernichtungskrieg gegen den jungen Judenstaat aufbrachen, befahl er daher den Israelis: »Ne tirez pas les premiers!« (Schießt nicht als erste!) im vollen Wissen, daß dies ein Selbstmordrat war. Und als sie ihm nicht gehorchten und wider Erwarten dennoch siegten, schalt er sie als »überheblich« und »hochmütig«, weil sie »nicht begreifen wollten, daß man den stolzen Arabern keine Niederlage zumuten darf«.

Tatsächlich sind die Israelis – die antizionistischen Hyperorthodoxen unter ihnen ausgenommen – nicht »demütig« und bereit zur Selbstvernichtung. Die positive Bewertung von widerstandslos und demütig hingenommenem Leid ist aber trotzdem keine »Erfindung« Jesu, sondern entspricht einer jüdischen Haltung, die zu seinen Lebzeiten bei den Juden »in der Luft« lag und sich später, im Jahrtausende andauernden Exil des ganzen Volkes, bei ihnen noch steigerte. Schon zur Zeit Jesu galt Demut und passive Gottergebenheit und Leidensbereitschaft als ein hoher Lebenswert, der sich in zahllosen Legenden und Parabeln bei den Juden niederschlug und bis in die Gegenwart hinein vor allem bei mystisch inspirierten Juden als hohe Tugend galt, mit der sie sogar prahlten – sie merkten nicht einmal, daß das Prahlen mit der eigenen Bescheidenheit eine contradictio in adiecto ist! Der jüdische Witz weiß es natürlich:

In einem kleinen Städtchen lebte ein Talmudgelehrter, ein Weiser, ein reicher, ein freundlicher Mann, tugendhaft

und bescheiden. Er wurde krank und immer schwächer. Die bedeutenden Männer der Stadt umstanden sein Bett und lobten ihn: »E feiner Mann, e gescheiter Mann, e Wohltäter, und gut – en Engel!«
Er nimmt noch einmal alle Kraft zusammen und haucht, kaum hörbar: »Nu – und meine Bescheidenheit! Ihr sollt meine Bescheidenheit nicht vergessen!«

Am Vorabend des Jom Kippur rezitiert der Rabbi im Bethaus: »Vater im Himmel, vergib mir meine Sünden! Ich bin doch ein Sünder, unwürdig, ein *Nichts*!«
Dann erhebt sich der Chasen und singt denselben Text. Nach ihm tut es der Gemeindevorsteher und zuletzt der Schammes.
Der Vorsteher, indigniert zum Rabbi: »Schauen Sie sich an, wer es heutzutage bereits wagt, sich ein ›Nichts‹ zu nennen!«

*

Wenn jemand in einem streng religiösen Milieu aufgewachsen ist, kann es vorkommen, daß die Glaubensrelikte in seinem Innern intensiver sind als sogar sein dezidierter Entschluß zur rituellen Ketzerei. Was aber speziell die Gesetze der Kaschrut angeht, so sind viele von ihnen nicht nur als religiöse Tabus zu werten, sondern auch medizinisch und hygienisch wertvoll. Nicht grundlos pflegten sogar absolut antisemitische St. Galler Stickereifabrikanten vor dem Ersten Weltkrieg, wenn sie Osteuropa oder den Nahen Osten bereisten, nur in koscheren Restaurants zu essen – nur dann waren sie gegen Mageninfektionen abgesichert. Der den Juden und Moslims verbotene Genuß von Schweinefleisch z. B. war in heißen Ländern vor der Erfindung der modernen Kühlvorrichtungen sicher auch medizinisch sinnvoll.

Ein Jude kommt in ein Delikatessengeschäft und fragt: »Wieviel kostet der Schinken?« Draußen zieht ein Gewitter auf, und im gleichen Augenblick gibt es einen mächtigen Donnerschlag. Der Jude erhebt beschwichtigend seine Augen zum Himmel und sagt: »Na, fragen wird man doch noch dürfen!«

*

Wir haben wiederholt darauf hingewiesen, daß Christen, auch promovierte Theologen, viele Stellen im Neuen Testament falsch verstehen, weil den meisten von ihnen die hierfür unerläßlichen Kenntnisse des alten jüdischen Schrifttums und oft sogar schon des Alten Testamentes fehlen. So wissen nur sehr wenige Christen, daß Jesu Ausspruch, der Sabbat sei für den Menschen da und nicht umgekehrt, »wie es geschrieben steht«, sich weder auf das Alte Testament, noch auf den Talmud oder den Midrasch beziehen kann, weil sie alle im Gegenteil sehr nachdrücklich erklären, daß jede Notsituation alle Ritualgesetze annulliert.
Aber erst seit die Schriften der Kumransektierer entdeckt wurden, wissen wir, daß »es steht geschrieben« sich auf das Kumranschrifttum bezieht. Für die Kumransektierer dürfen Ritualgesetze – also auch das der Sabbatruhe – nicht einmal in akuter Todesnot gebrochen werden. – Diese Stelle gibt auch den einzigen Hinweis auf Jesu Lebenszeit vor seinem öffentlichen Auftreten: Er muß kurze Zeit zu den Kumransektierern »gerochen« und sie mit Abscheu verlassen haben.
Zum Verhältnis des offiziellen alten jüdischen Schrifttums über das Einhalten von Ritualgesetzen in Todesnot gibt der nachfolgende Witz eine lustige Illustration.

Nach mosaischem Gesetz ist der Genuß von Schweinefleisch bekanntlich verboten. Der Genuß von Rotwein hingegen ist an sich erlaubt. Verboten war er in der Antike nur in Gesellschaft von Heiden, weil man vermeiden wollte, daß Juden das Trankopfer an die Götter mitmachten. Sehr fromme Juden trinken aber noch heute Wein nur in jüdischer Umgebung.

Ein Jude und ein Offizier sitzen im Bahncoupé. Der Offizier frühstückt und bietet dem Juden artig ein Schinkenbrötchen an. Der Jude lehnt bedauernd ab. Der Offizier ißt die Brötchen alle allein auf und bietet hierauf dem Juden Rotwein an. Der Jude lehnt wiederum ab.
Offizier: »Haben Sie weder Hunger noch Durst?«
Jude: »Doch, aber wir haben so strenge Speisegesetze.«
Offizier: »Darf man diese auf keinen Fall übertreten?«
Jude: »Ja, schon. Bei Lebensgefahr zum Beispiel.«
Der Offizier zieht den Revolver und droht scherzhaft: »Sie trinken, oder ich schieße!«
Der Jude trinkt.
Der Offizier: »Sind Sie mir sehr böse?«
Jude: »Ja, natürlich. Warum haben Sie den Revolver nicht schon beim Schinken gezogen?«

*

Für die Approbation zu einem Rabbinat muß sich der Kandidat über sehr solide Talmudkenntnisse ausweisen. Aber diese Ssmicha, diese Approbation, macht ihn nicht, wie den katholischen Priester zur geweihten Person. Der Witz unterstellt ihm daher, ganz respektlos, beliebige Fehler, einschließlich sogar unbewußte Zweifel an den Religionsgesetzen.

Ein frommer Vater beklagt sich beim Rabbi über den eigenen Sohn: »Wo er ein Stück Schinken erwischt, beißt er hinein, und wo er eine Schikse *(Christenmädel aus einfachem Stande)* sieht, küßt er sie!«
Der Sohn wird vor den Rabbi zitiert und rechtfertigt sich ganz zerknirscht: »Rabbi, ich kann nichts dafür! Ich bin, nebbich, meschugge!«
Darauf der Rabbi, hitzig: »Unsinn! Wenn du die Schikse beißen und den Schinken küssen würdest, dann wärst du meschugge! So aber bist du ganz in Ordnung!«

*

Obgleich jede Notsituation Ritualgesetze restlos aufhebt, ist deren Einhaltung dennoch lästig. Das bestätigt auch der jüdische Witz.

Ssimchat-Tora, wörtlich »Tora-Freude«, ist ein Fest, bei welchem sich die Juden ein wenig betrinken und in der Synagoge – nach Geschlechtern natürlich streng getrennt – lustig herumtanzen.

An einem solchen Ssimchat-Tora-Fest wundern sich die Juden in einem Städtchen des alten Zarenreichs in der Synagoge, daß der bekannteste Freidenker und Blasphemiker des Ortes besonders begeistert herumhopst.

»Ich tanze«, erklärt er lustig, »vor Freude darüber, daß Gott die Tora uns Juden übergeben hat, und nicht, Gott behüte, der zaristischen Polizei – sie hätte uns brutal und erbarmungslos gezwungen, alle Religionsgebote einzuhalten!«

*

In Dutzenden von Varianten gibt der jüdische Witz zu verstehen, daß das Einhalten der biblischen Moralgebote mühsam und lästig ist.

Der mittellose Chaim Pulitzer klappert die Häuser der Reichen ab und kommt auch zum reichsten Mann des Ortes: »Reb Blumenfeld, Ihr seid ein reicher Mann. Wollt Ihr mir nicht einen kleinen Zuschuß geben für meine Wallfahrt nach Palästina?«

Darauf Blumenfeld: »Gern. Aber unter einer Bedingung. (Er holt aus dem Schrank eine Bibel und reicht sie dem Besucher:) Wenn Ihr dorthin kommt, seid so gut und legt das da zurück an den Sinai!«

*

Gewisse rituelle und kultische Pflichten – etwa das Aufsagen der Totengebete oder Psalmen – kann man einer Zweitper-

son auftragen. In den jüdischen Gemeinden des Ostens standen hierfür die Batlanim, fromme arme Müßiggänger, gegen ein Trinkgeld jederzeit zur Verfügung, aber natürlich kann man sich nicht etwa vom Fasten auf diese Weise dispensieren. Das geht schon deshalb nicht, weil die jüdischen Fasttage im Kalender genau festgelegt sind, so daß der Batlan an diesem gleichen Tag ja ohnehin fasten muß. Im jüdischen Witz kommt es dennoch vor.

Kommerzienrat Bamberger läßt kurz vor Jom Kippur, dem strengsten Fasttag, den Batlan Ssimche zu sich kommen, auf den er seit Jahren seine sämtlichen rituellen Pflichten abwälzt, und sagt: »Da habt Ihr fünf Kronen, genau wie im Vorjahr, damit Ihr wieder für mich fastet.«
»Für fünf Kronen kann ich dieses Jahr nicht mehr fasten«, sagt Ssimche, »dieses Jahr kostet es zehn Kronen.«
»Was ist auf einmal los?« fragt Bamberger verwundert.
»Nu«, erklärt Ssimche, »die Lebensmittel sind doch aufs Doppelte gestiegen.«

Ssimche hat von drei Kunden »Fastengeld« für den Jom Kippur einkassiert und auch tatsächlich den ganzen Tag über brav gebetet und gefastet.
Einer der Kunden lädt ihn nach dem Fasttag zum festlichen Abendmahl ein. Ssimche haut tüchtig rein.
Der Gastgeber schaut verwundert zu, wie geschwind Ssimche die leckeren Speisen hinunterschlingt, und sagt anerkennend: »Ihr fastet für drei, Ssimche, aber Ihr freßt für sechs.«

*

Nach dem Tode naher Anverwandter muß man sieben Tage lang »Schiwe sitzen«, d. h. zum Zeichen der Trauer auf dem Boden oder einem niedern Schemel kauern, und außerdem das ganze Trauerjahr hindurch täglich in der Synagoge den Kaddisch, das Totengebet, rezitieren.

Dem reichen Tarnopoler ist der Vater gestorben. Da er weder Zeit noch Lust hat, täglich in der Synagoge den Kaddisch aufzusagen, engagiert er als Stellvertreter gegen Bezahlung einen Batlan. Dieser erinnert ihn: »Sie müssen aber auch die erste Woche hindurch Schiwe sitzen!«
Tarnopoler, unmutig: »Ich kann doch mein Geschäft nicht eine ganze Woche lang zumachen! Also sitzen Sie für mich auch Schiwe!«
»Gut, wenn Sie anständig bezahlen!«
»Abgemacht. Aber Sie müssen auch wirklich sitzen! Ich werde das kontrollieren, indem ich täglich zu Ihnen komme, um Ihnen zu kondolieren!«

*

Bibel und Talmud legen zwar genau fest, welche Tätigkeiten als »Arbeit« gelten sollen und folglich am heiligen Ruhetag, dem Sabbat, verboten sind. Aber für Aktivitäten, die man damals noch nicht kannte, mußten spätere Rabbinen die Richtlinien festlegen. Sie haben sich – sehr vernünftig und unfanatisch – darauf geeinigt, daß strapaziöse sportliche Ballspiele am Sabbat zu unterbleiben haben, Schwimmen jedoch betrachten auch sehr fromme Juden meist als am Sabbat erlaubt.
Hierzu ein sehr gelungener Witz aus den USA, wenn auch ohne jede Spur des sonst oft durchschimmernden tragischen Backgrounds oder der harten Selbstkritik.

Der Rabbiner von Chicago ist leidenschaftlicher Golfspieler. Die ganze Woche über war dicker Nebel – am Schabbes scheint die Sonne. Der Rabbiner steht am frühen Morgen auf dem menschenleeren Golfplatz, die Sportleidenschaft siegt über die Frömmigkeit, er nimmt den Schläger in die Hand...
Sein Vater schaut vom Himmel herab und sagt zum lieben Gott: »Siehst du, was mein Sohn, der Rebbe, da unten macht – heute, am Schabbes!?«

Der liebe Gott antwortet: »Ich werde ihn bestrafen!«
Der Rabbiner unten legt den Ball zurecht, holt mächtig aus und schlägt ... 250 Meter und genau ins Loch!
Sein Vater sagt erbittert: »Das nennst du Strafe?«
Der liebe Gott lächelt: »Wem soll er's erzählen?«

*

Wir sagten es schon mehrfach: Der moderne jüdische Witz entstand an der Schwelle zwischen Glauben und Unglauben. In der Anekdote sieht das so aus:

Naftali ist beim Rabbi denunziert worden: Er hat am Tischa-Beaw, dem Trauer- und Fasttag wegen der Zerstörung des Tempels von Jerusalem, gegessen!
Rabbi: »Schämt Ihr Euch nicht?«
Naftali: »Rabbi, wenn einer gefährlich erkrankt ist, dann darf er doch essen?«
Rabbi: »Ja, natürlich! Seid Ihr denn gefährlich krank?«
Naftali: »Aber essen darf man also? Was schadet es Euch also, wenn ein Jude, der Euch nichts zuleide getan hat, Gott sei Dank gesund ist?!«

Man hat gesehen, wie Karfunkel am Tischa-Beaw eine Mahlzeit verzehrt. Der Rabbiner macht ihm Vorwürfe.
»Rabbi, ich habe das Fasten nur gebrochen, weil ich einer armen jüdischen Tochter zu einer Mitgift verhelfen wollte. Als ich nämlich zum Gebet ging, hörte ich einen Juden sagen: ›So viele Tausender wünsche ich jeder armen jüdischen Tochter als heute in unserer Stadt Juden das Fasten brechen werden!‹ Ja – und da habe ich mir gedacht, warum soll ein armes Mädchen nicht noch einen Tausender mehr haben?«

Alter Jude am Tischa-Beaw: »Pfui, du ißt heute?! Schau mich an: Ich bin alt und krank, und dennoch faste ich!«
Junger Jude: »Und doch kommen wir alle zwei nicht ins

Paradies. Ich nicht, weil ich nicht faste. Und du nicht, weil es gar kein Paradies gibt.«

Ein Kranker kommt am Tischa-Beaw zum Rebben, um zu fragen, ob er nicht wegen seiner Krankheit essen darf. *(Auch Krankheit hebt das Ritualgesetz auf.)*
Der Rebbe, mit vollen Backen kauend: »Was für e Frag! Man muß fasten am Tischa-Beaw!«
»Aber Rebbe, Ihr eßt doch selbst!«
»War ich so meschugge, zu fragen e Rebben?«

»Ich glaub überhaupt an gar nix! Ich geh in kein Tempel, ich tu, was ich will, ich arbeit am Schabbes ... Nur am Jom Kippur, da fast ich natürlich ...«
»Ich denk, du glaubst an keinen Gott?«
»Nu ja, ich könnt mich ja schließlich irren.«

»Wie ertragen Sie den Jom Kippur, Herr Katz?«
»Sehr gut.«
»Kein Kopfweh? Keine Übelkeit? Kein Schwindelgefühl?«
»Nein.«
»Wie ist das möglich?«
»Ich faste nicht.«

Am Jom Kippur, an dem die Juden in ganztägigem Gebet und Fasten für alle Sünden des vergangenen Jahres um Verzeihung flehen, kommt Gedalie Hopser gedankenverloren in die Schul. Die Durchsicht seiner Geschäftsbücher hat einen unabklärlichen Fehlbetrag ergeben. Aber er nimmt sich zusammen und beginnt zu beten. Bei der Stelle, wo die einzelnen Sünden aufgezählt sind, schlägt er sich an die Stirn und murmelt erleichtert: »Es stimmt schon!«

Drei fromme Juden rühmen sich ihrer Mizwot *(Guttaten)*. »Letzten Winter«, erzählt der eine, »sehe ich eines Tages eine Frau, die soeben im Fluß untersinkt. Ich fürchte mich vor dem kalten Wasser. Na – ich pfeife auf das Wasser, springe hinein und rette die Frau!«
Der zweite erzählt: »Das Haus meiner Nachbarn steht in Flammen. Ich fürchte mich vor dem Feuer. Na – ich pfeife auf das Feuer, springe hinein und rette die Nachbarn!«
Der dritte erzählt: »Ich erhalte plötzlich ein Telegramm, daß mein Vermögen in Paris in höchster Gefahr ist, ich soll sofort hinkommen. Und dabei ist es Schabbes *(am Sabbat ist die Benützung von Fahrzeugen verboten)*! Na – ich pfeife auf den Schabbes, springe in den Zug und rette mein Vermögen.«

* * *

Jedes Land und Volk hat seine Narrenstadt. Bei den alten Griechen war es Abdera, bei den Deutschen Schilda, bei den Ostjuden Cholm oder Chelmno, deutsch und jiddisch Chelm. Der Ort liegt in Polen, östlich von Lodz. Wie die Chelmer Juden zu ihrem Ruf kamen, allesamt Narren zu sein, habe ich nicht in Erfahrung bringen können, und die Chance, daß es sonst jemand noch herauskriegen könnte, ist gleich Null, zumal nicht ein einziger Chelmer Jude Hitlers Holocaust überlebt hat. Das Städtchen ist heute »judenrein«. Daran denkt man besser nicht, wenn man über die Chelmer Narren lachen will. – Auf jiddisch heißen sie die »Chelmer naronim«. Die Bezeichnung »naronim« setzt sich originellerweise aus dem deutschen Wortstamm »Narr« und der hebräischen männlichen Pluralendung »im« zusammen. An der engen, unauflöslichen Durchflechtung des alten Judendeutsch und damit auch des heutigen Jiddisch mit Mischelementen aus Deutsch und Hebräisch hat auch der Judenholocaust nichts geändert, wie auch im Umgangsdeutsch neuerdings wieder vermehrt hebräische Elemente aus dem Jiddischen auftau-

chen: Auch ein antisemitischer Deutscher sagt heute, wenn er endlich zur Sache kommen will: Wir wollen Tacheles miteinander reden! (Hebr. Tachlith = Zweck, Sinn.)
Aber obgleich diese Art Narrenwitze nicht urjüdisch sind, sondern die Juden sie bei ihrer Flucht vor mordenden Kreuzfahrern und Flagellanten aus Deutschland in den Osten mitbrachten, wurden sie erst auf polnischem Boden so zahlreich, daß man mit ihnen ganze Bände füllen könnte. Offenbar bereitet es einem überdurchschnittlich intelligenten Volk Spaß, sich Beispiele für eine geradezu hanebücherne Albernheit auszudenken.

Der Gipfelpunkt.
Erste Prämisse: Den Chelmer Bürgern sagt man die gleiche Dummheit nach wie in Deutschland jenen von Schilda.
Zweite Prämisse: Der Chasan gilt als genauso dumm wie jeder Tenor.
Dritte Prämisse: Daß Truthähne sehr dumm sind, weiß jeder.
Konklusion. Was ist demnach der Gipfelpunkt der Dummheit? Der Truthahn des Chasans von Chelm.

Zwei Chelmer, Berl und Schmerl, kaufen in der Kreisstadt zusammen einen Krug Schnaps und beschließen, ihn nur gegen Kassa zu verkaufen.
Unterwegs hat Schmerl Durst: »Ich möchte einen Schnaps. Aber natürlich zahle ich bar – da hast du deinen Kreuzer!«
Berl ist einverstanden. Nach einer Weile hat auch er Durst. Er zahlt ebenfalls einen Kreuzer und trinkt.
Es ist ein heißer Tag. Der Kreuzer geht hin und her – am Abend ist der Krug leer.
»Wie war das Geschäft?« fragt ein Passant. »Großartig!« versichern beide. »Alles an *einem* Tag ausverkauft – und nur gegen Kassa!«

In Chelm. Die Mutter schickt Tanchum Zündhölzer kaufen. Er bringt sie – nicht ein einziges brennt!
Tanchum wundert sich: »Das ist mir unbegreiflich! Ich habe sie doch alle einzeln ausprobiert – sie waren alle in Ordnung!«

Ein Chelmer schreibt einen Brief mit sehr großen Buchstaben.
»Was soll das?« fragt ein Besucher verwundert.
Darauf der Chelmer: »Ich schreibe an meinen tauben Onkel.«

*

Zum Abschied von Chelm ein Witz, dessen wirtschaftspolitischer »Scharfsinn« viel Ähnlichkeit aufzeigt mit den Reflexionen und Dispositionen moderner Wohlfahrtsstaaten beim Verleihen von Geldern an bankrotte Drittweltstaaten.

In Chelm.
»Ich will Geldverleiher werden.«
»Schön. Leiht mir fünfhundert Rubel!«
»Gut. Gebt mir 25 Prozent Zinsen.«
»Was fällt Euch ein! Von einem verläßlichen Leiher verlangt man höchstens zehn Prozent!«
»Einverstanden. Gebt mir also zehn Prozent! Ich will nämlich, daß Ihr ein verläßlicher Leiher seid!«

* * *

Reiche Juden gab es in Mitteleuropa in der jüngeren Neuzeit gar nicht selten. Aber nur wenige von ihnen setzten ihren Reichtum und ihre daraus erwachsene Position zugunsten ihrer vor allem im zaristischen Rußland schwer bedrängten Glaubensbrüder ein. Rund um jene, die es taten, vor allem um Montefiore in England und um die Bankierfamilie Rothschild, ranken sich daher zahllose witzige Episoden und Legenden. – Die nachfolgende illustriert zugleich, wie es in

Wirklichkeit um die finanzielle Lage der nach Meinung der Antisemiten immer und überall reichen und auf Grund ihres – vermeintlichen – Reichtums gefährlich einflußreichen Juden stand.

Für die Ehre, in der Synagoge zu einer liturgischen Aufgabe »aufgerufen« zu werden, pflegt man einen Betrag zu »schnodern« (geloben). Durchreisende pflegt man durch solchen »Aufruf« zu ehren.
Der reiche Pariser Rothschild fuhr einmal nach Rußland. Als der Freitagabend herannahte, stoppte der fromme Baron mit der Notleine den Zug in der Nähe eines Drecknestes, in dem er mit Recht eine jüdische Gemeinde vermutete. Er ging in die Schul, es war Zeit, mit dem Maariwgebet *(Abendgebet)* anzufangen – die Gemeinde saß da und wartete.
»Was ist los?« wollte Rothschild wissen.
»Wir können nicht anfangen«, erklärte ihm der Schammes, »wir warten auf unsern Gwir *(reicher Mann)*...«
Endlich, nach einer halben Stunde, geruht er zu kommen, und das Gebet kann anfangen.
Am andern Morgen wiederholt sich dasselbe: man wartet wieder eine geschlagene halbe Stunde auf den Gwir.
In Rothschild kocht es. Und als man ihn zur Tora aufruft, sagt er: »Ich schnodere das ganze Vermögen des Gwirs. Aber ich verlange nach Paris eine exakte, vom Rabbi beglaubigte Abrechnung!«
Das Städtchen ist aufgescheucht. Man ernennt eine Kommission, man kontrolliert die Geschäftsbücher des Gwirs – und was kommt heraus? Ein Defizit...

Beim Emigranten Itzig, schlecht und recht in einem Londoner Hotel untergebracht, läutet das Telefon.
»Entschuldigen Sie«, sagt eine höfliche Stimme, »bin ich richtig verbunden mit Baron Rothschild?«

Darauf Itzig: »Joj, *wie* falsch sind Sie verbunden!«

Ein Schnorrer war bei Rothschild.
»Wieviel hast du bekommen?« will sein Kollege wissen.
»Einen Gulden.«
»So wenig?«
»Ja, weißt du, es geht ihm schlecht. Ich habe selber gesehen, wie seine zwei Töchter im Salon auf einem einzigen Klavier zusammen gespielt haben!«

Ein armer Jude beharrt darauf, nur mit Rothschild persönlich zu sprechen. Schließlich wird er vorgelassen.
»Ich bitte Sie um eine Unterstützung«, sagt er.
»Nun hören Sie aber«, sagt Rothschild ärgerlich, »deswegen mußten Sie mich persönlich behelligen?«
»Herr Baron«, gibt der Jude zurück, »Sie mögen vom Bankgeschäft mehr verstehen als ich. Aber wie man am besten schnorrt, das weiß ich besser als Sie.«

* * *

In Osteuropa gab es bis zum Ersten Weltkrieg praktisch nur jüdische Handelsreisende. Kein Wunder, daß viele jüdische Anekdoten und Witze um Reisebegebenheiten kreisen, die älteren im Pferdewagen, die späteren im Bahncoupé.

Eibenschütz ist im Fuhrwerk nachts in einem verkommenen Nest gelandet. Er legt sich in der Wirtsstube hin, den Kutscher Eisik läßt er im Wagen, damit er auf die Pferde aufpasse. Dennoch ist er nicht ruhig.
Gegen Mitternacht tritt er ans Fenster und fragt: »Eisik, bist du wach?«
»Ich bin wach«, bestätigt Eisik.
»Was tust du?«
»Ich kläre.«
»Was klärst du?«

»Ich kläre: wenn man für ein neues Haus eine Grube aushebt – wohin verschwindet die ausgeworfene Erde?«
»Schön, kläre weiter.«
Eine Stunde später. Eibenschütz, wieder unruhig: »Schläfst du, Eisik?«
»Ich bin wach. Ich kläre.«
»Was klärst du?«
»Ich kläre: wenn der Rauch aus dem Schornstein aufsteigt – wohin verschwindet er?«
»Schön, kläre weiter.«
Wieder vergeht eine Stunde, es tagt schon bald. Da fragt Eibenschütz zum drittenmal: »Eisik, schläfst du?«
»Ich bin wach. Ich kläre.«
»Was klärst du?«
»Ich kläre: ich habe die ganze Nacht gewacht und achtgegeben – und die Pferde, wohin sind die verschwunden?«

Ein Herr rennt mit Windeseile durch den Südbahnhof Wien, beladen mit zwei schweren Koffern. Es ist 11.59 Uhr und um 12.00 Uhr fährt sein Zug. Er stößt auf einen bärtigen Juden und fragt hastig: »Bitte, auf welchem Bahnsteig geht der Zug nach Krakau ab?«
Der Jude, gemächlich den Bart kraulend: »Wolle Se verreisen?«

Ein Jude steht auf dem Bahnsteig und jammert: »Um eine halbe Minute habe ich den Zug verfehlt!«
Ein zweiter Jude: »Und da jammern Sie herum, als ob Sie ihn um eine halbe Stunde verfehlt hätten?!«

Am Bahnhof Lemberg fragt eine alte Jüdin einen Juden: »Wann fährt der letzte Zug nach Tarnopol?«
Darauf der Jude: »Das, Muhme, werdet Ihr nicht erleben!«

Einem Juden fährt der Zug vor der Nase davon. Der Jude, verächtlich: »Kunststück!«

*

Mittellose Juden fuhren im Osten oft ohne Billett. Gewöhnlich gaben sie statt dessen dem Schaffner ein Trinkgeld. Waren sie aber ganz arm, dann mußte auch der Schaffner hintergangen werden.

Der Schaffner nähert sich – die Juden haben aber eine Wache aufgestellt und kriechen rechtzeitig unter die Bänke. Der Schaffner kommt herein, sieht unter einer Bank einen riesenhaften Stiefel herausragen, packt fest zu, zieht einen großmächtigen ukrainischen Bauern hervor und schreit: »Die Fahrkarte!« Der Bauer zeigt die Fahrkarte.
Der Schaffner: »Ja – wozu hast du dich verkrochen?«
Der Bauer: »Weil der kluge Itzig Berenfeld unter die Bank kroch. Ich habe zwar nicht verstanden, wozu, aber ich habe mir gesagt, wenn der kluge Itzig kriecht, dann weiß er, warum, und dann ist es am besten, ich krieche auch.«

Dem Schaffner kommt der Waggon verdächtig leer vor. Er blickt unter die Bänke – und tatsächlich, da liegen zwei Juden!
»Haben Sie Mitleid«, fleht der eine, »meine einzige Tochter feiert Hochzeit in Lemberg, ich habe kein Geld für die Fahrkarte!«
Der Schaffner kratzt sich am Kopf, er spürt Erbarmen.
»Und Sie?« fragte er den zweiten.
»Ich bin sein Schwager«, erklärt dieser, »er hat mich zur Hochzeit eingeladen.«

Strecke Lemberg–Czernowitz. Schmul hat keine Fahrkarte. Der Schaffner hat ihn erwischt und auf der nächsten Haltestelle mit Tritten ad posteriora hinausgeworfen.

Schmul wartet auf den nächsten Zug, versucht es erneut, wird wieder erwischt und hinausbefördert. Stöhnend sitzt er auf dem Boden.
Mitleidige Juden sammeln sich um ihn herum. »Wie weit wollt Ihr denn fahren?« fragt einer.
Darauf Schmul: »As mein Toches *(der Allerwerteste)* es aushält: bis Czernowitz.«

Im Expreßzug Dijon–Marseille sitzen in einem Coupé bereits drei Herren. Ein jüdischer Commis voyageur tritt herein und schlägt sogleich vor: »Meine Herren, wir wollen die Strecke bis Marseille in vier Teile aufteilen. Jeder von uns kann dann für ein Viertel der Strecke eine ganze Bank für sich allein haben zum Schlafen. Sind Sie einverstanden, daß ich als erster bis Lyon schlafe?«
Die Herren sind einverstanden, der Commis legt sich hin. In Lyon wacht er auf und nimmt seinen Koffer herunter, um auszusteigen. Die andern drei Herren sind empört: »Warum haben Sie uns nicht gesagt, daß Sie bloß bis Lyon fahren?«
»Meine Herren – Sie haben mich nicht gefragt.«

Im Zug von Krakau nach Rzeszów unterhält sich ein junger polnischer Offizier, sichtlich aus der jüdischen Intelligenzschicht stammend, mit einem alten Kaftanjuden.
Als sie sich einem kleinen Ort nähern, erklärt der alte Jude mit tränenerstickter Stimme: »Sehen Sie, Herr Leutnant, an diesem Ort, da ist mein armer Vater – er ruhe in Frieden – elend zugrunde gegangen ...«
Der Offizier springt auf und salutiert ehrerbietig, bis der Ort passiert ist.
»... und hier«, fährt der alte Jude fort, wie das nächste Dorf in Sicht kommt, »hat er sich wieder etabliert.«

Im Zug nach Galizien. Ein Jude und ein Offizier sitzen in einem Abteil. Bei einem Zwischenhalt steigt ein höherer Offizier zu.
Der erste springt auf und schmettert: »Von Rosenberg.«
Der zweite salutiert und sagt: »Von Hohenfels.«
Worauf der Jude aufsteht, sich verbeugt und erklärt: »Von Lemberg.«

Falsch eingestiegen.
Kohn zu seinem Gegenüber: »Wo fahren Sie hin?«
»Von Warschau nach Kowno.«
»Was doch die Technik heute vermag! Sie fahren von Warschau nach Kowno, ich von Kowno nach Warschau – und beide sitzen wir im gleichen Zug, nur in umgekehrter Richtung!«

In der Bahn sitzen zwei Juden. Fragt der eine: »Ma schmejchem – Was ist Euer Name? Woher kommt der Herr Jude gefahren?«
Antwortet jener: »Heißen tue ich Jizchak Komornik, in der Stadt ruft man mich Reb Izikl. Ich wohne in einer eigenen Wohnung in Stanislau, stamme aber selber aus Thorn. Ich handle mit Gerste und Hefe. Ich habe zwei Töchter. Die ältere hat vor einem Jahr geheiratet; die jüngere ist verlobt – möge es zum Glück sein! Neue Geschäfte suche ich nicht, Karten spiele ich nicht, und ich hasse Politik. Für den Fall, daß Ihr raucht: da sind Zündhölzchen. Dort auf dem Gestell liegt mein Hut – Ihr könnt ihn anprobieren ... Wenn Ihr noch eine Frage habt, dann fragt schnell, weil ich noch ein Schläfchen machen will!«

Im Bahnabteil sitzen ein Jude und ein Pole einander gegenüber. Im Gepäcknetz über dem Polen liegt ein schwerer Koffer, der sich bedenklich nach vorne neigt.
»Nehmt sofort den Koffer über meinem Kopf weg!« sagt

der Pole zornig zum Juden. »Sonst werfe ich ihn aus dem Fenster!«
Der Jude rührt sich nicht. »Tralala!« singt er vergnügt.
Der Pole wiederholt die Drohung.
»Tralala!« macht der Jude.
Als auch die dritte Warnung nicht hilft, ergreift der Pole den Koffer und schleudert ihn zornig aus dem Fenster.
Der Jude: »Tralala! Das war doch gar nicht mein Koffer!«

Kohn und Grün sitzen in der Eisenbahn. Auf dem Gepäcknetz über dem Kopf von Kohn liegt eine riesige Kiste. Der Schaffner kommt und sagt zu Kohn: »Die Kiste kann nicht als Handgepäck mitgehen. Sie müssen sie aufgeben.« Kohn erklärt entschieden, daß er die Kiste nicht aufgibt. Streit, Lärm – aber Kohn bleibt hart. Der Kontrolleur kommt. Vergebens. Schließlich holt man auf einer Station die Bahnpolizei. Der Polizist brüllt: »Werden Sie die Kiste sofort aufgeben?«
Kohn: »Nein.«
Wütend der Polizist: »Warum denn nicht?«
Kohns Antwort: »Weil sie gar nicht mir gehört.«
Allgemeine Bestürzung.
»Also, wem gehört sie denn?«
»Meinem Freund, dem Grün da.«
Polizist, Schaffner und Kontrolleur brüllen nun gemeinsam Grün an: »Sie, Sie, Sie! Warum geben Sie die Kiste nicht auf?«
Darauf Grün: »Es hat mir ja keiner ein Wort gesagt!«

*

Jüdische Reisewitze im Zusammenhang mit Fahrten über den Ozean sind eher rar. Das hängt einfach damit zusammen, daß die Überfahrt in die Neue Welt für die Juden zu oft durch Verfolgungswellen in Europa ausgelöst war. Da verging ihnen das Lachen. Immerhin, etliche Seefahrtwitze, und sogar sehr gelungene, sind trotzdem aufgekommen.

Mitten auf dem Ozean fällt ein Kind über Bord. Der verzweifelte Vater verspricht dem, der sein Kind rettet, zehntausend Dollar. Während noch alles erstarrt an der Reling steht, ist Sali Bleimschein schon in den Fluten verschwunden, taucht auf mit dem Jungen im Arm, ergreift einen der Rettungsringe, die man ihm zuwirft, und wird an Bord gezogen. Der glückliche Vater stürzt auf ihn zu, bedankt sich überschwenglich und bittet ihn, in seine Kabine zu kommen, damit er ihm den Scheck ausstellen kann.
Sali: »Von Geschäften reden wir später. Zuerst möchte ich wissen, wer mich getreten hat in den Hintern, so daß ich gestürzt bin über Bord.«

»Herr Wasserfleck, waren Sie schon auf dem Ozean?«
»Nein, wissen Sie, da ist man allzusehr in Gottes Hand.«

Das Schiff sinkt. Ein Jude schreit und weint. Ein zweiter fragt ihn: »Was schreist du? Ist es *dein* Schiff?«

Der alte Schmul schläft mit einem Fremden zusammen in einer Kabine.
Nachts beginnt Schmul zu jammern: »Oj, hob ech a Dorscht! Oj, hob ech a Dorscht!«
Das nimmt kein Ende, schließlich zieht sich der Fremde fluchend an und holt in der Kantine eine Flasche Selterswasser für Schmul.
Eine Zeitlang ist es nun still. Dann beginnt Schmul zu skandieren: »Oj, hob ech gehobt a Dorscht!«

Das Schiff beginnt zu sinken. Alle Passagiere beten. Auch Isidor Goldberger erhebt in der Not seine Stimme.
Ein Jude, der ihn kennt, schüttelt ihn entsetzt an der Schulter und flüstert ihm zu: »Sei sofort still! Wenn Gott erfährt, daß du auf dem Schiff bist, dann sind wir auf der Stelle alle verloren!«

* * *

Lebhaftes Gestikulieren mit den Händen beim Reden ist an sich nichts spezifisch Jüdisches. Wenn zum Beispiel Süditaliener sich miteinander unterhalten, kann man fast mit den Augen den Inhalt ihres Gespräches einigermaßen erraten. Zahlreiche Juden haben diese Gewohnheit aber auch beibehalten, nachdem sie längst unter Völkern wohnten, die ihre Worte nicht mit Gesten zu untermalen pflegen. Dadurch fallen sie auf, und sie machen sich selber lustig darüber.

»Stell dir vor, Jankel hat sich beide Hände abgefroren!«
»Du lieber Himmel, womit redet er jetzt?!«

Winter in Polen. Zwei Juden stapfen stumm durch den Schnee, die Hände tief in den Taschen vergraben.
»Was ist? Warum redste nix? Biste krank?«
»Nu – soll ich mer verfriere die Händ?«

Perlmutter kommt von einer mehrtägigen Reise heim. Die Familie begrüßt ihn stürmisch und bittet: »Nu, erzähl!«
Perlmutter: »Wie kann ich reden, wenn ihr mir die Hände festhaltet?«

»Moische, was ist das: Pantomime?
»Sehr einfach: Die Leute reden, bloß – sie sagen nichts.«

Hausierer, der die Treppe mit einem Fußtritt hinunterbefördert wird: »Wos a temperamentvoller Mensch! Er redt sogar mit die Füß!«

Auf einer kleinen Bahnstation spazieren zwei jüdische Herren lebhaft gestikulierend auf und ab. Da tritt der Bahnbeamte an sie heran und bittet: »Meine Herren, unterhalten Sie sich bitte hinter der Bedürfnisanstalt weiter, sonst glaubt der Führer des Schnellzuges, Sie machen Notsignale und bremst, statt durchzufahren.«

Schmul sieht zum erstenmal ein Telefon. Das Postfräulein erklärt ihm: »Mit der linken Hand heben Sie das Hörrohr ab, und mit der rechten drehen Sie die Kurbel.«
Schmul: »Sehr schön – und womit red ich dann?«

Aufschrift in den Telefonzellen in Tel Aviv:
Zuerst werfen Sie die Münze ein.
Dann heben Sie mit der Linken den Hörer ab.
Darauf sprechen Sie mit der *Rechten*.

Finkelstein, aus einem galizischen Städtchen frisch in Wien eingetroffen, beobachtet auf der Wiener Opernkreuzung staunend den Verkehrsschutzmann, der ununterbrochen die Arme nach verschiedenen Richtungen streckt und schwenkt. Nach einer halben Stunde wird Finkelstein jedoch unruhig, geht auf den Schutzmann zu und sagt: »Verzeihen Sie, Herr Inspektor, den letzten Satz habe ich aber nicht verstanden. Wollen Sie ihn bitte wiederholen!«

Variante:
»Sie stehen hier doch ganz allein, Herr Schutzmann, mit wem reden Sie eigentlich?«

Im Ersten Weltkrieg. Schmul kommt auf Urlaub nach Hause. Die Freunde, neugierig: »Wie war's im Schützengraben?«
»Schrecklich! Kaum redt mer e Wort, hat mer en Schuß durch de Hand!«

Ein Schiff ist nicht weit von der Küste gesunken. Fast alle Passagiere ertrinken, aber ausgerechnet zwei Juden, beide

Nichtschwimmer, können sich an Land retten. »Wie ist das möglich?« fragen alle verwundert.
»Als das Schiff sank«, erklären die zwei Juden, »waren wir gerade mitten in einem Gespräch, und dann haben wir einfach immerzu weitergeredet, bis wir am Ufer waren.«

Im Autobus von Tel Aviv hängt eine Verbotstafel: »Es ist strengstens untersagt, zu reden mit dem Fahrer. Der Mann braucht seine Hände zum Chauffieren!«

Im Strandbad: »Frau Blau, Ihr Herr Gemahl auch hier?«
»Nein, Herr Grün, mein Mann ist verreist.«
»Frau Blau, könnten wir da nicht zusammen dinieren?«
»Darüber läßt sich reden, Herr Grün.«
»Und wie wäre es mit einem netten Tête-à-tête nachher?«
»Auch darüber läßt sich reden, Herr Grün. Aber gehen wir lieber ins Wasser: die Leute brauchen nicht zu *sehen*, wovon wir reden!«

Chaim Fensterglas vor einer sechsarmigen Buddhastatue: »Sechs Arme! Muß der reden können!«

* * *

In Wien kannte man früher – und kennt auch heute noch – die witzige, mit »no na!« eingeleitete Form der Negation. Für Wiener Commis voyageurs war es eine Art Gesellschaftsspiel, im Bahncoupé am laufenden Band immer neue No-na-Witze zu erfinden.
Die Wiener jüdische Gemeinde wurde in den Nazijahren restlos ausgelöscht. Jetzt leben in Wien zwar wieder Juden – man hat mir aber gesagt, es sei nicht ein einziger »Wiener Jude« darunter. Es entstehen in Wien auch keine neuen No-na-Witze mehr: Sie waren eine rein jüdische Angelegenheit. Es gab Hunderte von ihnen. Hier eine kleine Auswahl.

Zwei Juden im eifrigen Gespräch. Plötzlich fällt einer von ihnen in einen offenen Kanalschacht. Der andere merkt es nicht, geht redend weiter, merkt es dann doch, geht zurück und findet seinen Genossen im Kanal stecken: »Bist du da hinuntergefallen?«
»No na – wohnen werd ich da!«

»Ich mach jetzt eine Hormonkur.«
»Das ist doch für die Katz!«
»No na – für meine Alte werd ich es machen!« *(Katz = Liebchen)*

Zwei Reisende im Abteil. Der Zug setzt sich in Bewegung.
»Mir scheint, wir fahren schon.«
»No na – die Fassaden wird man an uns vorbeitragen!«

Schmul stürzt auf den Bahnhof, sieht aber nur noch die Schlußlichter des abfahrenden Zuges. Teilnahmsvoll erkundigt sich der Bahnvorstand: »Haben Sie den Zug versäumt?«
Schmul: »No na – verscheucht hab ich ihn!«

Schmul ist von der Straßenbahn abgesprungen und unsanft auf dem Toches gelandet.
»Sind Sie gestürzt?« fragt ein mitleidiger Passant.
Schmul: »No na – so steig ich immer aus!«

Im Standpark spielt ein herziges blondes Kind. Ein Erwachsener fragt teilnahmsvoll: »Wie heißest du, Kleiner?«
»Moritz Pollatschek.«
Der Erwachsene plötzlich höhnisch: »Aber wenn du sehr brav bist, dann sagt die Mama sicher ›Mojschele‹ zu dir?«
»No na – Pollatschek wird sie sagen!«

Grün und Blau sind in der Sommerfrische in einem bayerischen Bergdorf. Einmal entsteht eine fürchterliche Wirtshausrauferei. Grün, zufällig im Wirtshaus, rauft aus Leibeskräften mit, bekommt einen Messerstich, taumelt hinaus und blutet.
Kommt Herr Blau daher: »Gott über die Welt, Herr Grün, hat mer Sie vielleicht gestochen?«
Grün: »No na – unwohl werd ich sein!«

Beim Kartenspiel: »Mojsche, du schaust mir in die Karten!«
»No na – hasardieren werd ich!«

»Kellner! A Hasenbraten will ich. Aber ich will mir nicht zerbrechen die Zähn. Können Sie mir versichern, daß der Hase nicht geschossen worden ist mit Schrot?«
»No na – die Pulsadern wird er sich aufgeschnitten haben!«

* * *

Wir haben in der Einleitung die Gründe aufgelistet, weshalb der jüdische Witz nur noch in spärlichen Relikten existiert und seinem definitiven Tod entgegensieht – egal, was mit den Juden im Exil und in Israel geschehen wird, und auch unabhängig davon, wie sehr sie ihren alten Witz zum Durchhalten und Ertragen eines Tages vielleicht wieder bitter benötigen sollten.
Aber total unverständlich sind für den heutigen nichtjüdischen Leser, der mit der Existenz des Staates Israel und dessen ungewöhnlich todesmutigen Soldaten konfrontiert ist, die zahllosen alten Witze aus Osteuropa, die den Abscheu von Juden vor dem Militärdienst abkupfern und die gerissenen Tricks und Finten ausmalen, mit denen er sich dem militärischen Einsatz entzieht.
Solche Haltung war nie »typisch jüdisch«, sondern aus-

schließlich die Reaktion auf die jüdische Situation vor allem im Zarenreich, wo die Juden massiv diskriminiert und von zahlreichen Berufen und allen Universitäten ausgeschlossen waren, nur in einigen wenigen, obendrein immer wechselnden Regionen leben durften und darüber hinaus oft in Judenpogromen, die zum Teil durch die Regierung selber organisiert waren, niedergemetzelt und ausgeplündert wurden. Zudem dauerte der Militärdienst für Juden im Zarenreich zeitweise volle zwanzig Jahre und schloß dabei jedes Avancement für sie aus. Kein Wunder, daß sie sich nicht darum rissen, für »Väterchen Zar« zu sterben.

Über das wirkliche Verhalten der Juden zum und im Kriegsdienst kann man sich nur orientieren, wenn man es an jenen Situationen abliest, in welchen sie – zu Recht oder auch irrtümlich – davon ausgingen, der betreffende Krieg gehe sie etwas an. Hierzu erfahren wir aus der jüdischen Frühgeschichte: Sie wagten als kleiner Beduinenstamm die Eroberung Kanaans mit dessen massiv befestigten Städten und Armeen, die technologisch jenen der Hebräer weit überlegen waren. Sie wagten im zweiten vorchristlichen Jahrhundert den – erfolgreichen – Aufstand gegen die mächtige syrische Besatzung; darüber berichtet das Buch der Makkabäer. Im zweiten nachchristlichen Jahrhundert glückte ihnen sogar noch ein Sieg über die Besatzungsarmee der Weltmacht Rom – es gelang dem Anführer, Bar-Kochba, sogar, Jerusalem zurückzuerobern –, der Aufstand endete aber mit der definitiven Vertreibung der Juden aus ihrem Lande und mit dem Beginn der zweitausendjährigen jüdischen Exilperiode und der damit verbundenen jüdischen Märtyrologie.

Doch wo man ihnen – selten genug – Menschen- und Bürgerrechte gewährte, verhielten sie sich nach der Talmuddevise: »Die Regierung Deines (Gast-)landes ist deine Regierung«, und sie dienten ihr treu, auch in moslimischen Staaten, man wußte ihre kriegerischen und strategischen Fähigkeiten entsprechend zu schätzen.

So verhielten sie sich auch in Deutschland von dem Augenblick an, da man sie zum Militärdienst überhaupt zuließ. Was jedoch Hitlervorläufer der deutschen militärischen Führung im Ersten Weltkrieg nicht hinderte, eine Umfrage zu starten, um angeblich planmäßige jüdische Drückebergerei aufzudecken – die Untersuchung verlief aber so restlos zugunsten der Juden, daß man sie schleunigst abbrach...
Zumal etwa gleichzeitig Kaiser Wilhelm einen jüdischen Gymnasiasten namens Fritz Heymann empfing, der sich sechzehnjährig freiwillig zur Armee gemeldet, sich so heroisch verhalten hatte und nachher so kühn aus der englischen Gefangenschaft ausgebrochen war, daß der Kaiser ihm eine frei gewählte Gunst erweisen wollte. Der Knabe erbat den Beitritt zu einer militärischen Formation, die bisher Juden ausgeschlossen hatte.
Fritz Heymann, später erfolgreicher Jurist und Unternehmer, bekehrte sich 1933 vom Deutschnationalismus zum Zionismus, schrieb einige ausgezeichnete Bücher über eine frühere antijüdische Verfolgungswelle, nämlich die spanische Inquisition, und starb in Auschwitz.
Man kann zwar eine jüdische Witzsammlung nicht ohne Kostproben aus der köstlichen jüdischen antimilitärischen Witzfolklore präsentieren. Man kann sie aber heute nicht nacherzählen, ohne auf die politische und soziale Situation hinzuweisen, aus der heraus sie entstand – auf die Gefahr hin, daß einem dabei das Lachen vergeht.

Zar Nikolai I. fragt einen Soldaten: »Warum dienst du?«
Pjotr: »Weil ich den Zaren liebe.«
Nikolai zum zweiten Soldaten: »Und du?«
Iwan: »Weil ich das Vaterland liebe.«
Nikolai zum dritten Soldaten: »Und du?«
Mojsche, verdrießlich: »Weil mich irgendein Mistfink bei den Militärbehörden denunziert hat!«

*

Die Tatsache, daß man im zaristischen Rußland als Jude nur mit einem »talmudischen Dreh«, mit Tricks und Finten, irgendwie über die Runden kam, ließ manche von ihnen vergessen, daß man unter Umständen ohne solche Gehirnakrobatik am besten fuhr.

In Rußland dauerte der Militärdienst für Juden viele Jahre und bedeutete für sie ein zerstörtes Leben. Unordnung und Bestechlichkeit der Behörden erleichterten indes das Entschlüpfen.

Elkisch hat große Sorgen: »Ich weiß nicht, was ich tun soll. Allmählich muß ich mich entschließen, meinen kleinen Sohn in die amtlichen Geburtslisten einzutragen. Und nun: Trage ich ihn älter ein, als er ist, und es gelingt ihm, Gott behüte, nicht, sich vom Militärdienst loszukaufen, dann muß er am Ende dienen, wenn er noch viel zu zart und zu schwach ist dafür. Melde ich ihn wiederum jünger an, als er ist – dann nehmen sie ihn womöglich zu den Soldaten, wenn er bereits Weib und Kinder hat!«

»Melde ihn doch einfach so alt an, wie er ist.«

»Eine großartige Idee! Das wäre mir nicht eingefallen!«

*

Kein Wunder, daß die Juden in Ländern mit scharfer Diskrimination weder militärische Auszeichnungen noch militärische hohe Positionen besonders hoch einschätzten. Hierfür zwei hübsche Illustrationen.

Ein jüdischer Soldat hat sich in der zaristischen Armee ausgezeichnet. Nun darf er zur Belohnung frei wählen zwischen dem Georgskreuz oder hundert Rubeln.

Der Jude: »Wieviel ist das Georgskreuz wert?«

Offizier: »Das ist eine sinnlose Frage. Das Kreuz ist höchstens einen Rubel wert. Es handelt sich hier um die Ehre.«

Jude: »Ja, das verstehe ich. Also geben Sie mir ... neunundneunzig Rubel und das Kreuz.«

Klein David will nicht lernen. Der Vater zerrt das arme Bübchen im abgerissenen Höschen gewaltsam durch die Straßen zum Cheder. Auf dem Wege begegnen sie einer Gruppe von Soldaten, die mit klingendem Spiel durch die Stadt ziehen, angeführt von einem reitenden Offizier in prächtiger Paradeuniform mit gezogenem Säbel.
Der Vater mit dem Finger auf den Offizier deutend: »Wenn du nicht wirst in den Cheder gehen, wird das dein Ssoff *(Ende)* sein!«

*

Natürlich ist es auch kein Wunder, daß Juden in solchen Ländem zu beliebigen Mitteln und Methoden griffen, sich vom Militärdienst zu befreien.

Schmul soll zur Assentierung gehen: ob Mojsche ihm nicht einen Rat geben könne, damit er »untauglich« geschrieben werde? Mojsche rät ihm, sich alle Zähne ziehen zu lassen.
Einige Tage später sieht er sich einem erbosten Schmul gegenüber: »Einen schönen Rat hast du mir gegeben!«
»Wieso denn? Bist du nicht untauglich?«
»Das schon, aber wegen die Plattfüß!«

1914. Jüdischer Soldat in Rußland schreibt an seine Eltern über das Rote Kreuz: »Liebe Eltern! Ich bin Gott sei Dank in Gefangenschaft, hab mich übergeben. Bruder Samuel liegt im Lazarett. Ihr sollt so gesund sein, wie er es ist.«

Kurz vor der Erstürmung von Grodek (1915) kommt der ungarische Jude Härvy *(Hirsch)* von der Patrouille zurück, sechs russisch-jüdische Soldaten bringt er als Überläufer mit.

»Wie hast du das gemacht?« fragt der Kompaniekommandant.
»Hab ich ihnen zugerufen: ›Wir kochen hier koscher!‹«

*

Kein Wunder, daß in Ländern, in denen die Streitkräfte weit öfter zu Judenpogromen als zur Landesverteidigung eingesetzt wurden, ein Jude schon bei der Erwähnung einer tödlichen Waffe allergisch und hysterisch reagierte.

Moschko steht vor seinem Dorfladen, als Bauer Iwan mit einer Fuhre Holz vorbeifährt.
Moschko: »Iwan, ich kaufe dein Holz und zahle dir dasselbe, was du in der Stadt dafür bekommen kannst.«
Der Bauer: »Moschko, das ist nicht für dich. Aus diesem Holz wird man Gewehrkolben machen.«
Moschko, entsetzt: »Was? Gewehrkolben?! Sara, weich zurück und nimm die Kinder weg!«

Im zaristischen Rußland fiel ein Jude, der nicht schwimmen konnte, in die Newa. Er schrie um Hilfe; in der Nähe waren zwei Polizisten – sie rührten sich nicht.
Da kam dem Juden in der Not eine Idee. »Nieder mit dem Zaren!« schrie er aus Leibeskräften.
Im Nu sprangen beide Polizisten ins Wasser und zogen ihn heraus – um ihn ins Gefängnis zu bringen.

*

Jüdische Handwerker hatten auch in Distrikten, die sonst für Juden gesperrt waren, Wohnerlaubnis.

Ein Jude ohne Papiere wird aufgegriffen.
»Ich bin aber Handwerker«, verteidigt er sich.
»Welches ist denn dein Handwerk?« fragt der Polizeichef.
»Ich fabriziere Rosinenwein, indem ich Rosinen mit Wasser mische«, erklärt der Jude.

»Unsinn«, sagt der Beamte, »das kann ich doch auch!«
»Na schön«, sagt der Jude, »dann haben Sie eben auch Aufenthaltserlaubnis!«

*

Antimilitärische Judenwitze kamen natürlich auch in der k. u. k. Donaumonarchie auf. Ihnen fehlt aber die Bitterkeit der jüdischen Witzfolklore aus dem Zarenreich. Sie verspotten vor allem die unsoldatische Disziplinlosigkeit jener Juden, die, ohne neuzeitliche Bildung, nur mit mittelalterlich-scholastischer Talmudschulung aufgewachsen waren.
Man kann aber auch diese Witze nach Hitlers Judenholocaust nicht präsentieren, ohne zugleich auf die zur Zeit des Ersten Weltkriegs bereits sehr zahlreichen Juden Altösterreichs hinzuweisen, die sich restlos mit den offiziellen Zielen und Direktiven solidarisierten, darunter auf jenen Juristen und Lyriker Dr. Hugo Zuckermann, von dem das vielleicht mitreißendste Reiterlied des Ersten Weltkriegs stammt:

Drüben am Wiesenrand hocken zwei Dohlen.
Fall ich am Donaustrand, sterb ich in Polen?
Es ist nicht schad!
Seh ich nur unsere Fahnen wehen
Auf Belgerad!

Nachdem der Erste Weltkrieg den politischen Background des Textes hinweggefegt hatte, sang die bündische Jugend nunmehr am Lagerfeuer:

Was liegt daran?
Ehe sie meine Seele holen,
Kämpf ich als Reitersmann!

Nicht einmal die Nazis wollten auf das schöne Reiterlied verzichten, es figurierte weiterhin in allen Liedersammlungen, wobei man aber natürlich den Namen des Verfassers

unterschlug, genau wie bei Heinrich Heines Lorelei, *die jetzt einfach als anonymes »Volkslied« figurierte.*
Was Dr. Zuckermann angeht, so hatte er, im Gegensatz zum nicht minder patriotischen Dr. Fritz Heymann, das große Glück, gleich beim Vormarsch »auf Belgerad« zu fallen. So blieb es ihm erspart, zum Dank für sein Reiterlied wie ein Ungeziefer vergast zu werden – im Gegensatz zu Dr. Fritz Heymann. Diesem blieb aber immerhin erspart, sich eines Tages mit anhören zu müssen, daß die Gaskammer, in der er erstickte, nur eine antideutsche Verleumdung sei...
Einen offiziell geförderten Judenhaß gab es in der Donaumonarchie nicht – nicht zuletzt dank dem zu Unrecht heute viel belächelten Kaiser Franz Joseph. Aber Antisemitismus gab es natürlich trotzdem. Und außerdem spiegeln manche dieser antimilitärischen Judenwitze die humane Grundhaltung des Talmud, der den Krieg als manchmal bittere Notwendigkeit zur Selbsterhaltung zwar keineswegs ablehnt, jedoch militärische Tätigkeit als solche nie verherrlicht.

Der Feldwebel notiert die Personalien der neuen Rekruten.
»Augen«, murmelt er, wirft einen Blick auf den Burschen und schreibt: »blau. – Nase«, murmelt er, blickt hin und fährt fort: »gerade. – Konfession?« fragt er hierauf.
Der junge Mann antwortet: »Mosaisch.«
Der Feldwebel streicht bei »Nase« das Wort »gerade« und ersetzt es durch »krumm«.
Rekrut: »Aber, Herr Feldwebel, meine Nase ist gerade!«
Feldwebel: »Wenn Sie mosaisch sind, haben Sie eine krumme Nase, sonst kriege ich Rüffel vom Hauptmann.«

Ein Jude kommt frisch in den Schützengraben. Eben ist im Vorfeld eine feindliche Patrouille. Es beginnt eine wüste Schießerei. Der Jude schreit entsetzt: »Hört auf zu schießen! Seht ihr nicht, daß dort Menschen sind?!«

Im russischen Trommelfeuer steht der Wiener Leutnant im Graben, träumt von seiner fernen Braut und seufzt. »Ach Zitta...«
Soldat Mandelkern gesteht: »Ach zitta *(ich zittere)* auch!«

Der Leutnant gibt der Truppe theoretischen Unterricht. Am andern Tag fragt er ab: »Rekrut Katz, warum soll der Soldat für Kaiser und Vaterland sein Leben willig opfern?«
Katz: »Ja, wirklich, warum soll er, Herr Leutnant?«

Offizier: »Kohn, Sie haben ja nur *einen* Sporn an!«
Kavallerist Kohn: »Aber ich versichere Sie, Herr Rittmeister, man braucht nur einen: wenn ich das Pferd in die linke Flanke stoße, läuft es rechts ebenfalls los.«

Ein General wird die Truppe inspizieren. Der aufgeregte Leutnant hat einen jüdischen Wachtposten aufgestellt, der ihm rechtzeitig das Kommen des Generals melden soll. Der Leutnant kommt immer wieder unruhig herausgelaufen und fragt, ob von dem General wirklich noch nichts zu sehen ist.
Schließlich kommt der General. Da tritt der Wachtposten an ihn heran und flüstert ihm vertraulich zu: »Einen schönen Skandal werden Sie abkriegen, Herr General, der Herr Leutnant hat schon dreimal nach Ihnen gefragt!«

Kasernenhof. Feldwebel: »Kohn, wie stehen Sie da?«
»Nu – so wie ich gewachsen bin.«
»Ihnen fehlt ja ein Knopf am Rock!«
»Nu – was soll ich dazu tun?«
»Annähen, Sie Schwein!«
»Der Rock gehört ja nicht mir!«
»Kerl, im Dienst gehört er Ihnen!«
»Wenn er mir gehört – was geht es Sie dann an, ob der Knopf dran ist oder nicht?«

Die jungen Kavalleristen sollen dem Feldwebel ihre und ihrer Pferde Namen geben, und zwar den Pferdenamen an zweiter Stelle.
Die jungen Leute diktieren: »Von Bredow – Juno.«
»Von Itzenplitz – Brausewetter.«
Der dritte, zerstreut: »Mithridates – Kohn.«
Hierauf der Feldwebel: »Ja, das könnte Ihnen so passen!«

Ein katholischer Priester tritt an einen verwundeten Soldaten im Lazarett heran. Um festzustellen, ob er bei Bewußtsein ist, hält er ihm das Kruzifix vor und fragt: »Mein Sohn, weißt du, was das ist?«
Der Soldat, zufällig Jude, öffnet mühsam die Augen und ächzt: »Ich hab eine Kugel im Bauch – und er gibt mir Rebus auf!«

1917. Hoher Besuch im Verwundetenlazarett. Kaiserin Zita tritt ans erste Bett heran: »Wie ist Ihr Name? Wo wurden Sie verwundet? Ihre Konfession?«
Auf die Antwort »katholisch« legt die Kaiserin fünf Zigaretten auf das Nachtkastl.
Sie tritt an ein zweites Bett heran. Der Mann ist protestantisch. Die Kaiserin legt vier Zigaretten hin.
Da winkt eine schwer bandagierte Gestalt aus dem nächsten Bett und ruft: »Mir kimmen *(kommen zu)* drei!«

In der k.u.k. Armee gab es feudale Reiterregimenter, in denen ausnahmsweise, wenn der Papa über entsprechende Verbindungen verfügte, auch überaus reiche Juden als Einjährige dienen durften.
Der Oberst eines solchen Regiments, das schon unter Wallenstein im Sattel saß, pflegte deshalb, wenn ihm die Rekruten mit Abitur vorgestellt wurden, sobald er Namen hörte wie Fürstenberg oder Löwenstein, zu fragen: »Prinz oder Jud?«

Im Ersten Weltkrieg besichtigt ein Leutnant am Samstag die berühmte Synagoge eines kleinen Ortes in Galizien. Danach sagt er zum Schammes: »Ich würde dir ja gerne Geld geben – aber am Schabbes darfst du es ja nicht anrühren.«
Darauf der Schammes: »Nu, Herr Laitnantleben, Gott der Gerechte, er mecht froh sein, wenn im Krieg die Lajt täten nichts Ärgeres als nehmen Geld am Schabbes!«

Lajb Halbgewachs kommt aus dem Ersten Weltkrieg nach Hause und verkündet, er werde ein Buch schreiben, das jeder kaufen müsse.
»Bist du meschugge? Wer wird dein Buch kaufen? Wie soll es denn heißen?«
»›Vier Jahre unter den Gojim. Ihre Sitten und Gebräuche.‹ Wird das nicht jeder kaufen müssen?«

*

Zum Abschluß der Militärwitze ein letzter, der zugleich zu verstehen gibt, was von politischen Versprechungen zu halten ist. Was er ausssagt, gilt natürlich nicht nur für die Kriegssituation, sondern z. B. für jedes Wahlversprechen.

Napoleon dekoriert nach der Schlacht von Austerlitz Soldaten und sagt: »Ich möchte euch einen Wunsch erfüllen!«
Einer der Dekorierten ist Pole: »Ich möchte ein freies Polen!«
»Du sollst es bekommen«, antwortete Napoleon.
Der zweite ist Deutscher. Seine Brauerei ist verbrannt.
»Sie wird dir aufgebaut werden«, verspricht Napoleon.
Der dritte ist Jude. Er wünscht sich marinierte Heringe ...
Die beiden andern lachen über ihn.
Der Jude: »Das freie Polen und die Brauerei – das bekommt ihr ohnehin nicht. Ich den Hering – *vielleicht* werde ich ihn bekommen.«

* * *

Hat Karl Marx selber an die segensreiche und sogar welterlösende Auswirkung der »Vergesellschaftung von Kapital und Boden« geglaubt? Gute Kenner seiner Persönlichkeit hegen den Verdacht, daß er sein Programm, im klaren Wissen um dessen mörderische Folgen, aus Rache an einem Establishment lanciert habe, das ihm, trotz seiner Taufe, die von ihm erhoffte Universitätslaufbahn verweigerte. Die Frage ließe sich vermutlich nicht einmal dann abklären, wenn eine zweite biblische Hexe von Endor seinen Totengeist heraufbeschwören und befragen würde – falls letzteres der Fall sein sollte, dann würde er es ohne Zweifel auch postum leugnen.

Seine Biographie allerdings legt diese Vermutung nahe: Mit dem Geld, das sein treuer reicher Freund Engels ihm ins Exil nach London nachschickte, spekulierte er putzmunter an der Börse; und auch sonst lag ihm wenig an sozialer Gerechtigkeit: Den Bankert seiner treuen Magd, die er selber geschwängert hatte, warf er hinaus und ließ ihn in den Slums von London verkommen.

Es gab aber, namentlich im Zarenreich, zahlreiche ehrliche jüdische Marxisten. Die fürchterliche Unterdrückung, Entrechtung und Mißhandlung der Juden im zaristischen Rußland ließ auch intelligente Juden bei ihrem Wunsch nach einem Systemwechsel blind werden für die Einsicht, daß eine Wirtschaftsform, die dem menschlichen Selbsterhaltungstrieb und Egoismus nicht Rechnung trägt, nur in Klostergemeinschaften oder israelischen Kibbuzim in deren emphatischem Anfangsstadium funktionieren konnte – inzwischen haben diese selben, ursprünglich »selbstlosen« Kibbuzim 40 Milliarden Schekel Schulden »erwirtschaftet«, die sie dem Staat anlasten. Sozialismus führt überall nur zu Überschuldung, Elend, Horror und Terror. Mit jüdischen Witzillustrationen vom »realen Kommunismus« könnte man ganze Bände füllen. Hier nur eine kleine Auslese.

Sowjetrussland. »Was tätest du«, fragt der Kommissar den Juden, »wenn die Partei dir deinen letzten Rubel abverlangen würde?«
»Ich würde ihn sofort hergeben«, versichert der Jude.
»Brav. Und wenn die Partei dein letztes Hemd verlangte?«
»Ich würde schreien und es auf keinen Fall geben.«
»Wo bleibt da die Logik?«
»Rubel – hab ich keinen. Aber ein Hemd hab ich doch!«

»Kol nidrej« (»Alle Gelübde...«) sind die Anfangsworte eines Gebetes, das am Jom Kippur, dem strengen Buß- und Festtag, gesprochen wird. »Kol chamira« (»Alles Gesäuerte...«) sind die ersten Worte einer Formel, die man spricht, während man vor Ostern die letzten Brotreste wegräumt, damit sich während der acht nachfolgenden Festtage nichts Gesäuertes in der Wohnung befinde.
Die Juden in der Sowjetunion behaupten: »Sagt man ›Kol nidrei‹, dann ißt man einen Tag lang kein Brot. Sagt man ›Kol chamira‹, dann ißt man acht Tage lang kein Brot. Und sagt man ›Kol chos‹ *(Kolchos = landwirtschaftliche Kommune)*, dann ißt man das ganze Jahr hindurch kein Brot.«

Ein jüdischer Kaufmann in Rußland, durch die Revolution zum Bettler geworden, ist gestorben. Im Himmel oben wirft er seinen leeren Bettelsack Karl Marx vor die Füße und sagt: »Da haben Sie die Zinsen Ihres Kapitals!« (Das Kapital: *Hauptwerk von Marx.)*

Im kommunistischen Polen.
»Wie unterhält sich heute ein gescheiter polnischer Jude mit einem dummen?«
»Von New York aus per Telefon.«

*

Im Anfangsstadium des sozialistischen Regimes von Osteuropa kamen noch vereinzelte Witze auf, welche zeigen wollten, wie klug und listig sich talmudgeschulte Juden auch im marxistischen Umfeld zurechtfinden können. Als aber immer öfter auch begeisterte jüdische Regimeanhänger in Schauprozessen liquidiert oder in den GULAG deportiert wurden, erlosch dieses heitere Witzgenre. Hier Beispiele beider Varianten:

Im Himmel will man Kunde über das kommunistische Polen. Man schickt zuerst den polnischen Volkshelden Kosciuszko. Keine Nachricht. Endlich erfährt man auf Umwegen, daß er von der Bezpiega *(Staatspolizei)* eingesperrt wurde. Darauf schickt man Adam Mickiewicz, der auch von den Kommunisten als größter Dichter Polens gefeiert wird. Auch er wird eingesperrt. Zuletzt wählt man einen Nichtpolen von Format: Moses, den Führer des findigsten Volkes ...

Nach zwei Wochen trifft im Himmel die Depesche ein:

»Ich bin jetzt Kommissar
Es geht mir wunderbar. Euer Mieczyslaw«

(Nur bei christlichen Polen gebräuchlicher Name.)

Variante:

Das Ganze spielt in Rußland, Gott hat zuerst Erzengel Gabriel, dann Erzengel Michael geschickt. Beide werden nach Sibirien deportiert, Feuer und Schwert werden beschlagnahmt.

Da schickt Gott den Patriarchen Jakob. Binnen kurzem kommt die Nachricht:

»Gabriel und Michael freigelassen, Feuer und Schwert zurückerstattet. Kommissar Jakowlew«

Ein jüdischer Lehrer las mit den Kindern in Sowjetrußland alte russische Tierfabeln. Er deklamierte: »... und Gott schenkte dem Raben ein Stück Käse.«
Schüler, drohend: »Es gibt keinen Gott!«
Der Lehrer erschrak. Dann aber faßte er sich und sagte: »Na, und Käse? Gibt es etwa Käse? *(Es waren damals schwere Hungerjahre in Rußland.)* Du siehst doch: es ist beides nur symbolisch gemeint, Gott sowohl wie Käse.«

Sozialistisches Rumänien. Gold und Devisen privat zu besitzen ist streng verboten und wird hart bestraft.
»Hallo, Sicherheitspolizei? Hier spricht Leibowitsch. Mein Freund Schmilowitsch hat Gold in seinem Holzschuppen versteckt!«
Wenige Minuten später stoppt ein großer Militärwagen vor der Haustür von Schmilowitsch, ein Offizier und mehrere Polizisten steigen aus und fangen sofort an, das Brennholz im Schuppen zu durchsuchen. Nichts. Da nehmen sie vom Wagen Säge und Äxte herunter und fangen an, das Brennholz in dünne Stücke zu zerschneiden.
Nach ungefähr zwei Stunden ruft Leibowitsch den Schmilowitsch an: »Hallo, Schmilowitsch? Hier ist dein bester Freund Leibowitsch. Wie geht es bei euch?«
»Danke der Nachfrage. Gut noch eine halbe Stunde, und das ganze Brennholz ist schön fertig geschnitten.«

Zu Abramowitsch kommen zwei Herren von der Partei, um ihn zur Zeichnung der Staatsanleihe aufzufordern. Abramowitsch ist begeistert: »Großartig! Ich gebe zwanzigtausend Rubel!«
»Unsinn!« sagt einer der Herren streng, »du verdienst doch im ganzen Jahr nicht einmal die Hälfte.«
»Ja, aber weniger als neuntausend gebe ich nicht!«
»Sei doch nicht albern! Wenn du fünfhundert gibst, ist das schon sehr viel im Verhältnis zu deinem Einkommen!«

Der zweite Herr: »Nein, es ist immer noch zuviel!«
»Nun schön«, gibt Abramowitsch nach, »dann gebe ich halt zehn Rubel. Aber versucht ja nicht, mich noch weiter herabzuschrauben!«

*

Bald aber überwiegen die Witze, die von Angst, Not und Grauen geprägt sind und bei denen einem im Grunde das Lachen vergeht:

Moskau. Mojsche kommt zum Rebben: »Rebbe, ich fühle mich vom NKWD *(Geheimdienst)* beschattet. Was soll ich bloß für Schritte unternehmen?«
Der Rebbe, ohne zu klären: »Große, Mojsche! Sehr große!«

Die obersten Parteistellen haben wieder einmal eine Auseinandersetzung über die theoretischen Grundlagen der Revolution. Von jetzt an soll alles besser werden.
Jankel, tief nachdenklich zum Rebben: »Rebbe, bitte erklärt mir: Was ist der Unterschied zwischen historischem und dialektischem Materialismus?«
Der Rebbe: »Kein Unterschied! Verlaß das Land!«

Lenins Totenfeier. Gewaltiger Pomp.
Ein Jude: »Was für eine Verschwendung! Für dieses Geld könnte man die ganze Partei begraben!«

Zwei Juden stehen vor Lenins Sarkophag und diskutieren die Nachfolge Lenins.
Der erste: »Mojsche – wen sähest du gern an der Stelle Lenins?«
Mojsche, mit einem Blick auf den Sarg: »Alle Bolschewiken!«

Die Lehrerin in einer Schule der Sowjetunion: »Kinder, wer von euch weiß, was eine Tragödie ist?«
Iwan: »Gestern hat sich mein Schwesterchen die Nase aufgeschlagen. Da hat Mama geschrien: ›Was für eine Tragödie!‹«
»Unsinn. Das ist keine Tragödie, das ist ein Unfall.«
Matwej: »Meiner Großmutter wurden die Pantoffeln gemaust. Da hat sie geschrien: ›Was für eine Tragödie!‹«
»Das ist bloß Pech. Aber keine Tragödie.«
Alexej: »Gestern wurde eine Frau auf der Straße überfahren. Da hat ein Herr gestöhnt: ›Ach, was für eine Tragödie!‹«
»Das ist ein Unglück. Nicht eine Tragödie.«
Der kleine Mojsche: »Stalins Tod. Das ist eine Tragödie.«
Die Lehrerin: »Richtig! Woher weißt du das?«
Mojsche: »Nun, ich habe es mir ausgerechnet: ein Unfall ist es nicht, ein Pech ist es auch nicht, ein Unglück erst recht nicht – also was kann es schon sein als eine Tragödie?«

Seit einiger Zeit werden in den sozialistischen Staaten prominente jüdische Parteiexponenten in Schauprozessen zum Tode verurteilt.
Ein ausgewanderter russischer Jude, Konstrukteur von Maschinen, wurde vom Sowjetstaat eingeladen, seine Erfindungen auszuwerten. Er antwortete: »Ich danke. Ich kann leben, ohne gehenkt zu werden.«

Sowjetrußland. Von Samuel Bienenstich ist bekannt, daß er in einem sibirischen Straflager war. Mitleidvoll sagt ein Bekannter: »Sie Ärmster, wie schrecklich!«
Bienenstich schüttelt den Kopf: »Warum? So schrecklich war es auch wieder nicht. Um sieben Uhr hat man uns aufgeweckt. Frühstück ist gewesen Tee mit Kipfel. Nu also, der Tee hätt können gewesen sein e bissel heißer. Dann hat

man uns per Auto geführt in eine Konservenfabrik, und dort hab ich aufgeklebt die Etiketten. Um zwölf, halb eins ist gekommen das Auto und hat uns gebracht zum Mittagessen. Nach dem Essen – also mit Salz hat me gespart, sonst war's ganz gut! – ist gewesen Zeit für ein Nickerchen; bis zur Jause, wo man hat gegeben Kaffee mit Butterbrot. Dann hamma gemacht e Spielchen mit de Karten bis zum Abendessen. Gut, das Menü am Abend war nicht aus dem Kreml, aber was will der Mensch?! Nach dem Abendessen war die Ausgabe von Zigaretten für den nächsten Tag; ma hat sich unterhalten mit a bissel Fernsehen, und um zehn, halb elf ist man gegangen zu Bett.«
Birnstengl schüttelt den Kopf: »Was man da hört für Sachen. Was soll ich glauben? Der alte Eisenstab hat mir erzählt ganz andere Geschichten vom KZ!«
Bienenstich: »Kunststück – der is auch schon wieder drin!«

Moskau 1930. Große Wohnungsknappheit. Eine Abordnung der Wohnungskommission geht von Haus zu Haus, um festzustellen, wo man noch freien Wohnraum auftreiben könnte.
Die Herren klingeln im Parterre. Heraus tritt die Hausfrau.
»Sagen Sie, Frau Wassiljewa, wie groß ist Ihre Wohnung? Drei Zimmer? Und wieviel Personen sind Sie? Wie, nur Sie, Ihr Mann und Ihr Kind? Sie müssen sofort die Wohnung verlassen! Wir werden Ihnen eine Zweizimmerwohnung zuweisen!«
Frau Wassiljewa, empört: »Was fällt Ihnen ein! Mein Mann ist Kaderleiter in der Textilfabrik ›Befreiung‹! Ich werde mich sofort bei ihm beschweren!«
Die Herren, erschrocken: »Verzeihen Sie tausendmal die Störung, Genossin Wassiljewa! Auf Wiedersehen!«

Die Herren wandern von Stockwerk zu Stockwerk – überall ergeht es ihnen ähnlich. Zuletzt klettern sie in den Dachstock hinauf. Sie klingeln. Heraus tritt der alte Kohn.
»Wieviel Zimmer haben Sie? Eineinhalb? Und wieviel Personen wohnen hier? Wie, nur Sie allein?! Das ist ganz unmöglich! Sie ziehen innerhalb einer Woche aus! Wir weisen Sie in eine Einzimmerwohnung ein!«
Kohn, außer sich: »Was fällt Ihnen ein! Wissen Sie denn überhaupt, wer ich bin? Ich bin Regierungsverantwortlicher! Scheren Sie sich auf der Stelle fort von hier.«
»Entschuldigen Sie tausendmal, Genosse Kohn!« bitten die Herren tief erschrocken und verlassen das Haus ...
Ganz deprimiert schreiten sie dahin. Plötzlich bleibt einer von ihnen stehen und sagt nachdenklich: »Der Kohn ist Regierungsverantwortlicher? Gibt es so etwas überhaupt? Kehren wir doch noch einmal um und fragen wir ihn!«
Sie klettern wieder ins Dachgeschoß hinauf und fragen.
Kohn: »Was wollen Sie schon wieder? Wieso ich Regierungsverantwortlicher bin? Na, das ist doch klar! Wenn die jetzige Regierung gestürzt wird – wer wird dann für ihre Fehler verantwortlich gemacht? Natürlich der alte Jude Kohn!«

Sozialistisches Rumänien. Volksschulinspektion durch Vertreter des Kultusministeriums, der kommunistischen Partei etc. Der Schuldirektor stellt Fragen über den Zustand in den Schülerfamilien.
»Sag uns, Popescu, wie lebt ihr zu Hause? Fehlt euch etwas?«
»Ja, Genosse Direktor, eben sagte mein Vater, jetzt, da wir eine neue Wohnung von der Partei erhalten haben, müßten wir auch passende neue Möbel dazu haben. Aber in ein paar Jahren, sagt mein Vater, würden wir es schaffen, und dann wird uns nichts mehr fehlen.«

»Gut. Schön, Popescu, nimm Platz. Sag uns, Ionescu, wie ist es bei euch zu Hause? Fehlt euch etwas?«

»Genosse Direktor, wir haben eine neue Wohnung, und sogar neue Möbel sind bereits darin. Jetzt, sagt mein Vater, müssen wir zwei, drei Jahre nichts als Joghurt essen, um Geld für einen Wagen zu sparen. Dann wird uns nichts mehr fehlen.«

»Ist gut. Setz dich, Ionescu. Nun sag uns bitte, wie steht's bei euch zu Hause, Rabinowitsch?«

»Genosse Direktor – uns fehlt nichts mehr!«

Freudig und zufrieden nickt der Direktor der Kommission zu, dann dreht er sich wieder Rabinowitsch zu und fordert ihn auf: »Nun erzähl uns, mein lieber Rabinowitsch, damit wir es alle hören, wie deine Eltern zu einem Zustand gelangt sind, bei dem euch zu Hause gar nichts mehr fehlt!«

»Wissen sie, Genosse Direktor, mein Vater war als Chefbuchhalter in einer großen Fabrik tätig. Neulich hat er einen Antrag auf Auswanderung nach Israel eingereicht, und sie haben ihn rausgeschmissen. Jetzt verkauft er Zeitungen auf der Straße, und meine Mutter wäscht Teller in einem Restaurant. Die Möbel und alles, was sonst irgendeinen Wert bei uns zu Haus hatte, haben meine Eltern schon verkauft. Wir haben auch aus der Wohnung ausziehen müssen und leben jetzt ganz provisorisch auf dem Dachboden. Gestern kam nun meine sechzehnjährige Schwester weinend nach Hause und sagte: ›Tate, Mame, ich werd ein Kind kriegen!‹ – Und da hat die Mame ganz ausdrücklich gesagt: ›Oj, grojßer Gott, nur das hat uns noch gefehlt!«

Polen 1970. Praktisch sind zu diesem Zeitpunkt bereits alle Juden im sehr antisemitischen, kommunistischen Polen aus ihren Stellungen entlassen und direkt oder indirekt zur Auswanderung gezwungen worden.

Zwei Juden begegnen sich auf der Straße in Warschau. Fragt der eine den andern: »Wie geht's dir?«
»Gut.«
»Wieso gut? Bist du nicht auch entlassen worden?«
»Doch.«
»Wovon lebst du dann?«
»Von Erpressung.«
»Erpressung? Ja, wen erpresst du denn?«
»Nu, sehr einfach. Den Goj, der mich in der Okkupationszeit vor den Nazis versteckt hat.«

Warschau 1967. Im Nahen Osten tobt der »Sechstagekrieg« Israels gegen die zahlenmäßig hundertfach den Israelis überlegenen Araber. Man wußte in Polen, daß die Araber von den Sowjets unterstützt wurden, und freute sich daher über die ägyptische Niederlage.
Grün kommt morgens die Treppe herunter. Der Portier ruft ihm jubelnd zu: »Haben Sie schon Radio gehört? Die Israelis treiben die Araber zurück!«
Am nächsten Morgen: »Herr Grün! Die Israelis haben schon fast den ganzen Sinai erobert!«
Am dritten Morgen ist der Portier plötzlich mürrisch.
»Was ist los?« fragt Grün neugierig.
Der Portier: »Ich habe erfahren, daß die Israelis Juden sind!«

* * *

Jahrhundertelange entsprechende Heiratspolitik mit systematischer Förderung der intellektuell Begabten, darüber hinaus das Talmudtraining der gesamten traditionsgebundenen männlichen Jugend kamen natürlich auch dem kaufmännischen Denken zugute. Das spiegelt sich in zahllosen Witzen, darunter vereinzelt auch in solchen, in welchen sich ein Jude zwar klug und gerissen, aber alles andere als »koscher« (korrekt, astrein) *verhält. Ebensooft präsentiert und verlacht der Judenwitz jüdische Dummköpfe, die dem kaufmännischen Metier nicht gewachsen sind.*

Iwan möchte sich besaufen und zu diesem Zweck einen Gulden beim Dorfjuden leihen. Sie machen die Bedingungen aus: Iwan will erst im Frühling zurückzahlen, und zwar das Doppelte. Inzwischen deponiert er sein Beil als Pfand.
Als Iwan weggehen will, ruft ihm der Jude nach: »Iwan, mir ist eingefallen: Im Frühling wird es dir schwerfallen, zwei Gulden aufzutreiben. Ist es nicht besser, wenn du die Hälfte jetzt anzahlst?«
Das leuchtet Iwan ein und er gibt den Gulden wieder zurück. Ein Weilchen geht er sinnend vor sich hin, dann murmelt er: »Merkwürdig: der Gulden ist weg, das Beil ist weg, einen Gulden bin ich obendrein schuldig – und der Jude hat doch recht!«

Schlojme, der Hausierer, schwach, mager, kränklich, schleppt sich mit seinem schweren Warenkasten auf dem Rücken mühsam auf der heißen Landstraße dahin. Da kommt der reiche, kräftige Bauer Iwan daher.
»Iwan«, bittet Schlojme, »trag mir den Kasten! Ich geb dir 20 Kreuzer dafür!«
Iwan ist beleidigt. Dem Juden den Kasten tragen? Von ihm ein Trinkgeld annehmen? Stolz lehnt er ab.
Sie wandern weiter nebeneinander her. Schlojme spürt, lange wird er es nicht mehr schaffen. Da hat er eine Idee. »Iwan«, bittet er, »du bist reich. Und ich bin im Augenblick knapp mit Geld. Leih mir fünf Gulden zu einem guten Zins. Als Pfand laß ich dir den Kasten voller Ware!«
Schlojme öffnet den Kasten und breitet den Kram vor Iwan aus. Dem gehen die Augen über. Hurtig gibt er dem Juden die fünf Gulden und greift nach dem Kasten.
Abermals gehen sie lange schweigend nebeneinander her. Der Abend bricht an, und das Städtchen ist schon nahe.

»Iwan«, sagt plötzlich Schlojme, »ich hab mir's überlegt. Ich verzichte auf die Anleihe. Da hast du deine fünf Gulden und fünf Kreuzer als Zinsen dazu! Und nun gib mir mein Pfand zurück!«

Warum nennt man die Kuh mit Recht ein Rindvieh? Man gibt ihr Wasser, und sie gibt dafür Milch; also ist es klar: Sie ist ein Rindvieh!

Kundin zum Milchmann: »Eure Milch ist gewässert!«
Milchmann: »Was soll man machen? Ungewässerte Milch bekommt Ihr höchstens von einem Rindvieh.«

Zu einem jüdischen Händler in Vögeln und Kleintieren in Lwów kommt ein Kunde: »Ich will einen schönen Vogel, aber einen Sänger!«
In einem Käfig singt ein Kanarienvogel um sein Leben, so laut und so schön. Der gefällt dem Käufer. Plötzlich aber stellt er fest: »Der hat ja nur ein Bein!«
Verkäufer, verärgert: »Nu, bittschön, sagen Se mer genau, was wollen Se haben: ä Sänger oder ä Tänzer?«

Blau schickt den Kassierer zu einem säumigen Kunden. Nach einer halben Stunde ist der Angestellte wieder da.
Chef: »Nu – hat er bezahlt?«
»So gut wie bezahlt.«
»Was heißt ›so gut wie bezahlt‹?«
»Das ist so: Sein Sohn geht ins Gymnasium. Nachher macht er den Doktor und bekommt eine reiche Frau. Und sobald er die Mitgift hat, wird er seinem Vater Geld geben, und der wird es uns geben.«

Der Chef zum Prokuristen: »Lissauer zahlt und zahlt nicht. Gehen Sie persönlich hin, und rühren Sie sich nicht vom Fleck, bevor er die Rechnung beglichen hat.«

Nach zwei Stunden ist der Prokurist wieder da.
Chef verwundert: »Hat er denn bezahlt?«
Prokurist, triumphierend: »Jawohl.«
Chef: »Bargeld?«
Prokurist: »So gut wie Bargeld: ein Wechsel.«
Chef: »Puh!«
Prokurist: »Gar nicht ›puh‹! Es ist ein Wechsel auf den Namen von Baron Rothschild.«
Chef, erstaunt: »Akzeptiert von Rothschild?!«
Prokurist: »Rothschild muß akzeptieren!?«

Zwei Heereslieferanten haben einen Waggon Eier zugesagt – sie können aber das nötige Quantum nicht auftreiben. Aufgeregt eilt der eine zum andern, trifft ihn beim Morgengebet und seufzt: »Was legste Tefillin? Leg lieber Eier!«

Herr von P. handelt mit Jankl um ein Arbeitspferd. Er schaut das Tier genau an und sagt: »Sie müssen den Preis reduzieren, der Wallach ist ja blind auf einem Auge!«
Darauf Jankl: »Gott der Gerechte, Herr Baron! Was soll tun das Pferd? Soll es arbeiten oder lesen die Zeitung?«

Bei Grinberg, Getreide en gros, sind zwei Commis angestellt, beide mit Namen Kohn. Aber Kohn I bekommt das dreifache Gehalt von Kohn II. Kohn II beklagt sich darüber beim Chef.
Dieser meint: »Wir wollen sehen, was sich tun läßt.«
Eine beladene Fuhre kommt vorbei.
»Stell fest, was für Ware auf der Fuhre ist!« befiehlt Grinberg.
Kohn II rennt und meldet nach wenigen Minuten: »Gerste.«
»Stell fest, wem die Gerste gehört!« sagt Grinberg.
Kohn II rennt und kommt außer Atem zurück: »Dem Gutsherrn von Koropitza.«

»Frag, wohin die Gerste gebracht wird«, befiehlt Grinberg.
Kohn II rennt wieder los und kommt halb tot zurück: »Zu Teitelbaum in Saposchin ...«
Grinberg winkt Kohn I heran und sagt: »Vor einer halben Stunde ist hier ein beladener Wagen vorbeigefahren ...«
Kohn I dreht sich auf dem Absatz um – und fort ist er. Nach einer halben Stunde ist er zurück und referiert: »Ich bin dem Wagen nachgeritten und habe ihn nach zehn Minuten erreicht. Es sind fünfzehn Sack Gerste aus Koropitza, und Teitelbaum hatte drei Gulden für den Zentner offeriert. Ich habe einen halben Gulden mehr angeboten, und der Wagen ist bereits umgedreht und wird in einer halben Stunde dasein ...«
Da sagt Grinberg zu Kohn II: »Jetzt weißt du, warum Kohn I dreimal soviel Lohn bekommt wie du.«

Ganz Kasrilewka ist sehr arm. Chaim: »In unserm ganzen Städtchen gibt es nur ein einziges Goldstück.«
»Unsinn! Ich habe selber einmal zwei Goldstücke gleichzeitig gesehn!«
»Das kann nicht sein! Das war eine optische Täuschung! Hervorgerufen durch die Schnelligkeit der Zirkulation!«

Kasrilewka. Mojsche verkauft seine Kuh an Itzig, der verkauft sie ihm mit einem kleinen Aufschlag zurück, Mojsche nimmt sie ihm wieder ab ...
Einmal kommt Mojsche voll Freude zu Itzig: »Ich hab die Kuh sehr gut an einen Fremden verkauft!«
Itzig, erbleichend: »Chammer, wovon werden wir jetzt leben?«

Auf dem Bahnsteig.
»Wohin fährst du?«
»Nach Warschau, Holz einkaufen.«

»Pfui! Ich weiß doch: wenn du sagst, du fährst nach Warschau, Holz einkaufen, dann fährst du in Wirklichkeit nach Lemberg, Getreide verkaufen. Zufällig weiß ich aber, daß du wirklich nach Warschau fährst, um Holz zu kaufen. Warum lügst du also?«

Variante:
Isaak trifft David auf dem Bahnsteig.
»Ich fahre nach Warschau«, teilt David mit.
Isaak bleibt erstarrt stehen: »Oj, du Ganew! Ich weiß doch, wenn du sagst, du fährst nach Warschau, dann fährst du in Wirklichkeit nach Lemberg! ... Du *doppelter* Ganew! Zufällig weiß ich, daß du tatsächlich nach Warschau fährst!«

Grün kommt ins Stoffgeschäft: »Blau, ich brauch einen hübschen Sommerstoff für meine kleine Rachel. Aber du mußt mir garantieren, daß er beim Waschen nicht eingeht.«
»Nimm den da! Ich garantiere!«
Nach einer Woche wird das Kleidchen gewaschen und geht sehr stark ein. Grün führt die kleine Rachel im engen Kleidchen ins Geschäft zu Blau. Blau wirft einen Blick auf das Kind und ruft entzückt: »Ach, die liebe Kleine! Wie ist sie gewachsen!«

»Schau, diesen Mann habe ich auf die Füße gestellt ...«
»Ich wußte gar nicht, daß du so ein Wohltäter bist!«
»... früher, bevor er mit mir zu tun hatte, fuhr er nämlich in seiner Equipage.«

Ein Türschild:
Josef Chapper, Idealist und Händler in alte Kleider, Knochen, Lumpen und Hasenfelle, wofür ich die höchsten Preise zahle.

Der Angestellte rennt im Büro auf und ab und jammert: »Ach, mein Kopf, mein Kopf! *Ich verliere noch den Verstand!*«
Chef: »Wenn Sie Kopfweh haben, gehn Sie heim! Aber hören Sie auf, herumzurennen und zu prahlen!«

»Der Teitelbaum, der Lump, hat Drillinge bekommen! Recht geschieht ihm! Soll er auch einmal merken, wie einem zumute ist, wenn man mehr geliefert bekommt, als man bestellt hat!«

Krieg, Ernährungsknappheit, strenge Vorschriften für Höchstpreise der Lebensmittel.
Mendel verkauft Gänse à zweihundert Kronen das Stück und floriert. Sein Nachbar will es nachmachen. Er annonciert; da kommt die Polizei und beschlagnahmt ihm seine Gänse.
»Mendel«, fragt der Nachbar, »wieso kommt die Polizei nicht zu dir? Du verkaufst doch auch deine Gänse à zweihundert Kronen!«
»Was hast du denn annonciert?« fragt Mendel.
»Ich habe annonciert: Gänse à zweihundert Kronen zu verkaufen.«
»No – wenn du es so dumm anstellst! Ich annonciere immer: ›Am Sonntag zweihundert Kronen am Kirchplatz verloren. Der ehrliche Finder erhält eine Gans.‹ Am nächsten Tag hat dann jeweils die halbe Stadt meine zweihundert Kronen gefunden.«

Nach dem Ersten Weltkrieg herrschte großer Warenmangel und folglich Kettenhandel mit allen möglichen Artikeln. Kohn hört, daß ein Posten Kerzen verlangt wird. Er erfährt, daß Levy Kerzen gekauft hat, kauft sie ihm ab und verkauft sie mit gutem Gewinn weiter. Den Posten hat er nicht einmal angeschaut. Nach einigen Wochen kommt

ein Brief, er muß die Ware zurücknehmen, die Kerzen brennen nicht, sie haben keinen Docht. Kohn kommt verzweifelt zu Levy gelaufen: »Du hast mich unglücklich gemacht! Deine Kerzen brennen nicht.«
»Na und?« meint Levy ungerührt. Hab ich dir Kerzen verkauft zum Handeln oder zum Brennen?«

Lejb Kaplanski steht den ganzen Tag in seinem Lädchen – kein Kunde läßt sich blicken. Acht Uhr abends will er resigniert schließen, da stürzt jemand hastig herein und verlangt einen Briefumschlag. Kaplanski fordert zwei Pfennig, der Kunde wirft aber zehn Pfennig hin, wartet nicht auf das Herausgeld und stürzt wieder davon...
Zu Hause fragt die Frau: »Wie war heute das Geschäft?«
»Der Umsatz«, gesteht Lejb, »war gering. Aber der Verdienst!«

Der alte Menazbach, Inhaber eines bescheidenen Ladens, liegt im Sterben. Sein Augenlicht ist bereits fast erloschen. Die Familie umsteht ehrfürchtig sein Lager. Mit letzter Kraft beginnt Menazbach noch einmal zu sprechen: »Rifke, mein Weib, bist du da?«
»Ja, Kroinele!«
»Jakob, mein Sohn, bist du da?«
»Ja, Vater.«
»Lea, meine Tochter, bist du da?«
»Ja, Vater.«
»Rahel, meine Tochter, bist du da?«
»Ja, Vater.«
Da richtet sich der Alte mit letzter Kraft zornig auf und schreit: »Und wer ist im Geschäft?«

Kopstein ist in einen Prozeß verwickelt. Er muß verreisen und bittet den Anwalt, ihn telegraphisch auf dem laufenden zu halten.

Der Anwalt schickt die Freudenbotschaft: »Die gerechte Sache hat gesiegt!«
Kopstein telegraphiert entsetzt zurück: »Sofort appellieren!«

Ein Bankier ist wie einer, der bei schönem Wetter einen Schirm ausleiht, aber bei Regenwetter zurückfordert.

Chef zum neuen Reisenden: »Sie nehmen den Frühzug, bringen sich in Neutomischl im Hotel in Ordnung, lassen sich heiße Bouillon servieren; dann gehen Sie zum alten Auerbach, fragen ihn, wie er mit dem letzten Posten Seidenstrümpfe zufrieden war, legen ihm die Muster vor, machen ihn aufmerksam, daß wir ein ganz neues Farbsortiment und dennoch sehr günstige Preise haben, nehmen die Bestellung auf, und am Nachmittag telegraphieren Sie mir den Erfolg.«
Der Jüngling reist ab, aber am Nachmittag kommt kein Telegramm. Es wird Abend, es wird Nacht – der Chef ist außer sich.
Da endlich der Telegrammbote! Hastig reißt der Chef den Umschlag auf und liest: »In ganz Neutomischl keine Bouillon aufzutreiben. Was tun?«

Der Makler: »Ich kann Ihnen zu dem Haus am Dnjestr wirklich raten. Von der schönen Aussicht auf den Fluß ganz abgesehen – bedenken Sie nur den Vorteil, so nahe am Wasser zu wohnen! Man kann im Garten die Wäsche waschen, baden, schwimmen, rudern, man kann im Winter direkt vor dem Haus eislaufen!«
Kunde, mißtrauisch: »Das ist ja alles recht und schön – aber denken Sie an die Überschwemmungen im Frühjahr!«
Der Makler eifrig: »Ach, was können Ihnen die anhaben? Wo ist das Haus – und wo ist der Dnjestr?«

Stettiner besitzt Aktien, denen er mißtraut.
»Morgen von zwölf bis zwei Uhr ist Generalversammlung«, sagt er zu seinem Angestellten. »Fahren Sie hin und telegraphieren Sie mir um zwei Uhr sofort, wie es steht.«
Der Angestellte fährt hin. Fünf Minuten nach zwölf ist bereits sein Telegramm da: »Sofort verkaufen.«
Als der Angestellte wieder da ist, lobt der Chef: »Sie haben mich vor einem wirklichen Verlust bewahrt. Aber wie konnten Sie schon um zwölf telegraphieren, noch bevor jemand an der Börse ahnte, wie die Dinge standen?«
Der Angestellte: »Der Präsident eröffnete die Versammlung mit dem Wort ›Leider...‹, da habe ich schon alles gewußt.«

Feste Preise.
»Was kostet diese Hose?«
»In unserm Geschäft haben wir feste Preise. Ich sage Ihnen daher nicht zwanzig, nicht achtzehn, nicht sechzehn Rubel. Aber weniger als fünfzehn Rubel nehme ich nicht.«
»Und ich sage Ihnen nicht fünf, nicht sieben und nicht neun Rubel. Aber mehr als elf Rubel gebe ich für die Hose nicht.«
Ladenchef zum Laufburschen: »Chaim, pack ein die Hose!«

In der Grenadierstraße in Berlin gab es seinerzeit viele jüdische Trödlerläden.
Einer kommt in ein solches Altkleidergeschäft, um einen Hut zu kaufen. Ihm wird von der Frau ein schon ziemlich speckiges Exemplar angeboten. Auf die Frage nach dem Preis wendet sich die Frau zu ihrem Mann, der im Hintergrund abgewandt am Pult sitzt und, ohne sich umzudrehen, sagt: »Zwanzig Mark.« Der Kunde ist empört.

Fünf Mark ist er bereit zu geben. Die Frau will sich von ihm wegwenden, da kommt aus dem Hintergrund prompt die Anweisung: »Der Goj hot dem Hütel!«

Beim jüdischen Altwarenhändler.
»Ich möcht einen Hut!«
»Da hätt ich Ihnen einen. Ganz billig, und noch fast neu!«
»Aber der ist mir doch viel zu groß!«
»Sehn Sie! Und ich verlange von Ihnen keinen Kreuzer mehr als für einen kleinen!«

Im Portal einer Bank, deren Aktien von zweihundert auf hundertzwanzig gesunken sind, sucht Cohn bei Platzregen Schutz.
Der Portier: »Sie dürfen sich hier nicht unterstellen!«
Cohn: »Haißt e Frechheit: bei hundertzwanzig!«

Der Versicherungsagent: »Mein Freund, versichern Sie sich gegen Unfall! Wenn Sie eine Hand brechen, bekommen Sie von uns fünftausend Kronen ausgezahlt. Wenn Sie ein Bein brechen, zahlen wir sogar zehntausend Kronen ... Und wenn Sie gar das Genick brechen, dann sind Sie ein gemachter Mann!«

Der reiche Jakobowitsch läßt das Fundament zu seinem neuen Haus legen. Der arme Nachbar schaut neidisch zu.
»Ihr seht«, lenkt Jakobowitsch ab, indem er auf die frische Grube weist, »ich lege mein Geld in die Erde.«
»Nun«, tröstet der Nachbar, »so Gott will, werdet Ihr bald zu Eurem Gelde kommen.«

Der Chef hat einen Posten von tausend Regenmänteln liegen. Er schickt seinen Reisenden in die Provinz und instruiert ihn: »Ich sollte pro Mantel fünfzehn Rubel haben. Wenn Sie aber ein großes Quantum auf einmal anbringen können, gehen Sie in Gottes Namen bis auf zwölf Rubel herunter. Tiefer auf keinen Fall! Ich will keine Verlustgeschäfte!«

Der Reisende fährt los. Nach zwei Tagen telegraphiert er: »Kann hundert Mäntel verkaufen, aber nur zu elf Rubel.«

Der Chef telegraphiert zurück: »Einverstanden.«

Wieder konnnt ein Telegramm: »Abnehmer für zweihundertfünfzig Mäntel gefunden. Will nur neun Rubel zahlen.«

Der Chef antwortet: »Einverstanden.«

Es kommt ein drittes Telegranun: »Kann sechshundert Mäntel zu sieben Rubel auf einmal loswerden.«

Der Chef telegraphiert zurück: »Akzeptiert.«

Dann kommt tagelang keine Nachricht mehr – aber auf einmal ist ein Telegranun vom Hotelwirt einer öden Provinzstadt da, der Reisende liege dort im Sterben. Der erschrockene Chef fährt sofort zu seinem treuen Angestellten, findet ihn in den letzten Zügen und fragt tief erschüttert: »Sag mir, was kann ich noch für dich tun?«

Da flüstert der Reisende mit letzter Kraft: »Einmal im Leben möchte ich es noch erfahren: Wieviel in aller Welt haben Sie für die Regenmäntel bezahlt?«

Königsberger kommt zum Bankier Oppenheimer, und er will wissen, ob er Aktien von Otavi-Minen kaufen soll.

Oppenheimer: »Wenn Sie die kaufen, verdienen Sie ...«

Königsberger stürzt davon, legt sein ganzes Vennögen in Otavi-Aktien an und verliert Hals und Kragen. Erbittert konnnt er zu Oppenheimer gelaufen, der ihm den schlechten Rat gegeben hat.

»Sie lassen einen ja nicht ausreden!« verteidigt sich Oppenheimer, »ich wollte sagen: Wenn Sie die kaufen, verdienen Sie eine Tracht Prügel!«

Nach dem Ersten Weltkrieg fragt ein Jude einen Spekulanten um Rat, ob er vielleicht polnische Zloty kaufen soll.
»Nein, die werden fallen«, warnt der Fachmann.
Der Jude kauft dennoch – und verliert. »Soll ich rumänische Lei kaufen?« fragt er jetzt.
»Nein, sie werden auch fallen«, sagt der Spekulant.
Der Jude kauft und verliert wieder. »Was soll ich jetzt tun?« will er von dem Fachmann wissen.
»Mich am Nabel lecken«, rät dieser.
»Was soll das heißen?«
»Nu – du tust doch immer das Gegenteil von dem, was ich rate – in diesem Falle wird es genau richtig herauskommen!«

»Mir geht es sehr schlecht. Ich weiß oft nicht, was ich essen soll.«
»Wenn es erlaubt ist, zu fragen, Herr Pischauer, von was leben Sie eigentlich?«
»Nun – wenn ein Fackelzug, eine Prozession oder so etwas stattfindet, vermiete ich die Plätze an den Fenstern meiner Wohnung.«
»Wo wohnen Sie eigentlich?«
»In der Kleinen Mohrengasse.«
»Aber da geht doch nie ein Fackelzug vorbei!«
»Jetzt können Sie sich vorstellen, wie schlecht es mir geht.«

Wirtschaftskrise 1931.
Kohns Geschäft ist zu, und an der Tür hängt ein Schild mit der Aufschrift: »Wegen Todesfall geschlossen.«
Grün fragt mitleidig den Kohn: »Wer ist gestorben?«
Kohn: »Die Kundschaft.«

»Wieso kosten bei Ihnen die Heringe 40 Kreuzer das Stück, Herr Kohn? Der Lefkowitsch gegenüber verkauft sie zu 20!«

»Dann kaufen Sie bei Lefkowitsch!«
»Ja – aber im Augenblick hat er keine Heringe mehr.«
»Gut: wenn ich keine mehr haben werde, dann wird bei mir das Stück auch 20 Kreuzer kosten.«

Herr Mandelkern aus der Berliner Konfektion kommt nach Westerland. Er bestellt ein warmes Bad, und zwar zum Aufpreis mit Meerwasser. Nachdem er einige Stunden geruht hat, tritt er auf den Balkon und blickt fassungslos auf die inzwischen eingetretene Ebbe: »Gott der Gerechte! Hat der Mann en Umsatz!«

Es kommt die telegraphische Anfrage von einem Geschäftsfreund: »Drahtet umgehend Auskunft Ehrlich und Pollak, Häute und Felle.«
Es kommt die Auskunft: »Ehrlich ist Pollak *(jiddisch polak = Pole)*, Polak ist ehrlich. *Heute* sind die Leute gut, ob sie für alle *Fälle* gut sind, können wir nicht sagen.«

Moritzl: »Tateleben, wie heißt es besser: drei *Per*zent oder drei *Pro*zent?«
Der Vater: »Besser sind *vier* Perzent.«

»Herr Abendschein, wie gehen Ihre Geschäfte?«
»Oh, ich kann nicht klagen, bei mir klagen die Gläubiger.«

Pinschewer hat sein Geschäft auf Kredit aufgebaut. Und zwar macht er es so: Er borgt bei der Nationalbank; dann zahlt er zurück, indem er bei der Kreditbank eine entsprechend höhere Summe borgt; die Kreditbank bezahlt er wieder mit Hilfe der Nationalbank und so fort. Eines Tages aber stellt er plötzlich die Zahlungen ein. Es regnet Vorwürfe. Sagt Pinschewer: »Ich mag nicht mehr hin- und herrennen! Sind denn die Banken krank? Sollen sie selber rennen und sich gegenseitig auszahlen!«

Nun ein Witz, der präziser, kürzer und erschöpfender als alle noch so gescheiten Memoiren und Ratschläge erfolgreicher Börsenspekulanten das Grundproblem, die Crux einer jeden Börsenspekulation, formuliert:
»Ich habe nicht, wovon zu leben.«
»Ich habe eben an der Börse gehört, daß Hirse steigt. Verkauf Hirse, und du wirst schön daran verdienen!«
»Woher soll ich mit einemmal Hirse hernehmen?«
»Nu – wenn du keine Hirse nicht hast!«

Im Vorkriegspolen begegnen sich zwei Juden.
»Wo arbeitest du?«
»Nirgends.«
»Und was tust du?«
»Gar nichts.«
»Ist das eine gute Beschäftigung?«
»Eine sehr gute! Aber große Konkurrenz!«

Oistrach hat die Zahlungen eingestellt und seinen Gläubigern zwanzig Prozent angeboten. Dann behauptet er, er sei krank, verschwindet in einen Kurort und kommt erst zurück, als er glaubt, die Wut der Gläubiger habe sich gelegt.
Gleich am Bahnhof trifft ihn ein Bekannter und stellt fest: »Sie sehen in der Tat wieder um achtzig Prozent besser aus!

Stettiner: »Herr Kommerzienrat, ich bring Ihnen da meinen Vetter. Es geht ihm schlecht. Er hungert.«
Der Kommerzienrat gibt dem armen Teufel einen Betrag. Stettiner rührt sich aber nicht vom Fleck. Der Kommerzienrat, ungeduldig: »Worauf warten Sie noch?«
Darauf Stettiner: »Auf meine Provision, Herr Kommerzienrat, ich habe Ihnen den Mann doch zugeführt.«

Variante:
Der Kommerzienrat wirft beide hinaus, ohne ihnen etwas zu geben. Zwei Minuten später steht Stettiner wieder vor ihm und mahnt: »Wo bleibt meine Courtage *(Provision aus Börsengeschäft)*?«
Kommerzienrat: »Courtage? Wofür in aller Welt?«
Stettiner: »Nu – wenn Sie meinem Vetter etwas gegeben hätten, hätte ich meine Courtage von *ihm* bekommen. Sie haben ihm aber nichts gegeben, so haben Se gemacht e gutes Geschäft, und also kommt mir die Courtage von *Ihnen*.«

Grünschwantz kommt zu seinem reichen Vetter: »Leih mir hundert Kronen. Ich gebe dir mein Ehrenwort, ich will dir dafür ein Geschäft für viele Jahre vermitteln.«
»Da hast du das Geld. Und nun das Geschäft?«
Grünschwantz: »Ein Geschäft fürs ganze Leben sogar: nämlich mich wegen der hundert Kronen zu mahnen.«

Neben dem Bankhaus Rothschild steht der arme Straßenhändler Schmihl und bietet Äpfel feil.
Ein Bekannter kommt vorbei und bittet: »Borg mir zwanzig Schilling, nur bis Freitag!«
Schmihl, bedauernd: »Ich würde es gerne tun, so wahr Gott mir helfen möge! Aber ich habe mit Rothschild eine Abmachung auf Ehrenwort: Er verkauft keine Äpfel, und ich verleihe kein Geld.

Der Chef: »Rosenzweigs Kassierer ist mit hunderttausend Mark durchgebrannt, die Firma muß die Zahlungen einstellen. Mit wieviel sitzen wir da drin?«
Buchhalter: »Überhaupt nicht. Wir haben seit einem Jahr mit Rosenzweig nichts mehr gemacht.«
Chef: »Nachtlicht in Berlin hat falliert. Trifft es uns schlimm?«

Buchhalter: »Nein, er war uns nichts mehr schuldig.«
Chef: »Bei Benscher soll es üble Unterschlagungen gegeben haben. Wieviel verlieren wir bei ihm?«
Buchhalter: »Mit Benscher haben wir nie gearbeitet.«
Chef, beleidigt: »Zum Kuckuck, hab ich ein Geschäft oder hab ich keines?«

Teplitzer geht mit seinem künftigen Schwiegersohn über die belebte Börse und sagt: »Siehst du den Dicken dort mit dem Nerzkragen? Dem schulde ich fünfzigtausend. Und diese beiden Herren dort? Das sind Kompagnons, denen schulde ich zwanzigtausend. Und dort, diesen Kerl mit Monokel? Der hat bei mir siebzigtausend zugute.«
»Aber Schwiegerpapa«, meint der junge Mann, »warum zeigen Sie mir nur die Leute, denen Sie etwas schulden, warum erzählen Sie mir nicht lieber, was Sie selber haben?«
»Du Schafskopf! Was ich denen schulde, das *habe* ich doch!«

Der alte Sonnenschein liegt im Sterben. Mühsam flüstert er seinem Sohne zu: »Ich übergebe dir mein Geschäft. Halte dich an zwei unabdingbare Prinzipien: Ehrbarkeit und Weisheit. Ein Beispiel für Ehrbarkeit: Wenn du eine Lieferung auf einen bestimmten Termin zugesagt hast, mußt du liefern, auch wenn die Welt untergeht!«
Sohn: »Und ein Beispiel für Weisheit?«
Sonnenschein: »Die Weisheit lehrt: Wer hat dich Trottel geheißen, etwas fest zu versprechen?«

Der alte Lewisohn liegt im Sterben. Mühsam diktiert er seinem Sohn die Namen aller Schuldner und die geschuldeten Beträge. Dann schweigt er erschöpft.
Der Sohn: »Willst du mir jetzt nicht auch die Gläubiger diktieren?«

»Wozu?« murmelt der Alte, »die melden sich schon selber.«

Varianten:
1. »Vater, und wem schuldest *du*?«
»Was? Muß ich das auch sagen? Sollen meine Gläubiger gefälligst auch sterben und ihren Kindern selber sagen, wer ihnen schuldet.«

2. »Und jetzt schreib auf, wem *ich* Geld schulde.«
Seine Frau, in Schluchzen ausbrechend: »Weh mir! Er beginnt zu delirieren!«

»Bar bezahlen kann ich die Ware nicht, aber ich zahle bestimmt in einem Monat... Habt doch Verständnis; ein Monat, das sind ja nur dreißig Tage!«
»Das stimmt, die dreißig Tage wären schon auszuhalten – aber die dreißig schlaflosen Nächte!«

Es gibt Dinge, die ich nicht verstehe: Ich wollte in der Kreisstadt Geld borgen – ich bekam es nicht, weil mich keiner dort kennt. Dann habe ich es zu Hause versucht – ich bekam es nicht, weil mich jeder hier kennt!«

Aus einem Mahnbrief:
»... Wer hat versprochen, bis Ultimo zu zahlen? Sie! Wer hat nicht Wort gehalten? Sie! Wer ist ein Lump?
Ihr Wolf Rosenhain«

Jossel schuldet Kahn Geld. Auf Mahnbriefe gibt Jossel keine Antwort, telefonisch ist er merkwürdigerweise nie erreichbar. Schließlich fährt Kahn selber hin.
Jossel führt ihn in sein Privatkontor, schließt sorgfältig die Türen und flüstert: »Ich möchte dir ein Geheimnis verraten. Kann ich zu dir volles Vertrauen haben?«

»Ich werde schweigen wie ein Grab! Ich schwöre es dir!«
»Gut! Also höre: Es ist aussichtslos, mich um Geld zu mahnen.«

Kowner: »Wenn ich etwas auf Kredit herausgebe, verlange ich den doppelten Preis.«
Kutner: »Ich den halben.«
Kowner: »Esel, wo bleibt da die Logik?«
Kutner: »Auf diese Weise verliere ich weniger.«

Der Papa hat seinen herangewachsenen Sohn mit auf Geschäftsreise genommen. Der Junge wundert sich, mit welcher Leidenschaft der Alte die Preise herunterdrückt.
»Wozu das?« fragt er. »Du wirst doch ohnehin nicht zahlen!«
»Das stimmt«, gibt der Alte zu, »aber die Leute tun mir leid: Ich will nicht, daß sie so viel an mir verlieren!«

Chef zum Reisenden: »Ehrenberg soll plötzlich verrückt geworden sein. Fahren Sie einmal hin. Er schuldet uns zweitausend Gulden. Sehen Sie zu, was sich da machen läßt.«
Der Reisende kommt zurück: »Ja, er ist meschugge.«
Chef: »Und hat er bezahlt?«
Reisender: »Nein, *so* meschugge ist er noch nicht.«

»Ich bin momentan sehr in der Klemme.«
»Nun, Gott wird helfen!«
»Sicher! Leihen Sie mir darauf inzwischen fünf Rubel.«

Der arme Dorfjude hat seinen nicht minder armen Verwandten in der Stadt besucht. Dabei sieht er zum erstenmal ein Bankinstitut, und er will wissen, was das ist.
»Weißt du«, erklärt der Vetter, »die haben nicht eine bestimmte Ware. Hier kann man nur Geld bekommen.«

Der Dorfjude wundert sich: »Also wenn wir da hineingehen, dann werden sie uns mir nichts, dir nichts Geld geben?!«
Der Vetter, seufzend: »Ja, da kannst du ganz sicher sein, sie werden mir nichts und dir nichts geben.«

Eine arme galizisch-jüdische Gemeinde bittet einen reichen Lemberger Kohlenhändler, er möge ihr sechs Waggon Kohle spenden. Der Kohlenhändler antwortet: »Schenken kann ich euch nichts, aber ich bin bereit, euch die Kohlen zum halben Preis zu lassen!«
Die Gemeinde ist einverstanden und bestellt drei Waggons.
Als nach drei Monaten weder Zahlung noch Nachbestellung kommt, schickt der Händler eine Mahnung.
Die Gemeinde antwortet: »... und ist uns Ihre Mahnung unverständlich. Sie haben uns sechs Waggons zu halbem Preis offeriert, das entspricht drei Waggons. Diese haben wir bezogen, auf den Rest erheben wir keinen Anspruch.«

Wann erhält die Frau den Namen ihres Mannes?
In der Stunde der Heirat.
Und wann erhält der Mann den Namen seiner Frau?
In der Stunde der Pleite.

»Wie gehen die Geschäfte.«
»Danke. Sie gehen auf den Namen meiner Frau.«

»Wie gehen die Geschäfte?«
»Man prolongiert sich durch.«

»Dem alten Kupferstil möchte ich nicht begegnen. Vor einem Jahr habe ich ihn auf der Straße getroffen und gebeten, mir zweihundert Francs zu leihen ...«
»Er hat sie dir verweigert, der gemeine Kerl?«

»Nein, eben, er hat sie mir gegeben.«

Die Kompagnons Pottasch und Gurewitsch werden von Banditen überfallen. Pottasch händigt den Räubern zitternd eine Banknote nach der andern aus.
Plötzlich dreht er sich zu seinem Kompagnon um und sagt: »Ich schulde dir einen Tausender. Da hast du ihn. Jetzt sind wir quitt.«

»Ich ersticke in Schulden.«
»Heirate reich!«
»Nein. Wenn meine Gläubiger Geld brauchen, sollen sie gefälligst selber heiraten.«

Die Straßen von Amsterdam, zumal im ehemaligen Getto, sind zum Teil nur wenige Meter breit. In einer heißen Sommernacht wälzt sich Kohn ruhelos im Bett. Seine Frau fragt: »Ist dir nicht gut? Willst du eine Erfrischung?«
»Was kann das nützen?« stöhnt Kohn. »Ich schulde dem Nathanson von gegenüber dreihundert Gulden, morgen soll ich zahlen – und ich habe kein Geld.«
»Ist das alles?« fragt seine Frau, steht resolut auf und ruft aus dem Fenster: »Nathanson, komm mal ans Fenster! Hörst du? Mein Mann, der Kohn, kann dir morgen nicht zahlen.« Dann schließt sie das Fenster und sagt zu Kohn: »Jetzt gib eine Ruh und schlaf! Jetzt ist es der Nathanson drüben, was nicht schlafen kann!«

»Wann wirst du mir endlich deine Schulden bezahlen?«
»Woher soll ich das wissen? Bin ich ein Prophet?«

Bloch, mit mildem Vorwurf zu seinem Pariser Lieferanten: »Mein Konkurrent Levy hat mir erzählt, sooft Sie ihn einladen, begleiten Sie ihn mit der Kerze die Treppe hin-

unter. Bei mir tun Sie das nie! Dabei zahle ich bar, und Levy ist ein mieser Schuldenmacher!«
Lieferant: »Eben darum! Wenn *Sie* sich auf der Treppe den Hals brechen, ist das Ihre Sache. Wenn aber *Levy* sich den Hals bricht: wer zahlt mir dann seine Wechsel?«

Rechtsanwalt Kohn zum Schwiegersohn, der ebenfalls Rechtsanwalt ist: »Mitgift hat meine Rebekka keine. Aber ich übergebe dir einen Erbschaftsprozeß, bei dem es viel zu verdienen gibt!«
Vier Monate später sagt der Schwiegersohn stolz: »Papa, ich hab den Prozeß gewonnen!«
»Kohn, entsetzt: »Was, du Trottel?! Von dem Prozeß hab ich fünfzehn Jahre gelebt!«

Kohn zum jüdischen Handwerker: »Was schulde ich?«
»Nu – wie soll ich das wissen? *Ich* bekomme für meine Arbeit von Ihnen zwei Gulden. Alles andere geht mich nichts an.«

Gerngroß geht nachdenklich über einen Bauplatz. Er ist in Konkurs geraten und möchte mit seinen Gläubigern lieber zu einem Zwangsvergleich kommen. Er murmelt nachdenklich: »Soll ich geben fünf Prozent oder sechs Prozent?«
Dabei gerät er in gefährliche Nähe einer Baugrube, und ein Bauarbeiter brüllt: »Geben Sie *acht*!«
Gerngroß: »Da können Sie lange warten!«

Der Kondukteur schreit ins Coupé: »Wagen*wechsel*!«
Der Leutnant, aus dem Schlaf auffahrend: »Ach, Herr Kohn, bitte, prolongieren Sie ihn nur noch ein einziges Mal!«

»Kannst du mir etwas leihen?«
»Ich habe leider nichts bei mir.«
»Und zu Hause?«
»Danke. Zu Hause geht alles gut.«

Baron Prachnitz: »Herr Kommerzienrat sehen prächtig aus! Und ich bin Ihrer werten Familie begegnet. Ihre reizenden ...«
»Herr Baron, bitte kürzer! Wieviel und auf wie lange?«

»Fajgenblum, kennen Se borgen fünfhundert Zloty?«
»Ja. Von wem?«

Bloch sitzt blaß und stöhnend bereits das drittemal auf dem Karussell.
Einer, der ihm zuschaut: »Wenn Ihnen schlecht ist, steigen Sie doch ab!«
Bloch: »Es geht nicht! Der Besitzer schuldet mir zweihundert Francs, und das ist die einzige Form, wie ich sie einkassieren kann.«

* * *

Polen war nach dem Ersten Weltkrieg dauernd von Wirtschaftskrisen geschüttelt. Das traf natürlich die Juden, weil viele von ihnen Kaufleute waren, besonders hart – und schlug sich auch in ihren Anekdoten und Witzen nieder.

Ein Jude aus Leeds (England) und ein Jude aus Lodz (Textilzentrum in Polen) diskutieren Webereien.
Der Mann aus Leeds: »Wir haben eine ganz moderne Maschine. Hinein kommt die Wolle, wie sie vom Schaf kommt. Heraus kommt ein fertiger Anzug.«
Der andere: »Das ist noch gar nichts. Wir in Lodz haben Maschinen: Hinein kommt die Wolle, direkt vom Schaf – heraus kommt ein Wechsel, der schon protestiert ist.«

Die Besitzer der jüdischen Warschauer Stoffgeschäfte erklärten: »Es geht nichts über unsere Branche. Wir können in Luxus leben, die Söhne studieren lassen, die Töchter gut verheiraten, die Frau viermal jährlich in den teuersten Kurort schicken – für all das reicht unser Auskommen. Bloß: Einen einzigen Wechsel zu bezahlen – dafür reicht es nicht.«

»Was für ein schöner Anzug! Was hat er gekostet?«
»Was heißt ›hat gekostet‹? Er kostet noch!«

»Hast du vielleicht für zwanzig Kronen Kleingeld?«
»Ich muß mal nachzählen ... ich hab!«
»Gut, dann borg mir zehn davon!«

Vor 1914. Löwy leiht sich in Frankfurt von seinem Freund Cohn achthundert Mark und wandert nach Paris aus.
Als sie sich in Paris wiedersehen, stellt Cohn fest, daß Löwy reich geworden ist, und er meint: »Du könntest mir jetzt meine achthundert Mark zurückgeben!«
Darauf Löwy: »Du bist mein Freund, nicht wahr? Also merk dir, was ich dir sage: »Niemals – hörst du? –, niemals werde ich dir die achthundert Mark zurückgeben, solange ihr uns Elsaß-Lothringen nicht zurückgebt!«

* * *

Im Geldverkehr mit der dritten Welt ist in den Wohlstandsländern des Abendlandes seit ein paar Jahrzehnten eine hochoriginelle Methode aufgekommen, welche sich »Umschuldung« nennt und darin besteht, daß man dem guten verliehenen und verlorenen Geld neues nachwirft, das mit Sicherheit genauso verloren sein wird. – Aber bereits viele Jahrzehnte, bevor es so etwas wie »Umschuldung« überhaupt gab, wußte der jüdische Witz bereits, was sie wert ist.

Grün und Blau treffen sich auf der Straße.
Sagt der Grün: »Blau, könntest du mir fünfzig Mark leihen?«
»Bitte sehr!« sagt Blau freundlich und gibt Grün den Geldschein.
Zehn Tage später treffen sie sich wieder.
»Blau, bin ich dir nicht fünfzig Mark schuldig?«
»Ja.«
»Könntest du mir noch fünfzig Mark dazuleihen – dann wären es hundert.«
»Um dir gefällig zu sein, gern!«
Wieder zehn Tage später.
»Blau, schulde ich dir nicht hundert Mark?«
»Ja.«
»Könntest du mir eventuell noch hundert Mark dazuleihen – dann wären es zweihundert.«
»Wenn es sein muß, bitte!«
Vierzehn Tage später treffen sie sich abermals.
»Bin ich dir nicht zweihundert Mark schuldig?« fragt Grün.
Darauf Blau, blitzschnell: »Nein.«

»Stell dir vor: das Steueramt liquidiert!«
»Was soll das heißen?«
»Nu ja, ich hab eine Aufforderung gekriegt, und da steht schwarz auf weiß: Letzte Mahnung.«

»Was möchtste lieber sein, e Millionär oder e Typhuskranker?«
»Was für Schtuß! Natürlich e Millionär!«
»Falsch! Überleg mal: Millionäre müssen alle sterben, Typhuskranke nur dreizehn Perzent!«

Hochwasser am Rhein. Hirsch, der seine Tochter ins Rheingebiet verheiratet hat, kauft sich eine Zeitung und

stellt erleichtert fest: »Schau, Aaron, in Koblenz fällt das Wasser!«
Aaron: »Nu – was geht das mich an? Hab ich gekauft?«

»Ich habe Schulden! Ich kann vor Sorgen keine Nacht schlafen!«
»Wie hältst du das aus?«
»Ich schlafe bei Tag!«

Levy bestellt bei Kahn Ware. Kahn schreibt: »Solange Sie die alte Faktura nicht bezahlt haben, muß ich die Ordre refüsieren.«
Darauf Lewy: »Da ich nicht so lange warten kann, muß ich die Ordre anderweitig plazieren.«

Itzig hat von Meyer Pferde gekauft und ihm Wechsel mit sehr späten Fälligkeitsterminen gegeben.
Meyer, erregt: »Die laufen aber sehr lang!«
Itzig: »Was schreist du? Ich werde froh sein, wenn deine Pferde werden laufen so lang wie meine Wechsel!«

Eine sozialistische Jugendgruppe braucht Geld für ein Clublokal und hat zu diesem Zweck eine bescheidene Lotterie organisiert.
Ein Mitglied der Gruppe kommt zum Kaufmann Herschkowitz: »Kaufen Sie doch ein Los! Sie können *Das Kapital* von Karl Marx gewinnen!«
»Das Kapital von Marx? Wer ist schon Marx? Verlosen Sie das Kapital von Rockefeller – und ich kaufe sogar drei Lose!«

»Ich zahle die Hälfte in bar und die Hälfte in Wechseln.«
»Die Wechsel nehm ich nicht, die sind mir zu unsicher.«
»Was heißt unsicher? Die sind sicherer als das Geld! Das Geld haben Sie schon morgen ausgegeben – dagegen

meine Wechsel, die bleiben Ihnen und sogar noch Ihren Kindern und Kindeskindern!«

* * *

Gutmeinende Deutsche, die sich auch verbal deutlich von Hitlers Judenpolitik distanzieren wollen, tun dies oft unter dem Schlagwort »Antirassismus« oder »Ablehnung von Fremdenfeindlichkeit«. Sie übersehen dabei, daß Hitler die Juden zwar unter dem Stichwort »Rasse« vernichtete, in Wirklichkeit aber die für die Liquidation vorgesehenen Juden keineswegs einzeln nach Rassegesichtspunkten selektierte, sondern nur aufgrund ihrer Familienpapiere, und daß außerdem schon zur Römerzeit an Rhein und Mosel Juden siedelten und also teilweise schon viel länger »Deutsche« waren als die »arischen« Einwohner der Ostregionen. – Im christlich gewordenen Germanien waren ihnen von einem gewissen Zeitpunkt an Grundbesitz und die meisten Berufe untersagt, Handel und Geldverleih ausgenommen.
Im Judenwitz sieht das so aus:

1463. Großhändler Selig an das Burgfräulein Kunigunde:
»Bei Durchsicht meiner Bücher stelle ich fest, daß von 1462 noch ein Betrag von Talern 15 nicht bezahlt ist. Sollten Sie nicht schicken binnen zwei Wochen das Geld, werd ich mir erlauben, zu berennen die Burg.«

New York. Meyer von der Anwaltsfirma Meyer & Cohn wohnt im gleichen Villenviertel wie Lifschitz. Sie treffen sich zufällig an der Stadtbahnstation.
Lifschitz fragt freundlich: »Wie beurteilen Sie die Börse?«
Darauf Meyer: »Ich kann natürlich irren, aber mir scheint, man kann auf Hausse spekulieren.«
Am andern Tag erhält Lifschitz eine Rechnung von Meyer

& Cohn über fünfhundert Dollar für fachliche Beratung in Händen.
Zwei Tage später fragt Lifschitz den Meyer: »Wie beurteilen Sie die Zukunft des Währungssystems?«
Darauf Meyer: »Ich halte es für möglich, daß wir die Goldparität aufgeben werden.«
Tags darauf findet Lifschitz eine Rechnung von Meyer & Cohn über achthundert Dollar im Briefkasten.
Wieder ein paar Tage später begegnen sich die beiden abermals bei der Station.
»Guten Morgen«, sagt Lifschitz, »mir scheint, es wird regnen. Aber denken Sie daran: Ich *sage* es Ihnen, ich *frage* Sie nicht danach!«

In Rappaports Lädchen kommt eine Kundin: »Ich möchte Tafelsalz.«
Inhaber: »Welche Sorte darf ich Ihnen geben?«
»Gibt es denn überhaupt verschiedene Sorten?«
»Aber natürlich! Sie sehen doch auf dem Regel zwölf verschiedene Packungen stehen.«
»Himmel! Sie müssen aber ein ganz toller Salzfachmann sein!«
Inhaber, bitter: »Ich nicht! Aber der verdammte Kerl, der mir die Sendung angedreht hat.!«

Frau Levy kauft einen Papierfächer für einen Cent, bringt ihn am andern Tag zerrissen zurück und will den Cent wiederhaben.
Ladenchef: »Was haben Sie denn mit dem Fächer gemacht?«
»Ihn vor meinem Kopf hin- und hergewedelt.«
»Ihr Risiko! So etwas können Sie mit einem Fächer für einen Dollar machen! Bei einem Fächer für einen Cent müssen Sie den Fächer stillhalten und mit dem Kopf hin- und herwackeln!«

»Schwiegerpapa, du hast dich so großartig emporgearbeitet! Wie muß ich es machen, um auch so reich zu werden?«
»Ich will dir offen sagen: Ehrlich währt es am längsten.«

Schapiro hat das Betteln satt und will Räuber werden. Mit ungeladenem Revolver geht er im Wald auf einen jüdischen Hausierer los – Kosaken oder Bauern sind ihm zu gefährlich! – und schreit: »Geld oder Leben!«
»Schafskopf«, sagte der überfallene Jude, »sag doch einfach, daß du Hunger hast. Hier hast du fünfzig Kopeken.«
»Fünfzig Kopeken!« entrüstet sich Schapiro. »Was fällt Euch ein! Bin ich ein Räuber oder bin ich ein Bettler?«

Schon lange, bevor Karl Marx seine Mehrwerttheorie entwickelt hatte, nach welcher kaufmännischer Gewinn im Grunde Diebstahl ist, waren alle elsässischen Viehhändler fertige Marxisten. Denn wenn sie sich kennenlernten, fragten sie nicht: »Womit handelt Ihr?«, sondern: »Womit ganwet *(gaunert, stehlt)* Ihr?«

* * *

Der Tatsache zu Trotz, daß die Juden sich für Jahwes »auserwähltes Volk« halten, sind sie frei von dem überall auf der Welt allen Nationen eignenden Laster der Selbstverherrlichung. Rücksichtsloseste Selbstkritik überwiegt bei ihnen seit ihrem Auftreten auf der Weltbühne, am deutlichsten in der biblischen Prophetie, aber nicht minder nachdrücklich auch im jüdischen Witz. Die klügsten unter den Juden haben auch schon immer begriffen, daß diese »Auserwähltheit« nicht ein Privileg bedeutet, sondern umgekehrt eine schwere Sonderverpflichtung und Sonderbelastung, denn sie ist konditionslos gebunden an die Erfüllung der strengen biblischen Moralgesetze. Daher der hübsche alte Witz.

Jankel rezitiert aus dem Gebettext: »Herr, Du hast uns auserwählt aus allen Völkern – lieber Gott: Was in aller Welt hast Du ausgerechnet von uns gewollt?«

*

Aber die Juden belassen es in ihren Witzen nicht beim Stoßseufzer über ihre Sonderbelastung, sondern illustrieren lustig jüdisches Fehlverhalten in Form massiver Verstöße gegen die biblischen Moralvorschriften.

Galizien. In dem fast rein jüdischen Nest sagt der fremde Gast zum Hotelier: »Ich habe volle vierzehn Tage hier in Ihrer Stadt gesessen und in der ganzen Zeit nur einen einzigen anständigen Mann angetroffen!«
Hotelier, erstaunt und neugierig: »Einen anständigen Mann? Wer soll denn das sein?«

Bahngespräch. »Sie sind aus Pinne? Eine schreckliche Stadt. Es gibt dort nicht *einen* anständigen Menschen!«
»Was reden Sie für Unsinn! Ich kann Ihnen im Handumdrehen ein Dutzend aufzählen!«
»Na – also los!«
»Nun, da hätten wir ... also ... oder vielleicht ... Sagen Sie, muß der Mann unbedingt aus Pinne sein?«

»Wie kommt es, daß Goldberg dich zum Kompagnon genommen hat? Du hast doch keine Kreuzer Geld!«
»Nun ja – er hat das Geld, ich die Erfahrung.«
»Bald wirst du das Geld haben – und er die Erfahrung.«

»Wo warst du die letzten sechs Monate?«
»Verreist.«
»Warum hast du nicht Berufung eingelegt?«

Variante:
Hab ich mir doch gleich gedacht, daß Ihr Anwalt, der Dr. Reichstein, kein Verteidiger is für Schiebergeschäfte!«

Der Fischhändler zu einem Juden, der weggehen will, ohne etwas gekauft zu haben: »Reb Jude, so geht das nicht! Entweder Ihr zieht Euch einen längeren Kaftan an – oder Ihr ganwet einen kürzeren Fisch.«

»Papa, was ist das: Ehrlichkeit?«
»Ich erkläre es dir: Wenn du zwanzig Centimes findest, lohnt es nicht, sie aufs Kommissariat zu tragen, du kannst sie behalten.
Wenn du tausend Francs findest, dann trag sie aufs Kommissariat. Man wird dich dann für ehrlich halten, und der Ruf der Ehrlichkeit – das ist ein Kapital.
Wenn du aber ein ganzes Kapital auf der Straße findest, dann brauchst du keinen Ruf der Ehrlichkeit mehr.«

* * *

Aus unerfindlichen Gründen galt die kleine ungarische Stadt Neutra als jüdisches Diebesnest.

Man pflegte zu sagen: Durch Neutra fahren sogar die Zigeuner nur im Galopp, weil sie Angst haben, bestohlen zu werden.

Einmal bemerkte der Rabbiner von Neutra vor Beginn des Gottesdienstes, daß der Schrank mit den Torarollen abgeschlossen war. Er drehte sich zur Gemeinde um und fragte höflich: »Hat vielleicht einer der geehrten Herren Gemeindemitglieder seine Dietriche bei sich?«

In der gleichen Gemeinde bemerkte einmal der Rabbiner während des Gottesdienstes, daß der neben ihm stehende

Gabbai plötzlich erbleichte. »Ist dir schlecht?« flüsterte der Rabbiner ihm zu.
»Nein, aber mir kam soeben in den Sinn, daß ich vergessen habe, daheim Kasse und Haustür abzuschließen.«
Der Rabbiner warf einen kurzen zählenden Blick über die Gemeinde und sagte beruhigend: »Du brauchst keine Angst zu haben: Sie sind alle hier!«

Simon und Levy waren gute Freunde – bis Levy von Simon hundert Rubel lieh und nicht mehr zurückgab.
Simon klagt seinen einstigen Freund ein. Der aber schwört, er habe das Geld nie erhalten, und da kein Schuldschein vorhanden ist, verliert Simon den Prozeß.
Als sie gemeinsam die Treppe hinuntersteigen, sagt Simon bitter: »Schämst du dich nicht, wegen hundert Rubel meineidig zu werden?
Darauf Levy: »Und du? Schämst du dich nicht, wegen hundert Rubel deinen Freund zum Meineid zu zwingen?«

Abeles stellt die Zahlungen mit einem Passiv von hunderttausend Mark ein.
»Wollen wir einen Vergleich von einem Prozent den Gläubigern anbieten?« schlägt der Prokurist vor.
»Sie fauler Kopp!« erwidert der Chef aufgeregt. »Mit *meinem* Geld wollen Sie Kavalier spielen?«

Grün hat Konkurs angemeldet. Blau, wutentbrannt: »Mich, deinen besten Freund, willst du so schädigen!?«
»Sei ruhig«, sagt Grün, »du sollst an mir nichts verlieren. Ich biete zwar meinen Gläubigern dreißig Prozent, du aber sollst deine Ware zurückbekommen. Sie steht noch unangerührt da.«
»Was«, schreit Blau, »meine Ware willst du mir zurückgeben? Warum willst du mich allein benachteiligen? Gib mir auch dreißig Prozent!«

*

Pingeliges, superorthodoxes Verhalten krankt nicht nur bei den Juden daran, daß Ritualvorschriften und weniger Wichtiges exakter eingehalten werden als die grundlegenden Moralgesetze. Fundunterschlagung ist natürlich schlimm, und es ist im Talmud ausdrücklich streng verboten. Aber es figuriert nicht, wie das Verbot »Du sollst nicht stehlen« bereits in den Zehn Mosaischen Geboten. – Verhöhnt wird solches Mißverhalten in einer hübschen jüdischen Anekdote:

Aus Platzmangel hat der Wirt zwei jüdische Gäste im selben Zimmer untergebracht. Als die Herren zum Essen hinuntergehen, bückt sich der eine und überreicht dem andern die Brieftasche, die diesem zu Boden gefallen ist. Dieser dankt überschwenglich.
Nachts aber verschwindet die Brieftasche wieder. Man sucht verzweifelt, man avisiert schließlich die Polizei, die auch den Zimmergenossen durchsucht – er erweist sich als der Dieb!
Der Bestohlene: »Erst übergebt Ihr mir die verlorene Brieftasche – und dann stehlt Ihr sie?«
Der Dieb: »Was ist da so verwunderlich? Ich bin gläubiger Jude. Fundgut zurückerstatten – das ist eine Mizwe, aber stehlen – das ist einfach mein Beruf!«

Der Ausdruck »ehrlicher Jude« kann im Jiddischen auch bedeuten: ein Jude, der sich genau an die rituelle Gesetzgebung hält.
Blau wird um Auskunft über Grün gebeten, und er formuliert: »Er is an Ganew un a Batriger, ober an ehrlicher Jid.«

Salomon Glatteis ist wegen Konkursvergehens angeklagt. Die Familie fürchtet, Glatteis könnte zu Gefängnis verurteilt werden. Zum Glück ist unter den Geschworenen ein Jude. Die Familie bietet ihm dreitausend Mark an, wenn

es ihm gelingt, für Salomon bloß eine Geldstrafe zu erreichen. Und es glückt! Der Geschworene wischt sich den Schweiß ab und erklärt: »Das hat was gekostet, die Geldstrafe durchzudrücken!«
»Die Bestien wollten ihn also unbedingt einsperren?«
»Wieso einsperren? Sie wollten ihn einstimmig freisprechen.«

Nuchim Quadratstein: »Sie sind doch ein kluger Mann, Herr Rechtsanwalt: Was meinen Sie dazu, wenn ich vielleicht dem Herrn Richter kurz vor Beginn des Prozesses eine schöne fette Gans mit meiner Visitenkarte ins Haus schickte?«
Anwalt: »Sind Sie verrückt? Sie würden den Prozeß wegen Bestechungsversuchs sofort verlieren!«
Der Prozeß findet statt, und Quadratstein gewinnt. Am Tag darauf kommt er zum Anwalt und verkündet strahlend: »Ich habe Ihren Rat damals nicht befolgt, habe dem Richter die Gans doch geschickt!«
Der Anwalt, erbleichend: »Das ist doch nicht möglich!«
»Doch«, erklärt Quadratstein, »bloß: ich habe die Visitenkarte meines Prozeßgegners beigelegt.«

Kirschkern macht Konkurs und stirbt.
Der Rabbiner in der Trauerrede: »Wir haben viel an ihm verloren!«
Flüstert ein Trauergast zum anderen: »Ich hab gar nicht gewußt, daß der Rebbe auch an dem Konkurs beteiligt ist!«

Kohn hat einen Betrieb eröffnet, aus Kapitalmangel in sehr engen Räumlichkeiten. Bei einer behördlichen Inspektion wird er gezwungen, Feuerlöscher anzubringen.
Ein Freund schaut die Feuerlöscher an und fragt: »Weißt du auch, was drin ist?«

Kohn: »Wos waaß ich, wos is drin gewesen! *Jetzt* is Benzin drin!«

Festdiner. Der reiche Herzfeld läßt ausrufen: »Meine Brieftasche mit zweitausend Dollar ist mir abhanden gekommen. Dem ehrlichen Finder gebe ich zweihundert Dollar.«
Stimme aus dem Hintergrund: »Ich biete das Doppelte!«

Isidor Grünspan und Herschl Berkowitz beschließen, Schitfim *(Teilhaber)* zu werden und setzen einen entsprechenden Vertrag auf. Der Schlußparagraph lautet:
Sollten wir, chaß w'cholile *(Gott behüte!)*, mechulle gehen *(Pleite machen)*, dann machen mer Kippe und jeder bekommt vom Rewach *(Gewinn)* fünfzig Perzent.

Grün und Blau schnapsen miteinander.
Seufzt der Grün: »Wie schön war's vor zwei Jahren, wie haben wir zu viert Bridge gespielt mit dem Kohn, der jetzt sitzt wegen Wechselfälschung! Und voriges Jahr, wie haben wir noch Skat spielen können mit dem Itzik, der mit der Kasse durchgegangen ist nach Brasilien!«
Seufzt der Blau: »Nächstes Jahr sitz ich allein da und leg Patience!«

»Bloch, du bist doch jetzt ein reicher Mann! Warum fährst du nie in die Ferien?«
»Die Leute würden sagen: Aha, er sitzt schon wieder!«

Ein kleiner Handelsjude: »Ist Bankier Goldstein ein sicherer Mann?«
»Wie! Will er denn von *Euch* borgen!?«
»Nein, umgekehrt. Aber wenn er bankrottiert, muß ich zahlen und verliere meinen Kredit!«

Chef: »Zweihundert Sommerhosen sind mir liegengeblieben!«
Prokurist: »Wir schicken die Hosen in die Provinz.«
Chef: »Dort kauft sie doch jetzt auch niemand.«
Prokurist: »O doch, man muß es nur richtig anpacken. Wir senden unseren Kunden Musterpakete zu zehn Hosen und fakturieren nur acht. Wir kalkulieren den Preis aber so, daß wir auf die Rechnung kommen. Dann werden unsere Kunden sich freuen, uns hereinzulegen, und werden die Pakete behalten.«
Der Chef findet den Einfall großartig; Pakete und Fakturen werden abgeschickt... Acht Tage später schreit der Chef den Prokuristen an: »Sie Idiot, schauen Sie bloß, was Sie uns eingebrockt haben! Keiner hat die Ware behalten, aber alle retournieren sie uns nur acht Hosen!«

Chef zum Kassierer: »Man hat mir hinterbracht, daß du aus meiner Kasse stiehlst!«
Kassierer: »Nu – soll ich bei *Euch* als Kassierer arbeiten und gleichzeitig bei einem *andern* aus der Kasse stehlen?«

»Mein Kassierer, der mit meiner Tochter und der Kasse durchgebrannt ist, scheint allmählich zu bereuen.«
»Wieso, hat er das Geld zurückgegeben?«
»Das Geld nicht, aber die Tochter.«

Gespräch an der Börse: »Sie haben mich reingelegt! Sie Lump, Sie Schuft, Sie Auswurf!«
»Sie, das brauch ich mir nicht bieten zu lassen!«
»Machen Sie Gegenofferte!«

Der Chef: »... und hiermit danke ich euch allen nochmals herzlich für eure Jubiläumswünsche und schenke euch zu diesem festlichen Tage von Herzen alles, war ihr mir all die Jahre hindurch gestohlen habt.«

Mein Kompagnon, den ich als Bettler in meinen Betrieb aufgenommen habe, hat mich um hunderttausend Gulden betrogen, und jetzt hat er mit meinem Geld in Amerika drüben einen Betrieb aufgebaut. Der miese Kerl, der Lump...«
»Sch! Von einem Mann mit hunderttausend Gulden können Sie nicht gut solche Ausdrücke gebrauchen.«

Richter: »Sie behaupten, Sie hätten die dreihundert Rubel bezahlt? Der Kläger bestreitet es. Können Sie schwören?«
Der Angeklagte: »Ich glaube, Herr Richter.«
Richter: »Nein, so können Sie nicht schwören, sondern entweder ›Ich habe bezahlt‹ oder ›Ich habe nicht bezahlt‹.«
Silbergurt, beglückt: »Ja, genauso möchte ich schwören!«

Altösterreich. Der jüdische Verteidiger plädiert für den Freispruch einer Prostituierten: »Winken darf sie nicht, mit dem Schirm wackeln darf sie nicht, hin- und hergehen darf sie nicht – wie sagt doch Goethe: ›Schwer zu sein ein Mensch‹!«

Rechtsanwalt G. Rona erzählt in seinen Erinnerungen aus Wien:
Bezirksgericht Leopoldstadt in Wien 1936. Gegenseitige Ehrbeleidigungsklage zweier Juden. Der Richter fragt pflichtgemäß nach Namen, Geburtstag, Beruf und fährt fort: »Und Ihr Vater?«
»Der ist tojt.«
»Nun ja, aber wir müssen doch seinen Namen erfahren.«
»Schma Jissro'ejl! Weil jenner hot gesogt, as ich bin e Chammer, missen Se wissen, wie mein Tate hot geheijßen?!«

Bezirksrichter: »Sie haben den Grünblatt der Fundunterschlagung bezichtigt!«
»Aber nein! Ich hab nur gesagt: Wenn der Grünblatt mir nicht geholfen hätt beim Suchen, hätt ich die Brieftasche vielleicht wiedergefunden!«

Der Advokat Moritz Haarspalter kommt zum Bezirksgericht Stanislau: »Herr Richterleben, vor zwei Jahren hab ich eingebracht a Berufung – bis heut is nix geschehn. Jach mecht nachfragen, ob ich die Erledigung noch erleben werde.«
Darauf der Richter erzürnt: »So seid Ihr Juden! Vor zweitausend Jahren habt Ihr Christus zum Tod verurteilt und umgebracht, und jetzt wollt Ihr unverschämte Forderungen stellen!«
Dr. Haarspalter: »Was heißt umgebracht? Seine eigene Schuld! Hätt er gemacht a Berufung beim Bezirksgericht Stanislau – *heit* lebet er noch!«

Kahn auf dem Polizeikommissariat: »Ein Lump hat sich für meinen Vertreter ausgegeben und in der Provinz hunderttausend Francs einkassiert! Das ist mehr, als alle andern Vertreter zusammen bei meinen Kunden je aufgebracht haben! Sie müssen ihn schleunigst ausfindig machen!«
»Wir werden ihn aufspüren und einsperren.«
»Unsinn! Wieso einsperren! Ich will ihn anstellen!«

Richter: »Haben Sie den Betrug ganz allein ausgeführt?«
»Allein. Ich arbeite immer allein. Bei Kollaboration weiß man nie, ob man es mit ehrlichen Leuten zu tun hat.«

Richter: »Angeklagter Rosenbaum, zufällig kenne ich mich in den jüdischen Gesetzen ein wenig aus: Sie sind ein Obersünder. Nicht nur haben Sie gestohlen, sondern Sie haben obendrein an einem Sabbat gestohlen.«

Rosenbaum: »Herr Richter – ich bin nicht orthodox.«

Grün steht wegen Hehlerei vor Gericht. »Wie kann ich schuldig sein?« verteidigt er sich. »Herr Richter sagen doch selber, daß ich habe bezahlt zehn Gulden für die Ware. Hätt ich geahnt, daß sie ist gestohlen – keine drei hätt ich gegeben!«

* * *

Die talmudische Halacha, der Gesetzesteil des Talmud, hatte von allem Anfang an eine rein praktische Ausrichtung und wurde ursprünglich nur von Rabbinen studiert, die zugleich die Funktion von Richtern ausübten. Als aber im Exil immer stärker die Tendenz aufkam, die gesamte männliche Jugend zu scholastischen Religions- und Rechtsgelehrten heranzubilden, führte dieser Überschuß an solchen Experten bei einem großen Teil von ihnen zur Brotlosigkeit und zur Neigung, den Broterwerb den Frauen zu überlassen und selber müßig über ihren Folianten zu brüten und dabei eine unglaubliche Lebensfremdheit zu entwickeln, von der wir weiter vorne Beispiele geliefert haben. Vereinzelt brachten sie aber den Talmudschliff ihrer Gehirne in ihre kaufmännische Praxis ein. Hierzu drei köstliche Beispiele:

Kohn kommt zum Advokaten: »Schauen Sie, Herr Doktor, was schreibt mir da der Grün, der Lump? Ich soll ihm die zweitausend Gulden zurückzahlen, sonst verklagt er mich. Nie im Leben habe ich zweitausend Gulden von ihm erhalten, das kann ich beschwören!«
»Nu, dann ist die Sache doch ganz einfach ... Fräulein, nehmen Sie mein Diktat auf: ›... und da ich ein solches Darlehen von Ihnen nie erhalten habe, sehe ich Ihrer Klage mit Ruhe entgegen ...‹«
»Aber Doktorleben! Falsch, ganz falsch! Wo haben Sie die Rechte studiert? Fräulein, schreiben Sie: ›... und nachdem

ich Ihnen die zweitausend längst zurückerstattet habe, sehe ich Ihrer Klage in Ruhe entgegen ...‹«

»Herr Kohn! Sie haben doch eben gesagt, Sie sind bereit zu schwören, daß Sie von ihm kein Geld erhalten haben!«

»Nu – hab ich denn erhalten?«

»Wieso schreiben Sie dann, daß Sie zurückbezahlt haben?«

»Schauen Sie, Doktorleben: Wenn ich so schreib, wie Sie sagen, dann kann er am Ende zwei Zeugen aufstellen, daß er *doch* gegeben hat... Schreib ich aber so, wie *ich* will, dann hab' *ich* die Zeugen zu stellen.«

Der Graf hat einen wunderschönen Araberhengst. Er hat mit ihm schon etliche Preise gewonnen, und alle Pferdehändler wollen das Pferd kaufen – aber der Graf gibt es nicht einmal für zwanzig Tausender her.

Doch eines Tages erkrankt der Gaul. Der Graf läßt sein Faktotum Ignaz Dimentstein kommen und proponiert ihm: »Mein Araber ist krank. Darum können Sie ihn für zehn Tausender bekommen und viel an ihm verdienen.«

Ignaz geht in den Stall. Dort bemühen sich zwei Tierärzte um den Araber. Ignaz fragt sie aus: »Kann man ihn kurieren?«

Die Tierärzte meinen, bei einem schlichten Roß würden die Chancen ganz gut stehen, aber solche edlen Rassetiere seien besonders sensibel, da könnten sie für nichts garantieren.

Nach langem Überlegen kauft Ignaz den Araber – zwei Stunden später ist der krepiert. Ignaz nimmt die Nachricht ungerührt auf, obwohl seine Zehntausend – scheinbar – futsch sind. Er fährt in die Stadt, geht in das Café, wo alle jüdischen Pferdehändler verkehren und ruft fröhlich lachend aus: »Chawejrim *(Kameraden)*, ich habe den Araber vom Grafen gekauft!«

»Du machst dich über uns lustig!« – »Das machst du uns nicht weis!« ruft man ihm von allen Seiten zu.
Doch Ignaz zieht die Urkunde hervor und reicht sie herum. Die Tatsache ist nicht zu bestreiten. Alle Kollegen platzen beinahe vor Neid.
»Was wirst du mit dem Pferd machen?« wollen sie wissen.
»Natürlich verkaufen.«
»Verkauf ihn mir!« ruft einer der Pferdehändler, »ich zahle einundzwanzig Tausender!«
»Ich zweiundzwanzig!« steigert ein zweiter.
Ein Dritter: »Ich lege noch einen Hunderter zu!«
»Und ich sogar zwei Hunderter!« kräht ein Vierter.
Das ganze Kaffeehaus hat sich in den reinsten Bienenstock verwandelt, doch Ignaz stoppt den Wettbewerb. »Chawejrim«, sagt er besonnen, »so geht das nicht! Auf denjenigen, der das Pferd ersteigern wird, werden alle die helle Wut haben, und dieser selbst wird bei dem so hohen Kaufpreis an dem ganzen Geschäft zuletzt nur noch verlieren! Ich habe eine bessere Idee: Wir machen eine Lotterie. Hier sind zwanzig Kameraden, jeder nimmt ein Los für einen Tausender, und der Gewinner hat das Pferd um einen Pappenstiel!«
Gesagt, getan. Der triumphierende Gewinner bekommt den Paß des Pferdes, und Ignaz zieht mit ihm los zum Stall des Grafen, um ihm den Araber zu übergeben.
Der Gewinner guckt und schreit: »Aj waj! Aj waj! Der Gaul ist krepiert!«
»Was für ein Unglück!« jammert Ignaz scheinbar tief betroffen. Dann aber faßt er sich (scheinbar) schnell und tröstet den Kollegen: »Du sollst an dem Geschäft wenigstens nichts verlieren! Da hast du deinen Tausender zurück!«
Der Gewinner beruhigt sich. Dann aber hat er doch Bedenken: »Und was werden die andern dazu sagen?«

»Wieso?« fragt Ignaz zurück, »die haben doch ohnehin verloren!«

Ein Jude hat von einem Zigeuner ein hinkendes Pferd erstanden. Die andern Juden spotten. Der Jude erklärt: »Das Pferd hinkt nicht wirklich: es hat einen Nagel im Huf.«
»Meinst du«, fragt ein anderer Jude, »ein Zigeuner läßt sich von einem Juden so leicht hereinlegen? Das Pferd hinkt sicher, der Gauner hat den Nagel bloß in den Huf geschlagen, damit du glauben sollst, das Pferd hinke nur deshalb.«
Darauf der Pferdekäufer: »Glaubst du, ein Jude läßt sich von einem Zigeuner so leicht hereinlegen? Ich habe aus Vorsicht mit falschem Geld bezahlt.«

* * *

Antisemitismus und judenfeindliche Politik gab es natürlich auch in Altösterreich. Noch Kaiserin Maria Theresia hatte unter jesuitischem Einfluß einmal die Juden von einem Tag auf den andern aus Prag vertrieben. Aber unter Kaiser Franz Joseph kam tatsächlich so etwas wie eine »multikulturelle Gesellschaft« auf, die Ahnungslose heute irrtürmlich durch Leugnen und Verwischen der kulturellen, völkischen, rassischen und religiösen Unterschiede herbeizaubern wollen. Von Kaiser Franz Joseph dagegen gibt es die hübsche Anekdote, daß er einmal seinem Minister vorschlug, eine Angelegenheit »bis nach Jom Kippur« zu vertagen. Auf die befremdete Reaktion des Ministers: »Majestät geruhten zu sagen ›Jom Kippur‹?« antwortete der Kaiser: »Ja… Sitzen Sie *einmal drei Wochen in Bad Ischl!« – wofür man wissen muß, daß Bad Ischl bei der guten Gesellschaft, auch der jüdischen, ein besonders beliebter Kurort war.*
Vielleicht ist diese Anekdote frei erfunden. Historisch gesichert jedoch ist, daß Franz Joseph dreimal nacheinander die

Wahl des beliebten, schönen und politisch tüchtigen Dr. Karl Lueger zum Wiener Bürgermeister ablehnte, weil dieser seine Wahlkampagne auf antisemitischen Parolen aufgebaut hatte. Dabei war Lueger kein Antisemit; er wußte bloß – was der Talmud schon vor zweitausend Jahren wörtlich festhält –, daß »jeder Judenfeind Karriere macht«. Daß die Judenhatz für ihn nur Wahlkampfmittel war, bewies Lueger auch, als er nach einem vierten Anlauf doch noch Bürgermeister wurde, weil der Kaiser keine gesetzliche Möglichkeit hatte, mehr als dreimal sein Veto einzulegen: Er kontaktierte weiterhin seine jüdischen Freunde, und als man ihm diesbezüglich Vorwürfe machte, sagte er: »Wer a Jud is, bestimm i!« Rätselhaft ist, wieso man in Deutschland diesen Ausspruch ausgerechnet einem Göring in den Mund legt!
Nach wie vor war ungetauften Juden zwar der Zugang zu hohen politischen Positionen und zur Universitätskarriere erschwert, aber dem Antisemitismus in der Endphase der Donaumonarchie fehlte die Brutalität und Giftigkeit, die ihn anderweitig – und später auch hier – kennzeichnete. Entsprechend sind die »interkonfessionellen« Judenwitze aus dieser Region und Zeitspanne einfach lustig und harmlos.

Richter: »Zeuge, Ihr Name?«
»Mojsche Leibowitz.«
»Konfession?«
»Inbegriffen, Herr Richter.«

»Ihr Name?«
»Isidor Blumenfeld.«
»Religion?«
»Die gleiche!«

Richter: »Zeuge, Ihr Name?«
Zeuge: »Kovacz.«

Richter, nach einem Blick auf den Zeugen: »Kovacz? Kovacz ... und früher? Sicher Kohn? Und der Vorname?«
»Arpad.«
»Arpad? Vermutlich vorher Abraham ... Und die Konfession?«
»Protestantisch.«
»Was Sie sagen! Und vorher?«
»Und wenn Sie zerspringen, Herr Richter! Katholisch!«

Richter: »Zeuge Rosenbaum, Ihre Konfession?«
»Römisch-katholisch.«
Richter, nach einem schrägen Blick über den Brillenrand: »Und vorher?«
»Lutherisch.«
»Und noch vorher?«
»Noch vorher? Allerdings!«

Richter: »Zeuge, Ihr Name?«
»Rabinowicz.«
»Ihr Beruf?«
»Toraschreiber!«
»Konfession?«
»Dreimal dürfen Sie raten, Herr Richter.«
(In der Synagoge wird die Tora aus handgeschriebenen Pergamentrollen vorgelesen.)

Variante:
Richter: »Konfession?«
Zeuge: »Ich heiße Menuchim Jontef, bin Altkleiderhändler, wohne in Inowrazlaw – werd ich sein ein Hussit?!«

Richter: »Mit was handeln Sie?«
»Mit Offiziere.«
»Ich meine: Wovon leben Sie?«
»Von alte Kleider.«

»Konfession?«
»Lutherisch.«
»Beruf?«
»Handelsjude.«

Moses Rosenfeld, Textilien en gros, hat sich taufen lassen und heißt jetzt Max Rosen. Bei einem gerichtlichen Verhör fragt ihn der Richter: »Sie heißen Moses Rosenfeld?«
»Mit Verlaub, nein, ich heiße jetzt Max Rosen.«
»Schön, und Sie sind mosaischen Glaubens?«
»Mit Verlaub, nein!« beteuert der Angeklagte. »*Die* Religion betreibe ich schon lange nicht mehr!«

Richter zur ältlichen Zeugin: »Alter?«
Die Zeugin kokett: »Man gibt mir vierzig Jahre.«
Der jüdische Richter, nach einem Blick auf sie: »Nehmen Sie's! Es is a wilde Mezije *(Okkasion)*!«

»Wos sind Sie von Beruf?«
»Künstler.«
»Wos far e Künstler?«
»Regenschirmmacher.«
»Dos is doch ka Kunst!«
»So? Machen *Sie* e Regenschirm!«

»Der Gendarm hat mir gegeben e Patsch.«
»Vor Zeugen?«
»Nein, wir waren allein.«
»Nu – dann kannst es ableugnen!«

Der Richter: »Zeuge, ich muß Sie auffordern, immer nur das auszusagen, was Sie mit eigenen Augen gesehen, und nicht, was Sie von andern gehört haben. Zuerst muß ich einige Fragen an Sie stellen. Zeuge, wann sind Sie geboren?«

»Nu, Herr Richter, auch das weiß ich nur vom Hörensagen.«

*

Neuerdings treffen auch hübsche »interkonfessionelle« Witze aus USA ein, ähnlich harmlos und erheiternd.

Bei der amerikanischen Armee war Pokern verboten. Die drei Armeegeistlichen – der katholische, der protestantische und der Rabbiner – haben es trotzdem getan und sollen sich vor Gericht verantworten.
Der Katholik: »Ich schwöre bei der heiligen Maria, ich habe nicht gepokert!«
Der Protestant beruft sich auf Martin Luther und schwört ebenfalls, nicht gepokert zu haben.
Da wird der Rabbiner zum Eid aufgerufen. »Wozu«, fragt er, »Herr Richter, kann ich denn mit mir allein pokern?«

* * *

Von den Evangelisten waren nur zwei Juden, und auch sie der jüdischen Tradition und dem jüdischen Schrifttum und Wissen total entfremdet. Apostel Paulus, zuvor Saulus, war zwar nicht nur Jude, sondern sogar schriftgelehrter Pharisäer. Der jüdischen Tradition stand er aber nach seinem »Damaskuserlebnis« noch distanzierter gegenüber als die Evangelisten, was zum Teil darauf beruhte, daß er aus Kilikien stammte, wo es neben kultischen heidnischen Sexorgien auch gleichfalls heidnische klosterartige Gemeinschaften gab, die er positiv bewertete, weil er – wir erfahren es von ihm selber – kränklich, impotent, schwächlich und epileptoid veranlagt war. Er imprägnierte das junge Christentum mit den leib-, sex- und generell genußfeindlichen Akzenten, die dem Judentum restlos fremd waren – und sind. Man denke etwa an das Hohelied! *Und der Talmud dekretiert sogar streng, wie schon erwähnt, man werde Gott nach dem Tode Rechenschaft ablegen müssen für jeden erlaubten Genuß, den man sich ohne Not entgehen ließ! Das alles, vor allem auch die hohe Bewertung der Tafelfreuden, hat sich natürlich in lustigen harmlosen Witzen niedergeschlagen.*

»Tate, schreibt man eigentlich Schalet, Scholet, Scholent, Tschulent oder Tschalent?« *(Eine Sabbatspeise. Das Wort wird sehr verschieden ausgesprochen.)*
»Wie heißt: schreibt! Scholent *schreibt* man nicht. Scholent *eßt* man!«

Der Jahrtag *(Todesdatum)* des Vaters ist zufällig ein Sabbat. Der Sohn spricht den Kaddisch in der Synagoge, dann geht er ins koschere Restaurant, ißt Kugel *(fette Sabbatspeise)* und sagt zum Kellner: »Bringen Sie noch eine zweite Portion! Mein Vater, er ruhe in Frieden, hat es verdient!«

Im Ort gibt es zwei koschere Restaurants – Ascher und Milowicz. Kohn geht zu Milowicz und bestellt Gänseklein und Scholent. Nach einer Stunde ist das Essen immer noch nicht da. Da ruft er den Kellner und sagt empört: »Wos is? Wo is der Scholent? Bei Ascher grebezzn *(aufstoßen)* sie schon!«

Im koscheren Restaurant bestellt ein Jude nach sehr langem Studium der Speisekarte: »Herr Ober, bringen Sie mir Fleischkugel!«
Nach geraumer Zeit kommt der Ober zurück und meldet: »Fleischkugel ist leider keiner mehr da!«
Da guckt der Gast tieftraurig zu ihm hoch und fragt: »War er fett?«

In koscheren Restaurants war es üblich, ausverkaufte Gerichte auf der Speisekarte durchzustreichen. Daher die oft unwillkommene Antwort des Kellners: »Schon gestrichen!«

In Wien geht ein Jud in ein koscheres Restaurant, und im Eingang begegnet er einem Gast, der das Restaurant eben verläßt und dabei kräftig rülpst.
Der neue Gast zieht die Luft sehnsüchtig durch die Nase ein und sagt verzückt: »Oh!! Scholent!«
Der andere mit schadenfrohem Lächeln: »Schon gestrichen!«

»Herr Doktor, ich leide am Magen.«
»Was essen Sie?«
»Morgens Tee mit Rum, dann Hering, hernach Zuckerlekech *(Biskuit, mit sehr viel Eiern bereitet)*. Mittags, je nachdem, Scholent, Kischke, Gefüllte Milz oder Hälschen, Gans mit Grieben, Knyschy *(alles sehr fette ostjüdische Spezialitäten)* ...«
»Ich will Ihnen was sagen: nicht *Sie* leiden am Magen, sondern der Magen leidet an *Ihnen*!«

»An Gott glaube ich nicht, aber an die Techiat ha-Mejtim *(Auferstehung der Toten)* glaube ich!«
»Wo bleibt da die Logik?«
»Wenn ein Jude am Schabbes soviel Wein, Schnaps, Tee in sich hineingießt, dazu solche Unmengen gefüllten Fisch, Scholent, Gans mit Graupen, Kugel, Kischke und Lekach *(alles Spezialitäten der ostjüdischen Koscherküche)* in sich hineinstopft und dennoch lebendig vom Mittagsschlaf aufsteht – dann ist auch an der Auferstehung der Toten nicht zu zweifeln.!«

Schmul mußte sich einer Magenoperation unterziehen. Danach schreibt ihm der Professor eine strenge Diät auf. Schmul möchte aber auf den herrlichen, fetten Scholent nur ungern verzichten. Der Professor bleibt jedoch unerbittlich.
Schmul geht zu einem zweiten Arzt. Der läßt sich genau

beschreiben, was Scholent ist – und verbietet ihn ebenfalls.
Da geht Schmul zu seinem jüdischen Hausarzt und klagt ihm sein Leid. Ein Jude wird doch Verständnis haben für seinen Kummer!
»Iß Scholent, soviel du willst!« sagt der Hausarzt. »Bloß: furzen wirst du schon im Himmel.«

Der Konsum von Schweinernem ist den Juden verboten.
Kohn bei Sacher: »Ober, geben Sie mir von diesem Fisch!«
»Verzeihung, mein Herr, das ist Schinken.«
»Hab ich gefragt, wie er sich ruft, der Fisch?«

In ein elegantes Berliner Restaurant kommt ein Jude und bestellt mit schallender Stimme eine Portion Schinken.
Der Kellner: »Schreit nicht! Man sieht, daß Ihr Jude seid!«

Ostjuden lieben heute noch die reich gewürzte Küche ihrer orientalischen Urheimat.
»Rate, was ich gerade gegessen habe!«
»Mach e Huch – Zwiebel!«
»Falsch geraten!«
»Mach noch e Huch – Knoblauch.«
»Dummer Mensch, Erdbeeren!«

»Das Geheimnis meiner Jugendlichkeit: Ich habe immer viel Zwiebel und Knoblauch gegessen.«
Der andere, schnuppernd: »Auch ein Geheimnis!«

In Wien gab es ein billiges, gutes und keineswegs nur bei Juden beliebtes koscheres Restaurant: »Neugröschl«. Der Besitzer war eine volkstümliche Figur.
»Röster« nennt man in Wien Kompott aus Dörrobst im Gegensatz zu solchem aus frischen Früchten. –

Auf der Menükarte ist als Nachspeise »Kompott« angegeben. Serviert werden gekochte Dörrpflaumen.
»Kellner«, protestiert ein Gast, »das ist nicht Kompott, das ist Röster.«
»Mein Herr«, sagt der Kellner, »das ist Kompott!«
»Es ist Röster!« beharrt der Gast. »Bringen Sie mir Kompott!«
»Mein Herr, es ist Kompott!«
Neugröschl hört den Krach und läßt sich erklären, worum es geht. Der Gast wiederholt seine Reklamation.
Da faßt ihn Neugröschl am Kragen, wirft ihn hinaus, tritt wieder ins Lokal und verkündet laut, mit strengem Rundblick: »Es gibt noch andere hier in Wien, die sagen, das ist nicht Kompott, sondern Röster, aber«, drohend, »ich kenne sie alle!«

Für die Börsenkantine von Frankfurt wurde ein neuer Pächter gesucht. Ein jüdischer Koch namens Katzenstein bewarb sich beim gleichfalls jüdischen Börsenpräsidenten Höchberg um die Stelle und bekam sie. Doch bald brach in der Presse ein Skandal los: Es hatte sich herausgestellt, daß Katzenstein sein Restaurant koscher betrieb!
Der aufgeregte Höchberg zitierte Katzenstein herbei und fragte: »Ist das wahr, Herr Katzenstein, was in der Zeitung steht, daß Sie nämlich Ihre Kantine koscher betreiben?«
»Natürlich ist es wahr, Herr Präsident. Ich werde doch als frommer Jude nicht eine trefene Kantine führen!«
»Aber Herr Katzenstein! Unter den Kunden gibt es doch Christen! Was machen Sie, wenn einer Schinken bestellt?«
»Herr Höchberg, das ist kein Problem. Wenn einer der Herren Schinken verlangt, schneid ich ihm ein Stück von der geräucherten koscheren Rindsbrust herunter. Alle Herren sind sich einig, daß sie noch nirgends einen so guten Schinken gegessen haben.«

Avrom und Itzig sind zusammen nach Paris ausgewandert und sitzen, ganz ohne Sprachkenntnisse, zum erstenmal im Restaurant. Auf allen Tischen stehen kleine Dosen mit einer braungelben Salbe. Es muß etwas Kostbares sein, denn die Gäste nehmen nur winzige Portionen davon. Die beiden werden neugierig. *(Senf ist in Osteuropa fast unbekannt. Dort nimmt man statt dessen eine Mischung aus geschabtem Meerrettich und roten Rüben.)* Sie beschließen, die gelbe Kostbarkeit auszuprobieren. Sobald der Kellner wegschaut, wird einer von ihnen rasch einen Löffel voll in den Mund schieben.

Itzig kommt als erster dran. Kaum hat er das gelbe Zeug im Mund, da schießen ihm Tränen in die Augen, und sein Gesicht wird dunkelrot.

»Was fehlt dir?« fragt Avrom verwundert.

»Ach«, erklärt Itzig ausweichend, »ich habe mich eben erinnert, daß mein Bruder voriges Jahr ertrunken ist.«

»Nebbich! Ja – und diese gelbe Sache? Ist sie gut?«

»Wunderbar!«

Also nimmt Avrom auch einen Löffel voll und fängt ebenfalls an zu weinen.

»Was weinst denn *du?*« fragt Itzig scheinheilig.

»Ich weine darüber«, erklärt Avrom, »daß du im Vorjahr nicht mit deinem Bruder zusammen ertrunken bist.«

Samy ist sehr fromm. Als er für ein paar Tage nach Nizza fahren will, läßt er sich von seinem Schwager alle koscheren Pensionen von Nizza aufschreiben. Er fährt – und wochenlang hört man nichts von ihm. Die Frau, beunruhigt, schickt ihren Bruder nach Nizza, er soll Samy suchen. Der Bruder klopft die Pensionen ab – nirgends eine Spur von Samy. Schließlich geht er von Hotel zu Hotel und findet Samy in einem fragwürdigen Absteigquartier zusammen mit einem Mädel im Bett. Er schreit: »Hier find ich dich? Und Sara ist zu Hause ganz verzweifelt!«

Samy: »Fahr nach Haus und sag Sara, sie kann ganz ruhig sein: Essen tu ich bestimmt im koscheren Hotel.«

Sammy ist in den Hitlerjahren nach Melbourne ausgewandert und versucht sein Glück mit einem kleinen Delikateßwarenladen, haargenau dem Italiener Antonio gegenüber. Antonio, verärgert über die neue Konkurrenz, hängt ein Schild heraus: »Schinken nur fünfzig Cents pro Pfund.«
Sammy pariert mit »vierzig Cents pro Pfund«.
Antonio geht prompt auf fünfunddreißig Cents herunter, Sammy offeriert Schinken zu dreißig Cents.
Jetzt platzt Antonio die Geduld. Er rennt zu Sammy hinüber und klagt bitter: »Wenn du die Preise weiter so drückst, gehen wir beide pleite!«
Darauf Sammy: »Wieso wir beide? *Du* gehst pleite. Ich habe nur koschere Artikel und verkaufe keinen Schinken!«

* * *

In der k. u. k. Monarchie waren, wir erwähnten es bereits, praktisch alle Commis voyageurs Juden. Im Bahncoupé vertrieben sie sich die Langeweile mit Kartenspiel. Viele behielten die Gewohnheit dann auch zu Hause bei. Um das Kartenspiel kreisen daher Dutzende von Judenwitzen vor allem aus Wien.

Kartenparie. Ein aufgeregter Kiebitz kann sich schon nicht mehr zurückhalten und sagt zu Kohn, der die Partie aufgenommen hat: »Moritz will ich heißen, wenn Sie auf die Art die Partie gewinnen!«
Das macht auf Kohn Eindruck, und seine Hand bleibt in der Luft stehen: »Wie heißen Sie denn *jetzt*?«
»Isidor.« *(Häufiger Ersatz- und Tarnname für Israel.)*
Darauf Kohn: »Auch ein Risiko!« – und spielt ruhig seine Karte aus.

Ein Offizier spielt mit Juden im Bahncoupé Skat. Einer der Juden möchte, daß der andere Grün ausspielen soll. Um ihm einen unauffälligen Wink zu geben, fragt er scheinbar beiläufig: »Wann haben wir eigentlich Ssukkot?« *(Ein Herbstfest, an dem die Juden in grün umlaubten Hütten essen.)*
Der Offizier hat jedoch vom Turf und Kaffeehaus her mehr jüdische Kenntnisse, als die beiden ahnen, und sagt: »Sukkot ist am 12. Oktober, und wenn Sie jetzt Grün ausspielen, haue ich Ihnen eins hinter die Ohren.«

Kohn sitzt im Café beim Kartenspiel. Seine Frau kommt, ihn heimzuholen. Sie versucht ihn zu rühren: »Die Kinder weinen, wollen nicht ins Bett...«
Nichts hilft. Da sagt die Frau weinend: »Du hast ka *Herz*!«
Kohn fährt wütend herum: »Was verrätst du mei Blatt!«

Bloch und Roth spielen im Kaffeehaus Karten.
Bloch verspielt und sagt: »Ich hab mei Geld zu Haus vergessen, ich zahl dir morgen!«
Roth, aufgeregt: »Heißt eine Gemeinheit, ohne Geld Karten zu spielen! Womit soll ich jetzt meinen Kaffee bezahlen!?«

»Levy, wieso hast du beim Kartenspiel immer Glück, und beim Rennen verspielst du immer?«
»So a Frag! Die Pferde kann ich doch nicht mischen!«

Kohn sitzt beim Kartenspiel im Café. Der Ober: »Herr Kohn, Ihre Frau läßt Sie ans Telefon bitten!«
Kohn: »*Läßt bitten?* Das kann nicht meine Frau sein!«

Kohn beim Kartenspiel. Auf einmal kommt Grün ganz aufgeregt und sagt zu ihm: »Was, du, Kohn, spielst ruhig

Karten? Und deine Frau betrügt dich inzwischen mit deinem besten Freund!«
Die Sache ist immerhin etwas unangenehm, daher sagt Kohn zu Grün: »Setz dich auf meinen Platz, bis ich zurückkomme. Ich werde nachsehen.«
Nach einer Weile kommt er zurück, fordert Grün auf, er möge aufstehen, und erklärt den neugierigen Herren: »Der Grün ist ein Esel! Das war doch ein wildfremder Mensch!«

Teplitzer wankt mit kreideweißem Gesicht aus dem Café.
»Was fehlt Ihnen?« fragt ein Bekannter.
»Stellen Sie sich vor«, stöhnt Teplitzer, »neben mir sitzt Joschke Katz – auf einmal sinkt er tot zu Boden: Der Schlag hat ihn getroffen ... Wie leicht hätte er *mich* treffen können!«

Itzik Diamant ist im Café, während des Kartenspiels, plötzlich tot zusammengebrochen. Große Verlegenheit. Wer soll der Frau die Nachricht überbringen? Schließlich erklärt sich einer bereit, es ihr schonend beizubringen. Er geht hin, läutet, sie öffnet.
»Guten Tag, Frau Diamant, ich komme eben aus dem Stammcafé Ihres Gatten.«
»Der Lump sitzt sicher wieder dort und spielt Karten!«
»Ja, so ist es.«
»Am Ende hat er wieder verspielt?«
»Ich glaube, er hat wirklich verspielt.«
»Der Schlag soll ihn treffen, den Tagedieb!«
»Von Ihrem Mund in Gottes Ohr – er hat ihn schon getroffen!«

Varianten:
1. »Wohnt hier die Witwe Diamant?«
»Nu, ich heiße Diamant, aber ich bin nicht Witwe.«
»Wolln mer wetten?«

2. »Er hat verspielt? Der Schlag soll ihn treffen. Er kommt mir nicht ins Haus!«
»Nu – wie Ihr wollt! Dann tragen wir den Leichnam eben direkt zum Friedhof!«

Beim Kartenspiel sagt Kohn Grand an – und sinkt, vom Schlag getroffen, tot zu Boden.
Alles schweigt, gelähmt vor Schreck. Dann steht Levy auf, greift nach den am Boden liegenden Karten des toten Kohn und sagt: »Ich bin doch neugierig, was für einen Grand der *selige* Kohn gehabt hat!«

Jankel, berüchtigter Falschspieler aus Przemysl, kommt zum ersten Mal nach Wien und sucht natürlich sofort nach einem Café, in dem man Karten spielt. Artig bittet er um die Erlaubnis, mitspielen zu dürfen. Die Herren sind einverstanden.
Kurz darauf sagt einer von ihnen: »Ich habe vier Könige!« und greift nach den Einsätzen.
»Halt!« schreit Jankel. »Erst vorzeigen!«
Die Herren sind empört. »Was denken Sie, wo wir sind?« sagt einer von ihnen streng. »Bei uns hat man zu glauben, was einer sagt!«
Jankel entschuldigt sich erschrocken und spielt von jetzt an schweigend mit. Und am nächsten Tag kommt er mit zweihundert Gulden nach Przemysl zurück.
»Wie ist das möglich?« wundert sich seine Frau.
»Nu, Kunststück!« erklärt Jankel. »Bei *die* Usancen!«

* * *

Anders als bei den Völkern Mittel- und vor allem Nord- und Osteuropas kommt Alkoholismus bei den Juden relativ selten vor. Eine der frühesten »arischen« Dichtungen schildert sogar die Götter nicht nur blond, blauäugig und rauflustig, sondern vor allem als ewig betrunken. Umgekehrt weiß man vor allem aus den USA, daß manche christlichen Mädchen bewußt nach einem jüdischen Ehepartner Ausschau halten, damit ihnen erspart bleibt, so, wie seinerzeit die Mama, nach jeder Party den stockbesoffenen Papa heimchauffieren zu müssen.
Dennoch gibt es auch jüdische Säufer, darunter zwei hochbegabte Schriftsteller: Itzik Manger, von dem das entzükkende Buch vom Paradies *stammt, und Joseph Roth, der in seinen Romanen die alte Donaumonarchie nostalgisch verklärt, ohne blind zu sein dafür, daß auch sie nur »ein Paradies mit schweren Fehlern« war.*
Aber vielleicht eben deshalb, weil Suff kein jüdisches Volkslaster war – und ist –, wurde er weltweit nur im Witz der Juden angeprangert.

»Wie machst du diesen wundervollen Kräuterschnaps?«
»Ich nehme gewöhnlichen Korn, gebe viele Kräuter hinein und lasse das Ganze acht Tage ziehen ...«
»Schafskopf, das frage ich doch gerade: Wie machst du es, daß der Schnaps nicht schon vorher ausgetrunken ist?«

Josua kommt nach Hause und sieht, wie seine Tochter sich die Kopfhaut mit Schnaps massiert. Er ruft empört: »Was machst du da mit dem schönen Schnaps?«
»Der Arzt hat gesagt, daß das den Haarwuchs fördert.«
»Was für ein Unsinn! Wenn das wahr wäre, dann wüchse mir längst ein Bart aus dem Gaumen bis zum Boden!«

»Ihr sagt immer, ich soll nicht trinken. Aber wenn doch sogar der weise Salomon getrunken hat!«
»Woher willst du wissen, daß er getrunken hat?«
»Na – wäre er sonst weise gewesen?«

Jossel, der Säufer, hat eine Ziege. Sie wird krank. Man will ihr zu trinken geben – sie wendet sich ab und stirbt. Jossel will das Fell verkaufen und vertrinken. Die Frau protestiert. Darauf Jossel, entrüstet: »Die Ziege trank nicht – und starb. Willst du, daß ich nicht trinke und sterbe wie die Ziege?«

Imber, der Komponist der israelischen Nationalhymne, ein Trinker, zu seinem Hotelwirt: »Weck mich, sobald ich durstig bin.«
Wirt: »Wie soll ich wissen, wann Ihr durstig seid?«
Imber: »Wann du mich wecken wirst, werde ich durstig sein.«

Grün sieht auf einem Auge nicht mehr und geht zum Arzt.
»Das kommt vom Alkohol«, meint der Arzt. »Wenn Sie das Trinken nicht lassen, wird auch das zweite Auge erblinden.«
»Auch eine Logik«, brummt Grün, »ich habe nicht einmal zwei gesunden Augen zuliebe auf das Trinken verzichtet – da soll ich es einem einzigen Auge zuliebe tun!«

Ein Melamed verlor seine Stellung, weil er trank. Die Leute redeten ihm zu, er sollte doch aufhören zu trinken, dann würden sie ihn wieder anstellen. »Auch eine Logik!« meinte der Melamed. »Ich gebe Stunden, um trinken zu können – und nun soll ich aufhören zu trinken, um Stunden geben zu können!«

»Guten Morgen, Eisik, wollt Ihr einen Schnaps?«
»Nein. Erstens ist heute Fasttag. Zweitens habe ich gelobt, nie mehr zu trinken. Drittens habe ich heute früh schon drei Gläschen gehabt. Und viertens – schenkt ein!«

Berl, der Trinker, meditiert: »Jeder Schankwirt ist ein Esel: Er hat Schnaps – und geht hin und verkauft ihn!«

Lot, der Neffe Abrahams, gilt den Juden als Säufer.
Warum ist leider Salz so billig und Schnaps so teuer? Das kam so: Die Juden beschlossen eines Tages, eine Delegation zum Grabe Lots, des Säufers, zu entsenden, damit er sich im Himmel für billige Schnapspreise verwende. Die Delegation kannte sich aber in Kanaan nicht recht aus, und so beteten sie statt dessen am Grabe von Lots Frau, der Salzsäule. Sie sorgte für billige Salzpreise – und der Schnaps blieb teuer!

Warum wurde Lot zum Säufer?
Er war durstig von seiner Frau, der Salzsäule.

Der alte Wasserzug hört schlecht. Der Arzt untersucht ihn und brüllt ins Hörrohr: »Sie müssen aufhören zu saufen, sonst werden Sie vollständig taub!«
Kurz darauf hört Wasserzug überhaupt nichts mehr.
Der Arzt schreit: »Ich habe Sie gewarnt! Warum haben Sie gesoffen?«
»Ach, Herr Doktor, nichts, was ich inzwischen gehört habe, war so gut wie Branntwein!«

* * *

Zahllose jüdische Witze verhöhnen die im traditionsgebundenen Judentum übliche »vermittelte Ehe«. Sie war ursprünglich nicht nur bei den Juden üblich; die »Liebesehe« ist eine relativ moderne Erfindung: Früher heirateten Feudal-

adel und Bauern zur Abrundung ihres Landbesitzes, und Handwerker zwecks Teilhabe und Nachfolge im Betrieb des Schwiegervaters. In meiner Geburtsregion Galizien heirateten höchstens die Polen aus Liebe – das konnten sie nur, weil sie meist Landlords oder hohe Beamte waren.

Den Juden war Landbesitz auf christlichem Siedlungsboden bis weit in die Neuzeit hinein untersagt, und Beamte konnten sie meistenorts nur werden, wenn sie sich taufen ließen. Für das Metier eines Kaufmanns brauchten sie aber etwas Kapital, um heiraten und eine Familie gründen zu können. Eine Mitgift war für sie oft lebensnotwendig.

Hinzu kam, daß die Juden im Exil bei der Wahl ihrer Schwiegersöhne bewußt intellektuelle »Zuchtwahl« betrieben, weil sie wußten, daß sie ohne eine solide talmudisch-scholastische Führungsschicht in der »Zerstreuung« bald untergehen würden. Auch die Reichen unter ihnen heirateten also nicht aus Liebe.

Das alles waren honorige Faktoren, welche die freie Liebeswahl ausschlossen. Aber natürlich trägt jedes, auch das idealste und edelste Prinzip die mögliche Entartung in sich. Der soziologisch und volkshygienisch wertvolle Verzicht auf die Liebesehe kann auch in nackte Mitgiftjagd umschlagen. Es wäre daher ein Wunder gewesen, wenn der jüdische Witz nicht dahintergekommen und hierzu zahllose gelungene Illustrationen erfunden hätte. Nicht vergessen darf man bei alledem, daß die Weltliteratur den Juden die schönste, ergreifendste, ungenierteste und dennoch von pornographischen Akzenten freie Liebesdichtung verdankt, und daß dieses herrliche Poem, das Hohelied, *in demselben Kompendium der Juden enthalten ist, wie die mosaischen Zehn Gebote und die zornigen Strafreden der Propheten, nämlich in der Bibel. Und daß die körperliche Liebe im gesamten jüdischen Schrifttum hoch gewertet wird: Der Vater schuldet seiner jungen Tochter einen ebenfalls jungen Ehemann, von dem das Mädchen ausdrücklich erklärt haben muß: Dieser Mann gefällt mir. Im*

andern Fall darf sie sich auf der Stelle von ihm scheiden lassen. Und der Vater muß, um dieses Grundrecht eines jeden jungen Mädchens zu erfüllen, notfalls, wenn sich sonst kein passender Anwärter finden läßt, sogar zu diesem Zweck einen Sklaven freisprechen. Kein Wunder also, daß der jüdische Witz die Vermengung von Sex mit Geldfragen mit einem Zorn ablehnt, der schon fast die »Witzgrenzen« sprengt.
Andererseits ist die Ehe im Judentum, anders als bei den Christen, kein Sakrament. Dem Judenwitz rund um den Ehebruch fehlt daher jedes religiöse Pathos und der oft tiefe und sogar tragische Background vieler anderer Judenwitze. Sie sind einfach lustig.

Heiratskandidat: »Das Mädchen gefällt mir nicht. Sie schielt, sie lispelt – und diese eingefallenen Backen!«
Schadchen *(Heiratsvermittler)*: »Ja, aber bedenken Sie: auf jede Backe kommen hunderttausend Rubel!«
Heiratskandidat, begeistert: » Was, *vier*hunderttausend Rubel Mitgift?! Das ändert die Sache. Ich nehme sie!«

Bräutigam: »Ich habe Erkundigungen über deinen Vater eingezogen. Die Auskunft hat mich dreißig Francs gekostet. Sie war nicht großartig!«
Braut: »Was kannst du für schäbige dreißig Francs schon Großartiges verlangen!«

Die Frau, sich im Spiegel genau musternd, mit großer Genugtuung: »Dieses Ekel gönne ich ihm!«

Dem reichen Moritz Blitzableiter wird eine Partie vorgeschlagen. Das Mädchen sagt ihm soweit zu, aber er will nicht die Katze im Sack kaufen. Er beharrt darauf, die Braut unbekleidet zu sehen. Allgemeines Entsetzen. Indes ist er als Partie gar zu verlockend, und so willigt die Familie schließlich ein, daß das Mädchen sich in ihrem Zimmer ausziehen und der junge Blitzableiter durchs Schlüsselloch hineinsehen darf. Er steht sehr lange vor dem Schlüsselloch und entscheidet: »Ich nehme sie nicht. Die Nase gefällt mir nicht.«

Herr Kohn, wie geht es Ihren Töchtern?«
»Danke der Nachfrage: zwei sind schon ausverkauft, auf eine habe ich Bestellung, und die jüngste ist noch am Lager.«

Menasse hat in ein respektables Unternehmen eingeheiratet.
»Herr Menasse«, fragt ein Freund, »haben Sie eigentlich aus Liebe oder aus Vernunft geheiratet?«
»Nu – das Geschäft aus Liebe, die Frau aus Vernunft.«

»Die Riwka Goldstein aus Rzeszów müssen Sie heiraten! Die ist hübsch und reich!«
»Aber gehn Sie! Die hat doch schon ganz Rzeszów gehabt!«
»Nu – wie groß ist ganz Rzeszów?«

»Das Mädchen ist eine glänzende Partie! Jung, schön, reich – nur ein kleiner Augenfehler...«
»Kleiner Augenfehler?! Sie schielt so, daß ihr beim Weinen die Tränen kreuzweise über den Rücken fließen!«

Vater zum verliebten Sohn: »Was heißt ›Liebe auf den ersten Blick‹? Das ist, als ob me kauft e Papier ohne Kurszettel!«

Jankl will heiraten. Der Schadchen führt ihn zu einem Mädchen. Auf dem Heimweg erklärt Jankl: »Sie gefällt mir nicht. Sie hat einen unechten Busen, falsche Haare, falsche Zähne, einen Buckel...«

»Ja«, bestätigt der Schadchen, »aber der ist echt!«

Der reiche Goldfeld hat eine mißgestaltete Tochter. Eines Tages meldet sich bei ihm der Schadchen: »Ich habe Euch für Eure Tochter eine prächtige Partie.«
Goldfeld: »Der junge Mann mißfällt mir.«
»Ich wißt doch noch nichts von ihm!«
»Mir genügt, daß er meine Tochter heiraten will.«

Der reiche Lubliner zum Bewerber seiner Tochter: »Man wird Ihnen Geschichten von mir erzählen. Besser, ich sage Ihnen selber gleich alles. Also: Ich habe zweimal wegen Wechselfälschung gesessen; und weshalb ich seinerzeit von Odessa nach Lemberg floh, möchte ich Ihnen so detailliert nicht darlegen... Aber dafür gebe ich meiner Tochter hunderttausend Gulden mit... Und nun erzählen Sie ein bißchen von sich, ich weiß ja rein gar nichts über Sie.«
Der Bewerber: »Ich? Ich heirate eine Tochter von Ihnen. Da wissen Sie doch eigentlich schon alles über mich!«

Die Eltern der Braut und der Bräutigam schreien seit einer Stunde miteinander herum. Sie können sich über die Mitgift nicht einigen, die Partie droht auseinanderzufallen.
Da wirft sich die liebende Braut zwischen die streitenden Parteien und sagt zu ihrem Vater: »Hol ihn der Teufel! Gebt ihm schon die zweihundert Rubel!«

Der junge Assessor hat sich um das Töchterchen des Kommerzienrats beworben: »Lieber Schwiegerpapa, mein Einkommen reicht einstweilen kaum für mich selber. Können Sie Ihre Tochter standesgemäß ernähren?«
Der Schwiegerpapa: »Was heißt ernähren?! Ersticken soll se im eigenen Fett!«

Rojtfleck, aufgeregt zu seinem Sohn: »Man heiratet nicht ein Mädchen aus bettelarmem Hause!«
»Aber Papa, ich liebe das Mädchen!«
»Habe ich etwas gegen die Liebe? Aber wozu verliebst du dich ausgerechnet in ein armes Mädchen?«

Es ist bei den Juden Sitte, daß Braut und Bräutigam von ihren Eltern zum Traubaldachin geführt werden. Ein jiddisches Sprichwort behauptet daher: »Zur Chupe wird man geführt, zur Scheidung rennt man selber.«

»Sag mal, Menasse, warum sind am Totenbett nur zwei Säulen – und an der Chupe vier?«
»Weil auf dem Totenbett nur einer begraben wird und unter der Chupe zwei.«

Schadchen: »Ich weiß für Sie eine großartige Partie.«
Junger Mann: »Ich will nicht.«
»Sie wissen ja noch gar nicht, wie sie ist. Eine Schönheit!«
»Ich suche keine Schönheit.«
»Ah – Sie wollen gute Familie? Kann ich auch bieten.«
»Nein.«
»Ich verstehe. Sie sind mehr fürs Reelle. Sie suchen eine ordentliche Mitgift. Also ich weiß Ihnen ein Mädchen mit...«
»Geben Sie Ruh! Ich will nur aus Liebe heiraten!«
»Scht, ruhig! Liebe? Habe ich auch auf Lager!«

»Hast du gehört, ob sich unser Freund Isaak gestern mit Recha Goldstein verlobt hat?«
»Er hat sich noch nicht verlobt, aber lang dauert's nimmer – sie sind nur noch fünfhundert Kronen auseinander.«

»Mame, der junge reiche Fleckeles, mit dem ich gestern auf dem Ball so viel getanzt habe, will, daß wir uns heute

nachmittag beim alten Lindenbaum am Marktplatz treffen sollen.«
»Unsinn! Wenn ihr euch doch schon kennt – wozu braucht ihr dann irgendeinen alten Herrn Lindenbaum hineinzumischen und ihm Provision zu zahlen?«

Der Schadchen hat den vorgesehenen Bräutigam in die Familie des jungen Mädchens eingeführt und flüstert ihm zu: »Sehen Sie doch bloß das viele schwere Silber!«
Bräutigam, mißtrauisch: »Am Ende ist es gepumpt!?«
Schadchen, entrüstet: »Unsinn! Wer pumpt denn denen!«

Der junge Mann geht mit dem Heiratsvermittler zur Familie der Künftigen. Der Schadchen rät: »Sprechen Sie zuerst ein wenig von Familienangelegenheiten, dann von Liebe, zuletzt von Philosophie.«
Der junge Mann merkt es sich, und bei Tisch fragt er das Mädchen: »Fräulein, haben Sie einen Bruder?«
»Nein«, sagt sie. Damit ist die Familienfrage erledigt.
Nun kommt die Liebe: »Fräulein, lieben Sie Nudeln?«
»Ja«, sagt das Fräulein. Damit ist die Liebe erledigt.
Jetzt kommt das schwierigste, die Philosophie: »Fräulein, was meinen Sie, wenn Sie einen Bruder hätten, würde er wohl Nudeln lieben?«

Schadchen zum Kandidaten: »Ihr seid ein notorischer Esel. Aber Salomon hat gesagt: ›Sogar ein Dummkopf, der schweigt, wird für weise gehalten.‹ Also müßt Ihr bei der Braut eisern schweigen ...«
Der junge Mann schweigt während der ganzen Visite.
Sagt ein Onkel: »Ein tiefsinniger Mensch!«
Der zweite Onkel meint: »Eine verträumte Seele!«
Der dritte Onkel vermutet: »Einfach ein Trottel!«
Da sagt der Schadchen zum Kandidaten: »Gehn wir! Schade, hier auch nur eine Minute zu verlieren ... Nun ja –

wo steht geschrieben, daß Salomon immer recht behalten muß?«

Die junge Ehefrau, weinend: »Am Ende hast du mich nur meines Geldes wegen geheiratet?«
Der Ehemann, entrüstet: »Was fällt dir ein! Ich tat es meiner Gläubiger wegen!«

»Ist es wahr, daß du mich nur genommen hast, weil ich so viel Geld hatte?«
»Verleumdung! Ich habe dich genommen, weil *ich* so wenig hatte!«

»Krojanker soll seiner Tochter Gitel mitgeben fünfhundert Gulden Mitgift.«
»Laß dir einreden! *Du* sollst soviel haben, und *ich* soll soviel haben, und unsere Kinder und Kindeskinder sollen soviel haben, als was er gibt *weniger* als fünfhundert!«

»Ich habe Ihnen eine glänzende Partie. Nur einen Fehler hat das Mädchen: sie schielt ein wenig.«
»Das macht mir nichts aus.«
»Und hinken tut sie auch ein bißchen.«
»Was schadet das?«
»Ja – Jungfer soll sie auch nicht mehr sein.«
»Das ist mir doch ganz egal.«
»Wieso ist Ihnen alles egal?«
»Wie soll es mir nicht egal sein! Ich nehm sie ja nicht!«

Die Braut: »Tateleben! Ich glaub, der Ruben nimmt mich nur wegen dem Geld!«
»Nun, Gott wird ihn strafen. Von mir kriegt er keins!«

»Ein Mädchen«, meint der junge Blumenberg verträumt, »muß so schön sein, daß man sie sofort auch ohne Mitgift heiraten würde, und zugleich so reich, daß man sie ohne weiteres auch ohne Schönheit heiraten würde.«

Schadchen: »Sie sollten heiraten, Herr Chapper.«
»Wozu soll ich mir diese Schererei aufladen?«
»Wieso Schererei? Sie wissen ja gar nicht, was eine Ehe bedeutet. Also stellen Sie sich vor: Gleich am Morgen weckt die Frau Sie mit einem Kuß, bringt Ihnen das Frühstück ans Bett, lächelt so lieb, winkt Ihnen nach, wenn Sie ins Geschäft gehen ... Mittags finden Sie bereits Ihre Lieblingsspeisen vor, und die Frau paßt nachher auf, daß niemand Sie beim Mittagsschläfchen stört. Abends stellt sie Ihnen die Pantoffeln hin, schiebt Ihnen den weichsten Sessel zurecht. Und dann erzählt sie, was sie am Tage erlebt hat, und sie redet so süß, sie redet ... und redet ... und redet ... der Schlag soll sie treffen, sie hört nicht auf zu reden!«

Schadchen: »Herr Doktor, Sie sollten heiraten!«
»Nein, das ist mir zu riskant. Wenn ich eine Jungfrau nehme – die ist ein unbeschriebenes Blatt; wer weiß, was für ein Biest in ihr steckt? Und eine Geschiedene? Mit der hat es doch schon einer nicht ausgehalten ... Oder gar eine Witwe! Wer weiß, vielleicht hat sie den Armen unter die Erde gebracht! – Aber wissen Sie was: Eine verheiratete Frau, die ihrem Manne gefällt – so eine könnten Sie mir vermitteln!«

»Warum willst du den Kohn nicht als Prokuristen?«
»Weil er mit meiner Frau verlobt war und sie sitzenließ – ich kann keinen Angestellten brauchen, der klüger ist als ich!«

»Der junge Mann, den Sie mir für meine Tochter vorstellten, gefällt mir nicht. Er ist schief gewachsen.«

»Der große Moses Mendelssohn war auch schief.«
»Und er ist arm wie eine Kirchenmaus.«
»Mose Ibn Esra *(spanisch-jüdischer Bibelexeget, Philosoph und Dichter im Mittelalter)* war auch sehr arm.«
»Wie können Sie den Burschen mit Mose Ibn Esra vergleichen. Was seine Torakenntnisse angeht, da ist er doch ein totaler Ignorant!«
»Nu – ist Baron Rothschild etwa ein Torakenner?«

Schadchen: »Ein reiches Mädchen wollen Sie? Ich habe Ihnen sogar eines, das außerdem noch eine Schönheit und aus gutem Hause ist! Sie hat nur einen einzigen winzigen Fehler: sie ist ein ganz klein wenig schwanger.«

Heiratskandidat: »Sie, das geht zu weit! Das Mädchen, das Sie mir offerierten, hat ja ein Kind!«
Schadchen: »Na und? Haben Sie eine Ahnung, was eine Geburt für Umtriebe, Unkosten und Aufregungen verursacht! Und sehen Sie: Hier haben Sie doch eine fertige Sache!«

Schadchen: »Herr Veilchenstock, nehmen Sie das Mädel! Sie kriegt zwanzigtausend Gulden Mitgift – vorausgesetzt, daß der Vater nicht inzwischen pleite geht.«
»Und wenn er pleite geht?«
»Dann kriegt sie natürlich entsprechend mehr.«

Feuerbrand hat eine heiratsfähige Tochter. Der Schadchen meldet sich: »Nu, Feuerbrand, höchste Zeit, daß wir für Eure Rosa e feinen Chossen *(Bräutigam)* suchen! Was könnt Ihr geben Mitgift?«
»Mitgift – keine«, erklärt Feuerbrand, »aber wenn der junge Mann tüchtig ist und mir gefällt, kann er einheiraten in mein Geschäft.«
»Und was ist das für e Geschäft?«

»Rohleder und Lederwaren.«
Der Schadchen blättert lange in seinem Notizbuch und sagt dann bedauernd: »Schade... Schade... Ich hätt da einen passenden jungen Mann. Aber er will nur einheiraten in Gänsefedern und Bettwaren.«

Künftiger Schwiegervater: »Ich gebe Ihnen meine Tochter! Die Mitgift deponiere ich auf der Bank.«
Bräutigam, deprimiert: »Mir wäre lieber, Sie würden mir die Mitgift geben und die Tochter auf der Bank deponieren.«

Levy hat die Tochter des reichen Kohn geheiratet. Er klagt an der Börse: »Die Mitgift hat mir der alte Kohn gutgeschrieben – aber mit seiner Tochter hat er mich belastet!«

Obsthändler Perlmutt verlobt seine Tochter.
Künftiger Schwiegersohn: »Wieviel geben Sie Mitgift?«
»Fünftausend.«
»Meinetwegen. Aber in bar.«
»Bitte sehr! Die Hälfte in Geld und die andere Hälfte in Äpfeln.«

»Herr Kohn, aus Ihrer Bewerbung um meine Tochter Rosl kann auf keinen Fall was werden! Ich hab erfahren, daß es mit Ihrem Geschäft faul steht und daß Sie auch keinen Kredit haben!«
»Mit dem Geschäft mögen Sie recht haben, Herr Weinbaum, aber Kredit hab ich, soviel ich will! Seit ich herumerzählt hab, daß ich will heiraten die Tochter vom reichen Kohn, wollen mir alle Geld geben, mehr als ich brauch!«

Junger Ehemann, außer sich, zum Schadchen: »Sie Lump, Sie haben gesagt, die Braut hinkt und hat ein

schlechtes Renommee, und der Vater hat gesessen, aber dafür hat sie zweitausend Rubel. Sie hat aber nur zweihundert!«
»Scht, was schreien Sie so mit mir! Mit den Rubeln – da haben Sie recht. Aber alles andere war die reine Wahrheit!«

Der Anwalt: »Sie wollen sich scheiden lassen? Bedenken Sie doch, Ihre Frau hat Ihnen sechs Kinder geschenkt!«
Schwob, stolz: »Ich laß mir nichts schenken!«

»Ich will mich scheiden lassen, Rebbe!«
»Die Gründe?«
»Viele! Vor allem: Ich bin verheiratet!«

Rabbi: »Die Scheidung kostet fünfzig Rubel.«
Der scheidungslustige Jude, entsetzt: »So teuer?«
Rabbi, seufzend: »Wieso ist das teuer? Scheiden Sie mich von meiner Frau – und ich zahle Ihnen das Zehnfache.«

Levy beim Rabbi: »Rabbi, ich will mich scheiden lassen. Meine Frau ist eine kalte Natur und liebt mich nicht.«
Der Rabbi schickt nach Frau Levy und befiehlt ihr, in seiner Gegenwart Herrn Levy zu küssen. Langer, glühender Kuß.
Rabbi: »Diese Frau ist doch feurig und liebevoll!«
Levy: »Ja, schon. Aber dies ist Madame Nathan Levy, und ich bin Isidor Levy.«

»Herr Kohn, Ihre Frau ist immer so elegant gekleidet – und Sie laufen so schäbig herum!«
»Meine Frau kleidet sich nach dem Pariser Journal – und ich kleide mich nach dem Journal meines Geschäftes.«

Die alte Sara Herschkowitz kommt zum berühmten Kunstmaler wegen eines Porträts: »Ich möcht schon ein wenig jünger aussehen.«
»Nu, das wird nicht leicht sein.«
»Dann möcht ich haben e schönen Ring am Finger, e großen Brillanten mit lauter Rubinen drumrum.«
»Es wird Mühe machen und Geld kosten!«
»Ist nicht wichtig. Ich möcht haben auch e Kollier mit die gleichen Steine, nur ein weniges größer.«
»Es wird viel Mühe machen und noch mehr kosten!«
»Macht nix! Aber ich möcht auch haben gemalt e Diadem, vielleicht nicht so groß wie das von der Kaiserin Elisabeth.«
»Aber das wird alles so viel kosten, jung, Ring, Kollier, Diadem, daß Se sich könnten kaufen fast die ganzen Juwelen und haben Freude daran!«
»Macht nix. Sehn Se, ich bin e alte Frau. Ich werd sterben. Mein Mann wird wieder heiraten. Wird der Schlemihl nehmen eine zu Zwanzig. Möcht ich hören, was se ihm sagen wird, weil er ihr nicht gibt den Schmuck!«

Kohn will seinen Neffen verheiraten, geht zum Schadchen – und findet in dessen Kartothek das Bild seiner eigenen Frau!
Wutschnaubend rennt er nach Hause. Darauf die Frau: »Beruhige dich! Das ist doch noch von damals, als du so schwer krank warst!«

Taxierung. Sara auf der Hochzeitsreise: »Sag, Itzik, wen hast du lieber, mich oder deine Mame?«
»A jedes fufzig Perzent.«

Ein Jude läuft über den Marktplatz. Sein Freund ruft ihm zu: »Wohin rennst du?«
»Zum Doktor – meine Frau gefallt ma nicht!«
»Wart, ich renn mit dir – meine gefallt ma auch nicht!«

Der junge Ehemann nach der Hochzeit: »Daß du nicht zweitausend Rubel Mitgift hast, wie dein Vater versprochen hat, sondern nur tausend, das verzeih ich dir: Wo sollst du schließlich den Rest hernehmen, ohne zu stehlen? Daß du dreißig Jahre alt bist und nicht fünfundzwanzig, wie du behauptet hast, verzeih ich dir auch: Kein Mensch sucht sich seinen Geburtstag selber aus ... Aber eines mußt du mir versprechen: Kein Jahr mehr älter zu werden!«

Kohn fährt mit seiner Frau mit ungenügenden Ausweispapieren über die Grenze.
Der Paßbeamte: »Können Sie beweisen, daß sie Ihre Frau ist?«
Kohn, seufzend: »Tausend Schilling für Sie, wenn Sie können beweisen, daß sie es *nicht* ist!«

Einem verwitweten Rabbi schlug man vor, er solle wieder heiraten. Er meinte: »Nein. Eine alte Frau gefällt mir nicht... Und wenn ich sehe, wie schlecht *mir* eine alte gefällt, kann ich mir vorstellen, wie schlecht *ich* einer jungen gefallen werde.«

»Siegfried, ich muß Vorhänge ans Fenster der Schlafstube machen. Gegenüber ist ein junger Offizier eingezogen. Der kann mich beim Waschen sehen!«
»Warte ab, Rebekka, bis er einmal herübergesehen hat. Vielleicht läßt *er* sich dann Vorhänge ans Fenster machen.«

Ostende.
»Siegmund, hast du gesehen, wie die Welle mich geküßt hat?«
»Jawohl«, bestätigt er, »und ich hab auch gesehen, wie sie sich gleich darauf gebrochen hat.«

Der englisch-jüdische Staatsmann Disraeli pflegte zu sagen: »Jedes Mädchen sollte heiraten – aber kein einziger Mann!«

»Naftali, da stell ich dir vor meine Frau.«
»Chaim, tu mir den Gefallen: stell sie wieder weg!«

»Kennen Sie schon meine Frau?«
»Ich habe noch nicht das Vergnügen gehabt.«
»San S' froh!«

»Kennen Sie meine Frau?«
»Ich hatte bereits das Vergnügen!«
»Wenn's a Vergnügen war, war's nicht meine Frau!«

»Jankel, ich brauch e neu Kleid!«
»Das ist schon das dritte in diesem Monat. Du ruinierst mich!«
»Und du? Du bringst mich um mit deinem Geiz. Wenn ich tot bin, dann wirste sehen, daß eine Levaje kostet mehr als e Kleid!«
»Du kannst nicht rechnen, Riwke: E Levaje ist nur einmal und e Kleid alle paar Wochen!«

Grüns feiern silberne Hochzeit. Beim Nachtisch werden schöne Reden gehalten. Der sarkastische Freund fragt die Hausfrau: »Ich weiß, daß Sie eine beneidenswert glückliche Ehe führen. Aber sagen Sie: Haben Sie sich in den ganzen Jahren nie von ihm scheiden lassen wollen?«
Frau Grün: »Scheiden – nein. Aber umbringen – ja.«

Schwerkranke Frau zum Ehemann: »Isidor, du sollst nicht lange ohne Frau bleiben. Heirate bald nach meinem Ableben!«
Isidor, streng: »Was kümmert dich das? Du erledige nur

deines! Um mich werde ich mich schon selbst kümmern!«

Kohn feiert silberne Hochzeit. Großer Klimbim und Tumult. Aber endlich sind die Gäste weg. Kohn sitzt traurig an der unabgeräumten Festtafel. Da sagt seine Frau, die silberne Braut, zu ihm: »Aber Moritz, jetzt ist doch der ganze Lärm überstanden. Was biste so betropetzt?«
»Ich will dir die Wahrheit sagen, Sara: Nach fünf Jahren Ehe konnte ich dich nicht mehr aushalten und wollte dich erschlagen. Ich bin zu meinem Anwalt gegangen und habe ihn gefragt, was ich dabei riskiere. Er sagte: Zwanzig Jahre ... Und siehst du: heute wär ich frei!«

Die Frau eines amerikanischen Juden ist gestorben. Die Beerdigung war schon festgesetzt – da verschiebt er sie um einen vollen Tag. Es regnet Vorwürfe.
»Was wollt ihr?« verteidigt er sich. »Es ist mir etwas Geschäftliches dazwischengekommen, und ihr wißt doch selber: Business before pleasure!«

Winter im podolischen Dorf. Da bei solchem Frost ohnehin keine Kunden kommen, hat das alte jüdische Ehepaar schon am frühen Nachmittag den Laden geschlossen und, um Licht und Heizung zu sparen, sich ins Bett gelegt. Man plaudert miteinander.
Ehemann: »Das ist kein Leben in so einem Dorf! Weißt du, Sara, man sollte an so etwas Trauriges überhaupt nicht denken – aber wenn, chass w'cholile, doch einer von uns sterben sollte, ziehe ich sofort in die Stadt.«

Schlojme weint am Grabe seiner Frau: »Gute Gitel, ach, ein einziges Mal möcht ich dich noch sehen!«
Da rührt sich ein Maulwurf im Hügel. Schlojme setzt schnell den Fuß darauf. »Wirst doch noch Lozelach *(Späße)* verstehen, Gitel?«

Benno weint herzzerreißend am Sarge seiner Frau.
»Glaubst du denn nicht an ein Wiedersehen im Himmel?« versucht ein Freund zu trösten.
»Ja«, schluchzt Benno, »darum weine ich doch.«

Im gleichen Haus wohnen zwei Familien Kohn.
Als Frau Kohn im oberen Stock stirbt, läuten die Leichenbestatter irrtümlich im Parterre: »Herr Kohn, wir kommen Ihre Frau holen!«
Kohn, freudig: »Sara, mach dich fertig!«

Kohn erblickt seinen Freund Grün, wie dieser tieftraurig in einem Leichenzug dicht neben dem Sarg herschreitet. Er schleicht sich zu ihm und fragt mitleidig: »Wer ist dir gestorben? Vielleicht die Schwiegermutter?«
»Nein, meine Frau«, antwortet Grün.
»Auch gut«, meint Freund Kohn.

»Woran ist Ihre Frau gestorben?«
»Sie hatte zu rasch gelebt. Als ich sie heiratete, war sie fünf Jahre jünger als ich – und nach ihrem Tod hab ich erfahren, daß sie ist zehn Jahre älter als ich!«

Sara liegt im Sterben. Sie hat noch eine einzige Bitte an ihren Gatten: »Sag mir, hast du mich je betrogen? Ich möchte es vor meinem Tode wissen.«
»Ach Sara«, seufzt er, »wie kannst du mich nur so verdächtigen und so etwas fragen?! Und dann: wennde nu nich stirbst?«

Wurmser auf dem Sterbebett: »Lea! Schwör mir, daß du nach meinem Tod keinen Mann mehr anschaust!«
Lea, schluchzend: »Gut – aber wenn du nun gesund wirst?«

Die Frau: »Jetzt quälst du mich und verbitterst mir das Leben, aber wenn ich eines Tages tot sein werde, wirst du mich mit den Fingernägeln aus der Erde herauskratzen wollen!«
Der Mann: »Nu, Halwaj *(etwa: wollte Gott!)* kratzet ich schon!«

»Ruben, du hast mich nie geliebt. Wenn ich jetzt sterbe – ich schwör, in zwei Monaten bist du wieder verheiratet!«
»Schwör nicht, Riwke, ich glaub dir auch so!«

Menasse liegt im Sterben. Sagt er zu seiner Frau: »Saraleben, ich mach mir Sorgen um das Geschäft, wenn ich werde tot sein. Schau, der Verkäufer Leopold ist ein tüchtiger Mann. Heirate ihn –«
Unterbricht ihn Sara heulend: »Mach dir keine Sorgen, der Leopold und ich sind schon verlobt.«

»In drei Sachen«, sagt der alte Cohn, »kann man einer Frau immer Glauben schenken. Erstens: Wenn sie zu Mittag nichts ißt und behauptet, sie sei nicht hungrig, dann kann man ihr glauben, daß sie sich vorher in der Küche satt gegessen hat. Zweitens: Wenn sie in der Aufregung zu ihrem Kinde sagt ›du Mamser‹ *(Bankert)*, dann kann man es ihr glauben; sie weiß es am besten. Drittens: Wenn sie stirbt, kann man ihr glauben, daß sie krank war.«

Die Frau: »Mojsche, ich hab Angst! Der Hund vom Nachbar hat mich gebissen! Am Ende ist er toll!?«
»Sara, ich habe auch Angst! Wer bei dir anbeißt, ist sicher toll!«

»Ich hab für meine Frau einen Rassehund bekommen.«
»Du bist zu beneiden! So einen Tausch möchte ich auch machen!«

»Papa, den Elkan, den Lumpen, den werd ich verklagen: er hat mich Mamser genannt!«
»Wozu willst du ihn verklagen? Bring ihn einfach her, er soll deine Mama anschauen – er wird so etwas nie wieder sagen!«

»Der Tod der Ehefrau ist wie ein Pfeffergulasch: Die Augen tränen – und das Herz hüpft vor Freude.«

Schwiegermutter: »Ist es wahr, daß du deine Frau betrügst?«
»Hör mal, Mama, mit meiner Frau bin ich sicher sehr intim – aber *das* erzähl ich nicht einmal ihr!«

Herr und Frau Blau wollen silberne Hochzeit feiern.
Blau: »Weißt du, Rachel, wir wollen alles genauso machen wie an unserm Hochzeitstag. In der Früh gehn wir ins Stadtwäldchen.«
»Und dann?« fragt die Frau interessiert.
»Dann gehn wir zum Neiger *(feines koscheres Restaurant in Budapest)*.«
»Und dann?«
»Dann steigen wir auf den Schwabenberg und bewundern das Panorama.«
»Und dann?«
»Dann gehn wir ins Kaffeehaus, wo die Zigeuner spielen.«
»Und dann?«
»Dann gehn wir schön nach Hause.«
»Und dann?« fragt die Frau aufs höchste gespannt.
»Und dann werden mir die Füße weh tun.«

»Herr Grinbaum, ich möchte den Mantel, den meine Frau gestern bei Ihnen gekauft hat, umtauschen. Er gefällt mir nicht.«

»Wie können Sie so etwas sagen! Es war unser schönstes Modell! Tauschen Sie lieber die Frau um!«

Sara, in Schmuck und Balltoilette, dreht sich kokett vor dem Spiegel: »Du mußt doch zugeben, Isidor, hübsch bin ich noch immer, nicht?«
Isidor: »Recht hast du. Hübsch bist du noch immer nicht.«

Der alte Mendelssohn fühlt sein Ende nahen und sagt zu seiner Frau Rebekka: »Du weißt doch, wie es mit mer steht. Tu mer den Gefallen, zieh der an dein grienseidens Kleid, mach der rote Fingernägel, setz der auf deine Brillanten.«
»Aber Mendelssohn! Biste verrückt geworden? Was soll ich mer jetzt anziehen ein grienseidenes Kleid, und was soll ich jetzt mit de Brillanten?«
»Rebekka, tu mer den Gefallen!«
Rebekka geht hinaus und rauscht nach einer halben Stunde wieder herein im grünseidenen Kleid, mit roten Fingernägeln und Brillanten an beiden Händen.
Daraufhin Mendelssohn: »Rebekka, du bist e hibsche Frau, du bist e scheene Frau. Wenn der Herrgott jetzt kommt, mich zu holen – vielleicht nimmt er lieber dich!«

Ein Dieb hat zwei Jahre im Gefängnis gesessen. Als er herauskommt, hat seine Frau soeben ein Kind bekommen. Der Säugling stirbt, und der Dieb sitzt »Schiwe«, das heißt, er setzt sich, wie es bei Juden üblich ist beim Tode naher Verwandter, auf einen niedrigen Schemel ohne Lederschuhe an den Füßen. Freunde kondolieren.
Sagt der Dieb: »Ich habe schon oft gesessen, aber glaubt mir: So unschuldig wie jetzt – noch nie!«

Pogrom im zaristischen Rußland. Eine Horde Kosaken hat im Estrichwinkel eine Mutter mit zwei Töchtern aufgestöbert. Die Kosaken brüllen vor Freude.

»Nehmt uns«, rufen die Töchter, »aber verschont unsere alte Mutter, habt Rachmones *(Erbarmen)* mit ihr!«
»Was heißt Rachmones?« protestiert die alte Dame mit Würde. »Krieg ist Krieg!«

Triebwasser war geschäftlich unterwegs. Bei der Rückkehr hört er, seine Frau habe ihn inzwischen betrogen. Wütend stürzt er nach Hause und schreit sein Weib an: »Wer war es? Dieser Idiot Bernstein vielleicht?«
»Nein.«
»Oder der Lump Lefkowitsch?«
»Nein.«
Triebwasser, außer sich vor Zorn: »Was ist los? Ist dir keiner meiner Freunde gut genug?«

Fromme Juden unterhalten sich über den Tod.
Einer sagt: »Wenn ich sterbe, möchte ich mein Grab neben dem des Gaon *(Titel eines großen Gelehrten auf religiösem Gebiet)* von Wilna haben. Aber leider wird mir das kaum vergönnt sein.«
»Mir«, sagt ein zweiter alter Jude, »würde es schon genügen, neben unserm seligen Rabbiner zu liegen.«
»Und ich«, meint ein junger Bursche verträumt, »möchte neben der Tochter von Reb Rosenblum liegen.«
»Die ist doch nicht tot?!« rufen die alten Juden entsetzt.
»Und ich?« entrüstet sich der Bursche, »bin ich eine Newele *(Aas, Leichnam)*?«

Rabbi: »Man sagt, daß Ihr Schweinefleisch eßt. Das ist genauso, als würdet Ihr Ehebruch begehen!«
Der Sünder: »Unsinn! Ich habe beides ausprobiert: Das ist doch gar kein Vergleich!«

Religionslehrer: »Gerda, wiederhole uns nun, was ich euch letzte Stunde von Moses erzählt habe.«

»Moses war der Sohn einer ägyptischen Prinzessin.«
»Aber Gerda, du hast nicht aufgepaßt! Die Prinzessin hat ihn doch bloß in einem Körbchen am Nil gefunden!«
»Sagt *sie*!«

Doch sein Kind!
Sterbende Gattin: »Ich kann das Geheimnis nicht mit ins Grab nehmen. Ich gestehe: Der Isaak ist nicht von dir.«
»Unsinn! Von wem soll er denn sein?«
»Von unserm Prokuristen Hirschfeld!«
»Ich glaube kein Wort davon! Ein so schöner Mensch wie Hirschfeld und ein Menuwel *(Ekel)* wie du?«
»Ich habe ihm zweitausend Francs gegeben.«
»Wie ist das möglich? Woher hast du das Geld genommen?«
»Aus deiner Kasse.«
»Na also: doch mein Kind!«

Schlesinger fährt zu seinem Freund Grinberg in eine galizische Stadt. Auf dem Weg vom Bahnhof in die Stadt grüßt Grinberg eine Dame und flüstert Schlesinger ins Ohr: »Die können Sie um zwei Gulden haben.«
Sie begegnen einem halben Dutzend anderer Damen, die Grinberg zwischen drei und fünf Gulden taxiert.
Fragt Schlesinger: »Ja sagen Sie, Grinberg, gibt es in dieser Stadt keine anständigen Frauen.«
»Ja«, sagt Grinberg, »aber viel teurer!«

Am jährlich wiederkehrenden Todestag naher Verwandter, vor allem der Eltern, sprechen fromme Juden bestimmte Gebete. An manchen Orten war es Sitte, daß der meist sehr kümmerlich besoldete Schammes sich die Daten notierte und die Bürger gegen ein Trinkgeld an den »Jahrtag« erinnerte.
Von einem reichen primitiven Juden bekam der Scham-

mes für die Mahnung an den Jahrtag des Vaters ein überraschend hohes Trinkgeld. Da es dem Schammes sehr schlecht ging, überlegte er, so ein reicher und vielbeschäftigter Mann würde sich das Datum sicher nicht so genau gemerkt haben – und nach etlichen Monaten meldete er dem reichen Manne wiederum den Jahrtag des Vaters. Der Mann verzog keine Miene und gab dem Schammes abermals ein gutes Trinkgeld.
Wenn er so zerstreut ist, dachte der Schammes, will ich ihm auch den Jahrtag für seine Mutter verdoppeln.
Als er aber zu dem »zerstreuten« Manne kam, um ihm den zweiten Jahrtag der Mutter zu melden, sprang dieser außer sich vor Wut auf und schrie: »Du Lump, du Lümmel! Was den Vater angeht – einer, zwei oder mehr – das kann man nicht genau wissen. Aber mehr als eine Mutter!?«

Der Moisescu und seine Frau fallen im Wald unter die Räuber, und die Frau wird vergewaltigt.
Der Moisescu geht zum Rabbi: »Ich laß mich scheiden.«
Der Rabbi versucht zu besänftigen: »Das hat doch gegeben Gott.«
Darauf Moisescu: »Daß wir sind gefallen unter die Räuber, hat gegeben Gott. Daß se sich haben gesterzt auf die Sara, hat gegeben Gott. Aber das hat nicht gegeben Gott, daß sie hat gewackelt mitm Toches!«

Eine alte jüdische Prostituierte kommt zum Rebben: Sie will Teschuwe *(Umkehr, Reue)* tun.
»Arbeite in einem Krankenhaus!« schlägt der Rebbe vor.
»Ich kann nicht, ich bin zu schwach.«
Der Rebbe schlägt dies und jenes vor – sie ist zu allem zu schwach.
Schließlich fragt er: »Was willst du also tun?«
Darauf antwortet sie: »Weitermachen wie bis jetzt, gratis, mit alte Jiden!«

Hirschfeld kommt während der Geschäftszeit unerwartet nach Hause geeilt. Er rennt an seiner tödlich verlegenen Gattin vorbei ins Schlafzimmer, reißt die Schranktüre auf – und sieht sich seinem Kompagnon Blau gegenüber. »Was in aller Welt machst du hier?« fragt er verdattert. Blau: »Du wirst lachen, ich warte auf die Trambahn.«

Salomon wird in der Wohnung der schönen Sara tot aufgefunden. Es kommt zum polizeilichen Verhör, und Sara erzählt sehr genau: »Vor vier Tagen kommt er zu mir und bittet, mir über das Haar streicheln zu dürfen, er will mir fünfzig Gulden dafür geben. Ich habe es ihm erlaubt. Den Tag darauf ist er wieder da und will eine Locke – er will hundert Gulden dafür bezahlen. Ich habe ihm die Locke gegeben. Gestern kommt er wieder und will einen Kuß – für fünfhundert Gulden. Ich war einverstanden. Und heute ist er schon wieder da und sagt: ›Saraleben, ich kann ohne dich nicht mehr leben. Sei mein, für tausend Gulden!‹ Ich habe ihm geantwortet: ›Gut Salomon, aber meine Tax ist eigentlich zwanzig Gulden ...‹ Und da hat ihn getroffen der Schlag.«

»Hirsch, das ist keine Art! Sooft ich an deinem Haus vorbeikomme, stehst du am Fenster und küßt dich mit deiner Frau! Auch heute mittag wieder!«
»Du wirst lachen: Heute mittag war ich gar nicht zu Hause!«

Grünblatt kommt unerwartet nach Hause und erwischt seine Frau in flagranti mit einem fremden Herrn.
»Was geschieht hier?« fragt er empört.
»Sehn Sie!« sagt die Frau zu dem Herrn, »ich hab Ihnen ja gesagt, daß er dumm ist!«

Ehepaar Blau ist nach New York ausgewandert und bewohnt im 13. Stockwerk eines Hotels ein kleines Zimmer. Freund Grün ist ebenfalls hierher ausgewandert, und sooft Blau verreist ist, besucht er Frau Blau. Einmal, mitten in der schönsten Unterhaltung, rasselt es im Schlüsselloch.
»Das kann nur Blau sein«, schließt Frau Blau entsetzt, »schnell, spring aus dem Fenster!«
»Bist du verrückt!« protestiert Grün. »Ich soll springen aus dem 13. Stockwerk?!«
Frau Blau, streng: »Spring! Jetzt ist ka Zeit für Aberglauben!«

»Wie geht es, Kohn?«
»Danke für die Frage. Es geht noch. Monatlich ein-, zweimal.«
»Aber, aber! Ich habe es doch nicht so gemeint! Ich frage: Wie geht es zu Hause?«
»Ja, zu Hause...? Zu Hause geht es überhaupt nicht mehr.«

Zobel prahlt, wie schön seine Frau sei.
Ein Freund: »Weißt du wirklich nicht, daß deine Frau dich mit vier Liebhabern betrügt?«
Zobel, ungerührt: »Na und? Ich bin lieber beteiligt mit zwanzig Prozent an einer guten Sache als mit hundert an einer miesen.«

Wassergeruchs Gattin war im Kurort. Dort ist ihr etwas Schreckliches passiert: Der Badearzt ist ihr, nachdem er sie chloroformiert hat, zu nahe getreten. Die Freunde versuchen, Wassergeruch über das Unglück hinwegzutrösten, aber je mehr sie auf ihn einreden, desto ablehnender schüttelt er den Kopf.
»Da stimmt etwas nicht«, erklärt er schließlich, »wozu hat er sie denn erst chloroformiert?!«

Grün, piekfein ausstaffiert, trifft seinen alten Schulkollegen Blau.
Blau kommt aus dem Staunen nicht heraus. »Grün, wie hast du das nur angestellt, daß du geworden bist so reich?«
»Ganz einfach, ich hab aufgemacht ein Bordell. Ich geb dir die gute Ejze *(Rat)*, mach mir's nach!«
Ein Jahr später begegnen sie einander wieder.
Blau ist fuchsteufelswild: »Du mit deinen dummen Ejzes bist schuld daran, daß ich Pleite gemacht habe!«
»Ja, wie hast du das denn angestellt?«
»Nun, ich habe mir gemietet ein altes feines Palais, hab mir engagiert eine erstklassige Jazzband für den Salon, und die Mädchen hab ich mir eigens aus Paris kommen lassen.«
»Ja, wenn du das so ungeschickt anpackst! Klein muß man anfangen: mit der Schwiegermutter, Frau und Tochter...«

Moritz geht auf der Straße. Sara schaut vom Balkon herunter. Da ruft Moritz hinauf: »Sara, ist der Isaak zu Haus?«
»Nein.«
»Soll ich heraufkommen?«
»Aber Moritz – ich bin doch ka Hur!«
»Aber Sara – wer redt denn vom Zohln *(Zahlen)*!«

Weiß-Blau: die Farben der Israel-Flagge.
»Ich war am Weiß-Blau-Ball. In der Tombola hab ich den zweiten Preis gewonnen. Ä Nacht mit der Rebbezen.«
»Ich bitt dich! Was war denn der erste Preis?«
»Zehn Zigaretten.«

Frau Dreyfus erwartet in wenigen Wochen ein Kind. Sie sagt zu ihrem Mann: »Isidor, in meinem Zustand kann ich dir nicht erlauben, mir zu nahe zu kommen. Aber ich bin eine verständnisvolle Frau. Hier, nimm fünf Mark und geh in ein Bordell!«

Isidor, tief gerührt über die Fürsorge seiner Frau, nimmt die fünf Mark und eilt davon. Auf der Treppe begegnet ihm Frau Worms, die einen Stock tiefer wohnt.
»Wohin so eilig, Herr Dreyfus?«
Dreyfus erzählt ihr, was für eine liebevolle Frau er hat.
»Aber Herr Dreyfus!« sagt Frau Worms. »Was wollen Sie zu den schlechten Weibern gehen! Kommen Sie lieber zu mir und geben Sie mir die fünf Mark! Ich bin eine gute Freundin Ihrer Frau und tu Ihnen beiden gern den Gefallen!«
Dreyfus ist einverstanden. Als er nach einer halben Stunde wieder heimkommt, fragt die Frau verwundert: »So schnell?«
Isidor erzählt ihr, was ihm begegnet ist.
»Und hast du ihr die fünf Mark wirklich gegeben?« fragt die Frau.
»Aber natürlich!«
»Pfui«, sagt die Frau entrüstet, »das hätte ich nicht gedacht! Wenn Worms zu mir kommt, gibt er mir nie etwas!«

Nachts im Bett.
Jankl: »Sara, meine Aktien steigen!«
»Nichts zu wollen. Börse geschlossen.«
»Meine Aktien stehen fest!«
»Börse geschlossen!« Nach einer Pause: »Jankl, Börse geöffnet!«
»Zu spät. Aktien unter der Hand weggeschleudert.«

Aus der Kammer einer Chonte *(Hure)*,
Kam ein Chammer, der nicht konnte.

Jankel war in Paris. Als er nach Lemberg zurückkommt, fragen ihn die Freunde neugierig: »Wie war's? Wie sind die Pariserinnen? Sind sie so ähnlich wie unsere Lembergerinnen?«

»Wie könnt ihr nur vergleichen!« ruft Jankel empört aus. »Ich war mit einer Pariserin zusammen. Ich weiß Bescheid.«
»Erzähl schon!«
»Also: sie hatte ein Schultercape aus Goldstoff – so etwas findet ihr in ganz Lemberg nicht! Und als sie das Cape ablegte, hatte sie darunter eine Bluse aus rosenfarbenem Seidenflor – durchsichtig wie Glas! Und ihr Rock war bedeckt mit glitzernden Pailletten, daß einem beim Hinschauen die Augen weh taten ... Dann legte sie den Rock ab, und sie trug Dessous mit Brüsseler Spitzen, lila mit Silberfäden ... Und an den Strumpfbändern hatte sie eine Rosette aus Rubinen ... Dann zog sie die Dessous und die Strumpfbänder aus ...«
»Nu – und weiter?«
»Weiter? Weiter war es dann genau wie in Lemberg.«

Mandelbaum war mit seinem Prokuristen Pintschewer zusammen in Berlin, und da er mit seinen Geschäften zufrieden ist, macht er seinem Prokuristen den Vorschlag, vor der Heimfahrt in ein Freudenhaus zu gehen. Nach zwei Stunden treffen sich die beiden wieder unten im Hausflur, und Herr Mandelbaum sagt zu seinem Begleiter: »Ich weiß nicht, meine Frau kann es doch besser.«
Darauf der Prokurist, eifrig: »Viel, viel besser, Herr Mandelbaum!«

Mojsche Halbgewachs besteigt den Zug nach Lemberg. Im Abteil findet er seinen Freund Laib Merores sehr intensiv mit einer Dame beschäftigt: »Laib, was tust du!«
»Ich fahr nach Lemberg.«
»Mitten durch die Leut?«

»Papi, erkläre mir, was das ist: Prosperity und Krise?«
»Prosperity – das ist Champagner, Privatauto und fremde

Frauen. Krise – das ist U-Bahn, Coca-Cola und deine Mutter.«

Zwei Emigranten auf Stellensuche in London sehen ein Inserat, in dem man einen Butler sucht, »should also serve at table«. Sie beschließen, ihr Glück zu versuchen. Der erste geht hin, kommt zurück und meldet: »Fast hätte ich die Stelle bekommen. Zuerst hat die Dame gesagt, ich werde in einer Livree mit Kniehosen und Socken servieren. Deshalb verlangte Sie: ›Let me see your legs!‹ – Ich habe das Hosenbein aufwärts geschoben, und sie war zufrieden. Dann sagte die Lady, ich werde bei Cocktailparties manchmal ein Tablett mit Erfrischungen über den Kopf der Gäste balancieren müssen. Sie verlangte deshalb: ›Let me see the muscles of your arms!‹ – Ich habe den Oberarm frei gemacht, und sie war zufrieden. Sie sagte, daß sie es gern mit mir versuchen möchte, und verlangte abschließend: ›Let me see your testimonials!‹ ... Und da hab ich vielleicht a Fehler gemacht, denn sie hat mich hinausgeworfen.«

Weiß sollte geschäftlich wegfahren – er traut sich nicht, weil er befürchtet, daß seine Frau ihn dann mit Blau betrügen wird. Schließlich duldet die Sache keinen Aufschub – bevor er aber wegfährt, bringt er im ehelichen Schlafzimmer eine automatische Kamera an. Nach der Rückkehr entwickelt er sofort die Bilder – seine ärgsten Befürchtungen sind übertroffen. Wutschnaubend eilt er zu Blau: »Herr Blau, haben Sie mer nix zu sagen?«
»Nicht daß ich wüßte.«
»Dann schaun Sie sich einmal *das* an!« Er zieht den Film aus der Tasche, rollt ihn auseinander und hält ihn gegen das Licht.
»Herr Blau, haben Se mer immer noch nix zu sagen?«
Blau deutet mit dem Finger auf einige Negative: »Von der – und von der – und von der mecht ich a Vergreeßerung!«

Cohn und Levy, Kompagnons, gehen pleite. Cohn jammert. Levy tröstet ihn: »Du hast es doch gut! Schau, ich steh ganz allein da, du hast wenigstens eine Frau, die großartig ist im Bett.«
Cohn gerät außer sich vor Entrüstung.
Levy: »Nu, ich wollt dich trösten. Aber wennstes nicht hören willst – in Wirklichkeit is sie ganz mies im Bett.«

Der Chef studiert die Spesenabrechnung seines Reisenden:

Mittagessen	M 5.–
Taxi	M 2.–
Hotel	M 5.–
Man ist doch nicht aus Holz	M 10.–

Der Chef blättert weiter, und als er die Formel »Man ist doch nicht aus Holz« ausnahmslos jeden Tag wiederfindet, schreit er gereizt: »Was heißt: ›Man ist nicht aus Holz?‹ Man ist doch schließlich auch nicht aus Eisen!«

Frau Wohlgeruch: »Isidor, schenk mir einen Pelz! Schon für vierhundert Kronen gibt es ganz ordentliche Jacken!«
»Das kann ich mir leider nicht leisten!«
Frau Wohlgeruch macht sich auffällig zurecht und verschwindet für einige Tage. Als sie zurückkehrt, hat sie 401 Kronen bei sich.
Ehemann neugierig: »Wer hat dir die eine Krone gegeben?«
Frau Wohlgeruch: »Jeder von ihnen.«

Haßgefühle.
Blau entdeckt, daß ihn seine Frau mit Grün betrügt. Kurz entschlossen überredet er Frau Grün zur Revanche. Aber als sich Frau Grün gerne ein zweites Mal revanchieren möchte, meint Blau: »Wissen Sie, Frau Grün, ich hab eigentlich gar keine Haßgefühle mehr.«

Weiß zu Schwab: »Man sagt, du seist am ganzen Körper behaart wie ein Affe!«
Schwab, wütend: »Dein Weib ist ein Tratschmaul!«

Weiß erwartet seine Frau nach der Rückkehr aus der Kur an der Bahn. Die Frau: »Weiß, warst du mir auch treu?«
»Natürlich, Rosa, und du?«
»Natürlich. Genau wie du!«
Weiß, wütend: »Du wirst nie mehr allein zur Kur fahren!«

In Köln wurde allgemein davor gewarnt, sich an jüdische Mädchen heranzumachen. Wenn man sich nämlich – so meinten die Kölner – an ein christliches Mädchen heranmacht, dann ruft es »Jesus, Maria und Josef!«, und da rührt sich niemand. Das jüdische Mädchen aber schreit »Mame!«, und die kommt!

Ein jüdischer Kaufmann aus der Provinz braucht einen neuen Verkäufer. Aus dem großen Angebot sucht er schließlich zwei heraus, die beide sehr tüchtig sein sollen. Aber beide haben sie einen großen Fehler. Der eine ist ein Ganew, der andere ein Schürzenjäger. Schließlich fragt er seine Frau um Rat.
»Natürlich nimmst du den Schürzenjäger«, entscheidet sie, »ich leg mich lieber zehnmal mit dem Verkäufer ins Bett, als daß ich mich ein einziges Mal von ihm beganwenen laß.«

Mordechai ist zur Sommerfrische am Balatonsee. Er sieht im Wasser eine reizende Dame, geht auf sie zu und küßt sie.
Die Dame: »Sie unverschämter Don Juan! Das werden Sie mir bezahlen!«
Mordechai: »Aj waj! Bezahlen?! Ich dachte, ich habe es mit einer Dame zu tun!«

Schapiro muß zum Einkauf nach Warschau und nimmt seine Frau mit. Abends im Nachtlokal tanzt sie mit einem schwarzen Gigolo, der ihr so gut gefällt, daß sie sich für Freitagabend, während ihr Gatte in der Synagoge beten wird, mit ihm im Hotel verabredet. Bald nach der Heimkehr fühlt sie sich schwanger. Um für alle Eventualitäten vorzubauen, bleibt sie mit ihrem Gatten vor einer Auslage stehen, in der eine nackte Negerfigur eine Tafel Schokolade in der Hand hält.

»Schau, Moritz«, ruft sie aus, »wie herrlich dieser Schwarze gebaut ist!« Sie hört gar nicht auf, von ihm zu schwärmen – dann schreit sie plötzlich: »Aj waj! Ich hab mich in den Neger ›verguckt‹! Warum hast du mich nicht schleunigst von der Auslage fortgezogen, du Idiot, wo ich doch schwanger bin!«

Sie beklagt sich auch bei allen Freundinnen, daß sie sich in den Neger verguckt habe, und tatsächlich gebiert sie ein schwarzes Kind. Alle Frauen des Städtchens kondolieren Schapiro, weil seine schwangere Frau sich verguckt habe. Doch dieser, mißtrauisch: »Wenn sie sich wirklich verguckt hat – wo bleibt dann die Tafel Schokolade?«

Die Pessach-Agada, die Festlegende der jüdischen Osterfeiern, beginnt mit den Worten: »Was unterscheidet diese Nacht von allen übrigen Nächten?« Hebräisch lauten die beiden ersten Worte: »Ma nischtane.« Wenn nun einer sein langjähriges Verhältnis doch noch heiratet, pflegen ihm die lieben Freunde gern die zwei Worte zu telegrafieren: »Ma nischtane ...«

Papierkragen hat sich in die charmante Gattin seines Partners Bialostozki verliebt – ihre Tugend ist jedoch unerschütterlich. Er offeriert ihr tausend Mark – diesmal kann sie nicht widerstehen. Morgen ist ihr Mann verreist, dann mag der Kompagnon kommen ...

Am Morgen des Reisetages bittet Papierkragen seinen Kompagnon: »Leih mir tausend Mark! Nur für ein paar Stunden! Ich bringe sie noch heute deiner Frau zurück!« …

Als Bialostozki nachts heimkehrt, ist seine erste Frage: »War Papierkragen da?«

Die Gattin, verlegen: »Ja.«

Bialostozki: »Hat er dir die tausend Mark gebracht?«

Die Frau, schneeweiß im Gesicht: »… Ja.«

Bialostozki, zufrieden: »Er hat es heute früh versprochen und Wort gehalten. Ein hochanständiger Mensch!«

Schmul und Itzik treffen sich in London auf der Straße.

Fragt Schmul: »Sag, weißt du, wer Columbus ist?«

»Columbus? Nie etwas gehört von Columbus.«

»Du Schlemihl! Columbus ist der Mann, der Amerika entdeckt hat!«

»Fabelhaft! Woher weißt du das?«

»Weil ich dreimal in der Woche in die Abendschule gehe.«

»Großartige Idee!«

Zwei Wochen später treffen sie sich wieder.

Fragt Schmul: »Sag, weißt du, wer Gutenberg ist?«

»Gutenberg? Wohnt er in meinem Quartier?«

»Du Chammer. Gutenberg ist der Mann, der den Buchdruck erfunden hat.«

»Interessant! Woher weißt du das?«

»Ich hab dir doch schon gesagt, dreimal in der Woche gehe ich in die Abendschule. …«

Zwei Wochen später treffen sie sich abermals.

Diesmal fragt Itzik: »Sag, weißt du, wer Schapiro ist?«

»Nein. Nie von ihm gehört.«

»Schapiro ist der Mann, der dreimal in der Woche bei deiner Frau schläft, während du in der Abendschule bist.«

Polizeikommissar: »Herr Sauerteig, es liegt eine Anzeige gegen Sie vor. Sie leben offenbar in einem Konkubinat.«
Sauerteig: »Konkubinat – was ist das?«
Polizeikommissar: »Das heißt, daß Sie mit einer fremden Frau genauso leben wie mit der eigenen.«
Sauerteig, begeistert: »Unsinn – viel, viel besser!«

Blau: »Meine Tochter hat einen sehr guten Posten. Sie kommt um zehn Uhr ins Büro, dann diktiert ihr der Chef eine Stunde, dann schreibt sie ein paar Briefe, und um ein Uhr ist sie fertig und verdient zwölf Pfund pro Woche.«
Grün: »Meine Tochter ist auch eine Chonte, aber diktieren läßt sie sich nicht.«

Der alte Schlesinger kommt ins Bordell zu Madame Rosa und sagt zu ihr: »Ich möcht zur Rita.«
Madame Rosa: »Ganz ausgeschlossen, Herr Schlesinger. Die Rita hat einen Trauerfall in der Familie und ist heute für kein Vergnügen zu haben!«
Schlesinger: »Wer redt denn von Vergnügen? Sagen S' der Rita, der alte Schlesinger is da, dann weiß sie schon, daß es is ka Vergnügen!«

Nach langer Zeit kommt der alte Blau wieder ins Bordell. »Joi, der Herr Blau is wieder da!« ruft Madame Rosa entzückt. »Aber jetzt weiß ich gar nimma Ihren Gusto! Soll's gelbe Haar haben oder rote oder schwarze?«
Blau, schwermütig: »Geduld soll's habn!«

Mojsche kommt aufgeregt ins Café und erzählt: »Stell dir vor! Wie ich nach Hause komme, da liegt der reiche Dessauer mit meiner Frau auf der Couch und vergnügt sich mit ihr!«
»Nu, und was haste gemacht?«
»Ich hab ihm sehr gut verkauft die Couch.«

* * *

An den Universitäten der Donaumonarchie machten sich jüdische Studenten gern einen Spaß daraus, jüdische Witze aus dem christlichen Mittelalter zu erfinden. Insofern sind diese Witze »echt«, als sie garantiert nur von Juden kreiert sein können; insofern hingegen sicher unecht, weil es damals den selbst-, welt- und religionskritischen Judenwitz noch nicht gab, nicht geben konnte: Er entstand erst in der Neuzeit.

Im 19. Jahrhundert war eine Universitätskarriere für ungetaufte Juden auf deutschem Kulturboden so erschwert, daß Heinrich Heine seine Taufe als mögliches »Entreebillet« zu solchen Positionen bezeichnete und rechtfertigte. Im 20. Jahrhundert lockerten sich die Barrieren. Jedenfalls gab es in Wien – mit oder ohne Taufe – etliche hochqualifizierte Medizinprofessoren, die zugleich berühmt waren für ihren Witz.

Der Wiener jüdische Anatomieprofessor Julius Tandler sprach in einer Vorlesung über die männliche Kraft und führte aus, daß in dieser Beziehung die Schwarzen sehr leistungsfähig seien. Er erlaubte sich die etwas gewagte Randbemerkung: »Das wäre etwas für Sie, meine geschätzen Hörerinnen!«
Eine empörte Studentin verließ ostentativ den Hörsaal. Tandler rief ihr nach: »Aber Frau Kollegin, Sie brauchen sich nicht so zu beeilen – das nächste Schiff geht erst in vierzehn Tagen!«

Julius Tandler zu einer Studentin: »Frau Kollegin, welches Teil des menschlichen Körpers weitet sich im Erregungszustand um das Achtfache?«
Die Studentin errötet und stottert: »Der äh ... das äh ...«
Tandler: »Falsch, sondern die Pupille. Ihnen aber emp-

fehle ich, mit nicht zu großen Erwartungen in die Ehe zu gehen!«

Zum jüdischen Medizinprofessor Finger, Haut- und Geschlechtskrankheiten, kommt eine Stenotypistin. Fingers Diagnose: »Ja, Fräulein, das ist eine Gonorrhöe.«
Das Mädchen: »Das muß wohl davon kommen, daß ich mich heftig an einem Schreibtisch gestoßen habe.«
Finger: »Na, es wird wohl eher ein Sekretär gewesen sein.«

Eine Mutter kommt mit ihrer Tochter zu Professor Finger. Er untersucht. »Tut mir leid, gnädige Frau, es ist eine Syphilis.«
»Armes Kind! Das muß sie sich auf einem Klosett geholt haben!«
Darauf Finger: »Möglich, aber unbequem.«

Ein katholischer Priester kommt zu Finger mit einem bösartigen Ausschlag. Finger sagt: »Ja, Hochwürden, das ist eine Syphilis.«
Der Priester: »Wie kann das nur kommen? Ich bete nur, faste und kasteie mich.«
Finger: »Das mag im Himmel *Ausschlag*-gebend sein, aber nicht auf Erden.«

Ein anderer Priester meint, seine Syphilis käme davon, weil er Hasenbraten gegessen habe.
Finger schweigt, kuriert ihn aus und warnt: »Wenn Sie wieder Hasenbraten essen, rate ich zu ärztlich empfohlenen Schutzmitteln.«

* * *

Den katholischen Priester umgibt, seines Zölibates wegen, ein sakraler Glanz, der ihm eine weit tiefere Ehrfurcht garantiert als allen Geistlichen, denen keine solchen Opfer

abverlangt werden. Entsprechend evoziert das Versagen und Fehlverhalten auf diesem Gebiete boshafte Witze am laufenden Band.
Da der Rabbiner sich aber vom Rest der Gemeinde nur durch seine besonders umfassenden Schrifttumskenntnisse unterscheidet, ist er nur selten Zielscheibe spezieller Sexwitze. Hie und da wird seine Ehefrau verspottet. Oder man lacht über seine Naivität. Meist aber lacht man in Witzen aus rabbinischem Ambiente überhaupt nicht über den Rabbiner, sondern über die Ignoranz und das Fehlverhalten seiner Umgebung.

Eine junge jüdische Tochter wird schwanger. Die entsetzten Eltern wollen den Namen des Schuldigen wissen – das Mädchen bezichtigt den alten frommen Rabbiner!
Dieser erfährt es und zitiert das Mädchen herbei. »Nie im Leben habe ich dich auch nur gesehen«, sagt er zur ihr. »Wie kannst du mich so verleumden!«
»Und doch ist es wahr, Rabbi«, beharrt das Mädchen, »vor etlichen Monaten war meine Tante bei Euch, weil sie kinderlos ist. Ihr habt ihr Jordanwasser in einem Fläschchen gegeben und gesagt, wenn sie es trinkt, wird es helfen. Und von diesem Fläschchen habe ich aus Neugier genippt . . .«
»Aber Kind«, belehrt der erleichterte Rabbiner, »weißt du nicht, daß da auch noch ein Mann dabeisein muß?«
»Ja – fehlt es etwa an Männern in unserer Stadt?« fragt das Mädchen verwundert zurück.

Ein Jude ist mit der Frau eines andern erwischt worden, zufällig während der Sukkottage, an denen fromme Juden ihre Mahlzeiten nur in Laubhütten einnehmen.
Der Rabbi: »Schäm dich! Wenn du schon unbedingt sündigen wolltest, dann konntest du ja zum Beispiel deine Mahlzeiten außerhalb der Sukka, der Laubhütte, verzehren – aber ein Verhältnis mit einer verheirateten Frau?«

Eine Frau: »Rabbi, ich fürchte, ich werde einen großen Schaden haben. Unser Mädchen ist in den vollen Milchkessel gefallen. Ist die Milch noch koscher?«
Der Rabbi: »Die Milch – trefe. Das Mädchen – koscher.«

Und nun ein unanständiger Witz aus Rabbinatsmilieu mit einer hochanständigen Pointe:
Ein wandernder Bocher kommt spät in der Nacht an die Türe des armen Dorfrabbiners.
Der Rabbi sagt: »Siehst du, ich bin selber arm und außerdem jung verheiratet. Aber die Schrift schreibt vor, daß man den Hilfesuchenden nicht abweisen darf. Tritt ein, wir haben uns noch etwas Essen für morgen aufgespart, davon darfst du die Hälfte verzehren. Außerdem kann ich die Nacht im Bett meiner Frau schlafen, und du kannst meines nehmen.«
Als sie alle drei schlafen, klopft es ans Fenster: der Rabbi wird zu einem Kranken gerufen...
Der junge Bocher bleibt mit der jungverheirateten Frau allein. Die Luft ist mit Elektrizität geladen. Keiner kann schlafen. Plötzlich setzt sich der Bocher im Bett auf und bittet: »Darf ich?«
»Du darfst«, antwortet die Frau leise, »aber mach schnell, bevor mein Mann zurückkommt!«
Da springt der Bocher aus dem Bett, rennt zur Schüssel und ißt den Rest blitzschnell auf.

Wir sagten es schon: Es gibt keinen Volkswitz, der die Pornozone ganz ausspart. Die nachfolgende Anekdote ist obendrein reines Allotria und entbehrt eigentlich jeder Realitätsgrundlage, denn so dumm kann keine Braut sein.
Für diese Geschichte muß man wissen: Fleisch, das für den Genuß als »koscher« freigegeben ist, wird vom Kontrolleur mit einem entsprechenden Stempel versehen.
Ruchele wird einen frommen jungen Mann heiraten, der

mit Sicherheit von ihr die gleiche voreheliche Keuschheit und »Jungfräulichkeit« erwartet, die für ihn selbst nie in Frage gestellt war. Sie ist aber keine Bssule *(Jungfrau)* mehr. Sorgenvoll bespricht sie ihr Problem mit der Mutter. Nachdem diese den ersten Schreck über die böse Nachricht überwunden hat, denkt sie lange nach, wie sie der Tochter helfen kann, und hat schließlich eine brillante Idee: Ruchele soll sich vom Katzew *(der koschere Metzger)* ein Stück Kalbsleber besorgen und das Häutchen davon dem jungen Ehemann in der Hochzeitsnacht als angeblich durch seine allzu stürmischen Liebesbeweise losgerissene Jungfernhaut vorzeigen.

Ruchele befolgt den Rat. Der fromme Bocher betrachtet die »Jungfernhaut« aufmerksam und schweigt. Aber schon am nächsten Morgen steht er tief deprimiert vor dem Rabbi und erklärt: »Rebbe, ich will den Get *(Scheidung)*. Mein Weib ist keine Bssule!«

Der Rabbi läßt Ruchele kommen. »Was hast du zu dem Vorwurf deines Mannes zu sagen?« fragt der Rabbi streng.

Ruchele ist schwer gekränkt: »Ich habe ihm doch sogar ein abgerissenes Stück von der Jungfernhaut gezeigt!«

»Stimmt das?« will der Rabbi wissen.

»Ja«, gibt der Bocher zu, »aber es war ein Koscherstempel darauf.«

*

Nun noch eine witzige Geschichte von der Art, wie sie sich talmudgelehrte Juden gern erzählten. Leider setzt diese Art von Anekdoten zuviel spezifische Kenntnisse voraus, um von einem Außenstehenden voll genossen zu werden. Aber ein einziges solches Beispiel sei hier trotzdem präsentiert. Es illustriert zugleich die Verachtung, die der religionsgebildete Jude dem einfachen Landjuden gegenüber empfindet.

Für die nachfolgende Geschichte muß man wissen, daß die Ehefrau nach ihrer Menstruation mit ihrem Gatten erst wieder Umgang haben darf, wenn sie zuvor das rituelle Bad in fließendem Wasser, die Mikwe, aufgesucht hat, und daß sie dort erst hinein darf, wenn die Monatsblutung restlos beendet ist. – Daß ferner »Milchiges« und »Fleischiges« nicht vermischt werden darf, es sei denn, die eine der beiden Substanzen mache nicht mehr als 1/20 der anderen aus. – Und daß nach talmudischem Recht nur der Angeklagte, nicht aber der Kläger zum Eid zugelassen ist.
Anfragen zu allen diesen Bereichen entscheidet bei den orthodoxen Juden der Rabbi. – Wissen muß man ferner, daß die Ostjuden die Intelligenz und Talmudbildung der Dorfjuden sehr niedrig einstuften.

Ein wohlhabender Dorfjude kommt zum Rabbiner der nächsten größeren Stadt mit einem Anliegen: »Ich lebe in einem Gebirgsdorf und bin, gottlob, nicht arm. Ich habe eine Tochter, Rosele, und brauch für sie einen Chossen. Er soll zugleich Rabbiner in unserer Dorfkille (*Kille = Kultusgemeinde*) werden. Wir haben eine Schul, und ein Minian *(Quorum der zehn für einen Gemeindegottesdienst unerläßlichen Männer)* ist immer vorhanden. Aber wir brauchen einen gelehrten Mann, der bei uns Chasen sein kann. Gebt uns einen gelehrten Bocher aus Eurer Jeschiwe!«
Bei der großen Armut in Osteuropa, speziell unter den Juden, und dem großen Überschuß an soliden Talmudgelehrten bei ihnen ist so etwas für einen jungen Mann eine großartige Chance: Der Rabbi sucht freudig seinen besten Schüler aus, und der Dorfjude nimmt ihn sofort mit.
Als erstes stellt er den Kandidaten seinem Freund Iwan, dem ukrainischen, griechisch-katholischen Dorfvorsteher und Richter, vor, der ein weiser Mann ist. Iwan guckt sich die armselige, ausgehungerte »halbe Portion«, die sein jüdischer Freund aus der Stadt hergebracht hat, von allen

Seiten skeptisch an, dann streckt er dem Heiratskandidaten seine Hand hin und drückt sie so stark, daß dieser mit einem Schmerzenslaut in die Knie bricht.

Hierauf gibt er sein Gutachten ab: »Moschko! Das ist nichts für dich! Bring ihn zurück!«

Wenn Iwan, der Dorfvorsteher, sein Votum abgibt, muß man es befolgen. Moschko bringt den Bocher also zum Rabbi zurück und fordert: »Rebbeleben! Gebt mir einen besseren Schüler!«

Der Rabbi wundert sich über die strengen Maßstäbe des Dorfjuden, aber was kann er schon machen? Er durchforscht noch einmal seine ganze Jeschiwe und wählt den großartigsten Talmudisten aus. Doch auch dieser Bocher kann Iwans Test nicht bestehen und steht schon zwei Tage später mit dem Dorfjuden zusammen erneut vor dem Rabbi. Der Dorfjude drängt: »Rebbe, habt Ihr wirklich keinen besseren Schüler?«

Dem Rabbi wird die Sache allmählich rätselhaft. Er knöpft sich die beiden refüsierten Kandidaten vor und befragt sie genau, wie es auf dem Dorf war. Sie erzählen ihm, daß der ukrainische Dorfrichter ihnen beiden beinahe die Hand kaputtgequetscht und sie dann abgelehnt habe. Da begreift der Rabbi, daß nicht ein Talmudchochem *(Talmudweiser)*, sondern ein kräftiger Kerl benötigt wird. Also geht er auf den Markt und fragt einen ausnehmend starken und großen Katzew: »Eisik, möchtest du in einen besonders guten ›Stall‹ mit reichlichem Futter einheiraten?«

»Warum nicht?« antwortet der Bursche hoch erfreut.

Darauf erklärt ihm der Rabbi die Sache.

Eisik schüttelt betrübt den Kopf: »Rebbeleben! Ich kenne mich doch in Religionssachen überhaupt nicht aus!«

»Das macht nichts!« beruhigt ihn der Rebbe. »Ich bring dir das wenige, was du für ein Gebirgsdorf wissen mußt, in ein paar Sätzen bei:

Am wichtigsten ist, daß du beim Vorbeten so schreist, daß

die Fenster im Bethaus zittern und klirren. Damit hast du die Herzen der Dorfjuden schon gewonnen.
Und mit was für Schajless *(rituelle Anfragen)* kann man in einem solchen Gebirgsdorf schon an dich gelangen?
Wenn eine Jüdin fragt, ob sie in die Mikwe schon gehen darf, dann frag sie, ob es bei ihr noch rot kommt. Wenn ja, dann darf sie noch nicht in die Mikwe.
Wenn einer fragt, ob ein Gefäß noch koscher ist, in welchem Milchiges und Fleischiges vermischt wurde, dann frag ihn, ob das Milchige in das Fleischige oder umgekehrt 20mal hineingeht. Wenn ja, dann ist es noch koscher.
Und wenn zwei Juden zu einem Din-Tojre *(rabbinischer Gerichtsentscheid)* zu dir kommen, dann laß die Schuld abschwören. Jener, der abschwört, hat recht.«
Eisik memoriert die rabbinischen Leitsätze auf der ganzen Fahrt mit dem Schwiegervater ins Dorf hinauf. Dort wird er, genau wie seine abgewiesenen Vorgänger, dem Dorfrichter Iwan vorgestellt. Dieser drückt ihm aus voller Kraft die Hand, doch der junge Katzew preßt dem Richter seinerseits die Hand so fest zusammen, daß diesem die Tränen in die Augen treten.
»Der ist gut, der taugt!« stellt dieser erfreut fest.
Und er hat recht, denn er kennt die Braut, ein Weibsbild wie ein Klotz, 1 Meter 80 groß und 80 Kilogramm schwer...
Am Schabbes betet Eisik in der Synagoge so lautstark vor, daß die Fenster zittern. Die Gemeinde ist hingerissen.
Dann kommt als erste Kasche die einer Jüdin: Sie will wissen, ob sie schon in die Mikwe gehen darf.
Eisik hat seine Lektion gut gelernt. Er passkent *(dezidiert)*, nachdem er die Jüdin genau angeguckt hat: »Ob es 20mal in dich hineingeht, weiß ich nicht. Aber genügend rot bist du. Schwör ab, und du bist koscher!«

* * *

Der berühmte »Klein Moritz«, der sämtliche Lebenserscheinungen und sonstigen Vorgänge nur unter dem Gesichtspunkt eines möglichen Profits wertet, entstammt nicht der ostjüdischen Witzfolklore, sondern kam weiter westlich, auf deutschem Sprachboden, auf. Bei den traditionsgebundenen Ostjuden wurden – wir erwähnten es bereits früher – alle Knaben zu scholastischen Talmudgelehrten herangezogen, und ein ungebildeter, noch so reicher Kaufmann konnte soziale Anerkennung und Hochachtung nur erlangen, wenn er wenigstens seine Töchter mit jungen begabten Talmudstudenten verheiratete. Daß solche Karikaturen einer psychischen Deformation aufgrund lupenreiner Händlermentalität trotzdem nicht eine antisemitische, sondern eine rein jüdische Erfindung sind, beweist gerade der spürbare Abscheu der Schöpfer entsprechender Witze solcher Haltung und Mentalität gegenüber, die nach der neuzeitlichen Preisgabe der jüdischen Geistestradition auf deutschem Siedlungsboden hie und da aufkommen konnte – jedoch eher vereinzelt. Der Handel ist – was Christen oft nicht wissen – keine urjüdische Passion. Die alten Hebräer waren Nomaden und Hirten, und später vorwiegend Bauern. Aber auf christlichem Boden war Handel tausend Jahre lang der einzige den Juden erlaubte Beruf. Sobald ihnen jedoch der Zutritt zu den neuzeitlichen Bildungsinstitutionen gestattet wurde, wandten sie sich oft auch bei totaler Mittellosigkeit intellektuellen Berufen zu.

Die Klein-Moritz-Witze bringen aber nicht nur die lupenreine, abstoßende Händlermentalität zum Ausdruck, sondern einige von ihnen stellen auch fest – was religiöse Menschen nur selten einsehen –, daß Glauben oder Nichtglauben nicht vom »Wahrheitsgehalt« einer religiösen Lehre abhängt, sondern eine Sache der geistig-psychischen Konstitution ist: Den interreligiösen und interkonfessionellen Dialog kann es durchaus geben: der gläubige Jude Saulus wurde aufgrund seines Damaskuserlebnisses ein ebenso leidenschaftlicher Christ. Man kann aber weder den Gläubigen zum Unglauben noch den Ungläubigen zum Glauben bekehren. Hier ein paar hübsche Moritz-Illustrationen:

Der Religionslehrer möchte in Moritzchen religiöses Empfinden wecken. Er geht mit ihm durch die Winterlandschaft und sagt gefühlvoll: »Schau, wie der liebe Gott den Teich so schön hat zufrieren lassen!«
Moritzchen: »Kunststück: im Winter!«

Der Lehrer will Moritz klarmachen, was ein Wunder ist: »Stell dir vor, einer fällt von der Spitze eines Turmes herunter und bleibt ganz heil: Was ist das?«
»Zufall.«
»Du verstehst mich nicht«, sagt der Lehrer enttäuscht. »Also stell dir vor, der Mann klettert nochmals hinauf, fällt wieder herunter – und ist wieder heil! Was ist das dann?«
»Glück!«
Lehrer: »Aber stell dir vor, er klettert ein drittes Mal hinauf, fällt wieder herab und ist wieder heil. Na, was ist das jetzt?«
»Gewohnheit!«

Moritzl hat eine kleine Schwester bekommen. Der Tate: »Stell dir vor, Moritzl, der Storch is gekommen und hat die Mame ins Bein gebissen!«
Moritzl: »Gott der Gerechte! Wo die Frau is hochschwanger!«

Moritzl: »Papa, wie bin ich auf die Welt gekommen?«
»Der Storch hat dich gebracht.«
»Und dich? Und den Großpapa?«
»Uns hat auch der Storch gebracht.«
Schulaufsatz Moritzls: »Nach beglaubigter Aussage mei-

nes Vaters hat in unserer Familie seit drei Generationen kein Geschlechtsverkehr stattgefunden.«

Lehrer: »Wir wollen einmal ein Beispiel aus dem Geldgeschäft nehmen. Moritz, tausend Franken à drei Prozent in sechs Monaten – wieviel macht das?«
Moritz: »Und das nennen Sie ein Geldgeschäft?«

Lehrer: »Moritz, wieviel macht acht und sieben?«
Moritz: »Eine Mark fuffzig.«

Lehrer: »Moritz, wenn ich bei deinem Vater dreihundert Rubel borge, und ich zahle ihm dafür neun Rubel jährlich: wieviel Prozent Zinsen sind das dann?«
»Zwölf Prozent.«
»Es sind drei Prozent. Lackel, du kannst nicht rechnen!«
»Rechnen kann ich, aber Sie kennen nicht meinen Vater!«

Der Lehrer hat den Schülern ans Herz gelegt, wenn sie in ihren späteren Jahren vor schwierigen Lebensfragen stehen, sollen sie sich fragen, was die großen Männer der Geschichte getan hätten, und sich danach verhalten.
»Wer weiß mir ein Beispiel?« fragt der Lehrer.
Moritz: »Sagen wir, ich hätt geerbt von meinem Vater sein Geschäft, und es käm zu mir der Herschowitz, und er tät mir anbieten e Waggon Zwiebel. Werd ich mer fragen: ›Wieviel mecht wohl haben gegeben dafür Karl der Große?‹«

Vor dem Stephansdom in Wien.
»Tate, was ist das für ein Haus mit dem hohen Turm?«
»Mottele, das solltest du schon wissen: Das ist eine Kirche.«
»Was ist eine Kirche?«
»Nun, die Gojim sagen, da wohnt der liebe Gott drinnen.«

»Aber Tate, der liebe Gott wohnt doch im Himmel!«
»Sollst recht haben: wohnen tut er im Himmel. Aber da drinnen hat er sein Geschäft.«

Onkel: »Was würdest du als erstes tun, wenn ich dir tausend Mark schenken würde?«
Moritzl: »Ich würde sie zuerst nachzählen.«

»Moritzl, wie weit seid ihr in der Schule gekommen im Rechnen?«
»Bis zum kleinen Einmaleins.«
»Was ist zwei mal zwei?
»Sechs.«
»Falsch, vier.«
»Hab ich gewußt, Tateleben, aber hätt ich gesagt vier, hättste mir heruntergehandelt auf zwei.«

In der Schule prahlen die Kinder mit dem Beruf ihres Papas. Der kleine Heinz, Sohn eines armen Schneiders, avanciert seinen Vater zum Konfektionär, der Bub vom Schuhmacher Maier macht aus seinem Vater einen Schuhfabrikanten.
Da meldet sich des Chasen kleiner Moritz: »Mein Vater ist Diseuse in der Kathedrale von Rombach Street.«

Lehrer: »Moritzl, mach einen Satz mit ›haben‹!«
Moritzl: »Fräulein Else Weiß ist für jeden Mann zu haben.«
Der Lehrer: »Frecher Bengel! Hinaus mit dir!«
In der Pause kommt der Lehrer in den Gang und sieht, daß Moritzl Schokolade ißt. Lehrer: »Wer hat dir die Schokolade gegeben?«
Moritzl: »Der Herr Schulvorsteher. Er hat mich gefragt, warum ich hier stehen muß, und ich soll ihm die Adresse von Fräulein Weiß geben!«

Klein Moritz zu Klein Jankl: »Du, ich weiß etwas Neues. Zwei und zwei macht vier.«
Klein Jankl: »Ich weiß mehr. Zwei mal zwei ist auch vier.«
Klein Moritz, nach langem Nachdenken: »Nun ja, aber da ist schon ein Dreh dabei.«

Lehrer: »Moritzl, wieviel ist die Hälfte von fünf?«
Moritzl, tieftraurig: »Aj waj! Er hat mich erwischt! Sag ich zwei, wird es ihm zu wenig sein. Sag ich drei, ist es ihm zuviel. Schläge bekomm ich in jedem Fall!«

In der Schule. Moritz kommt zu spät und trifft vor der Tür seinen Freund Abraham.
Moritz: »Warum stehst du vor der Tür?«
»Er hat mich gefragt, was ist drei mal drei.«
»Drei mal drei? – neun!«
»Geh nicht rein, ich hab ihm sogar dreizehn geboten, und er hat mich hinausgeworfen!«

Abendgebet. In der Volksschule suppliert für den erkrankten Lehrer der Katechet. Er will die Kinder auf die Pflicht aufmerksam machen, ein Abendgebet zu sprechen.
»Nun, Kleiner, was machst du vor dem Schlafengehen?«
»Ich putze mir die Zähne.«
»Gewiß, sehr brav, und was machst du, Hans?«
»Ich lese noch im Bett.«
So kommt der Katechet nicht zum Ziel, also versucht er es anders: »Du da, was machen denn deine Eltern vor dem Einschlafen?«
Da meldet sich der kleine Moritz zu Wort: »Sie wissen es, Pfarrerleben, und ich weiß es auch; aber sagen Sie: Ist das eine Frage für die erste Klasse?«

Moritzl wird ein Jahr – er spricht nicht. Er wird zwei, er wird drei – nichts, kein Wort. Die Eltern bemühen sich,

ihm vorzusprechen. Moritzl schaut nur gelangweilt. Moritzl wird vier. Die Mame geht mit ihm zum Arzt. Der findet nichts. Moritzl wird fünf. Der Tate geht mit ihm zum berühmten Professor. Der findet noch weniger.
Da, eines Morgens beim Frühstück, gießt ihm die Mame den Kakao ein.
Moritzl trinkt und schreit: »Oj, heiß! Man verbrennt sich ja!«
Jubelt die Mame: »Moritzl spricht!«
»Soll ich nicht?« sagt der mit leichter Verwunderung in der Stimme.
»Aber Moritzl, du hast nicht gesprochen fünf Jahr!«
»Nu – ich hatte auch bis jetzt keine Beanstandungen.«

* * *

Auch bei hochzivilisierten Völkern ist »Bildung« meist nur das Anliegen einer privilegierten Gruppe. Das gilt sogar für die Chinesen, die schon vor Jahrtausenden Bildung höher einstuften als soldatische Fähigkeiten.
Die Hebräer jedoch, zunächst heimatlose Beduinen, und von den andern Vorderasiaten weder rassisch noch sprachlich unterschieden, wurden durch ein Buch – die Bibel – überhaupt erst zu einem Volk. Abermals war es dann Buchwissen – außer der Bibel der Talmud, der Midrasch und das rabbinische Schrifttum –, dem sie dann durch Jahrtausende hindurch ihre Weiterexistenz im Exil verdankten. Bildung ist für die Juden schlechthin ein Wesenselement, ein Essential und Existential. Sie haben es zwar nie an Heldenmut fehlen lassen und zweimal sogar die Weltmacht Rom besiegt – der sie zuletzt aber doch erlagen –, und sie kämpfen heute erfolgreich gegen die ihnen zahlenmäßig hundertfach überlegenen Araber. Aber ihre Bewunderung galt nie dem bärenstarken Helden Simson, der zuletzt einem listigen Weibsbild aufsaß und als Sklave mit ausgestochenen Augen endete, sondern dem Hirten David, der völlig unheroisch, unter Mißachtung aller

Commentregeln des rituellen Zweikampfs, gegen den philistäischen Koloß Goliath gar nicht erst zum Duell antrat, sondern ihn mit seiner Steinschleuder, die er zur Abwehr der Raubtiere von seiner Herde bei sich trug, aus der Distanz abschoß. In puncto schöpferischem Kulturwissen hingegen verstoßen die Juden gegen alle Kulturkreistheorien, die sämtlichen Völkern, nach Aufstieg, Niedergang und geistigem Tod, die »Fellachisierung« ansagen. Die Hebräer betreten die Weltbühne vor dreitausend Jahren mit ihrer Bibel, mit der sie die Grundlage zu drei Weltreligionen legten, und bis heute haben sie nichts von ihrer literarischen und wissenschaftlichen Schöpferkraft eingebüßt.
Kein Wunder also, daß sie auch weltweit als einzige in ihrem Volkswitz mangelhaftes und fehlerhaftes Bildungswissen verhöhnen.

Ein Jeschiwebocher liest und kommentiert im genau gleichen Stil wie den Bibel- und Talmudtext auch Goethes *Erlkönig*:
»›Wer reitet so spät durch Nacht und Wind? Es ist der Vater mit seinem Kind ...‹. ›Wer reitet?‹ – Nu, der wos hot a Ferd. ›Durch Nacht und Wind‹? – Nu, as es wird spät, is es natürlich Nacht, und in der Nacht is oft windig. – ›Es ist der Vater mit seinem Kind‹ – Nu, as es is der Vater, muß er hobn a Kind ...«

Variante:
»... ›Es ist der Vater mit seinem Kind‹ – Blöder Goj! Was fragst du, wenn du doch selber sagst, daß es is der Vater mit seinem Kind?«

Fischjouch schreibt aus Italien an seine Braut: »... und bei der Gelegenheit habe ich mich neben der Statue des Ganymed fotografieren lassen. Der *ohne* Kleider ist der Ganymed.«

Herzblatt vor der Aphrodite des Praxiteles: »Verrückte Person! Für eine lebensgroße Porträtplastik hat sie Geld – aber für ein Hemd nicht!«

Variante:
Der kleine Jossel vor dem Bild der Heiligen Familie: »Tate, weshalb ist das Kind so nackend und bloß?«
»Weil kein Geld da war für Windeln.«
»Und warum liegt das Kind auf Stroh?«
»Ich sag dir schon, weil kein Geld da war für ein Bett.«
»Typisch für die Gojim! Kein Geld für Windeln und Bett – aber von Grünewald malen müssen sie sich lassen!«

»Herr Gerschfeld, wie gefällt Ihnen mein Raffael?«
»Prächtig ... Aber der ist ja gar nicht mit ›Raffael‹ signiert, sondern mit ›Rebekka‹!«
»Ich weiß. Mein Anwalt hat mir geraten, alles auf den Namen meiner Frau zu überschreiben.«

Schmul war mit seiner Gattin im Theater bei *Faust*. Auf dem Heimweg grübelt er: »Ein unklares Stück. Das Wichtigste wird nicht erklärt: Was hat die Gretel mit dem Schmuck gemacht, den Faust ihr geschenkt hat?«

Schmul vor dem Goethe-Denkmal: »No – wer ist er schon? Kein Feldherr, kein Kaiser (...) bloß die *Räuber* hat er geschrieben!«
»Was für Schtuß! Die sind doch von Schiller!«
»No also: Nicht einmal die *Räuber* hat er geschrieben.«

»Es geht mir unvorstellbar schlecht. Wie sagt doch Richard der Dritte bei Shakespeare so schön: ›O Schmach und Gram, daß ich zur Welt, sie einzurichten, kam!‹«
Der Freund: »Das war Hamlet. Richard sagt: ›Ein Pferd, ein Pferd!‹«

»Aha. Auch sehr schön!«

Grünspan: »Was ist eigentlich ein Dichter?«
Wasserzug: »Nu – du kennst doch sicher auch welche. Etwa Goethe.«
Grünspan: »Nie gehört!«
Wasserzug: »Na – und Schiller?«
Grünspan: »Nein.«
Wasserzug: »Aber von *Nathan dem Weisen* von Ephraim Lessing wirst du doch schon gehört haben?«
Grünspan: »Wieso? Wer soll kennen alle Jiden?«

Karfunkel und Frau vor einem Bild von Picasso.
»Es ist ein Porträt«, behauptet Karfunkel.
»Unsinn«, meint die Frau, »das ist eine Landschaft!«
Sie können sich nicht einigen; also kaufen sie einen Katalog und schlagen nach – da steht »Mandelbaum an der Riviera«.
»Siehst du«, sagt Karfunkel frohlockend, »*doch* ein Porträt.«

Im Kunstpalais ist ein großmächtiges neues Gemälde ausgestellt mit dem Titel *Das Urteil des Paris.*
Blau zu Grün: »Kennen Sie schon *Das Urteil des Paris?*«
Grün: »Urteil des Paris? Nie von ihm gehört. Wieviel Jahre hat er denn gekriegt?«

Was es mit der ungegenständlichen Kunst auf sich hat, die man abwechselnd als »konkret« oder als »abstrakt« bezeichnet, erfahren wir aus einem jüdischen Witz genauer als aus der gesamten kunsthistorischen »Fachliteratur«.
New York. Halpern hat so gute Geschäfte gemacht, daß er jetzt eine zu hohe Steuerrechnung befürchtet. Da man aber in den USA Kulturausgaben vom Einkommen absetzen darf, begibt er sich in eine moderne Kunstgalerie.

»Sie haben Glück, Herr Halpern«, sagt der Inhaber erfreut, »wir haben gerade noch ein einziges Gemälde vom berühmten Abramski auf Lager!« Und er führt Halpern vor eine riesige schwarze Leinwand mit einem kleinen roten Klecks darauf.
Halpern schaut lange und meint schließlich: »Ich bin doch nicht blöd! Aber ich begreife absolut nicht, was das bedeuten soll!«
»Aber wieso verstehen Sie nicht«, ereifert sich der Inhaber, »die schwarze Fläche – das ist das leere, öde, unheimliche, leblose All. Der rote Fleck symbolisiert unsern aufflammenden, von bluterfülltem Leben durchpulsten, menschlichen Kosmos ...«
Das sieht Halpern ein. Er zahlt mit einem Scheck die verlangten zehntausend Dollar und läßt sich das Gemälde heimschicken ...
Das Jahr darauf hat er wieder sehr gut abgeschnitten, also kommt er abermals in die Galerie. Der Inhaber begrüßt ihn mit einem Jubelschrei: »Sie sind ein wahrer Glückspilz, Herr Halpern! Gerade ist wieder ein neues Gemälde des großen Abramski bei uns eingetroffen!« Und wieder führt er Halpern vor eine schwarzgestrichene Leinwand, diesmal sind aber zwei kleine gelbe Flecke darauf.
Halpern, inzwischen selber zum Experten aufgerückt, wirft einen kurzen Blick auf das Bild und sagt herablassend: »Ganz nett. Aber zu schtark ongepatschket *(zu stark vollgekleckert)*.«

»Papa, ich gehe heute in die Oper. Man gibt *Die Jüdin*.«
»Und dafür wirfst du das Geld aus dem Fenster? Geh zu deiner Mame und schau sie an – und überleg dann selber, ob man für so etwas noch Geld ausgeben soll!«

Schimmelstein hat einen Wohltätigkeitsbasar mit so enormen Spenden bedacht, daß die gräflichen Veranstalter

nicht umhin können, ihn zu dem Fest einzuladen. Schimmelsteins Gattin Flora erscheint in teuerster Aufmachung – dennoch bleiben die beiden zu ihrem Kummer unbeachtet... Am andern Morgen liest Schimmelstein in der Zeitung unter »Gesellschaftsnachrichten«: »...den Glanzpunkt des Festes bildete die üppige Flora, deren tropischer Duft allgemeines Entzücken hervorrief...«
Da wendet er sich strahlend an seine Frau: »Spaß, mußt du dich parfümiert haben, Floraleben!«

Grün zu Blau: »Wem bringst du die schönen Chysanthemums?«
»Meiner Braut. Es sind aber Rosen.«
»Unsinn! Chrisanthemums!«
»Nein, Rosen.«
»Wenn ich dir aber sag!«
Blau schaut den Grün an: »Wie schreibt man Chrysanthemum?«
Darauf Grün: »Du hast recht! Es sind Rosen!«

Wahre Geschichte aus der alten Donaumonarchie:
Der Sohn des ungarischen Kultusministers Czaky hatte sich erschossen.
Das Oberhaupt der jüdischen Orthodoxie von Budapest schickte an alle jüdischen Kultusgemeinden der Provinz ein Telegramm: »Kondolieren Sie Czaky!«
Aus dem tief orthodoxen Huszt kam sofort ein Antworttelegramm: »Czakys Wahl sicher. Seien Sie beruhigt. Alles begeistert für Exzellenz!«
Der entsetzte Adressat, zum Glück nicht Czaky selbst, sondern der orthodoxe Oberrabbiner in Budapest, telegraphierte zurück: »Um Gottes willen! Nicht kandidieren! Kondolieren!«
Es kam die prompte Antwort: »Alles kondoliert begeistert! – Bitte telegraphieren Sie, was das ist: Kondolieren!«

* * *

Frau Pollak von Parnegg, die Gattin eines getauften und geadelten Wiener Industriellen, hat wirklich gelebt. Sie war eine populäre Figur. Man behauptet, ihre Söhne hätten alle Aussprüche, die man ihr unterschob, gesammelt und ihr unter dem Titel »Ausflüsse aus dem Muttermund« dargebracht. Es besteht aber guter Grund zu der Annahme, daß nur ein Bruchteil der erhalten gebliebenen Aussprüche wirklich selber von ihr stammt.

Die echt jüdische Freude an Bildung, jedoch verbunden mit einer penetranten Unbildung, macht sie zum idealen Gegenstand für harmlose jüdische Witze. Hat man aber einmal das Prinzip, die Methode erfaßt, nach welcher sich in ihrem Kopf und Mund jede noch so seriös gemeinte Aussage in unfreiwilligen Humor, oft mit zweideutigem Anklang, verwandelt, dann ist es ein Kinderspiel, ganze Serien analoger Witze hinzuzuerfinden.

Freilich vergeht einem das Lachen, wenn man erfährt, daß sie sich sofort bei Hitlers Einmarsch in Wien aus dem Fenster warf – womit sie nicht nur ein klareres Begreifen und eine höhere Intelligenz bewies als jene deutschnational entflammten Rabbiner in Deutschland, die ihren Gemeinden von der Auswanderung penetrant abrieten und sie dringend zum Verbleiben im »teuren deutschen Vaterland« anhielten – dann aber nicht mit den Unglücklichen, durch sie Fehlgeleiteten zusammen den Zug nach Auschwitz bestiegen, sondern sich dank ihrer eigenen Sonderposition und entsprechenden Verbindungen selber zuletzt noch ins Ausland retteten. Ihnen ist Frau Pollak von Parnegg nicht nur intellektuell, sondern auch moralisch weit überlegen. Aber anders als durch Zitieren ihrer von Bildungseifer und unfreiwilligem Humor triefenden Aussprüche kann man ihrer nicht gedenken. Hier also ein paar Kostproben.

Frau Pollak von Parnegg, frisch geadelt und getauft, stellt anläßlich ihres ersten Soupers den Gästen ihre Kinder vor: »Mojsche von Parnegg, Sara von Parnegg, Itzig von Parnegg …«
Fragt ein Gast: »Sagen Sie – von Pollak ist keins?«

Variante:
Die Söhne heißen »von Pollak«, und der Minister fragt wohlwollend: »Und von wem sind die Töchter?«

»Gnädige Frau, unten ist ein Herr, der auf den Perser reflektiert!«
Frau von Pollak, die den Tepppich annonciert hat, im Augenblick aber nicht daran denkt: »Geschichten! Nehmen Sie einen Putzlumpen und wischen Sie es auf!«

Frau Pollak geht mit einem prächtigen Rassehund spazieren. Ein Bekannter bewundert: »Was für ein herrlicher Hund! Er hat doch einen Stammbaum?«
Frau Pollak: »Nicht daß ich wüßte! Soviel ich merke, pißt er unter einem jeden Baum.«

In der Konversation fällt das Wort »a priori«.
Frau Pollak: »Was heißt a priori?«
Eine andere Dame: »Von vornherein.«
Frau Pollack: »Ah, ich versteh! Jetzt weiß ich endlich auch, was das heißt: apropos!«

Frau Pollak im Pariser Restaurant. Der Kellner stellt ein Glas Wasser vor sie hin.
Frau Pollak: »Was ist das?«
Kellner: »Un verre d'eau.« *(Ein Glas Wasser.)*
Frau Pollak kostet vorsichtig und meint dann zu ihrem Gatten: »Wenn ich nicht wüßte, daß das ein ›verre d'eau‹ ist – ich würde wetten: es ist ein Glas Wasser!«

Frau Pollak ist mit ihrer Tochter nach Paris gereist. Die Tochter hat die Fahrt nicht gut vertragen und liegt halb ohnmächtig auf dem Sofa. Frau Pollak läutet nach dem Stubenmädchen, welches mitleidig ausruft: »Toute malade!« *(Ganz krank! Böhmisch-deutsch: Tut ma lad = tut mir leid.)*
Frau Pollak: »Daß Sie eine Böhmin sind, ist ja schön, daß meine Tochter Ihnen leid tut, auch. Aber sagen Sie mir lieber: Was heißt Oh dö Kolonje auf französisch?«

Das deutsche »u« ist im Jiddischen zu »ü« oder »i« abgewandelt.
Frau Pollak im feinen Restaurant: »Garçon, bringen Sie mir die Men*u*karte!« *(Das »u« phonetisch genau ausgesprochen.)*
Die Tochter: »Man sagt nicht Men*u*, sondern Men*ü*!«
Frau Pollak: »Wegen dir werd ach jüdeln!«

Man sucht überall nach Herrn Pollak von Parnegg, ruft im Büro, im Klub, bei Freunden an – er ist nirgends zu finden. Frau Pollak geht ins Schlafzimmer – da liegt er tot unter dem Bett. Sie läutet dem Stubenmädchen und sagt streng: »Sehen Sie, *so* räumen Sie auf!«

Frau Pollak zeigt den Gästen ihr neuerbautes Palais. »Dies hier«, erklärt sie, »ist *meine* Zimmerflucht. Und hier« – und dabei öffnet sie die Türe zum ehelichen Schlafgemach –, »hier beginnt die Flucht meines Gatten.«

Gesellschaft bei Frau Pollak. Beim Mokka moniert eine Freundin:
»Es ist alles so elegant bei dir. Aber gerade deshalb stört es um so mehr, daß du keine Zuckerzange hast. So mancher Herr geht zuerst aufs Klosett, und dann nimmt er den Zucker mit den Fingern! Das ist unmöglich!«

Bei der nächsten Abendgesellschaft fehlt die Zuckerzange noch immer. Die Freundin zur Hausfrau: »Meine Liebe, es ist immer noch keine Zuckerzange da?«
Frau Pollak: »Aber natürlich ist sie da! *Draußen* hängt sie!«

Frau Pollak will einen Ball geben. Ihr Sohn Leo, ein glänzender Tänzer und Ballarrangeur, ohne den kein Ball richtig gelingt, studiert in Brünn an der Technischen Hochschule. Die Mutter bittet ihn telegraphisch, zu kommen. Er telegraphiert zurück: »Es geht nicht. Ich liege mit Angina im Bett.«
Prompte telegraphische Antwort der Mutter. »Gib ihr sofort zwanzig Kronen, schmeiß sie hinaus und komm!«

Empfang bei Frau Pollak, die sehr liebenswürdig die Gäste drängt, sich doch bedienen zu wollen.
Eine Freundin wehrt sanft ab: »Aber vielen Dank, ich habe doch schon zwei dieser vorzüglichen Kuchen genossen!«
Darauf Frau Pollak mit dem süßesten Lächeln: »Sie haben zwar schon sechs gegessen, aber es schadet nichts, bitte nehmen Sie doch, meine Liebste!«

Herr von Prochaska sitzt beim Diner neben Frau Pollak und erzählt ihr: »Mein Name ist tschechisch, Frau Baronin, und heißt auf deutsch ›Spaziergang‹.«
Als die Gesellschaft den Tisch verläßt, um sich in den nächtlichen Park hinauszubegeben, faßt Frau Pollak ihren Nachbarn kokett unter den Arm und sagt schelmisch: »Kommen Sie, Herr Kommerzienrat, machen wir zusammen einen kleinen Prochaska!«

Frau Pollak hat im Salon einen schönen Stich hängen. Ein kunstliebender Besucher macht sie darauf aufmerksam, daß in einer Kusnthandlung am Graben ein Pendant dazu ausgestellt ist.

Am nächsten Tag fährt Frau Pollak zur Kunsthandlung: »E guten Tag, bitte geben Sie mir das Pendant!«
»Wozu, verehrteste Frau Baronin?« fragt der Kunsthändler.
»Nu, verzeihen Se, was geht das denn Sie an?« entgegnete indigniert Frau Pollak.

Tristan-Aufführung. Alles lauscht mit angehaltenem Atem der Stelle: »O sink hernieder, Nacht der Liebe!«
Da erschallt deutlich hörbar aus Frau Pollaks Loge: »Auf die Weis ist nebbich der arme Sami um sei ganz Vermegen gekommen!«

Frau Pollak kommt zum Hausarzt mit zerschlagener Nase. Dieser wundert sich. »Gnädige Frau, was ist Ihnen geschehen?«
Frau Pollak: »Nu wie ich das letztemal bei Ihnen war und mich beklagt habe über ein Wimmerl auf der Nase, haben Sie geraten zu nehmen Toilettewasser. Das habe ich getan, und dabei ist mir der Deckel auf die Nase gefallen.«

Frau Pollak führt die Gäste vor ein neu erworbenes Bild, auf welchem ein Wasservogel einsam umherschwimmt. »Es hat uns zehntausend Schilling gekostet«, verkündet sie, »es hat den Titel ›Entlach allein‹.« *(Endlich allein.)*
»Aber Frau Pollak«, wendet eine Freundin ein, »das ist doch keine Ente, das ist eine Gans!« *(Die Endsilbe -lach im Jiddischen bezeichnet den Diminutiv Plural.)*
Frau Pollak, errötend: »Verzeihung, Sie haben recht, das Bild heißt ›Gänslach allein‹.«

Herr Pollak hatte die Gewohnheit, sich mit der einen Hand an der Wand abzustützen, wenn er des Nachts mit der anderen unter dem Bett nach dem Nachttopf angelte. So entstand an der Tapete allmählich ein Fleck, der Frau

Pollak mißfiel. Sie ließ den Tapezierer kommen, führte ihn ins Schlafzimmer und sprach dabei: »So, lieber Mann, ich will Ihnen den Fleck zeigen, auf den mein Mann nachts immer hingreift.«
Der alte Tapezierer, verlegen: »San S' net bees, Gnädigste, oba schaun S', i bin scho a oida Mann! Bittschen, schenkn S' ma liaba a Zigarrl!«

* * *

Rund um die minimalen Reste des europäischen Judentums, die Hitler entweder überlebt oder die sich nachher neu herausgebildet haben, sind nicht mehr viele neue Witze entstanden. Es wird sie auch in Zukunft kaum mehr geben. Aber bis zur Hitlerzeit gab es eine eigene Kategorie von Witzen, die um interkonfessionelle Kontakte und Konflikte kreisten. Bei manchen von ihnen liegen das witzige Verhalten und die Pointe auf der nichtjüdischen Seite. Eine gewisse Tiefendimension weisen nur jene Witze dieser Art auf, die zugleich die Sondersituation der Juden als Opfer von Haß und Verfolgung ins Auge fassen. Da aber alle diese Witze von den Juden sorgfältig archiviert wurden, bringen wir nachfolgend ein paar Beispiele.

Das Rasieren ist Juden auf Grund einer Bibelstelle verboten.
Levy, ein reicher Berliner Jude, bat Friedrich II., er möge der Berliner Judenschaft befehlen, ihm auch ohne Bart den Zutritt zur Synagoge zu gestatten.
König Friedrich schrieb an den Rand der Bittschrift: »Der Jude Levy soll mich und den Bart ungeschoren lassen!«

Freytags Roman Soll und Haben *hat einen antisemitischen Einschlag.*
Christ: »Ihr wollt Gleichberechtigung, und dabei ist es euch verboten, am Sabbat zu schreiben, wie ich in Freytags *Soll und Haben* gelesen habe?«

Der Jude: »Jawohl. Aber besser wäre gewesen, es wäre Freytag verboten gewesen, zu schreiben.«

»Rabbi«, fragt der Jeschiwebocher, »eines kann ich nicht verstehen: Als die Söhne Jakobs die Ehre ihrer geschändeten Schwester Dina an den Einwohnern von Sichem rächen wollten, veranlaßten sie vorher die Sichemiten, Juden zu werden und sich folglich beschneiden zu lassen. Dann überfielen sie die Sichemiten, als diese noch vom Wundfieber geschwächt waren... Wozu taten sie das, Rabbi? Die Söhne Jakobs waren doch Helden und wären sicher auch so mit den Sichemiten fertig geworden.«

»Chammer, was verstehst du nicht. Wenn sie die Sichemiten überfallen hätten, solange diese Heiden waren, wären alle Einwohner des Landes den Bedrohten zu Hilfe gekommen. Durch die Beschneidung waren die Sichemiten aber Juden geworden, und wenn man Juden mordet, kräht kein Hahn danach.«

Unter den vielen Titeln, die der Kaiser von Österreich führte, war auch der eines »Königs von Jerusalem«. Einmal kam Kaiser Franz Joseph anläßlich einer Inspektionsreise in das fast rein jüdische Städtchen Brody an der galizischrussischen Grenze. Auf dem Marktplatz empfing ihn die gesamte Judenschaft mit Bart und Pejess. Da sagte Franz Joseph zu seinem Adjutanten: »Jetzt weiß ich, daß ich den Titel ›König von Jerusalem‹ zu Recht führe.«

Der ungarische Historiker und Domherrr Wilhelm Fraknoi, Titularbischof von Arbe, war getaufter Jude. Vorher hatte er Frankl geheißen.

Von ihm erzählte man sich, daß er einmal auf einer Reise zusammen mit dem alten Grafen Apponyi im Gasthof einer ungarischen Provinzstadt abstieg und, der Landes-

sittte gemäß, vom Wirt gefragt wurde, ob die Herren »Damenbedienung« wünschten.
»Nein, nein«, sagte Fraknoi. »Wissen S', der kann nicht, und ich darf nicht.«

In einer Garnissonsstadt wird ein neues Bordell ausgerechnet einem Nonnenkloster gegenüber eingeweiht. Die Nonnen sind sehr neugierig und passen genau auf, wer dort ein- und ausgeht. Eines Tages sehen sie einen protestantischen Geistlichen hineingehen.
»Was kann man von einem Ketzer schon erwarten? Ein Schwein!« kommentieren sie empört.
Am andern Tag schleicht sich der Feldrabbiner hinein.
»Sie haben Jesus gekreuzigt«, sagt eine Nonne streng, »das sind alles Dreckskerle, auch ihr geistliches Oberhaupt!«
Am dritten Tag schiebt sich ein katholischer Geistlicher drüben verstohlen in den Eingang. »Es muß eines der Mädchen dort im Sterben liegen«, sagt eine der Nonnen fromm.

Militärische Religionsunterschiede.
Was ist der Unterschied zwischen einer Nonne und einem Rabbiner?
Die Nonne is Ka-rabiner, und der Rabbiner is Ka-none.

Polnischer Gutsherr: »Leihen Sie mir zehntausend Rubel!«
Bankier Goldberg: »Auf welche Garantie?«
Der Gutsherr stolz: »Das Ehrenwort eines Ehrenmannes.«
Goldberg: »Einverstanden. Bringen Sie ihn her!«

Variante:
Pomeranz kommt zum Grafen. Er will ihm die Ernte abkaufen. Sie werden einig über den Preis.

»Die Hälfte der Summe«, erklärt Pomeranz, »zahle ich sofort in bar; die zweite Hälfte gegen Ehrenwort in drei Tagen.«
Der Graf: »Ich soll dem Ehrenwort eines Juden vertrauen!?«
Pomeranz: »Aber Herr Graf, doch nicht meinem! Vor einem Jahr hat Ihr Herr Bruder bei mir dreitausend Rubel gegen Ehrenwort für drei Tage entliehen – das habe ich noch heut und offeriere es Ihnen!«

Pferdemarkt in einem galizischen Städtchen. Ein ukrainischer Bauernbursche geht plötzlich auf einen Juden los und beginnt, ihn mit den Fäusten zu traktieren. Zufällig sieht es ein polnischer Gutsherr, reißt den Burschen vom Juden weg und fragt streng. »Warum tust du das?«
»Die Juden haben Christus gekreuzigt!« erklärt der Ukrainer.
»Aber das war doch vor zweitausend Jahren!« sagt der Gutsherr.
»Mag sein«, gibt der Bauer zu, »aber ich habe es erst heute erfahren.«

In Ungarn erzählt man sich:
Trifft man *einen* Ungarn, so ist er immer ein Adliger.
Trifft man *zwei* Ungarn, so ergeben sich drei politische Meinungen.
Drei Ungarn zu treffen ist jedoch unmöglich: einer von ihnen ist bestimmt ein Jude.

Ein riesiger alter Lindenbaum hält Licht und Sonne vom Arbeitszimmer des Grafen ab. Doch die Pietät verbietet es, den Baum fällen zu lassen, weil ihn der Urgroßvater des Grafen selber eingepflanzt hat.
Ölfarb, Faktotum des Grafen, weiß Rat: »Wenn Herr Graf aus dem Holz des Baumes einen Christus schnitzen und an

der gleichen Stelle aufrichten lassen, ist es keine Sünde mehr.«
Der Rat wird befolgt. Die betende Menge wohnt barhäuptig der Einweihung des Kruzifixes bei. Auch Ölfarb steht da, den Hut auf dem Kopfe. Er winkt jovial dem Kruzifixus zu.
»Sind Sie des Teufels, Mann?« schreit der Graf.
»Wieso?« fragt Ölfarb verwundert. »Hab ich doch jenen noch gekannt, wie er war e Lindenbaum.«

Ein schöner Sommermorgen. Ein Jude spaziert im Park, ein Hündchen läuft ihm nach. Da kommt ein Polizist und sagt streng: »Nehmt den Hund an die Leine! Sonst zahlt Ihr Strafe!«
Der Jude geht wortlos weiter.
Der Polizist wird böse: »Wenn Ihr nicht sofort den Hund an den Riemen nehmt, zahlt Ihr eine Geldbuße!«
Der Jude geht weiter.
Da zieht der Polizist sein Notizbuch hervor, schreibt etwas hinein und reicht das Blatt dem Juden: »Drei Zloty!«
Der Jude bleibt stehen: »Warum soll ich zahlen? Das ist doch nicht mein Hund!«
»So? Und warum läuft er Euch nach?«
»Ihr lauft mir ja auch nach und seid nicht mein Hund!«

Paris. Levy klagt über seinen Konkurrenten Dreyfus: »Der Lump! Und dabei hat er es erreicht, daß man ihm das Kreuz der Ehrenlegion verleiht! Und er ist noch nicht zufrieden damit, er will jetzt die Rosette . . .«
Dupont: »Was wollen Sie? So sind doch alle Juden. Jesus war bis heute der einzige, der nicht auch noch die Rosette wollte, nachdem er das Kreuz hatte.«

Nachfolgend u. a. ein Witz, der eigentlich gar keiner ist, sondern nur die Bestätigung der jedem Gläubigen schwer

faßlichen Tatsache, daß die Akzeptanz von Glaubensinhalten weder von ihrer immanenten Logik, Wahrscheinlichkeit oder auch nur Möglichkeit abhängt, und daß sie daher auch weder beweisbar, noch widerlegbar sind. Sie liegen auf einer der Rationalität völlig fremden Ebene.
Es dürfte aber außer den Juden kein zweites Volk geben, das eine solche Einsicht in Stenogrammkürze und Witzform präsentiert.
Chassid zu einem christlichen Geistlichen. »Wie kann ein vernünftiger Mensch an eine leibliche Auferstehung nach dem Tode glauben?«
Der Priester: »Du als Chassid glaubst doch auch, daß dein Rabbi zum Beispiel auf einem Taschentuch einen Fluß überqueren kann.«
Der Jude: »Nun ja, aber das ist doch wahr!«

Ein Bischof und ein Rabbiner im vertraulichen Gespräch.
Der Bischof: »Sagen Sie mir ganz im Vertrauen: Haben Sie schon Schweinefleisch gekostet?«
Der Rabbiner gibt zu: »Ja, einmal habe ich es getan... Exzellenz, ganz im Vertrauen, haben Sie je mit einer Frau etwas gehabt?«
Der Bischof errötet und gibt zu: »Ja, einmal.«
Langes Schweigen. Dann sagt der Rabbiner schmunzelnd: »Hochwürden, Ihre Sünde schmeckt süßer als die meine!«

Ein Jude sitzt neben einem fremden Herrn im Varieté. Ein Vortragskünstler tritt auf.
Der Jude dreht sich seinem Nachbarn zu und flüstert. »Einer von unsere Leut!«
Eine Sängerin tritt auf.
»Auch von unsere Leut«, sagt der Jude.
Ein Tänzer kommt auf die Bühne.
»Auch von unsere Leut«, erklärt der Jude.
»O Jesus!« stöhnt der Nachbar angewidert.

»Auch von unsere Leut«, bestätigt der Jude.

Wohltätigkeitsball. Leutnant zu jüdischem Mädchen: »Bitte um ein Glas Sekt, schöne Rebekka!«
Das Mädchen: »Sie irren. Rebekka tränkte die Kamele mit Wasser, nicht mit Sekt.«

Ein Jude betete: »Lieber Gott, laß mich in der Lotterie gewinnen, ich werde die Hälfte den Armen spenden.«
Er gewann nichts. Da ging er in die Kirche, spendete eine geweihte Kerze und versprach, die Hälfte eines eventuellen Gewinnes für kirchliche Zwecke zu spenden. Es half!
Da sagte der Jude. »Ich gebe zu, daß der christliche Gott mich besser behandelt hat. Aber der unsere ist klüger: Er wußte, daß ich lüge und nichts geben werde.«

Ein Pfarrer versucht einen Juden zu überzeugen, daß Jesus der wahre Messias ist. Der Jude bleibt unnachgiebig. Der Pfarrer meint schließlich freundlich: »Wir sind uns beide einig, daß der Messias am Jüngsten Tage dasein wird, wenn alle Toten wiederauferstehen. Für dich wird es dann eben ein bisher unbekannter Sohn Davids sein, für mich Jesus.«
Der Jude, nach kurzem Nachdenken: »Pfarrerleben, ich schlage vor, daß wir dann doch zusammen auf ihn zugehen und ihn fragen, ob er schon einmal dagewesen ist.«

Zwei Juden kommen zum See Genezareth und wollen auf die andere Seite übersetzen. Am Ufer steht ein christlicher Fischer, der bereit ist, sie hinüberzurudern. Aber er will fünfzig Piaster dafür haben. Die Juden sind über den Preis empört: »Sind Sie verrückt geworden? Was für eine Teuerung!«
»Aber was wollen Sie, meine Herren«, beschwichtigt der Fischer, »Sie sind doch hier an dem See, über welchen unser Herr Jesus zu Fuß gegangen ist!«

Einer der Juden. »Nu – kein Wunder! Bei den Preisen!«

Breslauer, sehr »aufgeklärt« und »assimiliert«, feiert mit seinen Kindern und Kindeskindern zusammen Weihnachten unter dem brennenden Kerzenbaum.
Da wird er ans Telefon gerufen. Entrüstet schreit er hinein: »Herr Katz! Ich feier grad mit meiner Familie Weihnachten – und da kommen Se mir mit Geschäften!? Und wenn Se mer zehn, ja sogar zwölf Perzent bieten – ich sag nein!... Was haben Se gesagt? Vierzehn Perzent? Gemacht!«

Jossel: »Ich will keinerlei Geschäft mit Motl dem Krämer machen! Man sagt, daß seine Tochter sich mit einem christlichen Burschen herumschleppt...«
»Er hat doch gar keine Tochter!«
»Was macht das für einen Unterschied? Ich kann kein Vertrauen zu einem Menschen haben, von dem die Leute denken können, daß, wenn er eine Tochter hätte, sie imstande wäre, sich mit einem christlichen Burschen herumzutreiben...«

Christlicher Nachbar zum Juden: »Mein Sohn hat soeben die Aufnahmeprüfung zum Gymnasium bestanden.«
»Wozu braucht ein Mensch Gymnasium?«
»Er kann nachher Priester werden und sogar Bischof oder Kardinal.«
»Pah.«
»Sogar Papst kann er werden... ich verstehe dich nicht, was willst du, soll er etwa Gott werden können?«
»Nu – ist auch schon geworden aner von insere Lajt!«

Lemberger hat die Kathedrale von Lourdes besichtigt. Als er herauskommt, schreit er: »Mein Gott! Jetzt kann ich wieder gehn!«
Alles stürzt herbei: »Ein Wunder?«

Lemberger: »Nein! Man hat mir mein Auto gestohlen!«

Zollvisitation an der französisch-deutschen Grenze. Der Zollbeamte fördert aus dem Koffer Lembergers eine bauchige Flasche zutage:
»Und was ist das?«
»Lourdeswasser, bloß Lourdeswasser.«
Mißtrauisch öffnet der Zöllner die Flasche, sie enthält puren Kognak!
Lemberger staunt. »Was, schon wieder ein Wunder!«

Ein wahrer Fall aus der Donaumonarchie. Ein Jude steht vor Gericht: Er hat die Juwelen einer wundertätigen Madonnenstatue gestohlen.
»Ich habe sie nicht gestohlen«, verteidigt er sich, »sondern als ich sah, daß alle meine Gebete zu unserem Gott nichts nützten, bin ich in die Kirche gegangen. Da hat die Muttergottes sich mir zugeneigt und gesagt, daß meine Not sie rühre und ich ihre Juwelen nehmen dürfe.«
Das Gericht ist in Verlegenheit. Dem Juden den Diebstahl durchgehen lassen – das geht nicht. Die Möglichkeit des Wunders leugnen geht aber auch nicht.
Das Urteil lautete dann schließlich so:
»Vor sechshundert Jahren ist das genau gleiche Wunder schon einmal geschehen. Es besteht also kein Grund, es diesmal anzuzweifeln. Erwiesen ist jetzt aber, daß die Madonna ihren Schmuck nur einmal in sechshundert Jahren verschenkt. Ein zweites Mal soll sich der Jude hüten!«

In einem gottverlassenen Nest in Galizien haben sich der Rebbe und der katholische Priester als einzige Intellektuelle weit und breit angefreundet. Der Rebbe ist neugierig auf die Beichtpraxis. Nach langem Zögern ist der Pfarrer bereit, den Rebbe in die dunkle Nische mitzunehmen und lauschen zu lassen.

Es kommt eine Frau: »Heiliger Vater, ich habe schwer gesündigt. Ich habe meinen Mann einmal betrogen.«
»Ja, meine Tochter, das ist eine große Sünde. Ich werde Gott bitten, dir zu verzeihen. Zur Buße sollst du ein Vaterunser sagen und zehn Gulden für den heiligen Antonius geben.«
Es kommt wieder eine Frau. Sie hat ihren Mann zweimal betrogen. Der Pfarrer befiehlt: »Du wirst zwei Vaterunser sagen und dem heiligen Antonius zwanzig Gulden spenden.«
Plötzlich greift sich der Pfarrer an den Leib und jammert: »Mir ist nicht gut. Ich komme gleich wieder.«
Der Rebbe bleibt still sitzen.
Wieder kommt eine Frau: »Heiliger Vater, ich habe gesündigt, ich habe meinen Mann einmal betrogen.«
Der Rebbe beweist, daß er großartig »begriffen« hat: »Meine liebe Tochter, das ist eine schwere Sünde. Ich werde den lieben Gott bitten, daß er dir vergibt. Zur Buße wirst du drei Vaterunser sagen, dem heiligen Antonius dreißig Gulden spenden, und du darfst deinen Mann noch zweimal betrügen.«

Der protestantische Pfarrer kommt in den Himmel. Gleich am Tor übergibt ihm Petrus einen Volkswagen: »Weil du so brav und treu warst.«
Kurz darauf begegnet er seinem katholischen Kollegen. Der fährt in einem chromglitzernden Ford!
Der Pastor: »Warum kann der das? Ist er mehr als ich?«
»Nun ja, du weißt ja, der Zölibat, die großen Opfer, das muß auch belohnt werden«, erklärt ihm Petrus.
Jetzt trifft er den Rabbi. In einem Rolls-Royce!
»Also der, der hat keinen Zölibat, und nichts, und ich wünsche jetzt eine Erklärung, warum ...«
Petrus legt den Finger auf den Mund: »Pscht! Ein Verwandter vom Chef!«

Ein deutscher Christ verliebt sich in ein jüdisches Mädchen und ist sogar bereit, Jude zu werden. Nach der damit verbundenen kleinen Operation bietet ihm der Rabbi ein Glas Kognak an. Der Proselyt erbittet ein zweites, dann ein drittes Glas, dann packt er die Flasche und trinkt sie leer.
Schüttelt der Rabbi den Kopf: »Ist das noch germanische Saufsucht oder schon jüdische Chuzpe?«

Ein Kirchenbau ist ausgeschrieben. Ein jüdischer Architekt legt einen Plan vor. Der Kirchenvorstand hat Bedenken: »Sie sind ja nicht von unserm Glauben.«
»Einigermaßen schon«, meint der Jude. »Daß Jesus predigte und Kranke heilte, das glaube ich auch. Daß er Tote auferweckte, das... das glaubt mein (christlicher) Bauzeichner. Daß Jesus litt und am Kreuze starb, glaube wiederum ich. Daß er auferstand, glaubt mein Zeichner. Daß seine Mutter Maria hieß, glaube ich ebenfalls. Daß sie ihn als Jungfrau gebar... ob mein Zeichner das glaubt, kann ich nicht sicher behaupten... (nach kurzem Nachdenken:) Die Firma glaubt's.«

Von der Zeit her, da es den Tempel in Jerusalem gab, ist das ganze Volk Israel in die erblichen Titel Kohen (Priester), Levy (Hilfsbeamter beim Tempeldienst) und Israel (gewöhnliches Volk) eingeteilt. Bei der Liturgie, beim Vortragen des »Wochenabschnitts«, ist es üblich, einen Kohen aufzurufen, der für diese Ehre mit einer Spende dankt. Der Kohen braucht keineswegs auch im Zivilleben Kohen zu heißen.
Baron Sparrwitz schaut aus Neugierde in die Synagoge seines Dorfes hinein, da hört er, wie der Schammes ruft. »Kohen – zwanzig Mark!«
Baron Sparrwitz, ohne zu zögern: »Hundert Mark!«
Der Schammes. »Aber Herr Baron wissen doch gar nicht, worum es geht!«

Der Baron: »Das ist nicht nötig. Ich weiß: wenn Kohen bietet zwanzig, dann ist es wert hundert!«

Im Wiener Kaffeehaus gibt es eine Unzahl von Bezeichnungen für Kaffeearten: Melange, Schale Gold, Kapuziner usw.
Rabbiner. An zwei benachbarten Tischen des alten Café Fenstergucker kamen vor dem Krieg ein Mönch aus dem nahen Kapuzinerkloster und ein Rabbiner zu sitzen.
Der Rabbiner bestellt, mit einem maliziösen Blick auf seinen Nachbarn, einen »kleinen Kapuziner«.
Der Kellner zum Mönch: »Und Sie, Hochwürden?«
»Mir bringen Sie einen kleinen Rabbiner!«
»??«
»Nun, einfach dasselbe, nur mit ein bißchen weniger Haut.« *(Anspielung auf die Beschneidungen der Juden.)*

Während der Prohibition in den USA kommen ein Rabbi und ein USA-Reverend im Flugzeug nebeneinander zu sitzen.
Stewardeß zum Rabbi: »Haben Sie Lust auf einen Cocktail?«
Der Rabbi: »Gern. Einen Manhattan.«
Stewardeß: »Und Sie, Reverend?«
Der Reverend, streng: »Ich würde eher einen Ehebruch begehen als einen scharfen Drink anrühren!«
Der Rabbi: »Miß! Falls ich die Wahl habe, ist mir das, was er will, auch lieber!«

Lady Docker in New York hat Gäste eingeladen – im letzten Moment sagen etliche Herren ab, so daß sie zu viele Damen hat. In ihrer Verzweiflung ruft sie den Kommandanten der nahen Militärschule an und bittet: »Schicken Sie mir vier fesche junge Offiziere! Aber bitte keine Juden!«
Am Abend stehen vier stramme Schwarze in Fliegeruni-

form vor der entgeisterten Lady. »Das muß ein Irrtum sein!« sagt sie empört.

»Ausgeschlossen!« versichert einer von ihnen. »Unser Kommandant Levy Pinchas hat sich noch nie geirrt!«

Es gab in Österreich zu jeder Zeit einen Antisemitismus, der jüdische Beamten- und Hochschulkarrieren planmäßig behinderte. Nicht grundlos zogen daher die meisten Juden »freie Berufe« vor, bei denen sie nicht auf Gutachten und Wohlwollen irgendwelcher Ämter und Institutionen angewiesen waren.

Als Begleiterscheinung hierzu trat auf jüdischer Seite hie und da die Neigung auf, jeden eigenen Mißerfolg aus Judenhaß zu erklären. Aber die Juden waren selbstkritisch genug, dies auch in ihren Witzen zu verspotten.

Ein Jude kommt aus dem Radioverwaltungsgebäude.

»Was hast du dort getan?« fragt ein Bekannter.

»Mi-mi-mich um dd-ie Stelle eines A-a-a-nsagers beworben.«

»Und? Hast du sie bekommen?«

»Nein! D-das sind alles A-a-antisemiten!«

*

In Mitteleuropa genügte bis zur Hitlerzeit der Ausstieg aus der jüdischen Religionsgemeinschaft, um die Barriereschranken bei der universitären oder politischen Laufbahn zu sprengen. Auf die Taufe als »Entréebillett« zu solchen Positionen verfielen daher zeitweise sehr viele ungläubige Juden.

Der Wiener Anwalt Fennigstein läßt sich protestantisch taufen. Allgemein große Verwunderung, denn in der alten Donaumonarchie genossen Protestanten nicht viel mehr Ansehen als Juden. Fennigstein erklärt: »Unter den Katholiken gibt es schon viel zu viele Juden.«

Kohn, frisch getauft, legt seine erste Beichte ab. Natürlich hat er in erster Linie gegen das sechste Gebot gesündigt. Der Pfarrer will wissen, wie oft.
Hierauf Kohn: »Pfarrerleben! Ich bin hergekommen, um mich zu beknirschen und nicht um mich zu berühmen.«

Blau und Grün, beide frisch getauft, beschließen, die Beichte abzulegen. Als erster ist Grün an der Reihe, und beim sechsten Gebot stellt der Pfarrer die Frage, mit wem er gesündigt habe. Grün weigert sich, Namen zu nennen. Der Pfarrer will ihm helfen: »War es die Milli vom Bäker?«
»Aber nein, Pfarrerleben!«
»Oder die Mali vom Fleischhauer?«
»Bestimmt nicht, Pfarrerleben!«
»Dann vielleicht die Gretl, die Tochter des Tischlers?«
»Wo denken Sie hin, Pfarrerleben!«
Da sich Grün beharrlich weigert, Namen zu nennen, verläßt er den Beichtstuhl unverrichteter Dinge.
Blau ist schon neugierig: »Nun, bist du losgeworden deine Sünden?«
»Nein. Aber drei piekfeine Adressen habe ich bekommen.«

Herr Weinstein und seine Familie sind frisch getauft. Trotzdem bewirbt sich Schmul Goldgewicht um die Hand der Tochter Rifka. Dem alten Weinstein paßt das nicht: »Mein lieber Goldgewicht, das geht nicht! Erstens, Se sind e Jid – und wir sind Gojim. Und zweitens Se sind e Schnorrer und haben kein Geld – und das ist bei uns Jiden immer die Hauptsache.«

Den nachfolgenden Witz versteht nur, wer je Kostproben vor allem der koscheren Küche Altösterreichs genossen hat. Sie verband den Gewürzreichtum des Nahen Ostens und dessen verlockende Leckereien (Chalwa aus Sesampaste, Sladko aus Rosen etc.) mit den herrlichen Mehlspeisen Wiens und den wundervollen Spezialitäten der Nordslawen aus Kascha (Buchweizen) mit verführerisch duftenden Waldpilzen und Eintöpfen mit gesäuerten roten Beten, und sie schmeckte ebensosehr auch dezidierten Antisemiten: Es machte letzteren bis zu Beginn der Nazijahre nichts aus, Schulter an Schulter mit orthodoxen Juden in einem koscheren Restaurant eine »Eierzwiebel« und einen »gefilten Fisch« zu einem Gläschen Bronfen (Schnaps) zu verzehren. Daß die Juden kulinarische Werte hoch einschätzen, ist nicht zuletzt dem Talmud zu verdanken, der, im Gegensatz zum leib- und sexfeindlichen paulinischen Christentum proklamiert, im Jenseits werde man Rechenschaft ablegen müssen für jeden erlaubten Genuß, den man sich ohne Not entgehen ließ.

Blumenfeld will sich am Sonntag taufen lassen. Am Schabbes vorher bestellt er sich im koscheren Restaurant noch einmal alle seine Leibgerichte: Gefilten Fisch, Gans mit Grütze, Scholent. Als Blumenfeld andächtig ißt, fragt ihn der Wirt: »Nun, wie schmeckt's?«

»Großartig!« murmelt Blumenfeld mit vollem Mund.

Darauf der Restaurateur mit mildem Vorwurf: »Und von so einer Religion wollen Sie abfallen?«

Ein uradliger Offizier eines Berliner Regiments hatte sich durch Heirat mit der Tochter eines jüdischen Bankiers finanziell saniert. Mit seiner kleinen Frau verstand er sich vorzüglich. Zu deren Vater aber sagte er eines Tages grimmig: »Weißte, ich hab ja nix dagegen, daßde du zu mir sagst und ›lieber Schwiegersohn‹. Wennde aber noch 'n einziges Mal zu mir sagst ›Quitzowleben‹, dann trete ich deinem Kammerdiener vor den Bauch, daß er denkt, er ist mein Bursche.«

Die jüdische Bankierstochter hat den mittellosen Grafen geheiratet. Die Mutter stolz: »Ihr könnt euch gar nicht ausmalen, wie sehr der Graf unsere Esther liebt! Was er ihr von den Augen abliest, müssen wir ihr kaufen!«

Dr. Eiergelb steht unmittelbar vor der Taufe. Er fragt einen christlichen Kollegen: »Was zieht man da eigentlich an?«
Der Kollege kratzt sich am Kopf und meint schließlich: »Ja, wie soll ich das wissen? *Wir* tragen Windeln.«

Ein Bankier hat einen getauften Juden engagiert und sagt nach ein paar Tagen verärgert: »Ich dachte, ich erwische da einen jüdischen Kopp mit christlichen Manieren, statt dessen ist es ein gojischer Kopp mit jüdischen Manieren.« *(gojisch hier = primitiv, ungeschliffen.)*

Der Angestellte hat sich taufen lassen. Am Tag darauf legt er seinem Chef ein Konzept vor, das nicht Kopf noch Fuß hat, worauf der Chef ärgerlich ausruft: »Erst vierundzwanzig Stunden ein Goj – und schon ein Chammer!«

Ein Frankfurter Bankier hat sich taufen lassen, und nun überlegt er in seinem Privatkontor, wie er diese Neuigkeit seinen Angestellten beibringen soll.
Plötzlich hat er eine Erleuchtung. Er reißt die Türe zum Gemeinschaftskontor auf und schreit hinein: »Gute Morge, ihr Judde!«

Blau und Grün gehen an einer Kirche vorbei und überlegen, ob es nicht für das Geschäft günstiger sei, sich taufen zu lassen. Blau zögert noch, aber Grün faßt sich ein Herz, und mit einer größeren Spende für die Kirchenkasse bringt er es fertig, die Kirche eine halbe Stunde später getauft zu verlassen.

Blau hat draußen gewartet und fragt neugierig: »Na, hat man dich angetröpfelt mit Weihwasser?«
Blau, streng: »Kusch, Saujud!«

* * *

Juden traten – und treten – nur selten aus Überzeugung zum Christentum über. Das hat – was nur wenige wissen – einen einfachen Grund: Der lebende Jesus war kein »Christ«, sondern von Kopf bis Fuß Jude und nur *Jude. Um die Jahrhundertwende gab es noch zwei sehr solide protestantische Theologen, die das wußten und in einer umfassenden Untersuchung niederlegten unter dem Titel:* Kommentar zum Neuen Testament aus Talmud und Midrasch. *In ihrem Buch belegen Strack und Billerbeck praktisch jeden Ausspruch Jesu als wörtliches Zitat oder exakte Analogie zu Textstellen aus dem Alten Testament, Talmud, Midrasch und anderen frühen nachbiblischen jüdischen Werken.*
Das Christentum beginnt erst mit Jesu Kreuzigung und deren Auslegung als gottgewolltem, für die Entsühnung und Erlösung der Menschen unerläßlichem, stellvertretendem Opfertod Jesu, und mit seiner Auferstehung und Gottwerdung. Mit diesen Thesen tut sich der schriftbewanderte Jude schwer, denn außer Jahwe anerkennt der Jude keine Gottheit, und dieser Jahwe hat gleich bei seinem ersten Auftreten das menschliche Ritualopfer, das ringsum noch viele Jahrhunderte hindurch üblich war, als »heidnischen Greuel« abgelehnt und verboten, und er akzeptiert auch die Tieropfer nach Meinung der Propheten nur als Konzession an die noch herrschenden »Heidenbräuche« mit Ekel und Abscheu.
Daß ein neuer Glaube gerade mit dieser Vorstellung im Zentrum trotzdem bei einer Gruppe von Juden aufkam, erklärt sich daraus, daß die Jünger Jesu Galiläer waren, denen die Konversion zum Judentum erst vor 150 Jahren aufgezwungen worden war, und daß der an sich pharisäisch hochgebildete Saulus/Paulus, Exiljude, aus dem heidnischen Kili-

kien (heute Türkei) kam. Im heidnischen Vorderasien gab es aber einen Ritualmordkult, bei dem allmonatlich ein Mann bei Neumond an ein Holzkreuz – als Symbol des Himmelskreuzes, bei dem der Mond jeweils für drei Tage verschwindet – genagelt wurde, wo er innerhalb dieser drei Tage zu sterben hatte, notfalls half man nach. Dann auferstand er und ging, nunmehr selber zur Gottheit geworden, in die Mondgottheit ein.

Im kollektiven Unterbewußtsein der späteren Exiljuden gab es aber diese Vorstellung nicht mehr. Weltlich gebildete Juden, die so, wie Heinrich Heine, zum Christentum konvertierten, taten es meist nicht, wie die Jünger Jesu, aufgrund einer Begegnung mit dem auferstandenen Christus oder einer entsprechenden Vision wie Saulus/Paulus bei Damaskus: Für sie war die Taufe, genau wie für Heine, wie gesagt nur »Entreebillett« zur politischen oder universitären Karriere, die dem ungetauften Juden versperrt war.

Anders für ihre Frauen, die bei den Juden nie eine analoge solide Talmudbildung bekamen und folglich die ringsum übliche Auffassung von der moralischen Neuheit und Überlegenheit des Neuen Testaments übernahmen, stolz und glücklich waren, wenn sie einen christlichen Großgrundbesitzer mit ihrer hohen Mitgift sanieren konnten, eifriger zur Kirche gingen als sogar fromme »Altchristen«, und, wo immer möglich, ihren Kindern sogar die »halbjüdische« Herkunft verheimlichten.

In ihrer Instinkt- und Ahnungslosigkeit spürten sie nicht einmal die total fehlende Akzeptanz auf christlicher Seite. In ihren hochgeistigen Berliner Salons protegierten und alimentierten sie mit Feuereifer begabte junge Christen, so unter andern den jungen, zunächst völlig mittellosen Philosophen Fichte, der, arriviert, zum Dank dafür Zweifel an der Ehrlichkeit ihrer Konversion äußerte und meinte, um Juden in echte Christen zu verwandeln, müßte man ihnen zuvor ihre Köpfe abhacken und durch andere ersetzen. Die Salon-

damen spürten und begriffen nicht, daß zwar das Auswechseln der Köpfe eine leere Phantasie, das Abhacken der Köpfe jedoch für sie eine reale Gefahr war.
Bekehrung zum Christentum als schwärmerische jüdische Massenbewegung gibt es seit Hitlers Judenholocaust nicht mehr. Mit sehr seltenen Ausnahmen sind Judenkonversionen heute rein praktisch bedingt. Hierzu ein hübsches Beispiel aus den USA:

Für den nachfolgenden Witz muß man wissen, daß »Goj« die ein wenig abfällige Bezeichnung für einen primitiven Nichtjuden ist. Kaiser Franz Joseph ist natürlich kein Goj, wohl aber der ewig besoffene, rauflustige ruthenische Bauer.
Levy ist in die Südstaaten der USA ausgewandert und hat geschäftlich großen Erfolg gehabt. Als er feststellt, daß man ihn als ungetauften Juden in den vornehmsten Golfklub nicht aufnehmen will, konvertiert er zum Christentum. Seine Töchter besuchen in der Schule den christlichen Religionsunterricht, seine Frau singt im Kirchenchor, er spendet eifrig für Heidenmission und andere kirchliche Zwecke, heißt auch schon lange nicht mehr Levy, sondern McLean, seine Mutter liegt auf dem christlichen Friedhof, und er ist restlos akzeptiert...
Doch mit einemmal trübt sich der liebliche Konsens, denn die Regierung schreibt gemischtrassige Schulen vor! Alle seine neuen Freunde sind entsetzt, ihm jedoch ist es egal. Sie eilen zu ihm, um ihn aufzuklären: »Sie geben sich nicht Rechenschaft, was das bedeutet! Ihre Töchter könnten in der Schule neben einen Nigger zu sitzen kommen!«
»Na und?« repliziert Levy ungerührt.
»Sie könnten auch einen Nigger zum Tee nach Hause mitbringen!«
»Bitte sehr!« antwortet Levy.
»Um Himmels willen!« schreit ihn einer an. »Würden Sie auch einen Nigger als Schwiegersohn akzeptieren?!«

Jetzt wird Levy/McLean auf einmal hellwach und sagt streng: »Also was das angeht: Keinen von euch Gojim!«

* * *

Es gibt zahlreiche angeblich jüdische Witze, welche die – abermals angebliche – Unreinlichkeit der Juden verspotten. Sie sind eine rein antisemitische Erfindung, beruhen auf dem alten christlichen Vorurteil vom (metaphysischen) Gestank des ungetauften Juden, der direkt aus der Hölle kommt. In Wirklichkeit haben sowohl Juden wie Moslims strengste religiöse Reinlichkeitsvorschriften im Gegensatz zum leibfeindlichen Christentum, wo die alte Redensart »im Geruch der Heiligkeit stehen« nichts anderes bedeutete als »ungewaschen stinken«, und wo während der spanischen Inquisition schon der Besitz einer Badewanne einen getauften Juden verdächtig machte und ihn auf den Scheiterhaufen bringen konnte. Witze über angebliche Unreinlichkeit von Juden sind also rein antisemitischer Herkunft.
Keine antisemitische Verleumdung, sondern reine Tatsache war hingegen die häufige Hypochondrie vor allem jüdischer Aufkömmlinge, die dauernd berühmteste Medizinprofessoren konsultierten und sich kostspieligsten Heilkuren unterzogen. Vielleicht war diese oft überrissene und nur auf Einbildung beruhende Angst um die Gesundheit eine neurotische Reaktion und Folge der oft genug realen tödlichen Gefahr durch die feindliche Umwelt. Vom jüdischen Humoristen Scholem Alejchem gibt es einen wundervoll heiteren Roman »Marienbad« zu diesem Thema, und auch der jüdische Witz hat das Motiv natürlich mit Vergnügen aufgegriffen.

Pintschewer zum Arzt: »Wenn ich den Körper schräg vorbeuge und dann drehe und zugleich den einen Arm von oben und den zweiten von unten her gegen den Rücken winde, dann tut mir der ganze Körper furchtbar weh.«
Der Arzt: »Und wozu diese ausgefallene Gymnastik?«

Pintschewer, verwundert: »Ja, wie soll ich sonst nach Ihrer Meinung einen Mantel anziehen?«

Zwei Juden mit schweren Fußverstauchungen im Lazarett. Der eine brüllt bei jeder Untersuchung, der andere läßt sie stoisch über sich ergehen.
»Du bist ein Held«, sagt der Brüller bewundernd.
»Nein«, sagt der andere, »ich bin nur klüger als du: Ich zeige dem Arzt jeweils den gesunden Fuß.«

Arzt: »Haben Sie Schüttelfrost gehabt?«
»Schüttelfrost? Ich versteh die Frage nicht.«
»Ich meine: Haben Ihre Zähne geklappert?«
»Ich weiß nicht, sie haben im Nachtkastl gelegen. Mir scheint, e bissele geklappert habn sie.«

Schmulowitsch beim Arzt: »Herr Doktor, was soll ich tun? Meine Leber macht mir Beschwerden, meine Beine tun mir weh, mein Puls ist ganz unregelmäßig, mein Magen verträgt nichts – und *ich selber* fühle mich auch nicht gesund.«

Der jüdische Primarius murmelt am Krankenbett des Patienten: »Ihr Blutdruck ist gestiegen, der Puls ist unregelmäßig, der Nystagmus verstärkt, die Bulbi verfärbt... *(sehr laut und dezidiert)*: Sie haben ein Ei gegessen!«
Der Patient, kleinlaut: »J-ja, Herr Professor!«
»Mein lieber Freund, wenn Sie meine Anweisungen nicht befolgen, kann ich Sie nicht gesund machen!«
Im Gang sagt der Assistent zum Primarius: »Herr Dozent, ich bin sprachlos! Wir konnten Sie das nur herausbekommen?«
»Kunststück! Eidotter hatte er am Hemd!«

»Herr Doktor, ich habe solche Leibschmerzen.«
»Leiden Sie an Blähungen?«
»Was heißt ›leiden‹?! Mein einziges Vergnügen!«

Jude beim Augenarzt: »Seit einiger Zeit sehe ich schlecht.«
Der Arzt greift nach seiner Buchstabentabelle, doch es erweist sich, daß der Jude nur Hebräisch lesen kann. Der Arzt, zufällig selber Jude, bringt ein hebräisches Gebetbuch. Der Jude liest mühelos. Der Arzt tritt langsam mit dem Buch Schritt für Schritt zurück – er ist schon drei Meter vom Juden entfernt, und der schnurrt den Text immer noch ohne jede Anstrengung herunter.
Der Arzt: »Aber hören Sie! Sie sehen doch unerhört gut!«
»Was hat das«, fragt der Jude, »mit dem Sehen zu tun? Welcher Jude kennt die Gebete nicht auswendig!?«

Der Arzt zur Mutter des fiebernden Kindes: »Hat die Kleine nachts phantasiert?«
Die Mutter: »Ja, aber nur ganz dünn!«

Ein alter Jude klagt beim Ohrenarzt: »Ich kann auf dem linken Ohr nicht mehr hören.«
Der Arzt untersucht ihn und stellt fest: »Da kann man leider nichts machen. Das ist das Alter.«
Der Jude: »Ist denn das linke Ohr älter als das rechte?«

Anwalt zum Konzipienten: »Leiden Sie auch so an Blähungen?«
Konzipient: »Nur an Ihren!«

Der Schnorrer Gelles kommt zum Arzt. Dieser verschreibt ihm eine Medizin, und da ihm der arme Teufel leid tut, behandelt er ihn nicht nur gratis, sondern schenkt ihm obendrein zwanzig Kronen.

Nach einigen Monaten trifft der Arzt den Gelles und fragt, wie es ihm geht.
Meint Gelles: »Es geht mir unberufen besser! Sie waren so gütig und haben mir geschenkt zwanzig Kronen, da hab ich mir können leisten, zu einem teuren, anständigen Arzt zu gehen.«

Der alte Feigenblüh konsultiert den Arzt. Der rät: »Wenig rauchen, wenig trinken und, Herr Feigenblüh, wenig lieben!«
Feigenblüh droht lächelnd mit dem Finger: »Sie Schmeichler!«

Arzt: »Ihre Grippe ist jetzt ausgeheilt. Sie schulden mir zehn Francs.«
»Ich dachte, ich bekomme die Behandlung gratis?«
»Warum denn?«
»Ich habe doch die Grippe an das ganze Städtchen vermittelt!«

Im Sankt-Joseph-Hospital in New York erwacht ein christlicher Patient nach der Operation aus der Narkose, kommt allmählich zum Bewußtsein und ruft die Krankenschwester heran: »Schwester, was bedeutet das? Ich bin doch wegen einer Brustoperation hergekommen – und nun habe ich einen zweiten Verband noch viel weiter unten?«
»Oh«, sagt die Schwester, »das ist eine faszinierende Geschichte! Als unser Abteilungsarzt Ihre Brust geöffnet hatte, stellte er unerwartete Komplikationen fest, denen er sich nicht gewachsen fühlte. Zum Glück war gerade der berühmte Chirurg Dr. Kohn erreichbar, und zum Glück erklärte er sich auch bereit, die Operation an Ihnen weiterzuführen. Er operierte in unserm Amphitheater, und alle Ärzte, Assistenten, Schwestern und sogar Putzfrauen kamen angerannt, um zuzuschauen, was er mit seinen Zau-

berfingern vollbrachte. Es war traumhaft! Alles saß so still da, wie in der Kirche. Und dann, als er geendet hatte, geschah das Ungewohnte: Alles brach in Jubel und Applaus aus! Es war der reinste Tumult. Dr. Kohn verneigte sich nach allen Seiten, und dann, als Dreingabe, hat er Sie beschnitten!«

»Jossel, ich habe eine Stecknadel verschluckt!«
»Darum schreist du so? Als ob es sich um einen Diamanten handle! Da hast du eine andere!«

»Praesente medico nihil nocet« *(In Anwesenheit des Arztes schadet nichts)* übersetzt Moritz: »Präsente schaden dem Arzt nicht.«

»Warum hältst du dir die Backe?«
»Zahnweh. Schon vier Nächte kann ich nicht schlafen!«
»Wenn es mein Zahn wäre, würde ich ihn sofort ziehen lassen!«
»Wenn es *dein* Zahn wäre, würde ich ihn auch sofort ziehen lassen!«

Beim Zahnarzt: »Herr Doktor. Drei hohle Zähne! Sie müssen gezogen werden! Aber ganz ohne Anästhesie und Geschichten!«
»Bravo! Setzen Sie sich in den Drehstuhl!«
»Wieso ich? Meine Frau! Sie wartet im Vorzimmer!«

Der alte Katzenstein läßt sich vom Arzt untersuchen.
»Das ist alles nicht schlimm«, sagt der Arzt, »mit Ihrem Leiden können Sie achtzig Jahre alt werden!«
Katzenstein, erschrocken: »Herr Doktor, was wollen Sie von mir? Ich bin doch schon fünfundachtzig!«

Goldkugel läßt sich von einem Arzt in der nächsten Großstadt untersuchen. Der Arzt verlangt eine Urinprobe, und Goldkugel bringt eine ganze Weinflasche voll.
»Noch mehr konnten Sie nicht anschleppen?« fragt der Arzt ärgerlich.
Goldkugel steckt den Vorwurf schweigend ein.
Am nächsten Tag telegraphiert er freudig das Resultat der Urinanalyse an seine Familie: »Wir sind *alle zusammen* gesund, Sara, die Kinder, das Dienstmädchen und sogar der Pudel!«

1918. Frontgebiet in Galizien. Ruhr und Cholera wüten. Mitten in der Nacht klopfen zwei Krankenträger an die Tür des Hotelzimmers von Herrn Bromberger: »Der Hotelwirt schickt uns. Er fürchtet die Ansteckungsgefahr. Sie müssen krank sein. Sie waren heute nacht zwölfmal auf der Toilette.«
Bromberger: »Ja, aber elfmal war sie besetzt.«

»Ich bin unterwegs erkrankt, habe in der Stadt zwei Monate liegen müssen, es hat mich tausend Rubel gekostet!«
»Schade! Wärst du bei uns im Städtchen erkrankt: Hier hättest du für dieses Geld zwei Jahre lang krank liegen können!«

* * *

Aus den USA trafen ein paar Jahrzehnte hindurch Witze aus der psychoanalytischen Praxis jüdischer Ärzte und ihrer gleichfalls jüdischen Patienten ein. Man begreift sie nur, wenn man über die Provenienz der meisten Juden drüben Bescheid weiß: Sie waren großteils Flüchtlinge vor zaristischen Judenpogromen und stammten oft aus orthodoxen Familien, in denen die talmudgelehrten Männer müßig über ihren Folianten brüteten und den Broterwerb ihren Frauen überließen, bei denen es dadurch zu einer vorweggenomme-

nen Frauenemanzipation kam, die sich bis heute in ostjüdischen Familiennamen niederschlägt.
Unter den total veränderten Sozial- und Wirtschaftsbedingungen der USA büßten diese Mütter ihre einst so dominante Funktion in der Familie ein, maßten sich aber die alte zentrale Rolle nach wie vor an und wurden so zum Albdruck für ihre Söhne, von dem sich diese beim Psychoanalytiker loszustrampeln suchten. – Aber inzwischen gibt es drüben immer weniger solcher von der ostjüdischen Situation her stigmatisierter Mütter, auch diese ziemlich jungen Judenwitze gehören schon bald nur noch der Vergangenheit an.

New York. »Frau Ginsberg, wie geht es Ihrem Sohn?«
»Er hat nebbich einen Ödipuskomplex.«
»Ach was! Edipus – Schmedipus! Hauptsache, er liebt die Mame!«

Die Mutter: »Schau, wie mein Moritzl mich liebt! Er schreibt mir, daß er jeden Tag zum Psychoanalytiker geht und eine volle Stunde damit verbringt, von mir zu reden!«

New York. Die Großmutter fängt an, ein bißchen merkwürdig zu werden. Die Familie beschließt daher, sie zum Psychoanalytiker zu schicken. Die Großmutter kann nur Jiddisch, und man macht einen jiddisch sprechenden Therapeuten ausfindig. Dieser möchte sich ein Bild vom Geisteszustand der Großmutter machen, deutet auf einen Löffel und fragt: »Wos is dos?«
»Dos is a Lefel«, sagt die Großmutter.
»Un wos is dos?« fragt der Arzt und hält eine Gabel hoch.
»Dos is a Gobel«, sagt die Großmutter.
Der Arzt hält jetzt einen Salzstreuer hoch: »Un wos is dos?«
»Dos«, erklärt die Großmutter, »is a Phallic symbol!!«

Ein Geschäftsmann hat einen Nervenzusammenbruch und geht zum Psychoanalytiker.
Dieser befiehlt: »Legen Sie sich auf die Couch und reden Sie, was Ihnen durch den Kopf geht!«
Der Kaufmann schweigt.
Der Psychiater warnt: »Ich mache Sie darauf aufmerksam, daß jede Minute einen Dollar kostet!«
Der Kaufmann schweigt weiter, zahlt nach einer Stunde sechzig Dollar und geht heim.
Dasselbe wiederholt sich bei der zweiten Sitzung.
Bei der dritten Sitzung öffnet der Patient endlich den Mund: »Darf ich Sie etwas fragen, Herr Doktor? Wäre vielleicht eine finanzielle Beteiligung an Ihrem Geschäft möglich?«

»Herr Doktor, mit mir ist etwas nicht in Ordnung: Ich rede seit einiger Zeit dauernd mit mir selber.«
Der Arzt: »Ich auch. Das ist nicht weiter schlimm.«
Der Patient: »Ja, aber Sie ahnen nicht, was für ein Nudnik *(langweiliger Schwätzer)* ich bin!«

Kohn zu seinem Freund: »Mein Moritzl ist ein Bettnässer; und das Schlimmste: es bekümmert ihn.«
Der Freund: »Das ist heut gar keine Affäre. Du gehst mit ihm zu einem Psychiater.«
Ein paar Wochen später: »Nu – hat der Psychiater kuriert dein Moritzl?«
»Ja.«
»No – wunderbar! Also macht er nicht mehr ins Bett?«
»O doch. Aber er macht sich nichts mehr daraus.«

Beim Psychoanalytiker.
»Doktorleben, ich habe das Gefühl, daß mir überall am Körper Schlangen heraufkriechen.«
Der Psychoanalytiker, entsetzt: »Kommen Sie mir nicht zu nah!«

Partygespräch.
»Herr Doktor, als Fachmann für Psychoanalyse werden Sie die Frage, die wir diskutieren, sicher beantworten können. Was meinen Sie: Wenn van Gogh psychoanalysiert worden wäre – hätte er sich dann sein Ohr nicht abgeschnitten?«
»O doch! Aber er hätte gewußt, warum.«

Goldsand: »Herr Doktor, es ist nicht auszuhalten! Ich träume dauernd von Blut und dicken Fleischklumpen!«
»Das sind bedenkliche Symptome! Aber keine Angst, wir werden der Sache schon beikommen. Zunächst Ihre Personalien. Was sind Sie von Beruf?«
»Metzger.«

* * *

Wir haben ausführlich dargelegt, warum und wie der Witz vor allem für die Exiljuden nicht nur eine Lebenshilfe, sondern ein regelrechtes Existential, eine fundamentale Bedingung für ihr Weiterleben, wurde. Wir haben dabei aber bisher nicht erwähnt, daß all diese Elemente dennoch den jüdischen Witz nicht hervorgebracht hätten, wenn nicht – ganz von ihnen unabhängig – eine genuine Witzbegabung der Juden dazugekommen wäre. Eine solche Begabung findet sich bei den verschiedenen Völkern graduell sehr unterschiedlich. Den Japanern mit ihrem Kamikaze- und Seppukku-Kult des rituellen Selbstmordes fehlt sie restlos, desgleichen den Spaniern mit ihrem perversen Slogan »Viva la muerte!« (Es lebe der Tod!) Natürlich gibt es in Spanien die genialen, selbstkritischen, witzigen, pikaresken Romane der Inquisitionszeit, die scheinbar das Gegenteil beweisen: Erst seit wenigen Jahrzehnten hat man aber herausbekommen, daß der Begriff »Picaro« von hebräisch pakar (Verbalform zu verrucht, ausgestoßen, vogelfrei) kommt, und daß diese ganze, zum Teil anonym erschienene Literatur von jüdischen

Zwangstäuflingen stammt, die in ihr außer ihrer eigenen Situation als Ausgestoßene auch den spanischen romantisch-todestrunkenen Nationalcharakter verspotten. Zu dieser Literatur gehört auch die Verspottung des armen, »heroischen« Don Quichote durch den getauften Juden Cervantes.
Ähnlich genuin witzbegabt wie die Juden sind am ehesten noch die (ihnen übrigens rasseverwandten) Armenier: Es ist kein Zufall, daß sie als einzige der vielen Volksgruppen der UdSSR zur Stalinzeit die genialen antimarxistischen Witze des »Radio Jerewan« schufen.
Die früheste, mit Namen bekannte jüdische Witzfigur ist Herschl Ostropolier, ein volkstümlicher, ziemlich boshafter Witzbold und Trinker, der sich, bettelarm, jämmerlich durchs Leben schlug. Er lebte im 18. Jahrhundert. Eine Zeitlang ging es ihm besser, denn die chassidischen Anhänger eines von Depressionen und melancholischen Zuständen geplagten Wunderrabbis hatten ihn diesem als Diener vermittelt, in der Hoffnung, er werde mit seinen Witzen den Rabbi aufheitern.
Es war kein kluger Einfall. Mystiker und generell Wundergläubige haben keinen Sinn für Witz oder auch nur Humor. Denn vor allem der Witz basiert auf Nüchternheit und Kritik. Der Rabbi warf denn auch den armen Herschl bald hinaus, was diesen bis ins Mark traf, sein Elend und seinen gesundheitlichen Zerfall rasch steigerte und zu seinem relativ frühen Tod führte. Hier einige wenige Proben – sie sind zum Teil eher herzzerreißend als lustig.

Nach einem alten jüdischen Glauben öffnet sich der Himmel in der Nacht von Tischa-Beaw, und alle Wünsche gehen dann in Erfüllung.
In einer solchen Nacht sitzt Herschl Ostropolier mit andern Juden zusammen vor der Schul, und jeder nennt seine Wünsche.
Herschl sagt verträumt: »Ich wollte, ich wäre ein König.

Mein Reich wird überfallen, mein Palast verbrannt, ich fliehe im bloßen Hemd...«
Der Rebbe hat zugehört und fragt verwundert: »Seltsame Geschichte! Was wünschest du dir eigentlich?«
Darauf Herschl, seufzend: »Das Hemd, Rebbe!«

Herschl ernährte die Familie mit einem kleinen Kramladen. Einmal unterschrieb er einen Wechsel für Ware und löste ihn natürlich nicht ein.
Der Kaufmann kam gelaufen: »Herschl, warum hast du den Wechsel nicht eingelöst?«
»Ich zahle nicht.«
»Aber Herschl! Du hast doch den Wechsel selbst unterschrieben!«
»Na und? Mein Wort ist heiliger als meine Unterschrift. Wenn ich sage, ich zahle nicht, dann zahle ich nicht!«

Zum Wunderrabbi, bei dem Herschl dient, kommt eine Frau und klagt, der Mann sei ihr weggelaufen. Der Rabbi tröstet die Frau und prophezeit, der Mann werde wiederkommen.
Da mischt sich Herschl ein und sagt: »Er wird nicht kommen!«
Als die Frau fortgegangen ist, schilt ihn der Rabbi aus. Darauf Herschl: »Rabbi, Ihr habt in Euren Folianten geschaut und geschlossen, der Mann werde wiederkommen. Ich aber habe die Frau angeschaut, und darum weiß ich: Er kommt nicht zurück!«

* * *

Die genuine Witzbegabung der Juden wird besonders deutlich in den Anekdoten um berühmte Persönlichkeiten der Neuzeit, die keiner akuten Verfolgung ausgesetzt waren und daher den Witz als »Existential« auch nicht unbedingt brauchten.

Einen Grenzfall bildet der berühmte Berliner impressionistische Maler Max Liebermann, der erst in der Nazizeit – nach Malverbot und totaler Enteignung – starb, und dessen Witwe, der man sogar die Gemälde ihres Mannes weggenommen hatte, dem Verhungern und dem Abtransport nach Auschwitz durch Selbstmord zuvorkam. Aus den Hitlerjahren ist von Liebermann nur noch eine einzige Anekdote, aber kein einziger Witz mehr überliefert. Im Windschatten der Gaskammern erstarb jede geistige Überlebensstrategie, auch die des jüdischen Witzes.

Der Wiener jüdische Schriftsteller Arthur Schnitzler bittet seinen Kollegen Hugo von Hofmannsthal um zwei Sitze zu den Salzburger Festspielen und vergißt es.
Hofmannsthal telegraphiert aus Salzburg: »Sitze besorgt Hotel Elisabeth Hofmannsthal.«
Schnitzler telegraphiert zurück: »Warum sitzest besorgt Hotel Elisabeth? Schnitzler.«

Arthur Schnitzler: »Wissenschaft ist, was ein Jude von einem andern abschreibt.«

Arthur Schnitzler kam von einer Schriftstellerversammlung. Ein Freund wollte wissen, wie es dort war.
Schnitzler: »Wenn nicht *ich* dort gewesen wäre, hätte ich mich sehr gelangweilt.«

Walther Rathenau führt bei seinem Vetter, dem berühmten impressionistischen Maler Max Liebermann, einen Offizier ein und stellt ihn mit seinem Titel vor.
Als der Offizier hierauf bittet, Liebermanns Bilder besichtigen zu dürfen, antwortet Liebermann: »Nanu, det interessiert Sie? Aber Sie haben doch 'nen janz anständigen Beruf!«

Bei einer Gesellschaft verzog sich Max Liebermann in ein menschenleeres Zimmer. Mittlerweile war auch der Pianist und Komponist Eugen d'Albert mit seiner vierten Frau (er heiratete später noch weitere drei Mal!) gekommen. Der Hausherr stöbert Liebermann in seiner Ecke auf und fragt ihn: »Wollen Sie nicht die junge Frau von Eugen d'Albert kennenlernen?«
Darauf Liebermann: »Nee, die überspring ick mal!«

Ein junger Maler hatte einen Orden bekommen und zeigte ihn stolz und freudig dem großen Liebermann.
Liebermann, unbeeindruckt: »Passen Se uff! Jetzt kommen noch viel mehr! Wo *ein* Hund hinpißt, da pissen *alle* hin!«

Ein Kunsthändler war sich nicht klar, ob eine Skizze Liebermanns mit Kohle oder Fettstift gezeichnet war, und fragte: »Womit ist die Zeichnung gemacht?«
Darauf Liebermann: »Mit Talent.«

1932 in Berlin. Neben dem Haus Max Liebermanns befand sich eine Villa, in der eine SA-Führerschule untergebracht war. Eines Tages sah ein SA-Mann über die Gartenmauer hinweg Liebermann beim Malen zu. Schließlich sagte der SA-Mann: »Für einen Juden malen Sie eigentlich ganz ordentlich, Herr Professor.«
Darauf Liebermann: »Für einen SA-Mann haben Sie eigentlich eine ganze Menge Kunstverstand.«

Liebermann, sehr bedrückt zum (ebenfalls jüdischen) Bankier Carl Fürstenberg: »Wissen Sie schon, wer heute gestorben ist?«
Darauf Fürstenberg: »Mir ist jeder recht.«

Im Jahre 1930 spazieren Liebermann und Fürstenberg, beide über achtzig Jahre alt, im Berliner Tiergarten. Ein hübsches Mädchen geht vorbei. Beide sehen sich nach ihr um, und Liebermann seufzt: »Siebzig müßte man sein, Fürstenberg!«

Eine Dame, die sich von Max Liebermann porträtieren ließ, fragte besorgt, ob das Bild ihr auch wirklich ähnlich sein werde.
»Ich male Sie ähnlicher als Sie sind!« versprach Liebermann.

Einer Dame, die ihm zuviel dreinredete, sagte Liebermann: »Noch *ein* Wort, und ich male Sie genau, wie Sie sind.«

Als eine Dame klagte, er habe ihren Mund zu groß gemalt, tröstete Liebermann: »Ihr Mund ist so schön, der kann gar nicht groß genug gemalt werden!«

Die Maler Lesser Uri (gleichfalls Jude) und Liebermann waren eine Zeitlang befreundet. Dann verkrachten sie sich. Und eines Tages wurde Liebermann hinterbracht, Uri prahle, in Wirklichkeit sei er der Urheber einiger von Liebermann signierter Arbeiten.
Darauf Liebermann: »Solange er nur behauptet, er habe *meine* Bilder gemalt, stört mich das nicht. Wenn er aber eines Tages behaupten sollte, ich hätte *seine* Bilder gemalt, werde ich ihn sofort einklagen.«

Einer beklagt sich bei Liebermann, der teure van Gogh, der über seinem Bett hänge, habe sich als Fälschung erwiesen! Liebermann tröstet: »Was liegt dran, wen Sie *über* dem Bett haben. Die Hauptsache ist doch, wen Sie *im* Bett haben.«

Ein Professor der Medizin ließ sich von Liebermann porträtieren. Er wollte nur zweimal Modell sitzen und meinte: »Von meinen Patienten verlange ich auch nicht, daß sie mehr als zweimal für eine Diagnose zu mir kommen.«
»Das ist etwas anderes«, sagte Liebermann. »Wenn *Sie* etwas versauen, so deckt det der jrüne Rasen. Aber wenn *ick* etwas versaue, denn hängt det an der Wand.«

Nachfolgend in Stenogrammkürze, was Max Liebermann von der sogenannten »konkreten« oder »abstrakten«, ungegenständlichen Kunst hielt, die schon zu seinen Lebzeiten aufkam, und die, was ein anderer Jude – der Israeli Ephraim Kishon – festgestellt hat, gar keine Kunst ist.
Liebermann wurde gefragt: »Weshalb setzen die Maler immer ihre Unterschrift rechts unten auf das Bild?«
Liebermann erklärte: »Det is, damit die Kunstkenner es sich merken und das Bild nicht verkehrt herum aufhängen.«

Nach der Machtergreifung Hitlers mußte dem sonst durch seine Schlagfertigkeit berühmten Max Liebermann mitgeteilt werden, daß er nicht länger der Präsident der Preußischen Akademie der Bildenden Künste sein könne. Einem Beamten fiel die peinliche Aufgabe zu, den Maler womöglich zur »freiwilligen« Abdankung zu bewegen. Er suchte Liebermann auf und begann davon zu sprechen, daß die Zeiten sich geändert hätten.
Liebermann schwieg.
Außerdem, meinte der Beamte, brauche die neue Zeit neue Menschen.
Liebermann schwieg.
Und auch in der Akademie seien gewisse Veränderungen unvermeidlich.
Liebermann schwieg.
Dem Beamten wurde die Sache immer peinlicher, er be-

gann zu stottern und verstummte schließlich ganz. Die beiden saßen sich schweigend gegenüber.
Nach einer Weile sagte Liebermann: »So – jetzt haben Sie sich lange genug geschämt. Jetzt können Sie gehn.«

Der Bankier Carl Fürstenberg war bekannt für seinen boshaften Witz.
Bei der Durchsicht seiner Bücher stößt er auf ein ungewöhnlich hohes Debet-Saldo.
»Was bedeutet das?« fragt er streng seinen Prokuristen.
»Das ist schon in Ordnung«, beschwichtigt dieser, »dieser Kunde ist mit der Tochter des schwedischen Finanziers Wallenberg verheiratet.«
Fürstenberg bleibt ablehnend: »Wenn sie *ihm* als Unterlage genügt, ist das seine Sache. *Mir* genügt sie nicht!«

Am Berliner Börsensaal prangen zwei große neue Gemälde: links eine bekleidete, rechts eine unbekleidete Göttin.
Fürstenberg: »Wie sinnig! Links die verschleierte Bilanz, rechts die nackte Pleite!«

Fürstenberg schaut in Köln aus dem Fenster seines Schlafcoupés. Da erblickt ihn vom Bahnsteig aus der Bankier Louis Hagen und bittet: »Ach, lieber Herr Fürstenberg, ich muß auch nach Berlin, habe aber keinen Schlafwagenplatz mehr bekommen. Bitte, lassen Sie mir doch das freie Bett in Ihrem Coupé!«
Darauf Fürstenberg: »Rundweg abschlagen möchte ich Ihnen das nicht. Ich werd mir die Sache mal beschlafen.«

Große Gesellschaft bei Fürstenbergs. Ein Herr tritt auf Fürstenberg zu und sagt bedauernd: »Ich möchte mich von Ihnen verabschieden. Leider muß ich schon gehen.«
Darauf Fürstenberg, seufzend: »Was nützt mich *einer*!«

Der Vater Rathenau wollte ein mit Fürstenberg verabredetes Treffen um vier Wochen verschieben.
Fürstenberg ärgerlich: »Da kann *ich* nicht! Da habe ich eine Beerdigung.«

Auf der Börse trat jemand an Fürstenberg mit der Frage heran: »Bitte, wo ist hier die Toilette?«
Fürstenberg: »Hier gibt's keine Toiletten. Hier bescheißt einer den andern.«

Auf dem Bahnsteig geht ein Bekannter auf Fürstenberg zu und fragt: »Wohin fahren Sie?«
»Nach Frankfurt.«
»Ich auch. Da können wir ja zusammen fahren.«
»Wenn ich Sie sehe, fahre ich *immer* zusammen.«

Fürstenberg: »Der Reingewinn ist derjenige Teil des Gesamtgewinns, den der Vorstand beim besten Willen nicht mehr vor den Aktionären verstecken kann.«

Fürstenberg: »Ausnahmslos alle Aktionäre sind dumm und frech. Dumm – weil sie fremden Leuten ihr Geld anvertrauen. Frech – weil sie für diese Dummheit auch noch Zinsen haben wollen.«

Max Reinhardt, der barocken Pomp auf der Bühne und im Privatleben liebte, gibt in seinem Salzburger Schloß Leopoldskron einen großen Empfang. Zwischen Dienern, die Fackeln halten, empfängt Reinhardt die Gäste auf der Freitreppe. Sein *(nichtjüdischer)* Freund Liebstöckl fährt vor, steigt aus, stutzt: »Wos is, Max? Kurzschluß?«

Liebstöckl war zur Zeit Max Reinhardts ein berühmter Wiener Theaterkritiker. Obwohl Nichtjude, pflegte er gern zu mauscheln *(mit jiddischem Anklang sprechen)*.

Einmal sagte zu ihm ein jüdischer Kollege: »Liebstöckl, Se san doch kaner von unsere Lait: Warum jiddeln Sie?« Liebstöckl: »Jach kenn, Sie missen!« *(Ich kann, Sie müssen.)*

Liebstöckl ist mit einer Sängerin liiert, die in München gastiert. Noch nachts, nach der Aufführung, schickt sie ihm ein endloses Telegramm, daß seine Majestät huldvoll geruht habe, sie in der Hofloge zu empfangen etc. etc. Liebstöckl, unsanft aus dem Schlaf gerissen, telegraphiert zurück: »Meine Dajes *(Sorgen)*! Liebstöckl.«

Ein mittelmäßiger Schauspieler pflegte zu erzählen, daß er früher einmal mit Max Reinhardt in einer Wiener Bank zusammen gearbeitet habe. Er selber bekam achtzig Kronen im Monat, und Reinhardt bloß sechzig.
Beide zog es zum Theater. Da aber Reinhardt weniger verdiente, entschloß er sich früher, die Bank zu verlassen, und er ging gleich zum Theater. Und er, der Kamerad des Regisseurs, tat das erst sechs Monate später.
»Und jene sechs Monate«, pflegte er mit einem Seufzer zu endigen, »habe ich niemals mehr einholen können!«

Der aus Österreich stammende jüdische Komiker Max Pallenberg beim Anblick eines norddeutschen Gallertepuddings: »Wackel net! I rühr di eh net an!«

Sami Blau hat eine Operation an der Aorta hinter sich und befindet sich bereits auf dem Weg der Besserung.
»Na, wie geht es?« fragt ihn der berühmte jüdische Chirurg Dr. Hartschmalz, der ihn operiert hat.
»Gott hat geholfen«, sagt Sami fromm.
»Nein, *ich* habe Ihnen geholfen«, entgegnet der Chirurg, »Gott ist ein Internist.«

Ein bekannter jüdisch-amerikanischer Boxer sitzt mit seinem Manager im Zug nach Kalifornien. Da steckt ein riesiger Kerl den Kopf ins Coupé und brüllt: »Ist hier ein Jude?«
Der Boxer vermutet eine antisemitische Pöbelei und will aufspringen. Der Manager hält ihn zurück.
Nach wenigen Minuten ist der Kerl wieder an der Tür und brüllt dieselben Worte. Jetzt ist der Boxer nicht mehr zu halten, springt auf und schreit: »Jawohl, ich bin einer!«
Darauf der Hüne, begeistert: »Gott sei Dank! Wir stellen nämlich im Nebenwagen einen Minian zusammen, und einer fehlt uns noch!«

Ein zionistischer Führer wurde in Amerika interviewt, wie ihm die amerikanischen Juden gefielen.
»Ich habe den Eindruck«, erklärte er, »daß Christoph Kolumbus der einzige amerikanische Jude war, der seine Karriere nicht mit Schuheputzen und Zeitungsaustragen begonnen hat.« *(Kolumbus stammte von »Marranen«, das heißt von Zwangstäuflingen aus der Zeit der spanischen Inquisition.)*

Der sehr energische jüdische Kabarett-Direktor Kurt Robitschek hatte einen Sketch geschrieben. Dieser wurde von dem ebenfalls jüdischen Conférencier Fritz Grünbaum folgendermaßen eingeleitet:
»Jetzt kommt ein Sketch. Der Sketch ist von Direktor Robitschek. Sag ich, der Sketch ist gut, dann sagen Sie: ›Ja, weil der Grünbaum sonst entlassen wird.‹
Sag ich, der Sketch ist schlecht – so werde ich entlassen. Ich sage nicht, der Sketch ist gut. Ich sage nicht, der Sketch ist schlecht. Ich sage: der Sketch ist von Robitschek.«

Kurt Robitschek führte eine Sängerin aus französischem Adel, Irène de Noiret, mit den Worten ein: »Sie ist wirklich aus ganz altem Adel, und ich stelle mir immer vor, daß ihre Vorfahren vielleicht in der gleichen Gegend auf Ritterburgen hausten, in der damals meine Vorfahren mit alten Rüstungen gehandelt haben.«

Schwere Wirtschaftskrise in Israel. Zum berühmten Chemiker und Staatspräsidenten Prof. Chaim Weizmann kommt eine Abordnung vom Theater Habima aus Tel Aviv, um sich über die katastrophale Finanzlage der Bühne zu beklagen.
Weizmann: »Was soll ich denn tun? Ich kann euch höchstens mit einem mitleidigen Ächzen beistehen – aber das brauche ich momentan für mich selbst!«

Der israelische General Moshe Dayan hatte im Krieg ein Auge verloren und trug seither eine schwarze Augenbinde.
Er hat mit seinem Jeep die für Militärfahrzeuge zugelassene Höchstgeschwindigkeit überschritten und wird von der Militärpolizei gestoppt.
Dayan: »Können Sie mir vielleicht sagen, wie man mit einem einzigen Auge zugleich den Straßenverkehr und den Tachometer beobachten kann?«

* * *

Die Hitlerzeit hat im Judenwitz nur spärliche Spuren hinterlassen. Lachen statt Weinen ist nur solange ein brauchbares Existential, als es irgendwie und irgendwo doch noch Mittel und Auswege zum Überleben gibt. Konfrontiert mit der Totalvernichtung unter jubelnder Zustimmung oder gleichgültiger Hinnahme durch die restliche Bevölkerung, oder durch deren massive aktive Mitwirkung, wie in weiten Regionen Osteuropas, erlahmt auch dem begabtesten Witzbold Gehirn und Zunge. Die paar Judenwitze, die zur Hitlerzeit dennoch entstanden, sind denn auch meist eher herzzerreißend als komisch. So etwa die drei Worte umfassende Pointe des Witzes zu Beginn der Hitlerzeit, in welchem der Jude auf die Frage des Paßbeamten nach seinem anvisierten Reiseziel einen Ort auf der andern Seite des Erdballs angibt und auf die verwunderte Frage des Beamten: »So weit weg?« – antwortet: »Weit von wo?« Er gibt damit zu verstehen, daß man ihn erstens, total ausgeraubt, nirgends haben will, und daß er zweitens im Grunde auch nirgends anderswo sicher ist. Nicht grundlos hat ein Überlebender des Holocausts diese drei Worte zum Titel seiner Memoiren gewählt, die ihm aber nicht dazu verhalfen, sich von der würgenden Last der Erinnerung »freizuschreiben«: Er nahm sich dann, genau wie einige andere prominente Schicksalsgefährten, doch noch das Leben.

Nicht weniger bedeutsam sind auch die wenigen, scheinbar lockeren Witze über das ganz und gar nicht »arische« Aussehen gerade einiger Figuren aus der allerobersten Naziprominenz, aus dem bis heute keiner die Lehre und Konsequenz gezogen hat: Daß nämlich Hitler zwar Rasseparolen plärrte, sich aber nie auch nur im entferntesten für die Rassekomponenten der präsumtiven Vernichtungsopfer interessierte, sondern die Selektion für die Gasöfen nur nach den Familienpapieren traf und auch solche Juden liquidieren ließ, die aussahen wie Siegfried der Drachentöter und seine Kriemhild.

Zumindest die Juden hätten sich heftig dagegen wehren müssen, als die deutschen Massen, den mittelalterlichen Flagellanten gleich, ihre Lichterketten und ihr Buße- und Reuegeplärr unter Vermeidung des Namens »Jude« mit Antirassismusparolen starteten. Aus blutiger historischer Erfahrung heraus hätten sie sich daran erinnern müssen, daß schon bei der frühesten Flagellantenwelle der Kreuzfahrerzeit das Reue- und Bußegeplärr und die Selbstkasteiungen der massenhysterischen Banden zuletzt in die schwersten Judenmassaker des Mittelalters einmündeten.

Speziell auf deutschem Boden hat die Ablösung des Begriffs »Jude« durch den Antirassismusslogan zu der perversen Folge geführt, daß der hoffnungslos überschuldete deutsche Staat alljährlich mit vielen Milliarden zahllose Pseudoasylanten aller Rasseschattierungen nicht nur alimentiert, sondern – eine weltgeschichtlich einmalige Umdrehung der normalen Verhältnisse – dem Staatsbürger gegenüber eindeutig priviligiert. Unter ihnen sind Hunderttausende, wenn nicht bereits Millionen von Arabern als angeblich von den Juden vertriebene »Urpalästinenser«, obwohl sie nie vertrieben wurden, sondern nach fünf mißlungenen Versuchen, die Juden »ins Meer zu werfen«, selber flohen, und obgleich ihnen 22 arabische Staaten als Zufluchtsziel zur Verfügung stehen, wo sie allerdings keine Staatspensionen bekämen wie in Deutschland – außer wenn sie sich als Dschihad-, Intifada-, Hisbolla- oder Hamasmörder ausweisen können. Und obwohl höchstens ein Prozent von ihnen schon vor den Zionisten im Gelobten Lande saßen.
Was es mit den vermeintlichen Urpalästinensern auf sich hat, die in Wirklichkeit eine Kreation der antisemitischen englischen Kolonialverwaltung Palästinas sind, welche jüdische Flüchtlingsschiffe mit der lustigen wörtlichen Erklärung, im Lande habe »keine Katze mehr Platz«, in Hitlers Gasbereich zurückjagte und zugleich Hunderttausende von Arabern in das dank der jüdischen Pionierarbeit wieder bewohnbar gewordene Land einströmen ließ, haben wir ausführlich in der Einleitung dargelegt. Und auch, daß sich – Holocausttreue hin oder her – dank dem uralten, teils bewußten, teils unterbewußten Judenhaß zunehmend nicht die historische Wahrheit, sondern die für die Israelis tödliche Phantasieverleumdung durchsetzt, die Zionisten seien in ein dicht besiedeltes, blühendes, arabisches Land eingedrungen, von wo sie die »Urpalästinenser« vertrieben hätten. Es vergeht kaum eine Woche, ohne daß manche prominente Medienstars oder sogar Theologen – kirchenkritische mit inbegriffen – die Israe-

lis als angebliche »Rassisten« und Usurpatoren herunterputzen, die sich zu den Arabern nicht besser verhielten als Hitler zu ihnen. Hierzu paßt auch, daß die UNO bis heute keinen einzigen Massenmordanschlag der Hisbolla gegen israelische Zivilbevölkerung beanstandete – aber einstimmig, mit Ausnahme der USA, den Israelis, die in Reaktion auf eine Beschießung durch die Hisbolla irrtümlich das unmittelbar daneben liegende Flüchtlingslager getroffen hatten, unterstellte, das hätten sie absichtlich getan, obwohl das reiner Blödsinn war.
Man kann angesichts solcher Vorzeichen jüdische Witze aus der Nazizeit heute nicht präsentieren, ohne die Frage offen zu lassen, ob sie nur Spiegel und Rückblick auf eine vermeintlich einmalige Horrorvergangenheit sind oder zugleich Muster und Vorspiel möglicher analoger Vorgänge im Windschatten moderner Technologie.

Gleich zu Beginn der Nazi-Ära, als Juden in Deutschland noch leben konnten, läutet der christliche Ausläufer einer Mazzebäckerei artig an der Türe eines Kunden und meldet freundlich: »Heil Hitler, Herr Kohn, ich bringe Ihre Mazzen.«

Die deutschen Juden waren bis zum Anbruch der Naziära oft begeisterte deutsche Nationalisten und sogar Militaristen.
Aus einem nationalsozialistischen KZ nahe der holländischen Grenze gelingt zwei Juden die Flucht. Die aufgeregten holländischen Grenzwächter begehen sogar eine Grenzverletzung, um die beiden vor ihren Verfolgern, die bereits auf Motorrädern heranrattern, zu erretten.
Die Flüchtlinge werden von den triumphierenden holländischen Soldaten verpflegt, getröstet und dann, bei der Wachablösung, mit ins Land hineingenommen.
Als sie mit der holländischen Truppe landeinwärts gehen, wendet sich der eine zum andern und flüstert wehmütig:

»Und das nennen die Holländer marschieren! Wenn man das mit *unserer* SA vergleicht!«

Erich Maria Remarque, »arischer« Verfasser von *Im Westen nichts Neues*, einem pazifistischen Roman über den Ersten Weltkrieg, mußte in der Hitlerzeit auswandern. Gefragt, ob er nicht Heimweh empfinde, entgegnete er: »Wieso? Bin ich ein Jude?«

1938. Zwei Juden.
»Wohin fahrt Ihr?«
»Weit weg!«
»Richtig! Sicher sind wir Juden nur, wo wir nicht sind!«
»Darum fahre ich hin!«

Auf der Paßabteilung in Berlin im Jahre 1938.
Herr Kohn wünscht einen Paß.
»Wohin wollen Sie reisen?« fragt der Beamte.
»Ich weiß nicht.«
»Sie müssen ein Reiseziel angeben.«
Herr Kohn zuckt die Achseln.
Der Beamte ist gutmütig und zeigt auf den Globus. »Suchen Sie sich ein Land aus und schreiben Sie es aufs Gesuch!«
Herr Kohn dreht den Globus einige Male langsam rund herum. Dann fragt er: »Nichts Besseres können Sie mir nicht anbieten?«

Sichrono (weiblich sichrona) le 'olam: Möge sein (ihr) Andenken ewig währen! Feste Formel über Verstorbene.
1933. Brief aus Berlin, der die Zensur anstandslos passierte:
»Lieber Vetter Schlojme,
es geht uns glänzend. Alles, was die amerikanischen Zeitungen über die Mißhandlungen von Juden schreiben, ist

reine Greuelpropaganda. Wir möchten nirgends anderswo leben – außer vielleicht bei Tante Sara – sichrona le 'olam!«

Nazideutschland. Das Flugzeug Berlin–Hamburg stürzt ab. Fleckeles als Überlebender klettert aus den Trümmern.
»Schrecklich!« sagt er erschüttert. »Die Luft fängt an, so unsicher zu sein wie die Straße!«

Nazideutschland. Katz kommt schwer bandagiert aus dem Gestapogebäude heraus.
Ein Passant bleibt erschrocken stehen: »Was in aller Welt ist mit Ihnen geschehn?«
Katz: »Nichts. Ich bin nur ein Märchen der Greuelpropaganda.«

Nach 1933. Ein Jude sieht einen Bettler mit einer Tafel auf der Brust: »Vollständig blind. Nehme nichts von Juden.«
Der Jude, nervös: »Nehmen Sie die Tafel ab, und ich gebe Ihnen fünf Mark!«
Der blinde »Nazi«: Auf Ihre Ejzes hab ich gewartet! Wollen Sie mich lehren, wie man bei diesen Banditen bettelt!«

In der Nazizeit sitzen zwei Juden in ihrem Berliner Stammcafé. Plötzlich sagt der eine schwermütig: »Moses ist doch ein ganz großes Rindvieh gewesen!«
»Um Himmels willen! Wie sprichst du von unserm großen Propheten! Er hat uns doch aus Ägypten herausgeführt!«
»Eben deshalb! Hätt er uns nicht rausgeführt, so hätt ich jetzt einen englischen Paß.«

Nazideutschland. »Kohn, hast du schon gehört? Wendriner hat sich gestern aufgehängt!«
»Nu – wenn er sich verbessern kann!«

1933. In einem deutschen Amtsgebäude meldet sich ein Jude mit der Bitte, seinen Namen ändern zu dürfen. Der Beamte: »Im allgemeinen lassen wir uns darauf nicht ein. Aber Sie werden wohl gewichtige Gründe haben. Wie heißen Sie denn?«
»Adolf Stinkfuß.«
»Ja, da muß man schon Verständnis haben. Und wie möchten Sie heißen?«
»Moritz Stinkfuß.«

Wien, Nazizeit. Nachts in einer einsamen Gasse schwankt ein betrunkener, riesiger Goj auf den schüchtern dahinschreitenden Naftali zu und murmelt: »Sie – Sie sind – a Jud!«
Naftali, erschrocken: »Und Sie? Sie sind total besoffen.«
Der Betrunkene: »Ja, ja – aber das vergeht bis morgen früh.«

SS-Kommandant zum Juden: »Wenn du errätst, welches meiner beiden Augen aus Glas ist, laß ich dich laufen.«
Der Jude: »Das linke.«
Der SS-Kommandant: »Das ist richtig! Wie hast du das so schnell erkennen können?«
Der Jude: »Es hat mich so menschlich angeschaut.«

Berlin, Hitlerzeit. In Deutschland gibt es noch Juden, aber die Verfolgungen haben bereits angefangen.
Im Tiergarten spazieren zwei kleine jüdische Mädchen. Sie schauen den eleganten Reitern zu. Da scheut plötzlich ein Pferd, wirft den Reiter ab und galoppiert wild davon.
»Schnell, laß uns weglaufen!« sagt das eine Mädchen ängstlich.
»Ach was«, beruhigt das zweite Mädchen, »bleib nur! Das Pferd weiß ja nicht, daß wir jüdisch sind!«

Ein Amerikaner, an einem milden Märztag zu einem Emigranten: »Spring in the air!« *(Frühling in der Luft.)*
Der Emigrant *(der für »spring« die deutsche Bedeutung einsetzt)*, melancholisch: »Why should I?«

Variante:
»Spring in the air.«
»Spring yourself!«

Zwei jüdische Emigranten treffen sich am oberen Amazonas und tauschen Berufserfahrungen aus.
»Ich fang Schlangen. Ich sammle das Gift und bring es dann zur Flußmündung. Dann fahr ich wieder hierher. Me lebt.«
»Ich zapf die Gummibäum an. Hab ich genug, bring ich zur Mündung und komm wieder hier herauf. Me lebt.«
»Was aber ist geworden aus dem Nafziger?«
»Der ist geworden e Abenteurer.«
»???«
»Der ist zurück nach Deutschland!«

Wien 1946. An der Opernkreuzung unterhalten sich ein englischer und ein amerikanischer Offizier. Ein französischer Major geht vorbei. Darauf der Engländer zum Amerikaner: »Joj, der Teitelbaum ist auch wieder in Wien!«

Der Zweite Weltkrieg ist beendet. In einem Wiener Café verlangt ein Jude den »Völkischen Beobachter«. Der Kellner sagt ihm, daß es ihn nicht mehr gibt. Das wiederholt sich täglich. Schließlich fragt der Kellner: »Warum fragen Sie täglich neu nach ihm, wo ich Ihnen doch täglich neu sage, daß es ihn nicht mehr gibt?«
»Eben: um zu hören, daß es ihn nicht mehr gibt.«

Der Beamte bemüht sich, den einfachen Parteigenossen Müller zu entnazifizieren: »Waren Sie unter Hitler eingesperrt? Haben Sie zur Widerstandsbewegung gehört? Hatten Sie unter Hitler zu leiden?«
»Nein«, gesteht Müller, »es ist mir sogar sehr gut gegangen. Ich hatte immer genug zu essen und hatte sogar im Keller eine Menge sehr guten Wein versteckt.«
Beamter: »Ausgezeichnet! Fräulein, schreiben Sie: das einfache Parteimitglied Müller hielt während der ganzen Hitlerzeit in seinem Keller einen gewissen Oppenheimer *(bekannter deutscher Wein und jüdischer Nachname)* versteckt.«

1946. Pfarrer im Kindergottesdienst: »Warum entkam Jona aus dem Bauch des Wals?«
Fritzchen, nach kurzem Nachdenken: »Herr Pfarrer, die Juden lassen sie heute alle wieder laufen.«

Die Judenmorde der Nazizeit haben zur Folge, daß die Justiz der Bundesrepublik Deutschland antisemitische Vergehen streng bestraft.
Auf einer Bundesstraße schleicht ein Mercedes 220 SE Cabriolet. Ein Volkswagen versucht zu überholen. Jedesmal, wenn er dazu ansetzt, tippt der Mercedesfahrer auf das Gaspedal und zieht ab. Das geht so etwa zehnmal. Schließlich, an einer Kreuzung, gelingt es dem Volkswagen, vorbeizuziehen. Der Volkswagen hält. Der Fahrer steigt aus und stoppt den Mercedes. Er geht auf den Mercedesfahrer zu und fragt:
»Gestatten Sie bitte eine Frage. Sind Sie Jude?«
»Nein.«
»Komm raus, du Schwein!«

Bundesrepublik 1946.
Was ist der Unterschied zwischen einem Saupreiß und einem Saujud?

»Saupreiß« darf man sagen.

Drei Juden treffen sich in einem Café in Tel Aviv und sprechen über Wiedergutmachung.
Der erste sagt: »Ich bin 1938 noch herausgekommen und habe Glück gehabt. Die Wiedergutmachung habe ich angemeldet, nicht alles bekommen, aber ist nicht schlecht, was ich bekommen habe.«
Der zweite sagt: »Ich bin schon 1933 herausgekommen, habe auch Wiedergutmachung angemeldet, aber was habe ich schon bekommen? Bissel Ausbildungsschaden, ist nicht viel, aber etwas.«
Der dritte sagt: »Ich bin 1928 ausgewandert, das ist überhaupt nicht wiedergutzumachen.«

Adolf Eichmann, der Organisator der Judenvernichtung, ist vom israelischen Gericht zum Tode verurteilt worden. Da stellt er den Antrag, zum mosaischen Glauben übertreten zu dürfen. Nach langem Zureden rückt er mit der Begründung heraus: »Dann gibt's einen Juden weniger!«

1955. Kohn, Rückkehrer nach Deutschland, packt hastig seinen Koffer.
»Sie wollen verreisen, Herr Kohn?« fragt der Hauswirt.
»Ja. Für immer. Es geht wieder los gegen die Juden.«
»Aber was reden Sie für Unsinn.«
»Doch. Bestimmt. Eben hat mir einer auf der Straße erzählt, man will die Radfahrer und die Juden ausrotten.«
»Wieso die Radfahrer?«
»Sehen Sie! Ich habe Ihnen ja gesagt, es geht wieder los gegen die Juden!«

* * *

Dadurch, daß die Juden als letzte und höchste Instanz nur eine einzige Gottheit mit ihren zeitlos gültigen, strengen

Moralforderungen anerkennen, ergab sich bei ihnen eine respektlose, kritische Haltung allen irdischen Persönlichkeiten gegenüber, einschließlich deren höchste Prominenz. Eine Ausnahme von dieser typischen jüdischen Urhaltung bilden nur die mystisch Entflammten unter den Juden, seit dem 18. Jahrhundert vor allem die Chassidim mit ihren Wunderrabbis, die ihnen von einem fast sakralen Glanz umweht erscheinen – worüber der jüdische Witz sich seit der Entstehung der chassidischen Bewegung reichlich lustig macht.
Der ganze Rest der Juden – auch die Gläubigen unter ihnen – geht hingegen davon aus, daß nichts auf Erden vollkommen ist. Sogar überzeugten Zionisten macht es daher nichts aus, sich auch über den Staat Israel und die zionistische politische Nomenklatura lustig zu machen und auch Mängel und Mißstände des jungen Judenstaates, so seine wiederholten Wirtschaftskrisen, anzuprangern.

»Schlojme, ich habe nachgedacht, wer der klügste Mensch der Welt sein muß. Ich habe so überlegt: Das klügste Volk, das wirst du zugeben, sind die Juden. Und die klügsten unter allen Juden sind die russischen, daran zweifelt doch niemand. Die allerklügsten unter den russischen Juden sind die Zionisten – das ist auch klar. Die klügsten von den Zionisten sitzen im Zentralkomitee – wie sollte es anders sein? Und den klügsten Mann aus dem Zentralkomitee machen sie zu ihrem Präsidenten, nicht wahr? …
Und nun: dieser ist ein Esel, wie man ihn auf der ganzen Welt nicht wiederfindet!«

Im Talmud ist die Meinung vertreten, der messianischen Welterlösung würden die »chewlei-maschiach«, die Messiaswehen, in Form grauenhafter Leidenszeiten vorangehen.
Treptiner meinte: »Alle Merkmale der messianischen Zeit sind heute da: die Armut, die Not, die Verderbtheit, die Herrschaft der Dreisten – nur der Esel fehlt, auf dem der

Messias einreiten soll, denn alle Esel sind inzwischen zu zionistischen Führern avanciert.«

1930. Ein Berliner Jude meinte nachdenklich: »Mit dem Zionismus ist das so eine Sache: Ich kann mir eine jüdische Massensiedlung einfach nicht vorstellen … aber schließlich, wenn es in Heringsdorf *(seinerzeit beliebter Badeort der Berliner)* geht – warum soll es dann nicht auch in Palästina gehen?«

Ein Jude mußte aus seiner bisherigen Heimat flüchten. Nun betritt er in Israel das Land und seufzt: »Zweitausend Jahre haben wir umsonst um Rückkehr gebetet – und ausgerechnet mich muß es nun treffen!«

Im Mittelmeer begegnen sich zwei Dampfer. Der eine kommt aus Israel, der andere fährt hin. Auf beiden Dampfern stehen auf dem Verdeck Juden, Einwanderer nach Israel auf dem einen, Rückwanderer auf dem andern. Als die Passagiere beider Schiffe auf Sichtweite an der Reling lehnen, machen sie sich gegenseitig das Idiotzeichen, indem sie sich mit dem Finger an die Stirn tippen.

»Zionismus«, meinte seinerzeit ein jüdischer Berliner Rechtsanwalt, »ist eine schöne Sache. Was mich persönlich betrifft, so möchte ich, sobald der jüdische Staat besteht, Konsul in Berlin werden.«

*

Charedische (superorthodoxe) Juden lehnen den – weltlichen – Staat Israel zum Teil ab, weil nach ihrer Meinung die Juden erst bei der Ankunft des Messias im Gelobten Land wieder einen eigenen Staat haben dürfen. Sie wandern zwar mitunter in Israel ein, aber nur, um beim Eintreffen des Messias in Jerusalem als erste von den Toten aus ihren Gräbern aufzuerstehen, und nicht, wie die toten Exiljuden, sich dann unterirdisch bis nach Jerusalem durchgraben zu müssen. – Manche von ihnen lehnen die profane zionistische Vorwegnahme des Judenstaates im Gelobten Land sogar so radikal ab, daß sie mit der PLO gegen die Juden des Landes und ihren Staat kollaborieren.

Von einem berühmten Wunderrabbi erzählt man sich, daß er allnächtlich eine Wache am Dorfrand aufzustellen pflegte, die ihm das eventuelle Eintreffen des Messias sofort melden sollte.
Ein Fremder trifft spät nachts in dem Dorf ein und sieht einen armen, abgerissenen Juden, vor Kälte bibbernd, am Straßenrand sitzen. Verwundert fragt er: »Was tun Sie hier?«
»Ich bin angestellt, das Kommen des Messias zu melden.«
»Viel kann Ihnen das kaum einbringen.«
»Nein. Aber es ist ein sicherer Job fürs ganze Leben.«

Die Kinder in Israel sprechen Hebräisch. Die Eltern sind oft erst als Erwachsene ins Land gekommen und verständigen sich leichter in ihrer früheren Muttersprache. Seit den Nazijahren genieren sich aber viele, Deutsch zu sprechen.
Kinder einer Schule in Tel Aviv unterhalten sich über gewisse Geheimnisse der Erwachsenen. »Ich weiß jetzt, wie Kinder entstehen«, erklärt Ruthchen. »Gestern nacht habe ich genau aufgepaßt, was Mama und Papa tun, wenn sie allein sind.«
»Nun? Was tun sie?«
»Erst gehen sie in ihr Zimmer.«
»Und dann?«
»Dann ziehen sie sich aus und legen sich ins Bett.«
»Und dann?«
»Dann löschen sie das Licht.«
»Nu! Und dann?«
»Dann reden sie deutsch miteinander.«

* * *

Wir sagten – und belegten – schon wiederholt, daß und auf welche Weise die Juden weltweit als einzige in ihren Volkswitz auch die höchsten und komplexesten Denkdimensionen mit einbeziehen. Hier ein paar lustige Beispiele.

Einsteins Relativitätstheorie.

1. »Ich lese eben, Einstein ist nach Japan eingeladen. Warum ist er so berühmt? Was bedeutet seine Relativitätstheorie?«

»Das bedeutet, daß dasselbe, je nach Umständen, Verschiedenes bedeutet. Wenn du z. B. im Hemd auf dem heißen Ofen sitzt, scheint dir eine Minute wie eine Stunde. Wenn aber ein Mädel im Hemd auf deinen Knien sitzt, scheint dir eine Stunde wie eine Minute.«

»Und für diesen Quatsch ist Einstein nach Japan eingeladen?«

Variante:

»Und mit die zwei Sachen reist er?! Parnosse *(Lebensunterhalt)* wird er keine davon haben!«

2. »Ich werde dir erklären, was Einstein meint.

Von Lodz bis Warschau und von Warschau bis Lodz – das ist genau dasselbe, da kann Einstein nichts machen.

Aber von Pessach bis Purim ist es elf Monate, und von Purim bis Pessach ist es *ein* Monat. Verstehst du?«

3. Kohn erklärt seiner Frau die Relativitätstheorie: »Wenn du nur ein einziges Haar auf dem Kopf hast, so ist das zu wenig. Wenn ich aber nur ein einziges Haar von dir in der Suppe finde – dann ist es zuviel!«

4. Die Relativitätstheorie, von Einstein auf sich selber angewendet:
»Werde ich recht behalten, dann werden die Deutschen sagen, ich sei Deutscher, und die Franzosen, ich sei Weltbürger.
Werde ich unrecht behalten, dann werden die Franzosen behaupten, ich sei Deutscher, und die Deutschen, ich sei Jude.«

5. Theologische Relativitätstheorie.
Geht ein Mädel zu einem Rabbi, so ist der Rabbi ein Rabbi und das Mädel ein Mädel.
Geht der Rabbi zu einem Mädel, so ist der Rabbi kein Rabbi und das Mädel kein Mädel *(Mädchen im Sinne von Jungfrau).*

Hat der Jude einen Hund – so ist der Jude kein Jude, oder der Hund kein Hund.

»Jankel, was rennst du vor dem Hund davon? Du weißt doch: Hunde, die bellen, beißen nicht!«
Jankel: »Ja, *ich* weiß. Aber weiß ich, ob es der *Hund* weiß?«

Nun ein alter, ostjüdischer Witz, der Schopenhauers Weltpessimismus weit kürzer und packender formuliert und illustriert, als es je ein noch so prominenter Philosoph – Schopenhauer mit inbegriffen – vermochte.
In ein galizisches Städtchen kommt ein Ingenieur und bestellt beim jüdischen Schneider eine Hose. Der liefert sie nicht, und der Ingenieur fährt wieder ab.
Nach sieben Jahren kommt der Ingenieur wieder – da bringt der Schneider die Hose!
Der Ingenieur: »Gott hat in sieben Tagen die ganze Welt erschaffen – und Ihr braucht für eine Hose sieben Jahre?!«

Der Schneider, zärtlich die Hose streichelnd: Ja, aber seht Euch an die Welt, und seht Euch an die Hose!«

Schuster: »Gott hat die Welt schlecht eingerichtet!«
»Könntest du sie besser machen?«
»*Etwas* kann ich sicher besser machen als er.«
»Nämlich?«
»Einen Stiefel.«

Frei nach Hegel.
Ein Dorfude sieht zum erstenmal eine Giraffe, staunt lange und erklärt dann: »Das *kann* nicht sein!«

Die Weltgerechtigkeit.
Ein kleiner Bub entziffert auf dem Friedhof die blumigen Grabinschriften und fragt seinen Vater: »Täte, stirbt ein Ganew nie?«

Was heißt »konsequent?«
Heute so und *morgen* so.
Was heißt »inkonsequent?«
Heute so und morgen so.

»Frau Wirtin, der Barschtsch *(säuerliche Suppe aus gegorenen roten Rüben)* ist nicht sauer genug!«
Wirtin, gekränkt: »Das ist kein Barschtsch, das ist Bouillon!«
Der Gast: »Wenn es ist Bouillon, dann ist es sauer genug!«

»Das Leben kommt mir vor wie eine Kettenbrück!«
»Wieso Kettenbrück?«
»Weiß ich?«

Das Leben gleicht einem Kinderhemd (*Variation:* Hühnerleiter): Es ist kurz und beschissen.

Was ist Chuzpe?
Wenn einer Vater und Mutter erschlägt und dann im Schlußwort zum Mordprozeß mildernde Umstände erbittet, weil er elternlose Waise ist. Das ist Chuzpe.

»Tate, was heißt Ethik?
»Ich will dir geben ein Beispiel: Da kommt in mein Geschäft ein Kunde, kauft eine Ware um sechzig Schillinge und zahlt mit einem Hunderter. Wie ich hinschaue, hat er vergessen das Wechselgeld. Siehst du, jetzt beginnt die Ethik: Soll ich mir behalten das Geld – oder soll ich es teilen mit meinem Kompagnon?«

Der Sohn des Bankiers Redlich fragt seinen Vater, was ein Kapitalverbrechen ist.
Der alte Redlich: »Wenn dir dein Geld nicht wenigstens zehn Prozent Zinsen bringt, dann begehst du ein Verbrechen an deinem Kapital. Das ist ein Kapitalverbrechen.«

* * *

Das Phänomen der Massenpsychose ist für die Juden in ganz besonderem Ausmaß von existentieller und fundamentaler Bedeutung, weil sie seit Jahrtausenden immer wieder unter den unsinnigsten Phantasieverleumdungen gejagt und gemordet werden.
Der nachfolgende Witz vom tanzenden Lachs präsentiert in heiterer Form die ganz und gar nicht lustige Tatsache, daß auch eine noch so dumme reine Phantasielüge nicht nur zur Massenpsychose anschwellen, sondern unter Umständen zuletzt sogar ihren Erfinder mit ergreifen kann. In der Nazizeit ist das millionenfach geschehen: Derselbe »deutsche Michel«, der zuvor zu seinem Nachbarn Kohn und Levy nur die angenehmsten freundschaftlichen Beziehungen hatte, glaubte nach seiner Indoktrination durch antijüdische Parteiparolen mit einemmal, daß diese selben jüdischen Nachbarn als Re-

präsentanten des »teuflischen Juda« den tückischen Plan hegten, die »arische Blutleuchte« zu ersticken, und war nunmehr unter Umständen sogar bereit, sich aktiv an Massenerschießungen von jüdischen Frauen und Kindern zu beteiligen.

Dennoch gibt es über diesen unheimlichen Aspekt der Massenpsychose nicht eine einzige wissenschaftliche Analyse, die es ähnlich klar, kurz und zugleich erschöpfend präsentiert und analysiert wie der jüdische Witz vom tanzenden Lachs.

Er erklärt gleichzeitig indirekt auch, weshalb, trotz entgegengesetzter Meinung vieler Gutgläubiger, Mahnmale und aufklärende Publikationen zum Judenholocaust kein Palliativ und Gegenmittel sind, um eine Wiederholung zu verhindern.

Solange sich die von der Massenpsychose Befallenen von ihr irgendeinen Vorteil – Nutzen oder auch nur Vergnügen – versprechen, sind sie taub für Gegenargumente. Das gilt sogar für einen Unsinn wie den »tanzenden Lachs«. Um wieviel mehr aber – um e minori in maius zu konkludieren – etwa für das Leugnen der Gaskammern sogar noch zu Lebzeiten Tausender von Augenzeugen: Es ist zwar die perverseste und schamloseste Leichenschändung, die man sich ausdenken könnte. Trotzdem wird sie auch von eindeutig Hochintelligenten vorbehaltlos geglaubt. Denn sie entlastet – wenn auch nur mit einer Phantasielüge – von der Tatsache, daß ein erschreckender Prozentsatz des eigenen Volkes schon allein durch Akzeptanz von Hitlers Judenideologie zumindest indirekt mitschuldig wurde an der Vernichtung des europäischen Judentums.

Dennoch, oder ebendeshalb, war es im Interesse der Juden falsch, das Leugnen der Gaskammern gesetzlich unter Strafe zu stellen, was auch von den angeblich so supergescheiten Juden, denen nicht einmal die Nazis die Intelligenz abstritten, fast keiner gemerkt hat. Denn man erreicht damit keine Einsicht oder Bekehrung der Gaskammernleugner, sondern umgekehrt nur ihr triumphierendes Freudengeheul, da sehe man wieder einmal die »Macht der Broadwayjuden« oder des Klubs der »Weisen von Zion« (den es, nur nebenbei, nie gab und auch nicht gibt) als »heimliche Weltmacht«. Sie hätten es sogar in der Hand, die »historische Wahrheit« zu unterbinden. Gerade die Juden hätten aus ihrer historischen Erfahrung heraus diese Folge vorhersehen und lieber ein Komitee mit einem prominenten Überlebenden und Augenzeugen an der Spitze gründen sollen, etwa Prof. Elie Wiesel, dem in Auschwitz Mutter und Schwesterchen gleich an der Rampe für die Gaskammer wegselektioniert wurden. Aufgabe des Komitees: Nicht Gefängnisstrafe für Leugner der Gaskammern, aus der diese als angebliche »Märtyrer der historischen Wahrheit« hervorgehen, sondern hohe Bußezahlung zugunsten psychisch ruinierter, ehemaliger KZ-Häftlinge. –

An »Wahrheitsgehalt« halten sich der »tanzende Lachs« und die Leugnung der Gaskammern in etwa die Waage. Aber gerade die Absurdität des Beispiels belegt noch eine dritte Dimension dieses alten jüdischen Volkswitzes: Er birgt eine geniale Prophezeiung. Daß völkische, religiöse, rassische und sonstige Gruppen sich gegenseitig oder einseitig hassen, gibt es oft und vielenorts. Aber wie in so vielem anderm sind die Juden auch hierin weltweit eine Ausnahme, daß man sie seit Jahrtausenden nicht nur beinahe permanent, sondern vor allem unter stets wechselnden, manchmal einander total widersprechenden, großteils völlig frei erfundenen und sogar unsinnigen Phantasieverleumdungen jagt und mordet. Der Vorwurf der »Hostienschändung« etwa, unter dem Tausende von Juden lebendig gebraten wurden, ist nicht weniger absurd als der »tanzende Lachs«. Andere Anwürfe gegen die Juden hören sich zwar realistischer an, sind aber genauso frei erfunden und erlogen. So heute etwa die »arabischen Uranrechte« an Jerusalem, auf die wir später noch zurückkommen. – Zunächst zurück zum tanzenden Lachs:

Massenpsychose.
Ein heißer Sommertag in einem galizischen Städtchen. Jankl schaut aus dem Fenster, sieht einen Bekannten und ruft zum Spaß: »Schmul, weißt du schon? Auf dem Markt tanzt ein Lachs!«
Schmul dreht sich sofort um und läuft zum Markt. Unterwegs erzählt er die Neuigkeit allen Leuten, und bald wälzt sich das ganze Städtchen dem Marktplatz zu.
Jankl beobachtet die Massenbewegung mit wachsendem Staunen, ergreift seinen Hut und sagt zu seinem Weib: »Ich geh auch zum Markt – tommer *(vielleicht)* tanzt wirklich ein Lachs!«

*

Durch lange Zeit hindurch verfolgte oder diskriminierte Gruppen entwickeln manchmal die Gewohnheit, alle Vorgänge ringsum nur auf sich und ihre Situation zu beziehen. Als z. B. die Polen ihren Staat verloren hatten, sagte man ihnen nach, ein polnischer Abiturient, vor die Aufgabe gestellt, einen Text über das Wesen der Elefanten abzufassen, werde ihn mit Sicherheit betiteln: »Der Elefant und die polnische Frage.« Der jüdische Witz zeigt dasselbe traumatisch durch die eigene Situation ausgelöste Syndrom für die Juden.

Drei Juden unterhalten sich in Polen in der Bahn.
»Woher seid Ihr?«
»Aus Krotoschin.«
»Seid ihr da viele Jüden?«
»Nu, so siebentausend.«
»Habt ihr auch Gojim?«
»Vielleicht dreihundert, was man so braucht als Straßenkehrer und Feuerwehrleut.«
Der zweite ist aus Inowrazlaw. Dort ist es ähnlich.
»Und woher seid Ihr?«
»Aus New York. E große Stadt.«
»Seid ihr da viele Jüden?«

»Nu, so zwei Millionen.«
»Gottes Wunder! Habt ihr auch Gojim?«
»So fünf Millionen.«
»Gott der Gerechte. Was e Verschwendung! Zu was braucht ihr so viele Feuerwehrleut!!«

Kohn und Levy sitzen im Wiener Kaffeehaus und lesen Zeitung.
Sagt Kohn: »Schau – der Ätna ist ausgebrochen!«
Levy: »Wer ist der Ätna?«
Kohn: »Das ist ein Vulkan in Sizilien, der Feuer speit.«
Levy, nachdenklich: »Ist das für uns Juden gut oder schlecht?«

Die jüdische Mystik negiert die wirkliche Welt, genau wie der deutsche Idealismus Fichtes.
Ein Chassid hat eine überzeugende Rede über den »Bitejl ha-Jesch« *(Verneinung der Realität)* gehört: »Nichts existiert!« murmelt er.
Er kommt nach Hause und sucht im Finstern nach den Zündhölzern. Dabei stößt er sich empfindlich am Ofen. Er reibt sich das Schienbein und folgert: »Der Ofen existiert aber doch!«

Für den nachfolgeden Witz muß man wissen, daß Juden am Sabbat keine Geschäfte machen dürfen und der Ruhetag am Vorabend beginnt (fontaine fr.: Springbrunnen, Quelle).
Der Rabbi von Trembowla fährt von Tarnopol nach Trembowla. Ihm gegenüber sitzt ein junger Mann. Der Rabbi sinniert: »Heut ist Freitag. Bis mer ankommen, is Abend, kann er machen keine Geschäfte, muß er fahren aus Familiengründen. Ich kenn doch alle Leut in Trembowla. Muß er sein einer, der is ausgewandert schon früher. Ich hab's: Da is gewesen der Mojsche Pischer, der is gegangen nach Berlin, dort hat er sich genennt Moses Wasserstrahl. Dann

soll er sein gegangen nach Paris, und man hat nix mehr gehört von ihm.« Wendet er sich an den jungen Mann: »Entschuldigen Se, sennen Se der Herr Delafontaine?«
»Ja, der bin ich. Wieso, kennen Sie mich denn?«
»Wie heißt kennen? Ich hab Se berechnet!«

Auf der Bahnfahrt nach Przemysl. In einem Abteil sitzen sich zwei Juden gegenüber, ein älterer Herr und ein junger Mann, der sich verzweifelt bemüht, ein Gespräch in Gang zu bringen. Schließlich verfällt der junge Mann auf den alten Trick und sagt zu seinem Gegenüber: »Verzeihung, der Herr, könnten Sie mir vielleicht sagen, wie spät es ist?«
Der Herr antwortet nicht.
Sie fahren Station um Station. Vergebens versucht der junge Mann, mit seinem Gegenüber ins Gespräch zu kommen. Schließlich nähert man sich schon den Vororten von Przemysl. Der junge Mann faßt sich nochmals ein Herz und sagt mit vorwurfsvoller Stimme: »Verzeihung, mein Herr, jetzt habe ich Sie höflich gefragt, was die Uhr ist, und Sie gaben und gaben mir keine Antwort!«
Der Ältere wendet sich ihm zu und sagt: »Lieber Mann, ich will Ihnen sagen, was gewesen wäre, wenn ich Ihnen gesagt hätte, was die Uhr ist. Ich hätte Ihnen gesagt, wir haben neun Uhr. Sie hätten mir gesagt, was ich für eine schöne Uhr habe. Ich hätte Ihnen gesagt, ja, die Uhr ist wertvoll. Sie hätten gesagt, wenn man eine so wertvolle Uhr hat, muß man auch machen gute Geschäfte. Ich hätte gesagt, ja, ich mache gute Geschäfte. Sie hätten mich gefragt, was für Geschäfte ich mache. Ich hätte Ihnen gesagt, in Kleber und in Heu. Sie hätten mich gefragt, wo ich wohne. Ich hätte Ihnen gesagt: In Przemysl. Sie hätten mich gefragt, ob ich habe ein schönes Haus. Ich hätte gesagt, ich habe ein schönes Haus. Sie hätten gefragt, ob ich habe Familie. Ich habe eine Tochter. Dann wären Sie

gekommen und hätten bei mir einen Besuch gemacht und hätten angehalten um die Hand meiner Tochter Ester… Jetzt frage ich Sie: Wozu brauche ich in meiner Familie e Parech *(hier hergelaufenes Individuum)*, was nicht emal an Uhr hat?«

Wir wissen, das Alte Testament ist ausgesprochen liebes-, sex- und körperfreundlich eingestellt. Es enthält die schönste Liebesdichtung der Weltliteratur im Hohenlied mit berauschenden Bildern von der Schönheit und Leidenschaft des jungen Liebespaars. Im Exil verschoben sich aber die Maßstäbe so sehr, daß zuletzt als »schöner Jude« ein beliebig häßlicher Mann galt, sofern er Talmudkenntnisse hatte.

Fremder Jude auf der Straße zu einem Einheimischen: »Entschuldigt, könnt Ihr mir sagen, wo Reb Eisik wohnt?«

»Eisik – kenn ich nicht.«

»Das ist doch nicht rnöglich! Es ist ein so auffallend schiefer Mensch mit einer Fistelstimme.«

»Eisik – schief – Fistelstimme… kenn ich nicht.«

»Aber er ist doch hier geboren! Ihr müßt ihn kennen! Er trägt eine verdreckte Kapotte und ist triefäugig.«

»Eisik – schief – Fistelstimme – verdreckt – triefäugig… kenn ich nicht.«

»Aber das kann doch nicht sein! Er wohnt bestimmt hier! Man nennt ihn ›der Parech‹ (= Kopfkrätze, hier Auswurf).«

Der Passant, aufstrahlend: »Ah, jetzt weiß ich, Eisik-Parech meint ihr! Natürlich kenn ich ihn! Ein feiner Jude, ein *schöner* Jude!«

»Tate, was ist Kapital, und was ist Arbeit?«

»Wenn ich mir beim reichen Silberstein hundert Rubel leihe, so ist das Kapital. Wenn aber Silberstein versucht, sie von mir wieder zurückzubekommen, dann ist es Arbeit.«

Schmul meditiert über den Psalmen: »Der Mensch ist aus Staub und wird zu Staub« – und darüber jammern die Leute? Wenn du wärst aus Silber und wirst zu Staub, verlierste hundert Prozent. *So* bleibste doch auf pari!«

Talmudpsychologie.
Christ: »Warum antwortet ein Jude auf eine Frage immer mit einer Gegenfrage?«
Jude: »Warum soll ein Jude *nicht* antworten auf eine Frage mit einer Gegenfrage?«

Ein Schwarzer sitzt in der Trambahn in New Orleans und liest eine jüdische Zeitung. Da klopft ihm ein weißer Jude auf die Schulter und fragt sacht: »Neger allein zu sein ist Ihnen nicht genug?«

* * *

Manchen jüdischen Witzen kann man auf den ersten Blick ansehen, ob sie aus Deutschland oder aus dem slawischen Osten kommen: Erstere verhöhnen die konditionslose Begeisterung der deutschen Juden für ihre nichtjüdische Umwelt, die sich unter anderm in forcierter Übernahme christlicher Bräuche und germanischer Namen niederschlägt; die Witze aus dem slawischen Osteuropa bringen oft umgekehrt die Verachtung des Juden für den primitiven ruthenischen Bauern zum Ausdruck. Je ein Beispiel:

Am Sabbat sind sehr viele körperliche Hantierungen, sogar das Pflücken einer Blume, verboten.
Frau Kommerzienrat Veilchenblum blickt von der Veranda in den Garten, sieht ihr kleines Töchterchen Blumen ausraufen und sagt mit mildem Vorwurf: »*Thusnelda:* Schabbes!«

Und wozu braucht e Goj e Kopp? Tefillin legen tut er nicht, Pejes trägt er nicht, e Ssechel hat er nicht – nu, wozu dann der Kopp?

*

Auch in relativ friedlichen Zeiten haben zumal russische Juden immer um die Unsicherheit ihrer Position gewußt:

Der Unterschied zwischen einer Kuh und einem Juden: Die Kuh wird zuerst hinausgetrieben *(auf die Weide nämlich)* und dann gemolken. Der Jude wird zuerst gemolken *(das heißt ausgeplündert)* und dann hinausgetrieben.

*

Aber die Verachtung vom primitiven, analphabetischen, ewig besoffenen Goj macht die Juden trotzdem nie blind für eigene Fehler. Zu ihnen zählt die relativ häufig bei Juden anzutreffende Chuzpe – ein praktisch unübersetzbarer Ausdruck für die Mischung aus Frechheit, Vor- und Zudringlichkeit.

Eiweiß war zum erstenmal bei einem Rennen. Er setzte auf einen Outsider, dem niemand Chancen gab – und gewann. Der Toto zahlte 641:10.
Blaß stand Pinkus daneben und bat: »Verrat mir, Sally, wer hat dir den Tip gegeben?!«
Eiweiß: »Nu – ich hab gesehn: Stall Rosenfeld: Rahel. Da habe ich mir gesagt: das is e jüdisches Pferd, das wird sich schon vordrängen!«

Commis zum Chef: »Ich möcht Ihre Tochter heiraten.«
Chef: »Heißt eine Chuzpe! Hinaus!«
»Aber als Associé vom reichen Bloch bekäm ich sie?«
»Natürlich. Aber das ist ja Unsinn!«
Der Commis geht zum Bloch: »Ich möcht werden Ihr Associé.«
Bloch: »Heißt eine Chuzpe! Hinaus!«

»Aber als Schwiergersohn von meinem Chef täten Sie mich nehmen?«
»Natürlich. Aber das ist ja Unsinn!«
Drei Monate später ist der Commis beides.

Woraus besteht ein alter Jud? Aus fünfundzwanzig Prozent Mojre *(Furcht)*, fünfundzwanzig Prozent Dawke *(Widerspruchsgeist)*, fünfundzwanzig Prozent Chuzpe, drei Prozent Zucker – und die restlichen zweiundzwanzig Prozent sind undefinierbar.

*

Und zuletzt: Da die Juden bekantlich mit ihrem Witz keine einzige Lebenserscheinung verschonen, haben sie natürlich auch Dutzende von Witzen über ihren eigenen Witz kreiert. Hier ein paar Beispiele:

Rot will dem Schwarz während der Bahnfahrt Witze erzählen. Er beginnt: »Zwei Handelsreisende . . .«
Schwarz winkt ab: »Den kenn ich schon.«
Roth versucht weiter: »Zwei Offiziere im Kasino . . .«
»Das kenn ich auch.«
Roth, wütend, brüllt unbeherrscht: »Ihre Frau betrügt Sie!«
»Kenn ich auch«, meint Schwarz gleichmütig.
»Sie Dummkopf!« schreit Roth. »Das ist doch kein Witz! Ihre Frau betrügt Sie mit dem dicken Blau!«
»Den dicken Blau – denn kenn ich auch.«

Chefredakteur Hlavac von der »Tribuna« in Prag hielt sich für einen vollendeten Experten für jüdische Witze. Sooft Polaček ihm einen neuen Witz erzählen wollte, schrie Hlavac schon nach drei Worten: »Den kenn ich schon!«
Einmal aber sagte Polaček: »Diesen Witz kennen Sie sicher noch nicht: Drei Juden gehn durch den finsteren Wald . . .«
»Schluß!« schreit Hlavac. »Das ist kein jüdischer Witz!

Erstens gehen Juden nie durch den finsteren Wald, zweitens sind es niemals drei, sondern immer nur zwei, und drittens nicht im Wald, sondern immer im Zug oder Café!«

Von Drujanow, dem bekannten israelischen Witzfolkloristen, schreibt man mir aus Israel folgende Geschichte, die ich wörtlich genau wiedergebe:
Drujanow hot amul getrofn in der gaß Bialikn; sugt er ihm: »Ich hob far dir a giten Witz – oj, nor ich hob ihm fargeßn!«
Sugt ihm Bialik: »Ojb a fargessenem, hob ich a bessern.«
(Drujanow trifft einmal in der Gasse Bialik; sagt er zu ihm: »Ich hab für dich einen guten Witz – oh, nur: ich habe ihn vergessen!« Sagt ihm Bialik: »Wenn es sich um einen vergessenen handelt, hab ich einen bessern!«)

Ein Jude erzählt in der Bahn jüdische Witze. Ein Christ, der dabei ist, bittet: »Erzählen Sie doch einmal einen nichtjüdischen Witz!«
»Gut«, sagt der Jude und beginnt: »Beim Nordpol stößt ein Eskimo auf ein reizendes Eskimomädchen und sagt: ›Saraleben, auf dem Weg zum Bet-Hamidrasch ...‹.«

»Ich weiß einen großartigen Witz! Zwei Juden ...«
»Bitte mal ausnahmsweise nicht von Juden!«
»Na gut, also paß auf: Der Sohn des Indianers ›Große Wolke‹ steht vor der Barmizwe-Feier *(entspricht der Konfirmation)*. Der Vater nimmt ihn auf Kriegspfad mit und sagt: ›Mein Junge, du weißt, daß du nur Barmizwe werden kannst, wenn du zuvor deinen ersten Feind erschlagen hast. Hier hast du einen Tomahawk. Schlag zu!«
»Ich kann nicht«, entgegnet der Sohn.
»Warum nicht?« fragt Große Wolke zornig.
Darauf der Sohn, streng: »Du hast übersehen, Papa, daß dies ein milchiger Tomahawk ist!«

Der jüdische Commis erzählt in der Bahn pausenlos Witze. Er fängt wieder an: »Kohn geht...«
Ein Mitreisender stöhnt: »Bitte einmal nicht von Kohn!«
Der Commis: »Gut. Frau Kohn bekommt ein Kind.«
»Ich habe doch gebeten: »Nicht von Kohn!«
»Ja, eben!«

Der Parness erzählt einen Witz. Alle lachen, nur der Schammes bleibt todernst.
»Kennen Sie den Witz schon?« fragt der Parness.
»Nein«, antwortet der Schammes, »aber ich kündige demnächst meine Stelle!«

Schmul, der arme Hausierer, erzählt seinem Freund: »Stell dir vor, ich bin in der gräflichen Kalesche hierhergekommen! Ich war mit einem schweren Packen unterwegs in Staub und Hitze – da kam der Herr Graf gefahren, hielt an und sagte: ›Schmul, ich laß dich mitfahren unter der Bedingung, daß du mir pausenlos Witze erzählst! Sonst mußt du aussteigen.‹
Da hab ich ihm erzählt: ›Es war Winter, scharfer Frost. Es stand ein großer Vogel mit einem langen Schnabel und einem langen Schwanz auf einem vereisten See. Da machte der Vogel e Huck und e Zuck und e Hin und e Her und e große Gwure und kam mit dem Schnabel heraus aus dem Eis und mit dem Schwanz hinein in das Eis... Dann machte er wieder e Huck und e Zuck und e Hin und e Her und e große Gwure und kam mit dem Schwanz heraus aus dem Eis und mit dem Schnabel hinein in das Eis. Dann machte er...‹
»Um Gottes willen, hör schon auf! Und mit dem Schtuss hast du den Grafen die ganze Fahrt über unterhalten!«
»Warum nicht! E chilik e Goj!« *(Chilik: Unterschied. Gemeint: Für einen Goj macht es keinen Unterschied, was man ihm erzählt, er versteht den Witz ohnehin nicht.)*

Der jüdische Witz beim Militär.
Auf jüdische Witze reagieren die verschiedenen militärischen Gattungen und Grade unterschiedlich:
Der Infanterieoffizier lacht dreimal: Zuerst, wenn man ihm den Witz erzählt, dann, wenn man ihn erklärt, und zuletzt, wenn er ihn begriffen hat.
Der Kavallerist lacht nur zweimal: Wenn man den Witz erzählt und dann erklärt. Begreifen wird er ihn nie.
Der Stabsoffizier lacht nur einmal: Wenn man den Witz erzählt. Erklären läßt er sich nichts, und verstehen wird er ihn ohnehin nicht.
Der Sanitätsoffizier lacht überhaupt nicht, denn er ist Jude und kennt alle Witze selber.

Der Essayist und Sammler jüdischer Witze Alexander Moszkowski schieb:
E jüdischer Witz
Mit e jüdisch Akzent:
Was e Goj nicht versteht
Und e Jüd immer schon kennt.

* * *

Wir nähern uns dem Abschluß. Eigentlich sollte ein Buch mit Witzen und über Witze mit einigen besonders lustigen Beispielen enden. Das Buch ist aber nicht nur eine Witzesammlung, sondern so, wie die Dinge liegen, zugleich ein Abgesang und Nekrolog auf den jüdischen Witz. Nicht, daß die Juden ihren Witz in Zukunft als die Lebenshilfe, die er ihnen seit seiner Entstehung zu Beginn der Neuzeit bot, nicht mehr brauchen werden. In den Vernichtungslagern war er zwar vorübergehend erstorben. Er meldete sich dann aber noch einmal wieder in seiner vollen Kraft und Qualität ausgerechnet aus Israel, obgleich ihm dort für seine Entstehung und für seinen Fortbestand ein wesentlicher Faktor fehlt: die Wehrlosigkeit der Betroffenen:

Das war nach dem Sechstagekrieg 1967 Israels gegen die ihnen zahlenmäßig hundertfach überlegenen Araber, als die Israelis erkannten, daß Dr. Herzl mit seiner Annahme geirrt hatte, ein Judenstaat werde den Judenhaß auslöschen. Bei Ausbruch des Krieges brachte ihnen zwar – ich sprach es schon in der Einleitung an – die ganze Welt Mitleid und Sympathie entgegen. Doch beides schlug rapid in Haß und Wut um, als die Israelis wider Erwarten siegten. Das Mitleid galt nur den vermeintlichen Opfern eines neuen Holocausts, diesmal auf dem Boden des Gelobten Landes, es galt also – diesmal nur präsumtiven – jüdischen Leichen, genau wie die vielen Holocaustmahnmale. Daß die Juden völlig »programmwidrig« überlebten und weiterleben wollten, verstieß gleichsam gegen die Regeln.

Das hätten die Israelis eigentlich vorhersehen müssen. Dennoch traf sie der Zorn von General de Gaulle darüber, daß sie es wagten, »den stolzen Arabern eine Niederlage zuzumuten«, und die Tatsache, daß er ihnen zur Strafe dafür die bereits bezahlten Waffenlieferungen aus Frankreich stornierte, bis ins Mark. Und auch die abenteuerliche Phantasielüge einer durchaus nicht etwa rechtsradikalen, sondern einer linksliberalen deutschen Wochenzeitung, sie wären in dem Krieg in Wirklichkeit »die Aggressoren« gewesen, und jede Aggression sei strafbar, erfüllte sie mit Entsetzen. – Hier der Witz:

Safari in Schwarzafrika. Ein Franzose, ein Engländer, ein Deutscher und ein Israeli werden von Menschenfressern gefangengenommen. Der Häuptling, ein kultivierter Mann, denn er hat in Freiburg/Br. studiert, will den Gefangenen, ehe man sie schlachtet, eine letzte Freude bereiten. Der Engländer will noch eine Pfeife rauchen, der Franzose will noch einmal »faire l'amour«, der Deutsche wünscht sich ein alkoholisches Getränk – der Israeli verlangt, der Häuptling möge ihn in den Hintern treten. Dieser lacht

und erfüllt ihm auf der Stelle den Wunsch. Der Israeli segelt durch die Luft; als er niederfällt, zieht er aus der Gesäßtasche einen Revolver und schießt alle Kannibalen nieder.
Die Reisegefährten wundern sich: »Wenn du eine Waffe hattest – warum hast du dann nicht sofort geschossen?«
Darauf der Israeli: »Weil es dann wieder geheißen hätte, ich sei der Aggressor.«

*

Seit damals ist wieder ein Vierteljahrhundert verflossen. Was ist inzwischen geschehen?
Die Antwort bekommen wir durch einen nagelneuen Judenwitz, den mir ein christlicher Kammersänger aus Temesvar zugeschickt hat. Dieser angebliche Witz illustriert, daß durch den Judenholocaust Hitlers die Fähigkeit und Kraft des jüdischen Witzes, sich als Waffe des Wehrlosen und als Lebenshilfe zu bewähren, überfordert ist. Ich sagte es schon: In den Gaskammern der Vernichtungslager ist, zusammen mit jener Art religiös geschulter Juden, die zugleich an der Weltgerechtigkeit und am Sinn der eigenen religiösen Tradition zweifelten, auch der jüdische Witz weitgehend erstickt:

1946. Der liebe Gott hat beschlossen, sich wieder einmal persönlich auf der Erde umzusehen und Gutes zu tun. In einem Park sieht er auf einer Bank einen Mann sitzen, der verzweifelt vor sich hinweint. Der liebe Gott geht auf ihn zu und sagt freundlich: »Sag mir, was dir fehlt, ich bin allmächtig und kann dir vielleicht helfen.«
Der Mann schweigt und schluchzt noch lauter.
»Willst du mir nicht doch sagen, worin dein Leid besteht?«
Der Mann schluchzt weiter. Endlich, bei der dritten Aufforderung, stößt er bitter hervor: »Ich bin Jude.«
Da setzt sich der liebe Gott neben ihn hin und weint noch viel verzweifelter.

*

Eine weinende Gottheit ist den Juden auch außerhalb von diesem tieftraurigen neuen Judenwitz aus Temesvar an sich nicht fremd. Das Alte Testament kennt sie noch nicht, wohl aber die jüdische Mystik: Als Schechina (Einwohnung) *begleitet sie als weibliche Hypostase Gottes in Gestalt einer trauernden, verhüllten Frau weinend ihr Volk ins Exil – chassidische Legenden erzählen, daß man ihr manchmal am Dorfrand in der Abenddämmerung begegnen kann. Der Witz aus Temesvar – der im Grunde gar kein Witz ist, sondern die stenogrammatische Zusammenfassung der aktuellen jüdischen Situation – verzichtet nur auf die Transposition Jahwes ins weibliche Geschlecht. Allerdings erinnert er dadurch, daß Jahwe sich auf ein Gespräch einläßt im Gegensatz zur schweigsamen Schechina, eher an Harun al Raschid in* Tausendundeiner Nacht, *der nachts in ähnlicher Mission die Straßen von Bagdad durchstreift.*

Aber eines ist sicher: Seine Funktion als Lebenshilfe und Erleichterung durch Lachen hat dieser neueste Witz aus Temesvar endgültig eingebüßt. Er ist durch den Holocaust definitiv überfordert. Es gibt ihn nur noch in belanglosen Nachklängen.

Bleibt also die Frage: Weint Jahwe nur in Erinnerung an Hitlers Judenholocaust und alle vorangegangenen antijüdischen Greuel – oder auch aus dem prophetischen Wissen heraus, daß alle diese Mahnmale und Reuekundgebungen zum Thema Holocaust nicht das Ende der jüdischen Martyrologie bedeuten, sondern nur ihre Fortsetzung einläuten, angereichert durch die moderne Technologie, die sich bereits in den Gaskammern niederschlug?

Nun, wir haben in der Einleitung und, eingestreut zwischen die einzelnen Witze und Anekdoten, dargelegt, in welchem Ausmaß und aufgrund welcher gezielter Fehlinformationen über die Geschichte und das Wesen des jungen Judenstaates Israel sich weltweit immer stärker die Überzeugung durch-

setzt, die Juden – genauer. die Israelis – hätten sich seit dem Holocaust längst aus Opfern in bösartige »Rassisten«, Verfolger und Vertreiber verwandelt, die sich gegenüber der arabischen »Urbevölkerung« genauso niederträchtig benähmen wie zuvor Hitler zu ihnen.

Wir sagten schon, daß es falsch und unsinnig war, die Reuewelle wegen des Holocausts unter dem Stichwort »Antirassismus« zu starten, weil erstens Hitler zwar verbal und semantisch dauernd von »Rasse« schwafelte, sich in Wirklichkeit aber keinen Deut um Rassenmerkmale der einzelnen Juden kümmerte und sie nur nach den Familienpapieren selektionierte und liquidierte. Es wanderten daher auch Juden ins Gas, die – aufgrund von Mischehen ihrer Vorfahren nach der Flucht vor den Massakern der Kreuzfahrer in nordslawische Regionen mit dortigen Heidenmädchen – aussahen wie nordrussische Bauern. Und umgekehrt wurden in den Nazijahren nie westfälische Bauermöhne behelligt oder gar ermordet, die aufgrund von Seitensprüngen von Mama und vielleicht sogar schon Großmama mit jüdischen Viehhändlern und Hausierern aussahen wie Arafat.

In noch ganz anderem Ausmaß ist es schlechthin idiotisch, den Israelis »Rassismus« gegenüber den Palästinensern zu unterstellen, mit denen die orientalischen Juden rassisch total identisch sind, und von denen die aus Osteuropa sich nur durch slawische Einschüsse unterscheiden.

Mit »Rasse« hatte und hat der Konflikt zwischen Juden und Arabern in Israel rein gar nichts zu tun. Es hat in Israel auch nie eine »Vertreibung« einer arabischen »Urbevölkerung« gegeben, denn vor der zionistischen Besiedelung, die das von den Arabern im Lauf von 1500 Jahren ruinierte Land wieder bewohnbar machte, hat es im heute israelischen Teil Palästinas nur etwa 150 000 Einwohner gegeben. Die heute total veränderten Zahlenverhältnisse sind zum Teil Folge der proarabischen Einwanderungspolitik der englischen Mandatsregierung Palästinas, und zum anderen Teil die Folge der Entsumpfung der Malariaregion im Norden durch die Israelis und der vortrefflichen israelischen ärztlichen Versorgung: Zuvor verringerte sich die Anzahl der Araber durch Malaria und Säuglingssterblichkeit von Jahr zu Jahr.

Doch all das weigert sich die nichtjüdische Welt zur Kenntnis zu nehmen. Holocaustmahnmale hin oder her – die Tränen gelten nur den Gemordeten, den Lebenden gegenüber ist der uralte, von den Evangelisten aus PR-Gründen institutionalierte Judenhaß, bewußt oder unbewußt, voll virulent. Besonders penetrant schlägt sich das auch in der Jersualemfrage nieder:

Jersualem war, bevor König David hier die Hauptstadt erbaute, eine kleine kanaanitisch-jebusitische Bergfeste. Hier errichtete König Salomon dann den Tempel, den einzigen und zentralen Kultort der Juden. Die »Palästinenser« leiten ihre Ansprüche auf Jerusalem als Hauptstadt ihres künftigen Staates einzig daraus her, daß angeblich Mohammed vom Tempelberg aus nach seinem Tode auf einem geflügelten Pferd ins Paradies galoppiert sei. Doch selbst wenn man das für Realität und nicht nur für eine Legende halten will – religiöse Inhalte haben ohnehin ihre eigene »Wahrheit« –, dann tat er das doch nur, weil dies eben die heilige Stadt der Juden war. Daraus können Moslims ein Recht auf Zutritt zu ihrem Kultort ableiten, das von den Israelis ohnehin streng respektiert wird, genau wie die Rechte der Christen, alle Orte in ganz Israel ungestört aufsuchen zu dürfen, die an die Heilsgeschichte Christi erinnern. Niemals lassen sich daraus aber politische Anrechte der Araber auf Jerusalem herleiten, das ohne die Juden überhaupt nicht entstanden wäre. Die Araber haben in Jersualem so wenig zu suchen wie die Juden in der den Moslims heiligen Stadt Medina, wo es – dies nur nebenbei – eine große, blühende jüdische Gemeinde gab, bevor Mohammed sie mit Stumpf und Stiel ausrottete, aus Zorn darüber, daß die Juden sich nicht zu seinem Glauben bekehren wollten, womit er – auch das nur nebenbei – sich genau gleich verhielt wie tausend Jahre später Martin Luther, als die Juden sich, seiner genialen Übersetzung des Alten Testamentes zu Trotz, dennoch nicht zum Christenum bekehren wollten. Seither beschimpfte er die Juden mit Ausdrücken, die von den Naziideologen wörtlich übernommen wurden.

Dennoch wird dieses angebliche politische Anrecht der Araber auf Jersualem sogar von christlichen gekrönten Häuptern so penetrant anerkannt, daß sie sich bei Israelbesuchen zum Unbehagen der Israelis dazu drängen, auch im »Palästinahaus« von Jerusalem ihre Aufwartung zu machen.

Hätten die Engländer nicht planmäßig jüdische Flüchtlingsschiffe in Hitlers Gasbereich zurückgetrieben und gleichzeitig Hunderttausende von Arabern ungestört ins Land hereingelassen, so kämen heute nicht einmal die »Palästinenser« selber auf die abstruse Idee, Jerusalem als ihre Hauptstadt zu reklamieren und die Israelis »ins Meer werfen« zu wollen. Aber wie auch jede andere durchgreifende Judenhaßwelle seit Jahrtausenden wurde auch diese ein ganz großer Erfolg. Weltweit setzt sich die Meinung durch, eigentlich hätten die Juden in ihrem Gelobten Land nichts zu suchen. Entsprechend hat auch die UNO bis heute keine einzige Massenmordaktion der palästinensischen Terroristen in Israel verurteilt.

Wie wird es weitergehen? Wird der uralte Judenhaß, der bei jedem neuen Schub mit frischen Argumenten und Phantasielügen aufwartet und jetzt also nicht mehr als »Rassismus« firmiert wie vor siebzig Jahren, sondern unter dem neuen Namen »Antizionismus« für ein arabisches Palästina und damit indirekt für die Vernichtung Israels plädiert, genauso ungerührt wie vor fünfzig Jahren die Gaskammern, nunmehr atomare und Giftgasangriffe durch die fundamentalistischen moslimischen Staaten auf Israel hinnehmen? Wird das Abendland dem winzigen Israel trotzdem wenigstens ausreichend Abwehrnittel gönnen und zur Verfügung stel-

len? Weint Jahwe nur aus Sorge und Mitleid oder in prophetischer Ahnung um die nächste Katastrophe, die seinem Volk droht?

Der jüdische Witz, sonst hellsichtig und weise, gibt uns auf diese Frage keine Antwort. Durch die Tatsache, daß der zweitausend Jahre alte Judenhaß nicht einmal in den Gaskammern zuammen mit den unglücklichen Juden erstickte, ist er definitiv überfordert. Auch wenn nicht ohnehin schon längst alle übrigen Voraussetzungen, die ihn erzeugt und ihm zu einer einzigartigen Qualität und Blüte verholfen haben, erloschen wären: Er ist in Auschwitz gestorben.

Wie immer das künftige Schicksal der Juden ausfallen mag – sie werden es nicht mehr mit ihrem Witz illustrieren, begleiten und kommentieren. Bald ist er nur noch vergangene Folklore, genau wie das Volksmärchen der Deutschen.

Glossar

Abkürzungen

d.	= deutsch	mhd.	= Mittelhochdeutsch
Fem.	= Femininum	Pl.	= Plural
fr.	= französisch	p.	= polnisch
cf.	= vergleiche	rel.	= religiös
g.	= griechisch	sek.	= sekundär
h.	= hebräisch	Sing.	= Singular
j.	= jiddisch	s. d.	= siehe das
lt.	= lateinisch	V.	= von

Ablaßhandel: kirchlicher Erlaß jenseitiger Strafen gegen Zahlungen an den Vatikan. Von Luther bekämpft.

ad posteriora lt.: scherzhaft für »in den Hintern«.

Aischylos, sprich Ais'chylos: größter altgriechischer Tragödiendichter.

Akkulturation lt.: individuelle oder kollektive Übernahme fremder Kulturinhalte.

Akronym gr.: Kurzwort, aus Anfangsbuchstaben gebildet.

Anagramm gr.: Kurz- und Kunstwort durch Umstellen von Buchstaben.

Antizionismus: Ablehnung des jüdischen Staates; cf. Zionismus.

a priori lt.-. im vornherein, Fachausdruck der formalen Logik.

apropos fr.: nebenbei bemerkt.

Assimilation lt.: Angleichung, Anpassung.

Bachurim, h., Pl. v. *Bachur*, j. *Bocher*: Jüngling, Student, lediger Mann, Bursche. Im Zusammenhang mit Chassidismus: junger Anhänger des Wunderrabbi.

Bar-Mizwa h.: »Sohn des Gesetzes«. Entspricht dem Konfirmanden. Knaben sind ab 13. Lebensjahr zur Erfüllung der rituellen Aufgaben verpflichtet.

Batlan, Pl. *Batlanim* h., j. *Batlen*, *Batlonim*: Nichtstuer. Saßen oft den ganzen Tag in der Synagoge, gegen Trinkgeld verfügbar für rituelle Aufgaben.

Bejt-ha-Midrasch h.: Lehrhaus.

betroppezt von fr. trop = zuviel: etwa: betroffen, belämmert, wobei man wissen muß, daß belämmert nichts mit Lämmern zu tun hat, sondern mit h. *bli-emor*: sprachlos.

Blasphemie gr./lt.: Gotteslästerung.

Bodejk h., j. *Bojdek*: »Untersucher«, Fachmann für rituelle Fleischkontrolle.

Broche j., h. *Bracha*: rituell festgelegter Segensspruch.

Challe j., h. *Challa*: »Teighebe«, Pflichtabgabe von jedem Gebäck an die Tempelpriester, später ein Teigstück, das die Frau mit einem Segensspruch »opfert«, d. h. im Backofen verbrennt. Heute = Festbrot.

Chammer j., h. *Chamor*: Esel.

Charedim h., Pl. von chared: zitternd, orthodox.

Chasen j., h. *Chasan*: Vorbeter, Kantor.

Chassidismus, v. h. chassid: fromm. Volkstümliche rel.-myst. Bewegung.

Chass we'cholile j., h. *Chass wechalila*: Chalila allein etwa: »Gott behüte!«, Abwehrformel. Bedeutung von *Chass* ungewiß, vermutlich einfach Anfangsbuchstaben *Chet*, j. *Chess* des Wortes *Chalila*.

Chawer, Pl. *Chawejrim*, h. *Chawejr*: Kamerad.

Cheder j. u. h.: Zimmer: Im J. immer die Hebräisch-Anfangsschule für kleine Knaben.

Chewlej-Maschiach j. u. h.: Messiaswehen. Gemeint.: die

Qualen der Juden, die der messianischen Erlösung vorangehen werden.

Chilik j., h. *Chiluk*: Unterschied.

Chonte j.: Hure. Vermutlich von h. *chejn*: Liebreiz, Charme.

Chossen j., h. *Chatan*: Bräutigam.

Contradictio in adiecto lt.: Widerspruch zwischen Subjekt und beigefügtem Adjektiv. Meist einfach: innerer Widerspruch.

Dajges oder *Dajes* j., h. *Da'agot*: Sorgen.

dawenen j., von persisch Diwan: beten.

Dawke j., h. *dawka*: erst recht, justament.

Din j. u. h.: Gericht, *Din-Tojre* j., h. *Din-Tora*: Rabbinatsentscheid.

Doktrin: grundlegende Lehre.

Eierzopf: festliches Zopfbrot mit gelbschimmerndem Teig wegen der reichlichen Eierzugabe.

Ejze j., h. *Ejza*: Ratschlag.

Emess j., h. *Emet*: Wahrheit.

e minori in maius lt.: Konklusion »aus dem Kleineren zum Größeren«.

Erew Schabbes j., h. *Erew Schabbat*: (Vor-)Abend des Sabbat = Freitag.

essentiell lt.: wesensmäßig.

Essential lt.: Wesenselement.

Exil lt.: Verbannung, Verbannungsort.

Existential lt.: Wesenselement der Existenz.

Fellachisierung: von arabisch Fellach = einfacher Landarbeiter. Fachausdruck der Kulturkreistheoretiker für Zerfall von Hochkulturen in Primitivstadium.

Folklore: Gegenstand der Volkskunde.

Gabbe j., h. *Gabbai*: Geldeinnehmer, Verwalter, Vorsteher.

Ganew, Pl. *Ganowen*, h. *Ganaw*, *Ganawim*: Dieb.

Gaon h. u. j.: Erhabenheit, Genie, Ehrentitel für religiöse große Führergestalten.

Gemore j., h. *Gemara*: wörtl. »Vollendung«. Benennung der kommentierenden Teile des Talmud, oder auch einfach = Talmud.

Get, j. u. h. = Scheidung, Scheidebrief, Trennung. Daher *Getto* oder *Ghetto* für (abgetrenntes) Judenviertel.

Goj Pl. *Gojim*, j. u. h. ursprünglich = Volk, später: fremdes Volk. Heute = Nichtjude niederen Standes, auch religiös ahnungsloser Jude.

Goje oder *Gojete* j.: Fem. von *Goj* = Christenmädel bescheidener Herkunft (niemals »Dame«).

Gwir j. u. h. vornehmer, reicher Mann.

Gwure j., h. *Gwura*: Kraft, Hochmut, auch Allmacht Gottes.

Halacha h.: 1) Gesetz, Rechtsentscheid, Brauch. 2) Der Gesetzesteil des Talmud.

Halwaj j. u. h.: O daß doch! Wenn doch!

hargenen h./d. (von h. *harog* = morden): morden.

Hejlechen h./d. (von h. *haloch* = gehen): gehen.

Hekdesch j. u. h.: geweihtes Gut, Armenhaus.

Homiletisch gr.: Wie eine Predigt gestaltet, also mit bildhaften Gleichnissen etc.

Hypostase gr.: Personifizierung (einer Gottheit).

Ideologie gr./fr.: An ein System gebundene Weltanschauung.

Integral: für sich bestehend, ein Ganzes ausmachend.

Jahwe: Das konsonantische Wortbild des unaussprechbaren Gottesnamens. In d. Texten unrichtig als *Jehova* transkribiert.

Jeschiwe j., h. *Jeschiwa*: Sitz. Im J. immer = Talmudhochschule. *Jeschiwebocher* j. = Talmudstudent.

Jom Kippur: j. u. h. Tag der Sühne. Höchster jüdischer Bet- und Fasttag.

Kaddisch von h. *kadosch* = heilig. Sehr altes Totengebet, in Wirklichkeit nur eine Lobpreisung Gottes in aramäischer Sprache.

Kasche j., h. *Kuschia*: schwierige Frage, Talmudproblem.

Kaschrut h., cf. *koscher*.

Katzew j., h. *Katzaw*: Fleischer.

Ketzer, v. Katharer, einer v. der Kirche verfolgten Sekte.

klären im J. = ein Problem abklären, meditieren.

Kippe: im J. immer nur im Sinne von 50-Prozent-Anteil.

Kischke, p. *Kischka* = Darm. Im J. meist nur als Bezeichnung des gefüllten Rindsdarms, einer Koscherspezialität.

Koach, j. u. h.: Kraft.

kodifizieren, lt./d.: Rechtsnormen systematisch erfassen.

Kohel u. *Kehille* oder *Kille* j., h. *Kahal* u. *Kehilla*: Gemeinde, Versammlung.

Kohen, Pl. *Kohanim*: Priester. Die Position war zur Zeit des Tempels von Jerusalem erblich, der Titel ist es heute noch, jetzt nur noch verbunden mit einigen liturgischen Extrapflichten und dem Verbot der Ehescheidung.

Kol Nidrej j. u. h.: »Alle Gelübde...« Anfangsworte im Gottesdienst vom Jom Kippur (s. d.): Feste Widerrufsformel von religiösen Gelübden, die unter Todesandrohung abgelegt wurden.

Knyschy, j. u. p.: schneckenförmig zusammengerollter Blätterteig, gefüllt mit *Kascha* (= Buchweizen) plus Fleisch.

Konklusion lt.: logische Schlußfolgerung.

Konversion lt.: Bekehrung, Übertritt zu einer anderen Konfession oder Religion.

koscher j., h. *kaschejr*: rein, rituell erlaubt. Im Umgangsdeutsch: integer, astrein. *Kaschrut* = Koschergesetze.

Köst j.: fester Begriff für die vertraglich festgelegte Unterhaltspflicht der Eltern für das junge Ehepaar.

Kugel, der (nicht »die«!) Kugel: von h. *k'ugal* = rund: ein fetter Auflauf, meist als »Tscholent« zubereitet.

Kumran, auch *Qumran*: Ort im judäischen Gebirge, wo die »Kumranrollen« gefunden wurden.

-leben: Das Wort *-leben*, angehängt an einen Namen oder eine Anrede *(Mameleben)*, kommt nicht von Leben, sondern von h. *Lew* = Herz. Eine zärtliche Ansprache.

Lekach, ef. Zuckerlekach.

Levit: Nachkomme vom Stamm Levi. Die Leviten waren im Tempel das Dienstpersonal. Heute als Titel erblich, aber ohne liturgische Sonderpflichten.

Lewone j., h. *Lewana*: Mond.

Lozelech j., Pl., von h. *Lejz*: spotten: Scherze, Späße.

Ma'ariw h., v. *Erew* h.: Abend, Abendgottesdienst, letztes der drei vorgeschriebenen täglichen Gebete.

Mamser j. u. h.: Bankert, Bastard.

Maquisard fr.: Heckenschütze, Partisan.

Martyrologie gr.: Martyriumsgeschichte.

Maseltow j., h. *Masal tow*: wörtl. »gutes Sternzeichen«. Uralte übliche Glückwunschformel aus dem sterngläubigen Babylon.

Mazze, Pl. *Mazzes* j., h. *Mazza*, *Mazzot*: Das ungesäuerte Osterbrot der Juden zur Erinnerung an die Flucht aus der ägyptischen Sklaverei. Als dünne, knusprige Fladen gebacken, weil damals keine Zeit war, das Brot vorher zu säuern. Der semitische Begriff *Mazza* ist identisch mit dem indogermanischen »Masse«.

mechulle gehen h./d., v. h. *chole* = krank: bakrottieren.

Mekadesch sein h./d., h. *mekadejsch*: heiligen, segnen.

Melamed j., h. *Melamejd*: Lehrer. Im J. immer nur im Cheder.

menuwel j., h. *menuwal*: ekelhaft, niederträchtig: das Ekel.

meschugge j., h. *meschuga*: verrückt.

Mezije j., h. *Mezia*: Fund im Sinne von Fundgrube, Schnäppchen.

Midrasch h., erbauliche homiletische Bibelauslegung. Umfassendes Schrifttum der Talmudzeit.

Mikwe j., h. *Mikwa*: Ansammlung von lebendigem, »fließendem« Wasser = rituelles Tauchbad.

Minian h. = Zahl. Im J. immer die Mindestzahl von zehn männlichen Personen für einen Gemeindegottesdienst.

Mischpoche j., h. *Mischpacha*: Familie, Sippe.

Mizwe, Pl. *Mizwes*, h. *Mizwa*, *Mizwot*: Gebot, das auf die Tora zurückgeht. Sekundär fromme, gute Tat.

Mojre, Pl. *Mojres* j., h. *Mora*, *Morot*: Angst. Die umgangsdeutsche Redensart »jemanden Mores lehren« kommt nicht von lt. = Sitten, sondern von j. *Mojres*.

milchig: Begriff der rituellen Koscherküche. Speisen, die Milch oder Milchprodukte enthalten. Die strenge Trennung der »milchigen« und »fleischigen« Produkte und sogar Eß- und Kochgeräte beider Kategorien beruht vermutlich auf einer falschen Übersetzung der betreffenden Bibelstelle.

Missnaged j., h. *Mitnagejd*: Gegner. Im chassidischen Umkreis immer = Gegner des Chassidismus, Rationalist, Aufklärer.

mosaisch: dem jüdischen Glauben angehörend.

nebbich: verächtlicher, mitleidiger Ausruf. Von mhd. »der nebige« = der Reitknecht, der zu Fuß neben dem Reiter einhertraben mußte (in der Tat nebbich!!).

Nekrolog gr.: kurzer, lobender Nachruf, Grabrede.

Newejle j., h. *Newejla*: Aas, Leichnam.

Nign j., h. *Nigun*: Melodie, Lied.

Nomenklatura lt./gr.: herrschende Klasse der UdSSR. Übertragen: unnütze Ausbeuter- und Führungsschicht.
Nudnik p. *nudny* = langweilig: Langweiler, blöder Kerl.

ordiniert lt.: ins geistliche Amt feierlich eingesetzt. Bei Katholiken: geweiht.

Palliativ lt.: Linderungsmittel.
Parech j. v. h. *Perach* = Blüte. Soviel wie Kopfkrätze, sek. krätziger Kerl, Lump, Auswurf.
Parness j., h. *Parnass*: Gemeindevorsteher.
Parnosse j., h. *Parnassa*: Lebensunterhalt.
passkenen j., v. h. *Pssak*: Urteilsspruch: urteilen (im juristischen Sinne).
Pessach j. u. h.: Passahfest.
Pharisäer v. h. *Peruschim* = die Abgesonderten (im positiven Sinne, als religiöse Elite): die fortschrittliche Partei, die unter anderem aus der heidnischen Umgebung den Jenseits-, Erlösungs- und Auferstehungsglauben einbrachte – Elemente, ohne welche die Juden das Exil kaum ausgehalten hätten. Jesus gehört bereits voll dieser Richtung an.
Psychoanalyse gr.: Behandlung psychischer Störungen durch Analyse von Träumen und anderen unterbewußten Elementen.

Rabbi: von h. *raw* = groß, mächtig, Meister, Oberhaupt. Ursprünglich Anredeform für Rabbiner = beamtetes rel. Oberhaupt. Im J. *Reb* vor Eigennamen *(Reb Halpern)*: Anrede respektierter Bürger auch ohne amtliche religiöse Funktionen. *Rebbezen*: Frau des Rabbiners.
Rachmones j., h. *Rachmanut*: Erbarmen, Mitleid.
Rebus lt. = mit Sachen: Bilderrätsel.
Rewach j. u. h.: Gewinn.
Ritualmord: religiöses Menschenopfer.

Ritus und *Ritual* lt.: fester, religiöser Brauch.
Rosch hakohel j., h. *Rosch ha-Kahal*: Gemeindeoberhaupt.
Rosch-ha-Schana h.: Neujahrstag.

Sadduzäer: Namen vom Priester *Zaddok* abgeleitet. Führende politische, konservative, aristokratische Partei zur Tempelzeit. Lehnt die pharisäischen Innovationen ab.
Sanhedrin gr./h.: höchster Gerichtshof in Jerusalem. Etwa: der jüdische Vatikan.
Schabbes j., h. *Schabat* (von *schabat* = ruhen): geheiligter 7. Wochentag, an welchem auch Gott ruhte nach der Welterschaffung.
Schadchen j., h. *Schadchan*: Heiratsvermittler.
Schajles oder *Schales* j., h. *Scha'alot*: Fragen. Meist im Sinn von talmudischen Problemfragen.
Schammes j., h. *Schammasch*: Diener. Meist Synagogendiener, Pedell.
Schawuot h.: wörtlich »Wochen«. Im J. nur im Sinn vom gleichnamigen Wochenfest; bei den Christen = Pfingsten. Bei den Juden Tag der Sinai-Offenbarung.
Schechina h.: »Einwohnung«, meist Einwohnung Gottes, zunächst im Tempel, später, im Exil, in weiblicher Hypostase als weinende, verhüllte Frau in der Dämmerung am Dorfrand sitzend.
Schegez j., von h. *Schikuz* = Ekel, Abschaum. Primitiver, grober, christlicher Kerl oder junger, jüdischer Totalignorant in puncto Talmudwissen.
Schikse j.: weibliche Form von *Schegez*, aber ohne die groben Akzente, einfach gewöhnliches, nichtjüdisches Mädchen sozial niederer Herkunft.
Schitfim oder *Schutfim*, Sing. *Schitef* oder *Schutef*, h. *Schutaf* = Partner, Teilhaber, Kompagnon.
Schlemasel j., v. h. *Schelo masal*: Wer kein Glück hat, Pechvogel, auch unerträglicher Kerl.
Schlemihl: Korrumpierte Form von *Schlemasel*: Pechvogel.

Schiwe j., h. *Schiwa*: das Sitzen. Gemeint ist immer der Trauerritus beim Tod naher Verwandter: Sieben Tage auf niederem Schemel oder auf dem Boden, ohne Lederschuhe.

Schma Jissroejl j., h. *Schma Jissra'ejl*: »Höre Israel!« Bekenntnis zur Einzigkeit Gottes. Dreimal im täglichen Gebet rezitiert. Auch üblicher Schreckausruf, wie bei den Christen »O Jesus!«.

Schnodern j., aus h. *schenadar* = Welcher gelobt hat: geloben, zusagen, und zwar einen festen Betrag für die Ehre, in der Synagoge einen Segen oder Abschnitt aus dem Wochenzyklus vortragen zu dürfen.

Schofar h.: Widderhorn. Rituelles Blasinstrument, wird an *Rosch-ha-Schana* und am *Jom Kippur* geblasen.

Scholastik lt.: auf die antike Philosophie und die Schriftauslegung des Mittelalters gestützte Auslegung. Sekundär jede andere auf vorliegenden Quellen basierende Auslegung.

Schnorren j.: ins Umgangsdeutsch eingegangen. Etymologie unklar.

Schtuss j., h. *Schtut*: Dummheit.

Schul: Im J. immer = Synagoge, weil diese in Osteuropa stets eine entsprechende Bibliothek mit umfaßte.

semantisch gr.: den Inhalt eines Sprachzeichens betreffend.

Simchat-Tora h.: Torafreude. Festtag beim Abschluß der jährlichen Toravorlesung und Beginn des neuen Zyklus.

Ssmicha h.: Autorisation (zum Rabbinat).

Ssejchel (mit scharfem S am Wortanfang) h.: Verstand.

Ssof j.: eigentlich nur letzter Buchstabe des h. Alphabetes, im J. *Ssow*, im H. *Taw* gesprochen. Im J. immer nur im Sinn von jemandem ein Ende, nämlich den Ruin, bereiten, jemandem einen Skandal machen. Oft verstärkt: »a schwarzn Ssof!« – Ins Umgangsdeutsch eingegangen.

Sukkot h.: wörtl. Hütten, Zelte. Im J. immer nur als Bezeichnung des herbstlichen Laubhüttenfestes.

supplieren lt.: vertreten.
Symptom gr.: Anzeichen, Merkmal.
Syndrom gr.: Gruppe charakteristischer Symptome.

tabu polynesisch: unantastbar.
Tachless, oft im Umgangsdeutsch falsch als »Tacheles« gesprochen, j., h. *Tachlit* = Ziel: Zweck. »Tachless reden« = zur Sache kommen.
Talmed chochem j., h. *Talmid chacham*: wörtl. kluger, weiser Schüler. Immer in der Bedeutung von: ein solider Talmudkenner.
Talmud h., v. *lamod* = lernen: Lehre, Belehrung. Immer als Bezeichnung eines vielbändiges Sammelwerkes, entstanden innerhalb von tausend Jahren nach Abschluß der Bibelredaktion, enthält sowohl gesetzliche wie legendäre Ergänzungen zum Bibeltext.
Tate j. von p. *tata*: Vater, Papa.
Techiat ha-Mejtim: die Wiederbelebung (Auferstehung) der Toten.
Tefillin h.: v. *Tefilla* = Gebet. Zwei schwarze Lederriemen mit je einer schwarzen Kapsel, die je vier Toraabschnitte auf Pergament enthält. Die Tefillin werden von den männlichen Personen ab ihrem 13. Lebensjahr täglich, außer am Sabbat, beim Morgengebet angelegt.
Tehillim h. = Psalmen.
Teschuwe j., h.: *Teschuwa*: Umkehr, Reue.
Theriak gr./lt.: opiumhaltiges Allheilmittel im Mittelalter.
Tischa-be-Aw h.: der 9. im Monat Aw: Trauertag wegen der Zerstörung sowohl des 1. wie des 2. Tempels von Jerusalem.
Toches j., h. *tachat* = unter, hinter: im J. = der Hintern.
Tommer j., h. *tomar* = »Du wirst sagen«, im Sinne »Du wirst vielleicht einwenden«. Gleichbedeutend mit »vielleicht«. Feste Formel in der Talmuddebatte.
Tora h.: 1) Lehre, Kunde. 2) Die 5 Bücher Mosis. 3) Diese

selben auf Pergament von Hand geschrieben, zwecks Vorlesung beim Gottesdienst (Torarollen).

Trejfe j., h. *Trejfa* = das Gerissene (durch wilde Tiere). Juden dürfen warmblütige Tiere nur korrekt geschächtet konsumieren, »Gerissenes« folglich nicht. Heute bezieht sich der Ausdruck »trejfe« auf alles zum Konsum Verbotene, und, übertragen, auf alles Unkorrekte, auch im menschlichen Verhalten.

Tscholent auch *Scholent*, *Schalet*, von altfr. chauld = warm: fette Sabbatspeise, die im noch heißen Backofen seit Freitag nachmittag sachte über Nacht bis Sabbat mittag zu Ende gart, womit das Sabbatverbot, an heiligen Tagen Feuer anzuzünden, umgangen wird. Obwohl Feuer entfachen heute keine Schwerarbeit und damit am Sabbat an sich erlaubt wäre, halten sehr fromme Juden sich auch jetzt noch an das Verbot.

Wochenabschnitt, h. *Sidra* oder *Parascha*: Die 5 Bücher Mosis sind zum Zweck der allwöchentlichen Vorlesung am Sabbat in 54 Abschnitte eingeteilt. Der Abschluß des Jahreszyklus wird jeweils an *Simchat-Tora* lustig zelebriert.

Wunderrabbi: Nur im D. gebräuchliche Bezeichnung des charismatischen, chassidischen Oberhauptes, den die Juden als »Zaddik« (der Gerechte) bezeichnen und mit »Rebbe« anreden, obwohl er nur ausnahmsweise ordinierter Rabbiner ist.

Zaddik h.: Gerechter. Bezeichnung des »Wunderrabbi«.

Zionismus v. *Zion* = Tempelberg von Jerusalem. Namen der Bewegung, die den eigenen Judenstaat auf dem Boden des Gelobten Landes als wirksames Mittel gegen Judenverfolgungen anstrebte.

Zölibat lt.: Ehelosigkeit. Gemeint ist immer die pflichtmäßige Ehelosigkeit der katholischen Geistlichen.

Zuckerlekach: beliebtes Festgebäck der Juden neben dem Honiglekach. Ein Kuchen mit Öl statt Butter (damit man ihn auch nach »fleischigen« Mahlzeiten essen kann). Reich gewürzt mit exotischen Gewürzen, allerlei Kernen und Trockenfrüchten, Orangen- und Zitronenschale. Lekach ist die korrumpierte Form von Lebkuchen. Dieser seinerseits hat nichts mit »Leben« zu tun, sondern mit altdeutsch Leb = ungereinigter Honig.

* * *

Zwei heute viel gebrauchte Begriffe, die in meinem Buch nicht vorkommen:

1) *Shoah* (h.) statt *Holocaust* (gr.): Ignorante Juden protestieren neuerdings gegen den Begriff »Holocaust« und wollen ihn unbedingt durch h. »Shoah« ersetzen. Shoah heißt aber nur Verwüstung, Zerstörung, Katastrophe – auch ohne menschliche Einwirkung. Der Judenvernichtung durch die Nazis ist nur »Holocaust« angemessen: wörtl. »Totalverbrennung« (gemeint: eines Opfers). Genau das geschah in den Vernichtungslagern: Sogar die Gebeine der Gemordeten wurden bei Kriegsende wieder ausgegraben und durch Verbrennung pulverisiert.

2) *Jeckes* als Bezeichnung für Juden aus Deutschland. Dauernd wird »erklärt«, die Bezeichnung komme von d. »Jacke«, weil die deutschen Juden Jacken statt Kaftane getragen hätten. Aber das ostjüdische Proletariat trug auch Jacken und nicht den aus dem Mittelalter stammenden langen Kaftan.

»Jeckes« birgt in Wirklichkeit eine grobe Beleidigung gegen die meist im Talmudwissen ahnungslosen deutschen Juden. Die Bezeichnung bezieht sich auf »Agur ben Jake« (Sprüche 30): »Zu stumpf bin ich, um ein Mensch zu sein, und Menschenverstand besitze ich nicht.« Statt »Jecke« sagte der schriftgelehrte Ostjude oft auch einfach: »Mischle lamed« = Sprüche 30.

272 Seiten, ISBN 3-87287-480-2

Salcia Landmann

Koschere Köstlichkeiten

Die Klassiker der jüdischen Kochkunst

Das einzigartige Standardkochbuch der traditionellen jüdischen Kochkultur ist prall gefüllt mit Originalrezepten, die so eingehend beschrieben sind, dass sie sich leicht nachkochen lassen. Salcia Landmann verführt mit der Verbindung von Bräuchen und Speisen zu einem außergewöhnlichen Kocherlebnis.

Mary Hahn